十二國記

月の影、影の海

옮긴이 추지나

—

대학에서 일본지역학을 전공했다. 출판 편집자로 일하다 지금은 일본 문학 전문 번역가로 활동하고 있다. 옮긴 작품으로는 오노 후유미의 십이국기 시리즈를 비롯해, 『잔예』, 『귀담백경』, 『시귀』, 『흑사의 섬』, 미야베 미유키의 『지하도의 비』, 오카모토 기도의 『한시치 체포록』, 나쓰키 시즈코의 『W의 비극』 등이 있다.

—

이 도서의 국립중앙도서관 출판예정도서목록(CIP)은
서지정보유통지원시스템 홈페이지(http://seoji.nl.go.kr)와
국가자료종합목록 구축시스템(http://kolis-net.nl.go.kr)에서 이용하실 수 있습니다.
(CIP제어번호 : CIP2014028642)

십이국기 1

그림자의 바다
달의 그림자

小野不由美
오노 후유미 지음, 추지나 옮김

엘릭시르

月の影、影の海

차례

十二國記 1

십이국 전도

十二國全圖

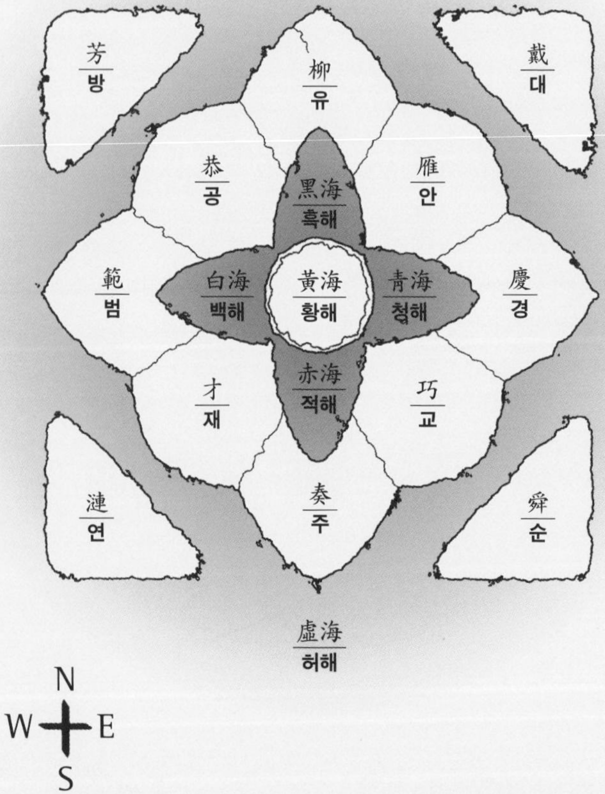
芳
방
柳
유
戴
대
恭
공
雁
안
黑海
흑해
範
범
白海
백해
黃海
황해
青海
청해
慶
경
赤海
적해
才
재
巧
교
漣
연
奏
주
舜
순
虛海
허해
N
W
E
S

십이국의 지리

十二國地理

◎ **오산**五山 | 세상의 한가운데에 있는 숭산崇山, 숭산을 중심으로 동서남북에 각각 있는 봉산蓬山, 화산華山, 곽산霍山, 항산恒山 다섯 산을 뜻한다.

◎ **허해**虛海 | 세상 끝까지 펼쳐져 있는 바다. 사람은 건널 수 없다.

◎ **황해**黃海 | 거친 바위산과 사막, 늪지대와 밀림으로 이루어져 있는 물이 없는 바다.

◎ **금강산**金剛山 | 황해 주위를 동서남북으로 둘러싸고 있는 산.

○ '십이국기'의 열두 나라

사대국四大國

경동국慶東國 · 주남국奏南國 · 범서국範西國 · 유북국柳北國

사주국四州國

안주국雁州國 · 공주국恭州國 · 재주국才州國 · 교주국巧州國

사극국四極國

대극국戴極國 · 순극국舜極國 · 방극국芳極國 · 연극국漣極國

십이국의 행정구역

十二國行政區域

행정기관이 있는 도시를 각각 주도, 군도, 향도라 부른다.
군도, 향도는 군성, 향성이라고도 한다.
현에서 가장 높은 인물은 현정縣正이라 부른다.

○ 교육기관

지방에 속해 있는 교육기관. 상위 기관에 진급하기 위해서는 선발이 되어 추천을 받아야만 한다.

- **상상**上庠 | 군郡의 교육기관.
- **선사**選士 | 상상에서 선발된 우수한 이들을 가리킴. 소학少學에 추천받을 수 있다.

○ 이와 여의 차이

- **이**里 | 두꺼운 외벽으로 둘러싸여 있는 작고 큰 마을. 봄, 여름, 가을에는 여에 살며 일하다가 겨울이 되면 이에서 겨울을 난다.
- **여**廬 | 논에서 일하는 사람이 사는 집. 군데군데 모여 있다.

교국 북방 지도

巧國北方地圖

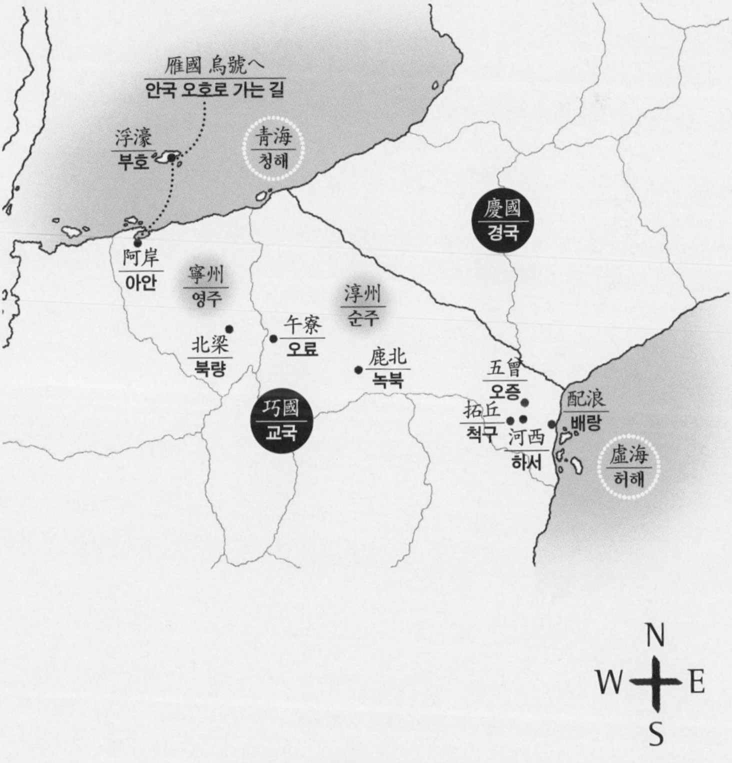

十二國記、月の影 影の海、小野不由美

1
장

001

칠흑 같은 어둠이다.

그녀는 어둠 속에 우두커니 서 있었다.

어딘가에서 높고 맑은 음색으로 수면을 두드리는 물방울 소리가 들렸다. 어둠 속에 메아리치는 가느다란 소리 때문에 캄캄한 동굴 안 같기도 했지만, 그렇지 않다는 사실을 그녀는 알고 있었다.

어둠은 깊고 넓다. 하늘도 없고 땅도 없는 어둠 속에서 홍련의 불빛만 희미하게 밝았다. 아득히 먼 곳에서 불길이라도 타오르는 것처럼 홍련의 불빛은 형태를 바꾸며 날뛴다.

붉은빛을 등지고 수없이 많은 그림자가 보였다. 이형의 짐승

떼다.

짐승들은 불빛 쪽에서 날뛰며 달려온다. 원숭이가, 쥐가, 새가 있다. 온갖 짐승 모습을 하고 있지만 어느 짐승이고 도감에서 본 모습과는 어딘가 조금씩 달랐다. 게다가 모두 평범한 동물보다 몇 배나 컸다. 붉은 짐승, 검은 짐승, 파란 짐승.

앞다리를 쳐들고 빠르게 달린다. 어느 동물은 뛰어오르고, 어느 동물은 허공에서 날아든다. 마치 왁자지껄 들뜬 축제 행렬이라도 다가오는 것 같았다. 분명 밝은 분위기였고, 틀림없이 축제는 축제였다.

이형의 존재들은 희생자를 노리고 달려오고 있다. 산 제물을 바치는 환희에 덩실거리며 달려온다.

그 증거로 살기가 광풍처럼 불었다. 괴이한 무리 선두에 선 짐승과는 이제 사백 미터도 채 떨어져 있지 않다. 소리는 전혀 들리지 않았지만, 어느 짐승이고 크게 입을 벌린 채 환호성을 지르고 있음을 표정으로 알 수 있다. 목소리도 발소리도 없이, 그저 동굴에서 물이 떨어지는 듯한 소리만 이어졌다.

그녀는 달려오는 그림자를 눈을 부릅뜨고 주시했다.

—저게 오면 나는 죽겠지.

그런 줄 알면서도 꼼짝할 수가 없다. 갈기갈기 찢겨 먹히리라 짐작했지만 손가락 하나 움직이지 않았다. 설령 몸이 움직이더라도 도망칠 곳도 없고 싸울 방도도 없다.

몸속에서 피가 거꾸로 솟는 느낌이다. 역류하는 피 소리가 귀에 들리는 것만 같다. 파도가 칠 때와 몹시도 비슷한 소리였다.

응시하고 있는 동안에 거리는 삼백 미터로 줄어들었다.

요코는 벌떡 일어났다.

관자놀이를 타고 흐르는 땀의 감촉과 함께 눈이 매우 시렸다. 허둥지둥 몇 번이나 눈을 깜빡이고 나서야 간신히 깊은 한숨을 몰아쉬었다.

"꿈이구나……."

말로 내뱉은 이유는 확인해두고 싶었기 때문이었다. 제대로 확인하고 인식해놓지 않으면 불안해진다.

"꿈이야."

꿈일 뿐이다. 설령 그것이 최근 한 달 동안 계속되는 꿈일지언정.

요코는 천천히 고개를 내저었다. 방안은 두꺼운 커튼 탓에 어둡다. 머리맡 시계를 가져와서 보니 일어나기는 조금 이른 시간이다. 몸이 무겁다. 팔다리가 어디에 딱 들러붙어 있는 것처럼 움직이는 데도 저항감이 느껴졌다.

한 달쯤 전에 그 꿈을 처음 꾸었다.

맨 처음에는 그저 어둠뿐이었다. 맑고 공허한 물방울 소리가 들리는 캄캄한 어둠 속에 자신이 홀로 서 있다. 못 견디게 불안해서 도망치고 싶어도 옴짝달싹할 수 없었다.

같은 꿈을 연속으로 꾼 지 사흘째 되던 날, 어둠 속에 홍련의 불빛이 나타났다. 꿈속에서 요코는 불빛 쪽에서 무시무시한 것이 온다는 사실을 알고 있었다. 그저 어둠 속에 빛이 있을 뿐인 꿈에 비명을 지르며 일어나는 일이 닷새나 이어졌을 무렵, 그림자가 보였다.

처음에는 붉은빛 속에 떠오른 검은 얼룩처럼 보였다. 며칠 동안 같은 꿈을 꾸는 사이에 다가오고 있는 것을 알아챘다. 그것이 어떤 무리라고 알기까지 며칠이 걸리고, 이형의 짐승임을 알기까지 또 며칠이 소요되었다.

요코는 침대 위 인형을 끌어당겼다.

—그리고 이제 이렇게 가까워졌어.

놈들은 한 달에 걸쳐 지평선만큼 먼 거리를 달렸다. 아마도 내일이나 내일모레에는 요코 곁에 이르리라.

—그러면 나는 어떻게 될까.

그렇게 생각하고는 고개를 저었다.

—다 꿈이야.

설령 한 달 동안 꾸었더라도, 하물며 날마다 이어지는 꿈이라도, 꿈은 꿈일 뿐이다.

이렇게 곱씹어봐도 마음속 불안은 가시지 않는다. 심장이 빠르게 뛰고 귓속에서 피가 파도처럼 몰아치는 소리가 들린다. 거친 숨에 목이 타들어갔다. 요코는 한동안 매달리듯 인형을 끌어안고 있었다.

수면 부족에 피로로 무거운 몸을 억지로 일으켜서 교복으로 갈아입고 아래로 내려갔다. 이도 저도 귀찮아서 대충 세수하고 부엌으로 향했다.

"……안녕히 주무셨어요."

싱크대 앞에 서서 아침을 준비하는 엄마 목소리가 들렸다.

"벌써 일어났니? 요새 일찍 일어나네."

엄마가 말하면서 돌아본다. 흘끔 던진 시선이 요코에게 멈추더니 험악해졌다.

"또 빨개졌네."

요코는 무슨 소리인지 몰라 어리둥절해하다가 허둥지둥 머리카락을 모아 쥐었다. 평소에는 머리를 깔끔하게 땋고 나서 부엌에 얼굴을 내미는데, 오늘 아침에는 잠들기 전에 땋은 머리카락을 풀고 빗질만 했다.

"살짝 염색해보지 그러니?"

요코는 고개를 가로저었다. 풀어 헤친 머리카락이 부드럽게 볼을 간지럽혔다.

요코의 머리카락은 붉다. 원래 색이 옅은데다 햇볕을 쬐거나 수영장만 들어가도 금세 바랜다. 등까지 내려오는 머리카락은 기를수록 끄트머리가 바랜다. 그 탓에 정말로 탈색한 듯한 빛깔이 되어버렸다.

"아니면 좀더 짧게 자르든지."

요코는 말없이 고개를 숙이고 서둘러 머리카락을 땋았다. 깔끔하게 땋으면 색깔이 살짝 짙어진다.

"누구를 닮았을까……."

엄마는 심각한 얼굴로 한숨을 쉬었다.

"지난번에 선생님도 물으시더라. 정말로 타고난 머리카락이냐고. 그러니까 염색하라고 했잖아."

"염색은 금지인걸."

"그럼 짧게 확 치면 어떠니? 그러면 조금이라도 눈에 덜 띌 거야."

요코는 고개를 떨구었다. 엄마는 커피를 끓이면서 냉담하게 말을 이었다.

"여자애는 청순한 게 제일이야. 눈에 띄지 않고 얌전해야 좋지. 눈에 띄기 위해 일부러 화려하게 꾸몄다고 의심받는 건 수치스러운 일이야. 네 인간성까지 의심받는 거니까."

요코는 조용히 식탁보를 바라보았다.

"그 머리카락을 보고 얼굴을 찌푸리는 사람도 있겠지. 노는 애라고 오해받기 싫지? 돈 줄 테니까 학교 끝나고 자르러 가."

요코는 슬며시 한숨을 쉬었다.

"요코, 듣고 있니?"

"……응."

대답하면서 창밖을 본다. 우울한 빛깔의 겨울 하늘이 펼쳐졌다. 이월 중순, 여전히 지독하게 춥다.

002

요코는 평범한 여고에 다닌다. 여학교라는 것 말고는 아무런 특징도 없는 사립 고등학교. 아버지가 고집스럽게 고른 학교다.

요코는 중학 시절 성적이 좋은 편이라 좀더 수준이 높은 학교도 도전해볼 만했고, 선생님도 다른 학교를 적극적으로 추천했지만 아버지가 굽히지 않았다. 집에서 가깝고, 안 좋은 분위기나 반대로 화사한 교풍도 없으며 요즘 학교치고는 보수적인 학교 분위기가 마음에 든 모양이다.

처음에는 모의고사 성적표를 보고 아쉬워하던 엄마도 이내 아버지 뜻을 따랐다. 부모가 하라고 하면 요코에게 선택의 여지는 없다. 조금 떨어진 곳에 교복이 마음에 든 학교가 있었지만 교복에 목매며 떼를 쓰기도 마음에 걸려서 잠자코 부모 뜻에 따랐다. 그 때문인지 입학한 지 일 년이 다 되어가지만 학교에는 여전히 별다른 애착이 생기지 않는다.

"안녕!"

요코가 교실로 들어서면서 밝은 목소리로 인사했다. 여자아이 두세 명이 요코를 보고 손을 든다. 그중 한 아이가 달려왔다.

"나카지마, 수학 프린트 풀었지?"

"응."

"미안한데, 보여주라."

요코는 고개를 끄덕였다. 창가에 있는 자신의 자리에 앉아 프린트를 꺼냈다. 여러 명이 책상 주위에 모여 재빨리 베끼기 시작했다.

"나카지마는 착실하다니까. 역시 반장이야."

그런 말을 듣고 요코는 애매하게 웃었다.

"진짜 부지런해. 난 숙제가 너무 싫어서 금방 까먹는데."

"맞아, 맞아. 하려고 해도 잘 모르겠고. 괜히 시간만 잡아먹다

졸리기나 한다니까. 머리 좋아서 좋겠다."

"이쯤이야 순식간에 끝나지?"

요코는 허둥지둥 고개를 저었다.

"아, 아니야."

"그럼 공부를 좋아하는구나?"

"설마 그럴 리가."

요코는 미소를 지어 보였다.

"우리 엄마가 하도 야단이라서."

사실이 아니었지만 이렇게 말해두는 편이 모나 보이지 않는다.

"자기 전에 일일이 확인하는 통에 못 살겠어."

오히려 엄마는 요코가 공부하는 것을 싫어한다. 아버지가 싫어한다고 해야 정확할까. 그렇다고 성적 따위 아무래도 좋다는 건 아니다. 그래도 학원에 갈 시간이 있으면 집안일을 배우라는 것이 부모의 뜻이다. 그런데도 요코가 성실하게 공부하는 이유는 좋아해서가 아니다. 그저 선생님께 꾸중듣기가 무섭기 때문이다.

"이야, 엄하시네."

"알아, 알아. 우리집도 그렇다니까. 내 얼굴만 보면 공부하래. 자기는 그렇게 공부를 좋아했나?"

"맞아."

한숨 돌리며 요코가 고개를 끄덕이자 옆에 서 있던 여자애가 작게 속삭였다.

"아, 스기모토다."

한 소녀가 교실로 들어온 참이었다.

다들 흘끔흘끔 그 여자애를 보고는 이내 시선을 돌렸다. 조용하고 새치름한 분위기가 흐른다.

최근 반년 동안 이 아이를 무시하는 놀이가 반에서 유행하고 있다. 스기모토는 그런 반 분위기에 눈치보며 둘러보고 나서 고개를 푹 떨구었다. 주춤거리며 요코에게 다가오더니 왼쪽 자리에 앉는다.

"나카지마, 안녕."

조심스럽게 인사하는 목소리에 반사적으로 같이 인사할 뻔한 요코는 황급히 말을 삼켰다. 언제였나, 저도 모르게 대답했다가 나중에 반 아이들의 빈정거림을 산 적이 있다.

그래서 입을 다문 채 못 들은 척했다. 주위에서 키드득하고 소리 죽인 웃음이 일었다.

그런 태도에 상처 입었는지 비웃음당한 쪽은 고개를 숙였지만, 하고 싶은 말이 있는 것처럼 요코를 계속 빤히 바라보았다. 시선을 느끼면서 요코는 주위 이야기에 맞장구를 쳤다. 무시당한 여자애가 가여웠지만 아이들 뜻을 거스르고 친절하게 대했다가는 자신이 다음 피해자가 된다.

"저기…… 나카지마."

옆에서 머뭇머뭇하는 목소리가 들려도 요코는 역시나 못 들은 척했다. 고의로 무시하려니 괴로웠다. 하지만 달리 어떻게 하면 좋을지 알지 못했다.

"나카지마."

여자애는 끈기 있게 몇 번이나 불렀다. 그때마다 주위 목소리가 끊어졌고, 이윽고 그곳에 모여 있던 아이들이 모두 스기모토를 냉담한 시선으로 바라보았다. 요코도 더이상 무시할 수 없어서 자신을 보는 상대방을 눈을 치뜨고 쳐다보았다. 시선은 주었지만 대답은 하지 않았다.

"저기…… 수학 예습했니?"

스기모토의 주눅든 목소리에 요코 주위 아이들이 까르르 웃음을 터뜨렸다.

"……하기는 했는데."

"미안한데 좀 보여줄 수 있어?"

수학 교사는 다음 수업에 시킬 아이를 미리 지명한다. 그러고 보니 스기모토가 오늘 문제를 풀어야 할 차례라는 사실이 떠올랐다.

요코는 친구들을 바라보았다. 다들 아무 말도 없이 한결같은 시선으로 눈짓했다. 다들 스기모토의 부탁을 거절하는 요코의 말을 기대하고 있다. 요코는 쓴 물을 삼켰다.

"아직 다시 보고 싶은 곳이 있어서."

완곡한 거절은 관객의 마음에 들지 않았던 모양이다. 바로 말이 날아온다.

"나카지마는 친절하기도 하지."

한심하다며 은근히 나무라는 목소리다. 요코는 저도 모르게 몸이 움츠러들었다. 다른 아이들이 그 말에 한목소리를 냈다.

"나카지마, 딱 잘라 말하면 되잖아."

"맞아. 말 걸어서 짜증난다고."

"세상에는 대놓고 말하지 않으면 모르는 멍청이가 있으니까."

요코는 대답하기 난처했다. 주위의 기대를 저버릴 용기는 없고, 그렇다고 고개를 떨구고 있는 옆자리 아이에게 그렇게까지 잔인한 말을 던질 용기도 없었다. 그래서 요코는 그저 난처한 표정으로 미소를 지었다.

"……으응."

"진짜 나카지마는 너무 상냥해. 그러니까 누구누구 같은 게 자꾸 기대려고 하는 거야."

"그래도 나는 반장이니까……."

"걸릴 줄 알면서 안 해 온 사람이 잘못이지. 그런 애까지 보살펴줄 필요 없어."

"그런가."

"그렇다니까. 게다가."

그렇게 말한 아이가 싸늘하게 씩 웃었다.

"스기모토한테 노트를 빌려주었다가는 노트가 더러워지잖아."

"아, 그거 큰일이네."

"그렇지?"

또다시 다들 자지러지게 웃었다. 함께 웃으면서 요코는 시선 끝으로 옆자리 상황을 살폈다. 고개를 푹 숙인 소녀는 눈물을 뚝뚝 흘렸다.

—스기모토한테도 책임이 있어.

요코는 그렇게 자신을 설득했다. 다들 이유도 없이 피해자를 정하지는 않는다. 피해자가 된 이상 그녀에게 그럴 만한 원인이 있는 것이다.

003

하늘도 없고 땅도 없는 어둠 속에서 맑디맑고 공허한 물방울

소리가 들린다.

요코는 그 어둠 속에 서 있었다.

고개를 돌린 방향에 홍련의 불빛이 희미하게 보인다. 그 빛을 등지고 수없이 많은 그림자가 꿈틀댄다. 이형의 짐승 무리가 날뛰면서 달려온다.

무리와 자신 사이에는 이제 이백 미터 남짓밖에 남지 않았다. 이형의 존재들은 덩치가 큰 탓에 엄청나게 가깝게 여겨졌다. 폭소하듯 입을 벌린 커다란 원숭이의 붉은 털이 빛을 반사해서, 뛰어오를 때마다 부풀어올랐다가 다시 쭉 뻗는 근육 움직임이 보였다. 이제 그 정도 거리밖에 되지 않는다.

몸을 움직이기는커녕 소리조차 지를 수 없었다. 눈꼬리가 찢어질 것처럼 눈을 부릅뜨고 다가오는 무리를 지켜보는 수밖에 없다.

달린다. 뛰어오른다. 춤추듯이 달려온다. 불어닥치는 살의에 돌풍이라도 분 것처럼 숨이 막혔다.

—일어나야 해.

저것들이 다다르기 전에 꿈에서 깨어나야 한다.

아무리 간절히 생각해도 깨어날 방법을 모르겠다. 의지의 힘으로 일어날 수 있다면 벌써 그렇게 했을 것이다.

아무 대책도 없이 바라보는 사이에 거리는 다시 절반으로 줄어들었다.

—일어나야 해.

이가 부딪힐 정도로 격렬한 초조감이 엄습했다. 몸속에서 소용돌이치다 피부를 뚫을 기세다. 거친 호흡과 빠른 맥박, 몸속을 도는 피가 바다처럼 울부짖었다.

—어떻게든 여기서 도망쳐야 해.

그때 갑자기 머리 위에서 기척을 느꼈다. 살기가 요코를 짓누를 기세로 떨어진다. 요코는 꿈속에서 처음으로 움직였다. 머리 위를 올려다보았다.

갈색 날개가 보인다. 마찬가지로 우람한 갈색 다리와 무시무시하게 날카롭고 두꺼운 발톱.

도망치자는 생각조차 머릿속에 떠오를 틈이 없었다. 한순간 몸속에 몰아치는 파도 소리가 거세져서 요코는 그저 비명만 질렀다.

"나가지마!"

요코는 순간적으로 그 자리에서 도망쳤다. 몸이 도망치기를 간절히 원해서 저도 모르게 따르고 말았다. 도망친 뒤에야 주위 상황이 눈에 들어왔다.

어이없어하는 표정의 여선생과 마찬가지로 황당한 얼굴을 한 아이들. 한 박자 늦게 까르르 웃음소리가 들끓었다.

안도의 한숨을 쉬고 나자 얼굴이 확 붉어졌다.

잠들어버렸다. 요새 꿈 때문에 잠을 제대로 못 자서 늘 졸음이 가시지 않았다. 줄곧 잠이 부족한 상태라 수업중에 꾸벅꾸벅 졸기는 많이 졸았어도 꿈은 처음 꾸었다.

여선생이 성큼성큼 다가왔다. 무슨 영문인지 요코를 눈엣가시로 여기는 선생님이었다. 하필이면. 요코는 입술을 깨물었다. 선생님들은 대부분 요코를 좋아했지만, 아무리 고분고분 굴어도 이 영어 선생님과는 잘 지낼 수가 없었다.

"……정말 기가 막혀서."

여선생은 그렇게 말하고 교과서로 요코의 책상을 두드렸다.

"조는 학생은 있어도 잠꼬대할 정도로 푹 잠든 애는 처음이다."

요코는 고개를 떨구고 자리로 돌아왔다.

"너는 뭐하러 학교에 오니? 졸리면 집에서 자. 수업이 싫으면 굳이 억지로 오지 않아도 되니까."

"……죄송합니다."

선생은 교과서 모서리로 책상을 친다.

"밤에 놀러 다니느라 그렇게 바쁘니?"

아이들이 깔깔거리며 웃었다. 정신없이 웃는 아이 중에는 친구의 모습도 섞여 있다. 들으라는 듯한 노골적인 웃음소리가 왼쪽 옆자리에서도 들렸다.

여선생은 하나로 땋아 등에 늘어뜨린 요코의 머리카락을 가볍게 잡아당겼다.

"이 머리카락이 타고난 색이라고?"

"……네."

"그래? 내 고등학교 친구 중에도 머리카락 색이 이런 애가 있었어. 왠지 그 애가 생각나."

선생은 그렇게 말하고서 웃었다.

"하기야 그 애는 너랑 달리 탈색한 거였지만. 3학년 때 경찰 신세를 지고 학교를 그만두었단다. 지금쯤 어떻게 살고 있을까. 보고 싶네."

교실 여기저기서 숨죽여 웃는 소리가 일었다.

"그래서? 수업 들을 생각이 있어, 없어?"

"……있습니다."

"그래? 그럼 그렇게 서 있어. 그러면 깨어 있을 수 있지?"

영어 선생은 그렇게 명령하고 음흉한 미소를 짓고는 교단으로 돌아갔다.

선 채로 수업을 들은 그 시간 내내 교실 안에서는 키득거리는 소리가 끊이지 않았다.

그날 방과후에 담임이 요코를 불렀다. 아무래도 영어 시간에 있었던 일이 귀에 들어간 듯하다.

교무실로 불려가 뭘 하고 다니는지 장황하게 추궁당했다.

"밤놀이하러 다니는 거라고 말하는 선생님도 계셔."

중년의 담임은 그렇게 말하고 얼굴을 찌푸렸다.

"어떻게 된 거야? 밤을 새워야 할 만한 사정이라도 있는 거야?"

"……아뇨."

설마 그런 꿈 이야기를 남에게 할 수는 없다.

"밤늦게까지 텔레비전이라도 보는 거니?"

"아뇨, 저기……."

요코는 허둥지둥 이유를 찾았다.

"중간고사 성적이 떨어져서……."

담임은 순순히 납득한 눈치였다.

"아, 그러고 보니 좀 안 좋았지. 그래서야? 나카지마, 하지만 말이다."

"네."

"아무리 집에서 밤늦게까지 공부해도 정작 수업을 듣지 않으면 소용없어."

"죄송합니다."

"사과할 일은 아니지. 너는 머리카락이 눈에 띄니까 오해받기 쉬워. 그거 어떻게 안 될까?"

"오늘 자르려고요……."

"그래."

담임은 고개를 끄덕였다.

"여자아이라서 내키지 않겠지만, 선생님도 그러는 게 너한테 좋을 것 같다. 염색했네, 노는 애네, 그렇게 말하는 선생님도 있으니까."

"네."

담임은 요코를 향해 손을 흔들었다.

"그럼 이만 돌아가도 좋아."

"네. 실례했습니다."

요코는 고개를 숙였다. 그때였다. 등뒤에서 목소리가 들렸다.

004

"……찾았다."

목소리와 함께 희미하게 바다 내음이 났다.

미심쩍은 얼굴로 요코의 뒤를 쳐다보는 담임의 시선을 따라 요코도 돌아보았다.

요코의 뒤에는 젊은 남자가 서 있었다. 난생처음 보는 얼굴이다.

"당신입니다."

남자는 요코를 똑바로 보며 말했다. 나이는 이십 대 후반 정도일까. 입이 떡 벌어질 정도로 기묘한 모습이었다. 자락이 긴, 기모노 비슷한 옷을 입었다. 무표정한 가면을 쓴 듯한 얼굴에, 무릎 뒤쪽에 닿을 만큼 길게 기른 머리카락만으로도 기묘한데, 그 머리카락이 영 어색한 옅은 금색이었다.

"넌 누구야?"

담임이 타박하듯 따졌다. 남자는 담임의 말을 신경쓰는 기색도 없이 더욱 황당한 짓을 했다. 요코의 발치에 무릎을 꿇고 머리를 깊이 숙인 것이다.

"……찾고 있었습니다."

"나카지마, 너 아는 사람이야?"

어리둥절해하던 요코는 담임의 물음에 허겁지겁 고개를 가로저었다.

"아니요."

너무나 이상한 사태에 요코는 물론이고 담임도 어떻게 반응해야 할지 모르는 눈치였다. 당혹스러운 심정으로 바라보고 있는

데 남자가 일어났다.

"부디 저와 가시죠."

"네……?"

"나카지마, 이 녀석은 뭐야."

"저도 몰라요."

묻고 싶은 사람은 요코였다. 도움을 요청하려 담임을 쳐다봤다. 교무실에 남아 있던 다른 선생들이 의아해하며 모여들었다.

"너 뭐야? 교내는 관계자 외 출입 금지야."

그제야 생각이 미쳤는지 담임이 거칠게 말하자 남자는 무표정하게 교사를 보았다. 조금도 주눅든 구석이 없었다.

"당신과 관계없습니다."

냉담하게 말하며 주위에 모인 교사들을 둘러보았다.

"당신들 역시 마찬가지입니다. 물러서세요."

너무나 고압적인 말투에 다들 깜짝 놀랐다. 마찬가지로 놀라고만 있는 요코를 남자는 응시했다.

"사정이라면 차차 설명드리겠습니다. 일단 저와 가시죠."

"죄송한데요."

요코가 누구냐고 물으려 했을 때 느닷없이 가까이에서 목소리가 들렸다.

"태보."

사람을 부르는 어조의 목소리에 남자가 고개를 든다. 이 기묘한 남자의 이름인지도 모른다.

"무슨 일이지?"

눈살을 찌푸리며 남자가 되물은 방향에는 그러나, 목소리의 주인이 보이지 않았다.

어딘지 알 수 없는 곳에서 다시 목소리가 들렸다.

"추격대가 옵니다. 미행당한 것 같습니다."

가면 같은 얼굴이 갑자기 험악하게 일그러졌다. 남자는 고갯짓을 하고는 요코의 손목을 붙잡았다.

"실례를. 여기는 위험합니다. 이쪽으로 가시죠."

"위험하다니……."

"설명드릴 여유가 없습니다."

딱 잘라 하는 말에 요코는 저도 모르게 몸을 움츠렸다.

"곧 적이 옵니다."

"……적?"

뜻 모를 불안감에 되물었을 때였다. 다시 가까이에서 목소리가 들렸다.

"태보, 왔습니다."

둘러보았지만 역시 목소리의 주인은 모습이 보이지 않는다. 교사들이 무슨 말을 하려던 그 순간이었다.

뒤쪽 교정을 향해 난 창문이 깨졌다.

깨진 창문은 요코 바로 옆의 한 장이었다. 순간적으로 눈을 감은 요코의 귀에 유리가 깨지는 소리와 뒤섞여 비명 같은 외침이 들렸다.

"뭐야!"

담임의 목소리에 감았던 눈을 뜨자 선생은 유리가 깨진 창문으로 달려가 바깥을 둘러보고 있었다. 넓은 강이 보이는 창문으로 불어든 차가운 바람은 냉기와 함께 비린내 나는 악취를 바깥에서 싣고 왔다. 바닥에는 파편이 어지러이 흐트러져 있었다. 창문 가까이 있었지만 요코가 파편을 뒤집어쓰지 않을 수 있었던 것은 기묘한 남자가 방패막이가 되어준 덕분이었다.

"뭐지……?"

상황을 파악하지 못한 요코에게 남자는 조금 쌀쌀맞은 목소리로 말했다.

"그래서 위험하다 말씀드렸건만."

그러고는 요코의 팔을 다시 붙든다.

"이쪽으로 오시죠."

강렬한 불안감에 휩싸였다. 잡힌 팔을 빼내려 했지만 남자는 떨어질 기미가 없다. 떨어지기는커녕 오히려 강하게 잡아끈다.

발을 헛디뎌 비틀거리는 요코의 어깨에 손을 걸쳤다.

담임이 남자를 가로막았다.

"이건 네 짓이냐?"

남자는 험악한 눈으로 담임을 본다. 남자의 목소리는 냉랭하고 가차없었다.

"당신과 관계없습니다. 물러서십시오."

"어디서 거드름이야, 너 뭐야. 우리 학생한테 무슨 볼일이야? 바깥에 친구들이라도 있는 거야?"

담임은 남자에게 호통치고 나서 요코를 노려보았다.

"나카지마, 이게 무슨 일이지."

"……모르겠어요."

요코야말로 묻고 싶었다. 고개를 내젓는 요코를 남자가 잡아끈다.

"아무튼 이리로."

"싫어요."

이런 오해는 무섭다. 이런 남자와 친하다고 오해받았다가는……. 몸을 비틀어 남자의 팔을 떼치자마자 다시 위쪽 어딘가에서 소리가 났다.

"태보."

목소리에 긴장감이 감돌았다. 말한 사람을 찾으려 교사들이 주위를 둘러본다. 남자는 눈에 띄게 얼굴을 찡그렸다.

"참으로 고집이 세십니다."

내뱉듯이 말하고는 느닷없이 무릎을 꿇었다. 반응할 새도 주지 않고 요코의 발을 잡았다.

"어전에서 떠나지 않고, 충성을 맹세할 것을 서약한다."

빠르게 말하자마자 요코를 매섭게 쏘아보았다.

"허락한다고 하십시오."

"뭐야?"

"목숨이 아깝지 않으십니까? 허락한다고 말씀하십시오."

거친 말에 기가 죽은 요코는 저도 모르게 고개를 끄덕였다.

"허락한다……."

이어서 남자가 취한 행동은 요코가 어안이 벙벙하기에 충분했다.

한 박자 뒤에 주위에서 황당해하는 말들이 쏟아졌다.

"이봐!"

"무슨 짓이야!"

요코는 그저 얼이 빠져 있었다. 낯선 남자는 고개를 숙여 붙잡은 요코의 발등에 이마를 댔다.

"무슨……."

짓을 하는 거야, 그렇게 물으려던 요코의 말이 끊겼다.

어지럼증이 났다. 몸속에서 무엇인가 빠져나가는 느낌과 함께 퍼뜩 눈앞이 캄캄해진다.

"나카지마! 어떻게 된 거야?"

얼굴이 새빨개진 담임의 호통과 동시였다.

쿵, 땅울림 같은 나직한 소리가 들리고 뒤쪽 교정에 면해 있던 성한 유리라는 유리는 전부 뿌옇게 흐려졌다.

005

마치 엄청난 양의 물이 들이닥치는 것처럼 보였다.

부서진 유리 파편이 예리하게 반짝이며 수평으로 세차게 날아들었다.

반사적으로 눈을 감고 팔을 들고 얼굴을 돌렸다. 팔과 얼굴에 그리고 몸에 따끔거리는 통증이 불어닥친다. 무시무시한 소리가 났지만 요코의 귀에는 들리지 않았다.

작은 돌멩이가 부딪히는 느낌이 멈춘 것을 확인하고 눈을 뜨자, 유리창 파편 탓에 교무실은 빛 조각을 뿌려놓은 것 같았다. 모여든 선생들이 그 자리에 웅크리고 있었다. 요코의 발치에는 담임이 엎드려 있었다.

괜찮으시냐고 물으려던 요코의 눈에 담임의 몸에 꽂혀 있는 수없이 많은 파편이 보였다. 그제야 교사들의 신음이 요코의 귀에 들어왔다.

요코는 허둥지둥 제 몸을 내려다보았다. 담임 옆에 서 있었는데도 요코의 몸에는 상처 하나 없었다.

놀란 요코의 다리를 담임이 잡았다.

"너…… 무슨 짓을 한 거야."

"저는 아무 짓도 안 했어요."

피투성이 손을 떼어낸 사람은 그 기괴한 남자였다.

"가시죠."

이 남자도 상처 하나 없다.

요코는 고개를 가로저었다. 따라가면 진짜로 친구라고 오해받을 것이다. 그래도 저도 모르게 다리를 움직인 까닭은 손을 잡아끌렸다고는 하나 그 자리에 남기가 무서웠기 때문이었다. 적이 온다는 말에는 현실감이 없다. 그보다도 부상자가 가득하고 피 냄새가 진동하는 이 자리에 머물기가 두려웠다.

교무실을 뛰쳐나가다 달려온 선생을 만났다.

"무슨 일이야?"

초로의 교사가 소리치고는 요코 옆에 있는 남자를 보고 눈살을 찌푸렸다. 요코가 무슨 말을 하기도 전에 남자가 손을 들어 교무실을 가리켰다.

"치료를. 다친 사람이 있습니다."

그 말만 하고 요코의 팔을 잡아끈다. 등뒤에서 선생이 뭐라고 외쳤지만 무슨 말을 하는지는 알 수 없었다.

"어디로 가는 건데요?"

남자가 계단을 내려가지 않고 올라가려 하자 요코가 소리쳤다. 어쨌든 이 자리에서 도망쳐 집으로 돌아가고 싶다, 그런 의도로 아래층을 가리키는 요코의 팔을 붙잡아 남자는 위로 끌고 갔다.

"거기는 옥상……."

"아니까 이리 오세요. 그쪽에는 사람이 다닙니다."

"하지만……."

"우리가 가면 도리어 민폐를 끼칩니다."

"민폐라니."

"관계없는 사람을 끌어들이길 바라십니까."

남자는 옥상으로 통하는 문을 열었다. 요코의 손을 세게 끌었다.

관계없는 사람을 끌어들인다는 말은 요코는 관계없지 않다는 이야기일까. 남자가 말한 '적'이란 대체 뭘까. 묻고 싶었지만 겁이 났다.

손을 이끌린 채 비틀거리며 옥상으로 나가는 순간 등뒤에서 기괴한 소리가 울려 퍼졌다.

녹슨 쇠장식이 삐걱거리는 듯한 소리에 요코는 등뒤로 시선을 움직였다. 지금 막 지난 문 위에 그림자가 보였다.

갈색 날개. 칙칙한 색조의 구부러진 부리를 크게 벌리고 흥분한 고양이 같은 기이한 소리로 울었다.

양쪽 날개 끝에서 끝까지 오 미터는 될 법한 거대한 새였다.

—저건.

포박당한 것처럼 옴짝달싹할 수 없었다.

—저건 꿈속의…….

건물 옥상에서 기괴한 소리와 함께 짙은 살의가 쏟아진다. 밤을 맞이하기 시작한 구름 낀 하늘은 어둡다. 크게 주름 잡힌 구름 어느 사이에서 새어 나온 저녁 햇살이 어렴풋이 붉은빛을 던졌다.

독수리와 비슷한 새에게는 뿔이 있었다. 고개를 흔들고 크게 한번 날갯짓을 하니 악취 나는 바람이 거세게 불어닥쳤다. 꿈에서와 똑같이 요코는 그걸 그저 보고만 있었다.

거대한 새의 몸이 붕 떠올랐다. 아주 가볍게 떠오르더니 허공에서 딱 한 번 날갯짓하고는 급격하게 날개 각도를 바꾸었다.

급강하할 태세라고 멍하니 생각했다. 두꺼운 다리가 요코를 곧장 노리고 있다. 갈색 깃털로 덮인 다리에는 압도될 정도로 크고 예리한 발톱이 보였다.

요코가 충격에서 회복할 틈도 없이 새의 몸이 낙하한다. 비명조차 지를 수가 없다.

요코는 눈을 부릅뜨고 있었지만 아무것도 보고 있지 않았다. 그래서 어깨에 둔탁한 충격이 느껴졌을 때에도 그것이 자신을 갈기갈기 찢을 발톱 탓이라고 저항 없이 받아들였다.

"효키!"

어딘가에서 소리가 들리고 눈앞에 어두운 붉은색이 스쳤다.

—피다…….

그렇게 생각했지만 신기하게도 별로 아프지 않았다.

요코는 그제야 눈을 감았다. 상상보다 편할 듯하다. 죽음은 훨씬 더 무서운 일인 줄 알았다.

"정신 차리십시오!"

강한 목소리의 주인이 어깨를 흔들어서 요코는 정신을 차렸다.

남자가 얼굴을 들여다보았다. 등에 콘크리트가 느껴지고 왼쪽 어깨에 옥상 난간의 딱딱한 감촉이 파고들었다.

"넋을 놓고 있을 때가 아닙니다!"

요코는 벌떡 일어났다. 서 있던 곳에서 상당히 떨어진 곳에 넘어져 있다.

기괴한 소리가 들리고 문 앞에서 거대한 새가 날갯짓하는 모습이 보였다.

날개를 움직일 때마다 압도적인 힘이 느껴지는 바람이 분다. 발톱은 옥상 콘크리트를 파고들었다. 발톱을 깊숙이 찔러 넣은 탓에 새는 꼼짝하지 못하는 듯했다.

화가 난 것처럼 크게 고개를 젓는 새의 목에 달려든 붉은 짐승이 보였다. 어두운 붉은색 털로 뒤덮인 표범처럼 생긴 짐승이다.

"……뭐야."

요코가 비명을 질렀다.

"저게 뭐야!"

"그래서 위험하다고 말씀드렸건만."

남자는 요코를 일으킨다. 요코는 잠시 남자와 새를 번갈아 보았다.

새와 짐승이 엉겨붙어 싸우고 있었다.

"가이코."

남자 목소리에 불려나온 것처럼 콘크리트 바닥에서 한 여자가 나타났다. 마치 물위로 떠오른 것처럼 깃털로 덮인 여자의 상반신이 드러난다.

여자는 새의 날개 같은 팔에 검 한 자루를 안고 있었다. 보검이라도 되는 듯 기품 있고 아름다운 검집에 든 검이었다. 검자루는 금, 검집에도 금장식이 있다. 보석 같은 돌들이 점점이 박혀 있는데다 구슬 장식까지 달린 검은 도저히 실전에 쓰일 만한 물건으로 보이지 않았다.

남자는 여자의 팔에서 검을 집어 들었다. 손에 든 검을 곧장 요코에게 내민다.

"……뭐야."

"당신 물건입니다. 이것을 쓰십시오."

요코는 반사적으로 남자와 검을 번갈아 보았다.

"……내가? 당신이 아니라?"

남자는 불쾌한 얼굴로 요코의 손에 검을 쥐여주었다.

"검을 휘두르는 취미는 없습니다."

"이럴 때는 당신이 그걸로 도와줘야 하지 않아?"

"공교롭게도 검 쓰는 기술은 모릅니다."

"뭐라고?"

손안의 검은 보기보다 무겁다. 도저히 자신이 휘두를 수 있을 것 같지 않았다.

"나도 몰라."

"가만히 앉아 죽을 작정입니까."

"아니……."

"그렇다면 그것을 쓰십시오."

요코의 머릿속은 혼란의 극치였다. 죽고 싶지 않다는 사념만 강렬했다.

그렇다고 검을 쳐들고 싸울 용기는 없다. 그런 힘과 기량이 있을 리 만무했다. 검을 쓰라는 목소리와 쓸 수 있을 리가 없다는 목소리. 양극의 목소리가 요코를 제삼의 행동으로 내몰았다.

검을 던져버린 것이다.

"무슨 어리석은 짓을!"

남자의 목소리에는 경악과 분노가 뒤섞여 있었다.

요코가 새를 겨눠 던진 검은 목표에 닿지도 못했다. 퍼덕이는 날개 끝을 살짝 스쳐서 거대한 새의 발치에 떨어졌다.

"하는 수 없군. 효키!"

혀를 차는 듯한 목소리였다.

남자의 목소리에 새의 날개에 발톱을 박은 암적색 짐승이 새에게서 떨어진다. 발톱을 떼자마자 몸을 굽혀 떨어진 검을 물더니 화살처럼 빠르게 돌아왔다.

검을 받아들면서 남자는 짐승에게 물었다.

"버틸 수 있나."

"어떻게든 해보겠습니다."

놀랍게도 대답한 이는 분명 효키라 불린 암적색 짐승이었다.

부탁한다고 짧게 말한 남자는 새를 닮은 여자를 불렀다.

"가이코."

조용히 대기하던 여자가 고개를 끄덕이는 순간 작은 돌이 날아왔다.

거대한 새가 발톱을 빼내 콘크리트 조각이 튀어 오른 참이었다.

날아오르려 하는 거대한 새에 붉은 짐승이 덤벼든다. 어느새 온몸을 드러내며 허공으로 날아오른 여자가 싸움에 가담했다. 여자의 다리는 사람과 똑같았지만 깃털로 뒤덮였고 긴 꼬리도 있었다.

"한쿄. 주사쿠."

남자의 부름에 여자가 나타났을 때와 마찬가지로 커다란 짐승 두 마리가 나타났다. 한쪽은 대형견, 한쪽은 개코원숭이같이 생겼다.

"주사쿠, 이분을 모셔라. 한쿄, 이 자리를 맡기겠다."

"분부 받들겠습니다."

두 마리 짐승은 고개를 숙였다.

고개를 끄덕인 남자가 등을 돌렸다. 주저 없이 난간으로 걸어가더니 휙 자취를 감추었다.

"……뭐야? 잠깐만!"

요코가 외쳤을 때였다. 개코원숭이를 닮은 짐승이 팔을 뻗었다. 요코의 몸을 잡더니 다짜고짜 끌어안는다. 요코는 반사적으로 비명을 질렀다. 개코원숭이는 그녀의 비명을 무시하고 요코를 옆구리에 끼워 들었다. 그 자리에서 발을 굴러 난간 바깥으로 뛰어오른다.

006

개코원숭이는 옥상에서 옥상으로, 옥상에서 전봇대로, 경이적인 도약을 되풀이하며 바람처럼 달렸다.

요코가 자신을 난폭하게 실어나르는 개코원숭이의 손아귀에서 풀려난 곳은 시내 외곽의 바닷가, 항구의 방파제 위였다.

개코원숭이는 안고 있던 요코를 땅바닥에 내려놓고, 요코가 한숨을 돌리는 동안 한마디도 없이 사라졌다. 어디로 사라졌나 싶어 주위를 둘러보던 요코는 거대한 테트라포드 사이에서 보검을 안은 남자가 미끄러져 나오듯 나타나는 것을 발견했다.

"무사하십니까."

그가 묻기에 요코는 고개를 끄덕였다. 어지럽기는 했지만, 개코원숭이가 뛰어오르는 바람에 멀미가 난데다 잇따라 일어난 상식 밖의 일 때문임을 알고 있었다.

다리와 허리에 힘이 빠져 자리에 주저앉는다. 이유도 없이 눈물이 흘렀다.

"울고 계실 때가 아닙니다."

요코는 어느 틈에 옆에 와 무릎을 꿇은 남자를 보았다. 대체 무슨 일이 일어난 것인가. 대답을 찾으려 남자를 올려다보았지만 남자는 설명할 마음이 없어 보였다.

요코는 눈을 내리깔았다. 남자의 태도가 너무나 쌀쌀맞아서 감히 질문할 용기가 나지 않았다. 그래서 떨리는 팔로 무릎을 끌어안았다.

"……무서웠어."

중얼거린 요코에게 남자는 완강한 말투로 내뱉듯이 말했다.

"무슨 태평한 말씀을 하십니까. 곧 추격대가 옵니다. 느긋하게 숨을 고를 여유가 없습니다."

"추격대가…… 와?"

놀라서 올려다보니 남자가 고개를 끄덕인다.

"당신이 베지 않았으니 하는 수 없습니다. 효키가 발을 묶고 있지만 그리 오래 버티지는 못하겠지요."

"그 새 말이야? 그 새는 뭐야?"

"고조."

"고조라니?"

남자의 눈매에 경멸하는 듯한 빛이 떠올랐다.

"그것 말입니다."

요코는 몸을 움츠렸다. 그런 설명으로는 알 수 없다고 항의하고 싶었지만 말로 나오지 않았다.

"당신은 누구예요? 왜 구해준 거예요?"

"저는 게이키입니다."

짤막하게만 말하고 그 이상의 설명은 하지 않는다. 요코는 한숨을 쉬었다. 태보가 이름이 아니냐고 묻고 싶었지만 그럴 분위기가 아니었다.

이런 정체 모를 남자한테서 도망쳐 한시라도 빨리 집으로 돌아가고 싶다. 그러나 교실에 가방과 코트를 두고 왔다. 도저히 혼자 찾으러 갈 마음은 들지 않지만 그렇다고 이대로 집으로 돌아갈 수도 없는 노릇이다.

"이제 되셨습니까?"

어찌할 바를 모르고 웅크리고 있는데 갑작스럽게 그렇게 묻는다.

"됐느냐니."

"이만 출발해도 되는지 여쭈었습니다."

"출발? 어디로?"

"저쪽으로."

저쪽이 대체 어디인지 요코는 전혀 알 수 없었다. 그저 넋 놓고 있는 요코의 손을 남자가 붙잡았다. 팔을 잡아끌리는 것이 이걸로 몇 번째일까 생각했다.

어째서 이 남자는 만족스러운 설명 하나 없이 요코에게 무언가를 억지로 시키려는 것일까.

"……잠깐만요."

"그럴 새가 없습니다."

남자는 초조한 말투였다.

"충분히 기다려드렸습니다. 더이상 여유는 없습니다."

"그게 어디예요? 얼마나 걸려요?"

"곧장 가면 편도 하루."

"그건 곤란해요."

"그 무슨."

힐난하는 말투에 요코는 고개를 떨어뜨렸다. 일단 한번 가보자고 마음먹기에는 남자가 도통 어떤 사람인지 모르겠다.

편도 하루라는 것도 요코에게는 논할 가치가 없는 시간이었다. 부모에게 무슨 말을 하고 집을 비우면 될는지. 고지식한 부모가 요코의 외박을 허락할 리가 없다.

"……곤란해요."

어쩐지 울고 싶었다. 요코는 아무것도 모른다. 남자는 아무것도 설명해주지 않는다. 그런데 무서운 얼굴로 이런 무리한 요구를 들이민다.

울면 또 혼날 것 같아서 필사적으로 눈물을 삼켰다.

무릎을 끌어안은 채 계속 입을 다물고 있으니 또다시 불쑥 그 목소리가 들렸다.

"태보."

남자는 하늘을 올려다보았다.

"고조인가."

"예."

요코의 등줄기에 오한이 들었다. 그 새가 쫓아온다.

"……살려주세요."

남자의 팔을 붙잡자 남자는 요코를 돌아보았다. 손에 든 검을 내민다.

"목숨이 아깝거든 이것을 쓰십시오."

"나는 이런 거 쓸 줄 몰라요."

"당신밖에 쓸 수 없습니다."

"나한테는 무리라고요!"

"그러면 빈만을 빌려드리죠. 조유."

그의 부름에 땅바닥에서 남자 얼굴이 절반만 나타났다.

낯빛이 나쁜 것이, 마치 바위로 이루어진 듯한 남자다. 움푹 들어간 눈이 피처럼 붉다.

땅속에서 스르르 빠져나온 목 아래에는 몸이 없었다. 반투명한 젤리 상태의 물질을 해파리처럼 휘감고 있을 뿐이다.

"……뭐야?"

그것은 요코가 작게 비명을 질러도 아랑곳하지 않고 땅속에서 미끄러져 나와서는 곧장 그녀에게 날아왔다.

"싫어!"

도망치려 한 요코의 팔을 게이키가 붙잡았다.

도망치려야 도망칠 수 없는 요코의 목덜미에 묵직한 것이 올라탔다. 그 머리다. 교복 옷깃 안으로 파고드는 차갑고 물컹물컹한 물체를 느끼며 요코는 비명을 질렀다.

"싫어! 떼어줘!"

붙잡히지 않은 한쪽 팔을 마구잡이로 휘둘러 등에 있는 물체를 떨어뜨리려 하자 게이키가 그 팔까지 붙들었다.

"그만해! 싫어!"

"사리 분별을 못 하십니까. 진정하십시오."

"싫어! 싫다니까!"

차가운 점액질 같은 것이 등에서 팔로 기어간다. 동시에 목 뒤로 세차게 밀려드는 뭔가를 느끼고 요코는 계속해서 소리를 질렀다.

다리가 풀려 주저앉은 채 남자의 팔을 떼치려고 마구잡이로 몸을 틀던 요코는 팔이 자유로워지자 제풀에 자리에서 굴렀다. 공포에 질려 반쯤 넋이 나간 듯 양손으로 목 뒤쪽을 털어냈을 때에는 이미 아무 감촉도 느껴지지 않았다.

"뭐야? 대체 뭐야!"

"조유가 빙의했을 뿐입니다."

"빙의라니."

요코는 두 손으로 온몸을 더듬었다. 몸 어디에도 그 끔찍한 감촉은 없다.

"검을 쓰는 법은 조유가 압니다. 이것을 쓰십시오."

남자는 냉담하게 말하며 검을 내민다.

"고조는 빠릅니다. 그것만이라도 베지 않으면 따라잡힙니다."

"그것……만?"

'만'이라는 말은 요새 꾸던 꿈속의 광경처럼 그 밖에도 추격자가 더 있다는 뜻일까.

"나…… 못 해. 그보다 아까 조유인지 빈만인지 하는 괴물은 어디로 간 거야?"

남자는 대답 없이 하늘을 올려다보았다.

"왔군요."

007

요코가 돌아보기 전에 등뒤에서 기괴한 소리가 들렸다.

소리가 난 쪽을 올려다보는데 요코의 손이 제멋대로 움직여 검을 쥐었다. 그러거나 말거나 요코는 돌아봤다. 뒤쪽 상공에서 날개를 펼치고 내려오는 거대한 새의 모습이 보였다.

비명을 질렀다. 반사적으로 피할 수 없다고 생각했다.

도망치는 속도보다 하강하는 새가 빠르다. 검 같은 것은 쓸 줄 모른다. 저런 괴물과 대치할 용기 같은 건 없다. 몸을 지킬 방법이 없다.

두꺼운 다리의 발톱이 시야 가득 펼쳐졌다. 눈을 감고 싶었지만 그러지 못했다.

하얀 빛이 눈앞을 가르며 거칠고 격렬한 소리가 들렸다. 바위와 바위가 부딪힌 듯한 소리와 함께 도끼처럼 무게감 있는 발톱이 얼굴 바로 앞에서 멈추었다.

멈춘 것은 검이다. 검을 검집에서 반쯤 빼서 눈앞에 들고 있는 것은 다른 무엇도 아닌 자신의 양팔이었다.

이게 무슨 상황이냐고 자문할 틈도 없었다.

요코의 손이 남은 검신을 뽑자마자 고조의 다리를 베어버린다.

붉고 뜨뜻한 핏방울이 요코의 얼굴을 후려쳤다.

요코는 멍하니 있을 수밖에 없었다.

단언컨대 검을 휘두른 사람은 요코가 아니다. 팔다리가 멋대로 움직여 당황한 듯 날아오르는 고조의 한쪽 다리를 베어 떨어뜨린다.

또다시 선혈이 튀어 얼굴을 더럽혔다. 뜨뜻한 것이 턱에서 목을 타고 옷깃 안쪽으로 흘러든다. 그 감촉에 요코는 몸을 떨었다.

요코의 다리는 튀는 피를 피하듯 그 자리에서 물러났다.

허공으로 도망친 거대한 새는 금세 태세를 정비해 돌격해 왔다.

날개를 베면서 요코는 제 몸이 움직일 때마다 그에 따라 몸을 더듬는 차갑고 꿈틀거리는 감촉을 느꼈다.

—그거다. 조유인가 하는 괴물.

날개를 다친 거대한 새가 기괴한 소리를 지르며 땅에 처박힌다.

그 모습을 시야에 담으며 요코는 깨달았다.

조유라는 괴물이 자신의 손발을 움직이고 있다.

몸부림치듯 퍼덕거리던 거대한 새는 커다란 양날개로 땅을 박차고 요코를 향해 날아온다.

지체 없이 움직여 피하자마자 요코의 몸은 거대한 새의 몸뚱이를 깊이 베어버렸다.

온기가 남아 있는 피가 머리부터 흘러내렸고 손에는 살점과 뼈를 자른 무시무시한 감촉이 남았다.

"싫어."

입은 요코의 의사대로 말했지만 몸은 멈추지 않고 움직였다.

몸을 타고 흐르는 피도 개의치 않고 땅에 떨어져 버둥거리는 고조의 날개에 검을 깊이 박았다. 찔러 넣은 검을 그대로 끌어당겨서 커다란 날개를 찢는다.

잠깐의 틈도 없이 요코의 몸은 방향을 바꾸어, 기괴한 소리를 지르며 피거품을 뿜고 꿈틀거리는 새의 목으로 향했다.

"싫어. ……그만해."

거대한 새는 몸을 구르며 상처 입은 날개를 크게 퍼덕거렸지만 날개는 제 몸을 띄우기에는 역부족이었다.

요코의 팔은 소리를 내며 허공을 퍼덕이는 날개를 피해 몸통을 찔렀다. 순간적으로 시선을 피했지만 검이 물체를 찢는 물컹한 감촉이 손에 남았다.

검을 뽑자마자 망설임 없이 목을 내리쳤다. 목뼈에 닿아 검이 멈춘다.

끈적거리는 살점에서 검을 뽑아 쳐들고는 붉게 물든 목을 이번에는 완벽하게 쳐냈다. 여전히 경련하는 날개에 검을 닦고 나서야 제멋대로 움직이던 손발이 멈추었다.

요코는 비명을 지르고 그제야 검을 던져버렸다.

요코는 방파제 끝에서 몸을 내밀고 토했다.

흐느껴 울면서 바다에 쌓여 있는 테트라포드를 따라 걸어가 물속으로 뛰어들었다. 지금은 이월 중순, 바닷물은 살을 엘 정도로 차갑다는 사실을 조금도 염두에 두지 않았다. 어쨌거나 머리부터 뒤집어쓴 피를 씻어내고 싶었다.

정신없이 물을 뒤집어쓰고서야 간신히 진정됐다. 그러고 나니 물속에서 기어오를 수조차 없을 만큼 덜덜 떨렸다.

느릿느릿 기어올라 방파제로 돌아가서 큰 소리로 울었다. 공포와 혐오로 울지 않고는 배길 수 없었다. 목소리가 쉴 정도로 울고, 울 기력마저 다했을 즈음에야 게이키가 말을 붙였다.

"이제 되셨습니까."

"……뭐가……."

넋이 나간 얼굴을 드니 게이키의 표정은 무덤덤했다.

"추격은 아직 끝나지 않았습니다. 곧 다음 추격대가 옵니다."

"……그래서?"

신경의 한 부분이 마비된 것 같았다. 추격이라는 말에 공포도 느껴지지 않았고, 남자를 똑바로 노려보아도 주눅이 들지 않았다.

"만만치 않은 상대입니다. 몸을 지키려면 저와 가는 길밖에 없습니다."

요코는 쌀쌀맞게 되받아쳤다.

"싫어."

"분별없는 말씀을 하시는군요."

"이제 지긋지긋해. 집으로 돌아갈 거야."

"집으로 돌아간다 해도 절대로 안전하지 않습니다."

"뭐가 됐든 상관없어. 추우니까 집에 갈래. ……괴물을 떼어줘."

남자는 요코를 응시했다. 그 눈을 요코는 담담히 바라보았다.

"내 몸에 들러붙어 있지? 조유인가 하는 괴물을 떼어줘."

"당분간 당신께 필요합니다."

"필요 없어. 나는 집으로 돌아갈 거니까."

"어리석기 짝이 없으십니다!"

호통 소리에 요코는 눈을 동그랗게 떴다.

"죽으면 곤란합니다. 싫다 하신다면 억지로라도 데려가겠습니다."

"당신 좋을 대로 떠들지 마!"

요코는 외쳤다. 기억하는 한 남에게 소리를 지르기는 태어나서 처음이었지만, 한번 외치고 나자 몸속에 이상한 고양감이 생겼다.

"내가 뭘 했다고 이래! 나는 집으로 돌아갈 거야. 더이상 이런 일에 휘말리고 싶지 않아. 어디에도 가지 않아. 집으로 돌아가겠어."

"지금은 그 말을 들어드릴 수 없습니다."

남자가 내민 검을 요코는 난폭하게 뿌리쳤다.

"나는 집에 가고 싶어! 당신한테 이래라저래라 소리 들을 이유 없어!"

"위험하다 말씀드리는 걸 모르시겠습니까!"

요코는 피식 웃었다.

"위험해도 돼. 당신하고 관계없잖아."

"관계없지 않습니다."

남자는 나직하게 말을 내뱉고는 요코의 등뒤를 향해 눈짓했다. 예고도 없이 등뒤에서 하얀 두 팔이 뻗어 나와 요코의 팔을 붙잡았다.

"뭐 하는 거야!"

돌아보니 아까 검을 들고 나타난 새를 닮은 여자였다. 여자는 요코의 팔을 잡고 억지로 검을 들려주었다. 그대로 뒤에서 꽉 붙들듯 안는다.

"놔!"

"당신이 제 주인이십니다."

그 말에 요코는 게이키를 올려다보았다.

"주인?"

"주명主命이라면 어떠한 분부라도 듣겠지만, 당신의 목숨이 걸린 일입니다. 지금은 용서해주십시오. 먼저 신변의 안전을 꾀하고 사정을 들은 연후에도 돌아가고 싶다고 하신다면 반드시 보내드리겠습니다."

"내가 언제 당신 주인이 되었어? 멋대로 찾아와 아무 설명도 없이 마음대로 일을 벌였잖아. 웃기지 마!"

"설명드릴 여유가 없습니다."

그렇게 말하고서 게이키는 차디찬 눈길로 요코를 바라봤다.

"저 역시 당신 같은 주인은 원치 않았지만 이것만은 제 뜻대로 되지 않는군요. 주인을 버리는 것은 허락되지 않는 일. 하물며 관계없는 사람들이 휘말리는 것은 절대로 피해야 합니다. 싫다 하신다면 억지로라도 모시겠습니다. 가이코, 그대로 모셔 가."

"싫어! 놔!"

게이키는 요코를 돌아보지 않는다.

"한쿄."

이름을 부르자 구릿빛 털을 가진 짐승이 그늘에서 나타난다.

"떨어져서 날자. 피 냄새가 옮는다."

이어서 효키라 부르자 거대한 표범 같은 짐승이 모습을 드러냈다. 여자는 요코를 뒤에서 꽉 붙든 채 거대한 표범 등에 올라탄다.

마찬가지로 한쿄의 등에 훌쩍 올라탄 남자에게 요코는 호소했다.

"농담 아니야! 집에 보내줘! 하다못해 그 괴물이라도 떼어줘!"

"딱히 거슬리는 것은 아니지 않습니까. 조유가 씌었다고 해서 뭔가 느끼지는 못하실 텐데요."

"그래도 기분 나쁘다고! 떼어내!"

요코를 돌아본 남자가 조유, 하고 명령한다.

"절대로 모습을 드러내지 말고 없는 것처럼 움직여."

명령에 대한 대답은 없었다.

게이키가 고개를 끄덕이자 요코를 태운 짐승이 일어났다. 반사적으로 자신을 안은 여자의 팔에 매달리자 동시에 짐승은 소리도 없이 도약했다.

"……싫다니까!"

요코의 비명을 무시하고 짐승은 훌쩍 하늘로 날아올랐다.

마치 느긋하게 허공을 유영하듯이 고도를 높인다. 지면이 눈 아래로 멀어지지 않았다면 움직이지 않는다고 착각할 정도로 짐승의 움직임은 고요했다.

짐승은 하늘을 가른다. 지상은 꿈처럼 멀어지고 땅거미 진 도시의 모습이 고스란히 드러났다.

008

하늘 가득 얼어붙은 별, 도시의 윤곽을 그리며 펼쳐진 땅의 별.

짐승은 바다 위로 뛰어 나아갔다.

허공을 헤엄치듯 비상하면서도 말이 나오지 않을 정도로 빠르다. 무슨 영문인지 바람을 가르는 감촉은 느껴지지 않아서 그다지 빠르지 않은 것 같은데, 등뒤 야경이 멀어지는 정도를 보면 속도가 범상치 않음을 알 수 있었다.

무슨 말을 외쳐도 호소해도 응답하는 이는 없었다. 종국에는 애걸도 했지만 대답은 없다.

어두운 해상이라 높이를 가늠할 만한 것이 보이지 않아 고도에 대한 공포는 적었지만 어디로 가는지 모르는 공포가 존재했다.

짐승은 곧장 앞바다로 향했다. 게이키를 태운 또 다른 짐승은 근처에 보이지 않는다. 그의 말대로 떨어져 있는 것이리라.

피로감과 함께 다 포기하고 싶은 심정이 밀려와 요코는 그제야 외치기를 그만두었다. 포기해버리자, 이따금 다리를 움직여 하늘을 달리는 짐승의 등은 안락했다. 등뒤에서 휘감은 여자의 팔이 꽁꽁 언 몸에 닿아 포근했다.

요코는 머뭇거리다 등뒤 여자에게 어렵게 물어보았다.

"저기…… 쫓아오고 있어?"

상반신을 돌려 묻자 여자가 고개를 끄덕였다.

"예. 추격하는 요마가 여럿 있어요."

여자의 목소리는 유순하고 상냥했다. 부드러운 말투에 요코는 마음을 놓았다.

"당신들은…… 누구야?"

"저희는 태보의 종복입니다. 부디 앞을 보십시오. 떨어뜨리면 불호령이 내립니다."

"……응."

요코는 마지못해 앞을 보았다.

시야에 들어오는 것은 어두운 바다와 어두운 하늘, 희미하게 빛나는 별과 파도, 하늘 높이 얼어붙은 달, 그것이 전부였다.

"검을 꼭 들고 계세요. 절대로 몸에서 떨어지지 않도록."

그 목소리에 요코는 움츠러들었다. 또다시 아까처럼 구역질 나는 싸움을 해야만 하는 걸까.

"……적이 올 것 같아?"

"쫓아오고는 있지만 효키가 더 빨라요. 걱정 없습니다."

"……그럼?"

"만에 하나라도 검과 검집을 잃어버리지 않도록 부디 조심하세요."

"검이랑 검집?"

"그 검은 검집과 떨어져서는 안 됩니다. 검집에 달린 구슬이 당신의 몸을 지킬 겁니다."

요코는 품속의 검을 보았다. 검집에 묶여 있는 장식 줄 끝에 탁구공보다 조금 큰 푸른 돌이 매달려 있다.

"이거?"

"예. 추우면 구슬을 쥐어보세요."

여자의 말대로 손에 쥐어보니 손바닥부터 따스함이 서서히 스며든다.

"……따뜻해."

"상처나 병, 피로에도 효과가 있습니다. 검도 구슬도 소중한 보물이니 절대로 잃어버리시면 안 됩니다."

고개를 끄덕이고 다음 질문을 생각하려던 참에 갑자기 짐승이

고도를 낮추었다.

캄캄한 바다에 달이 하얀 그림자를 비추었다. 파도 위에 머문 달그림자가 더 빠르게 가까워졌다. 그 기세에 눌린 것처럼 바다 표면에 거품이 인다.

짐승은 거친 바다 위에서 반짝이며 빛의 원 속으로 날아들려 했다. 그것을 감지하고 요코는 비명을 질렀다.

"나는 헤엄 못 쳐!"

하얀 팔에 매달리자 여자는 팔에 살며시 힘을 주었다.

"걱정하지 마세요."

"그래도!"

더 말할 틈은 없었다. 해수면이 눈앞에 나타나 요코는 비명을 질렀다.

빛 속으로 뛰어든 순간, 내동댕이쳐지는 충격을 각오했지만 그런 아픔은 전혀 없었다.

소용돌이치는 파도의 물보라도 차가운 물의 감촉도 없다. 그저 빛 속으로 녹아드는 것처럼, 꼭 감은 눈꺼풀 아래에 은백색 빛이 비쳐들었을 뿐이었다.

아주 얇은 천으로 얼굴을 간지럽히는 감촉이 나서 눈을 뜨자 휘영청 밝은 빛만이 가득했다.

수면 쪽을 돌아보니 하얀 빛이 달 모양대로 어둠을 도려내었다. 물의 표면이 크게 일렁이는 모습이 보였다.

"뭐야…… 이게."

잠수하듯 나아간 곳에는 발밑과 마찬가지로 둥그런 빛이 보인다.

머리 위에 있는 동그란 빛이 발아래 하얗게 빛나는 빛을 비추고 있는 것일까. 어쨌거나 그것이 출구라면 이 터널은 아주 짧은 편이다.

요코를 태운 짐승은 번쩍이는 빛 속을 눈 깜짝할 사이에 빠져나와 둥근 빛 안으로 돌진했다. 얇은 천이 몸을 스치는 듯한 감촉이 느껴졌다. 그렇게 튀쳐나온 곳은 바다 위였다.

위아래 감각이 뒤바뀌었다. 다시 귓가에 소리가 들린다. 희미한 빛을 반사하는 해수면, 눈을 들자 바다가 일대 가득 펼쳐졌다. 들어왔을 때와 마찬가지로 캄캄한 바다 위 달그림자에서 미끄러져 나온 것이다.

바다에서 아득히 먼 저편은 확인할 수 없다. 그저 컴컴한 바다만이 달빛을 받으며 끝없이 펼쳐져 있는 것처럼 보였다.

달그림자에서 나오자마자 짐승을 중심으로 큰 파도가 동심원을 그리며 퍼져간다. 해수면에는 순식간에 거품이 일며 폭풍우처럼 사나운 파도가 밀어닥쳤다.

물마루의 물보라가 흩어지는 모습으로 보건대 바람이 매섭게 불고 있음을 알 수 있다. 줄곧 무풍에 가까웠던 짐승 주위에도 잔잔한 바람이 소용돌이치며 머리 위로 구름이 흘렀다.

짐승은 고도를 높여 하늘을 달렸다. 거친 바다 위에 머문 달그림자가, 달그림자로밖에 보이지 않을 정도로 멀어지고 나서 여자가 불쑥 언성을 높였다.

"효키."

긴장한 목소리에 요코는 여자를 쳐다보았다. 그리고 여자의 시선을 좇아 등뒤를 보았다. 밤바다 위, 하얀 달그림자에서 달려오는 수없이 많은 검은 그림자가 보였다.

빛이 깃든 것이라고는 하늘 꼭대기의 달과 그 그림자뿐, 그것마저 지워버리듯 구름에 뒤덮여 이윽고 완벽한 어둠이 찾아왔다. 그야말로 칠흑 같은 어둠이었다.

하늘도 없고 땅도 없는 어둠 속에서 희미한 홍련의 불빛이 보인다. 달그림자가 드리웠던 방향이다. 희미한 불빛은 불길이 활활 타오르는 것처럼 모습을 바꾸며 날뛰었다.

빛을 등지고 수없이 많은 그림자가 보였다. 괴이한 모습의 짐승 무리였다.

짐승들은 마구 날뛰면서 불빛 쪽에서 달려왔다. 원숭이가 있고 쥐가 있고 새가 있다. 빨간 짐승과 검은 짐승과 파란 짐승.

요코는 얼이 빠졌다.

"저건……."

저건. 이 풍경은…….

요코는 비명을 질렀다.

"싫어! 도망쳐!"

여자의 손이 달래듯 요코를 흔든다.

"그러고 있습니다. 부디 마음놓으세요."

"싫어!"

여자는 요코의 몸을 수그리게 했다.

"효키를 꼭 붙들고 계세요."

"당신은?"

"잠시라도 놈들의 다리를 묶어놓겠습니다. 효키를 꼭 붙들고, 무슨 일이 있든 절대로 검을 놓으시면 아니 됩니다."

고개를 끄덕이는 요코를 확인하고 여자는 팔을 놓았다.

그대로 칠흑의 허공을 차고 뒤쪽으로 달려간다. 금빛을 띤 갈색 줄무늬가 있는 등을 눈 깜짝할 사이에 어둠이 삼켰다.

요코의 주위로는 어둠 말고는 아무것도 보이지 않았다. 소용돌이치는 바람에 요코가 흔들리기 시작했다.

"효…… 효키, 씨?"

요코는 등에 꼭 엎드린 채 이름을 불렀다.

"무슨 일이십니까?"

"도망칠 수 있을 것 같아?"

"글쎄요. 어떻게 될까요."

감정을 살필 수 없는 목소리로 대답했다.

"위! 조심하십시오!"

"어?"

올려다본 요코의 눈에 희미한 붉은빛이 비쳤다.

"합유가."

꼭 붙든 팔 아래 짐승은 말이 떨어지자마자 몸을 피하며 옆으로 튀어 올랐다. 무시무시한 기세로 무엇인가 그 옆으로 떨어진다.

"뭐야? 어떻게 된 거야?"

효키는 좌우로 도약하면서 급격하게 고도를 낮추었다.

"검을 드십시오. 복병에게 포위당했습니다."

"말도 안 돼!"

소리친 요코의 눈앞 어둠 속에 붉은빛이 희미하게 밝았다. 그 빛을 등지고 시커먼 무언가의 형태가 보인다. 날뛰며 다가오는 어떤 무리.

"싫어! 도망쳐!"

검을 쓰기는 싫다, 그렇게 생각한 순간 차가운 물체가 다리를 스르르 쓰다듬는 감촉이 났다.

요코의 양 무릎이 자신이 걸터앉아 있는 효키의 몸을 소리가 날 정도로 강하게 조인다. 차가운 물체가 등줄기를 기어올라 요코의 상체를 억지로 효키의 등에서 떼어내 일으켰다.

팔이 멋대로 전투를 준비한다. 양손을 효키에게서 떼고 검을 검집에서 빼더니 검집만 등 쪽 치마 벨트에 끼워 넣었다.

"……싫어. 그만둬!"

오른손은 검을 쥔다. 왼손이 효키의 털을 쥐어뜯듯 잡는다.

"부탁이야, 그만둬!"

다가오는 무리와 다가가는 효키, 양쪽이 질풍처럼 돌진해 교차했다.

효키가 이형의 무리 속으로 뛰어들었다. 당연한 것처럼 세차게 몰려드는 거대한 짐승을 요코의 손이 베어버렸다.

"싫어!"

요코는 눈을 감았다. 외치고 눈을 감는 것만이 요코 뜻대로 움직였다.

산 짐승을 해친 적은 단 한 번도 없다. 생물 시간에 해부할 때조차 똑바로 보지 못했다. 그런 자신에게 살생을 요구하지 않았으면 좋겠다.

검의 움직임이 멈추었다. 효키의 소리가 들린다.

"눈을 감지 마십시오! 앞이 보이지 않으면 조유가 움직일 수 없습니다!"

"싫어!"

목이 뒤로 휙 꺾일 기세로 짐승이 옆으로 뛰어올랐다.

전후로 좌우로 흔들리며 요코는 눈을 꼭 감고 있었다. 도륙 따위 보고 싶지 않다. 눈을 감아서 검이 멈춘다면 무슨 일이 있어도 뜨지 않을 것이다.

효키가 왼쪽으로 거칠게 날아올랐다.

갑자기 벽에 부딪힌 듯한 충격을 느꼈다. 개가 지르는 비명 같은 짧은 목소리를 듣고 요코는 반사적으로 눈을 떴다. 눈동자에 깊은 칠흑만이 비쳤다.

무슨 일이 일어났는지 생각할 새도 없이 효키의 몸이 크게 기울고 양쪽 무릎 사이에서 털의 감촉이 사라졌다.

비명을 지를 여유조차 없었다. 요코는 허공에 내던져졌다.

놀라서 부릅뜬 눈에 돌진해 오는 멧돼지 비슷한 짐승이 보였고 오른손에 살을 자르는 묵직한 충격을 느꼈다. 요코의 귀를 찌른 소리는 짐승의 포효와 자신의 비명.

그 소리를 끝으로 오감마저 어둠 속으로 떨어졌다.

2장

001

모래사장에 거친 파도가 닥친다.

문득 정신을 차린 요코는 자신이 해안가에 쓰러져 있다는 사실을 깨달았다.

실제로 파도가 모래를 씻듯 밀려오는 해안가에서 요코가 쓰러진 곳까지는 거리가 약간 있었지만 물이 밀어닥치는 기세가 격렬했다. 물보라가 요코의 얼굴에 튀는 바람에 정신을 차린 것이다.

요코는 고개를 들었다. 한층 큰 파도가 밀어닥쳐서 모래 위로 기어오른 물이 쓰러진 요코의 발끝을 적셨다. 신기하게도 차갑지는 않아서 요코는 그대로 그곳에 누워 있었다. 파도가 발끝을 씻도록 내맡겼다.

짙은 바다 냄새가 난다. 바다 냄새는 피 냄새 같다고 멍하니 생각했다. 사람의 몸속에는 바닷물이 흐른다. 그래서 귀를 기울이면 몸속에서 파도 소리가 들린다. 그런 기분이 든다.

또 한 번 커다란 파도가 밀어닥쳐서 요코의 무릎 부근까지 물이 밀려들었다. 파도가 휩쓸어간 모래가 무릎을 간지럽힌다. 진한 바다 내음이 났다.

멍하니 발치를 바라보던 요코는 밀려왔다 빠지는 물에 섞인 붉은빛을 발견했다. 문득 시선을 바다로 돌렸다. 그곳에는 잿빛 바다와 잿빛 하늘만이 펼쳐져 있을 뿐 붉은빛은 어디에도 없다.

또다시 파도가 밀려왔다. 밀려가는 물이 역시 붉다. 요코는 붉은색이 어디에서 나왔는지 찾다가 눈을 부릅떴다.

"……아."

붉은색의 출처는 자신의 다리였다. 파도가 씻고 간 발끝에서, 정강이에서, 붉은색이 녹아난다.

허둥지둥 양손을 짚고 몸을 일으켰다. 자세히 들여다보니 팔다리가 모두 새빨갛고 교복까지 검붉게 변색되었다.

요코는 작게 비명을 질렀다.

—피다.

온몸에 피가 튀어 새빨갛게 물들어 있었다. 검어 보일 정도로 물든 양손을 살짝 쥐니 몹시 끈적거렸다. 살며시 손을 대보자 얼굴도 머리카락도 마찬가지로 끈적거리는 물질로 뒤덮여 있다.

요코의 비명에 맞춘 듯이 다시 한층 높은 파도가 밀어닥쳤다.

파도는 몸을 일으킨 요코의 주위를 씻는다. 밀려오는 물은 탁한 잿빛이었지만 밀려가는 물에는 붉은빛이 녹아들었다.

밀려온 물을 떠서 양손을 씻는다. 손가락 사이에서 떨어지는 물은 분명한 핏물이었다.

파도가 밀려올 때마다 물을 떠서 손을 씻었다. 씻어도 씻어도 양손은 본래의 색을 되찾지 못했다. 어느새 물은 주저앉은 요코의 허리 부근까지 차올랐다. 그곳에서 붉은빛이 스며 나와 주위 수면이 빨갛게 물들었다. 게다가 서서히 널리 퍼지고 있었다. 잿빛뿐이던 풍경 속에 붉은빛이 선연했다.

불현듯 요코는 자신의 손에 일어난 변화를 깨달았다. 붉은 손을 눈앞에 들었다.

손톱이 길다.

뾰족하고 예리한 손톱이 손가락 첫 번째 관절만큼 길게 자랐다.

"……왜 이러지."

꼼꼼히 보니 또 다른 변화가 보인다. 손등에 수없이 많은 금이 가 있다.

"뭐지……?"

작고 붉은 조각이 툭 떨어졌다. 바람에 실려 바다로 날아간다.

벗겨진 작은 조각 아래로 한 줌의 붉은 털이 드러났다. 아주 짧은 털이 작은 면적에 빼곡하게 나 있다.

"설마……."

손을 살짝 문질렀다. 조각들이 후두둑 떨어지고 붉은 털이 더 나타났다. 움직일 때마다 다리와 얼굴에서도 조각이 떨어져 온갖 곳에서 붉은 털이 드러났다.

거친 파도에 씻겨 교복이 사그라지듯 바스러져 떨어졌다. 교복 아래에서 나타난 것 역시 붉은 털이었다. 물이 털을 다시 씻는다. 붉은빛이 녹아 나와 주위 일대가 죄 붉게 물들었다.

흉기 같은 손톱. 붉은 털. 짐승으로 변해가고 있는 것만 같다.

"말도 안 돼."

외친 목소리가 갈라졌다.

—어떻게 이런 일이.

교복이 찢겨 떨어지고 나서 드러난 팔은 기묘한 형태로 구부러져 있었다. 개나 고양이의 앞다리처럼 보였다.

—피가 튀어서.

—틀림없이 뒤집어쓴 피 탓이야.

괴물의 피가 튀어 몸이 변하려 하고 있다.

—괴물이 되는 거야.

‘말도 안 돼, 그런 일이.’

―싫다.

“싫어―!”

외친 목소리는 들리지 않았다.

요코의 귀에는 거친 파도 소리와 한 마리 짐승의 포효만이 들렸다.

눈을 뜨니 파르스름한 어둠 속에 있었다.

숨을 쉰 순간 온몸이 욱신거렸다. 특히 가슴 통증이 심했다.

반사적으로 양손을 눈앞에 들고 가볍게 한숨을 쉬었다. 손에는 긴 손톱도 붉은 털도 보이지 않는다.

“…….”

이루 말할 수 없는 안도의 한숨을 쉰다. 자신에게 무슨 일이 일어났는지 원인을 생각해내는 동안 퍼뜩 기억이 되살아났다. 허겁지겁 몸을 일으키려 했지만 몸이 굳은 것처럼 뻣뻣해서 꼼짝하지 않는다.

몇 번 천천히 숨을 쉬고 나서 서서히 몸을 일으켰다. 심호흡을 반복하는 사이에 통증은 조금씩 물러갔다. 상체를 일으킨 요코의 몸에서 솔잎이 후드득 떨어졌다.

―소나무.

분명히 솔잎 같았다. 주위를 둘러보니 솔숲이었다. 머리 위를 올려다보자 꺾인 가지의 단면이 하얗게 보인다. 저곳으로 떨어졌으리라 짐작했다.

오른손은 여전히 검자루를 꽉 쥐고 있었다. 잘도 놓치지 않았다. 이어서 자신의 몸을 살피고, 용케 상처 없이 끝났다고 생각했다. 자잘한 찰과상은 수없이 많지만 상처라 부를 만한 상처는 보이지 않았다. 이에 더해 아무런 변화도 없다.

요코는 천천히 등을 더듬었다. 치마 벨트에 끼워놓은 덕에 잃어버리지 않은 검집을 꺼내서 검을 집어넣었다.

하얀 안개가 옅게 흐르고 있다. 동트기 전 특유의 공기가 감돌았다. 파도 소리가 들린다.

"이래서 그런 꿈을 꿨구나……."

피를 뒤집어쓴 끔찍한 감촉, 괴물과 억지로 싸운 경험, 그리고 파도 소리.

"……끔찍해."

요코는 중얼거리고는 주위를 둘러보았다.

주변에는 해안가에 흔히 있는 솔숲이 보인다. 바다 근처 동트기 전. 자신은 죽지 않았고 상처라고 해봤자 움직이지 못할 정도는 아니다. 요코가 얻은 정보는 그것이 다였다.

숲에서는 아무 기척도 없었다. 아마도 가까이에 적은 없으리

라. 그리고 아군도 근처에 없다.

바다 위에 비친 달그림자에서 빠져나오자, 달은 높은 곳에 떠 있었다. 지금은 새벽녘. 그동안 자신이 홀로 방치되었다면 게이키 일행과 떨어진 것이리라.

—미아가 되었을 때에는 움직이지 말아야 한다.

요코는 입속으로 작게 중얼거렸다.

분명히 게이키가 찾아줄 거야. 그렇게 거드름을 피우며 지키겠다고 했으니까. 괜히 움직였다가 오히려 엇갈릴 우려가 있다.

그렇게 생각하고 가까운 나무줄기에 몸을 기대며 검집에 달린 구슬을 쥐었다. 온몸 구석구석의 통증이 천천히 사그라진다.

신기했다.

새삼 구슬을 보아도 평범한 돌로 보일 뿐이다. 유리 같은 광택이 나는 짙은 푸른빛이다. 파란 비취가 있다면 이런 돌일지도 모른다.

그런 생각을 하고 나서 구슬을 다시 꼭 쥐었다. 가만히 자리에 앉은 채 눈을 감았다.

눈을 감은 동안에 잠깐 잠들었는지 눈을 뜨자 주위에는 어슴푸레한 빛이 가득했다. 풍경은 이른 아침의 빛깔을 띠고 있었다.

"늦네……."

그들은 무얼 하고 있을까. 어째서 자신을 이렇게 오랫동안 내버려두는 걸까. 게이키는, 가이코는, 효키는.

요코는 망설인 끝에 불러보았다.

"조유…… 씨?"

아직 자신의 몸에 씌어 있을 것이다. 그렇게 생각하고 말을 걸었지만 대답은 없었다. 제 몸을 훑어보아도 조유의 존재는 느껴지지 않는다. 애초에 검을 휘두를 때가 아니면 있는지 없는지 모를 상대이기 때문에, 떨어졌는지 아직 씌어 있는지 분명치 않았다.

"있어? 게이키 씨 일행은 어떻게 된 거야?"

몇 번을 물어도 아무 대답도 기척도 없다.

불안이 고개를 들었다. 어쩌면 게이키는 요코를 찾고 싶어도 찾을 수 없는 상황인 것은 아닐까. 추락하기 직전에 들은 비명이 떠올랐다. 적 무리 속에 남겨진 효키는 무사할까.

불안감을 억누르고 일어났다. 우두둑우두둑 비명을 지르는 몸을 달래가며 일어나서 주위를 둘러보았다. 주변은 솔숲인데, 바로 오른쪽에 숲이 끝나는 지점이 보인다. 일단 그곳까지 가는 길은 위험하지 않으리라.

숲 바깥은 지면이 울퉁불퉁한 황무지다. 희부연 땅에 키 작은 관목이 뿌리를 내렸다.

그 끝은 낭떠러지였다. 절벽 너머로 검은 바다가 보인다. 어젯밤에 본 바다도 검었지만 밤이라서 그런 줄 알았다. 날이 밝은 지금도 저렇게 검게 보인다는 것은 바다 빛깔 자체가 아주 짙은 탓이리라.

요코는 이끌리듯 절벽으로 걸어갔다.

절벽은 백화점 옥상에서 내려다보는 것처럼 높았다. 그곳에서 바다를 보고 한동안 넋이 나가 있었다.

높이 탓이 아니다. 발아래 펼쳐진 바다의 기이한 풍경에 충격을 받았기 때문이다.

바다는 한없이 검은색에 가까운 쪽빛으로 보였다. 수면으로 뻗어 있는 절벽의 선을 눈으로 더듬어보니 물에 색깔이 있는 것이 아니었다. 오히려 엄청나게 맑았다.

상상을 금할 정도로 깊은 바닷속에 도사린 어둠이 투명한 물 때문에 그대로 드러난 것 같은 인상을 주었다. 빛이 닿지 않을 정도로 깊은 밑바닥을 내려다보고 있는 감각.

그 깊은 바다, 깊은 곳에 작은 불빛이 보였다. 어떤 불빛인지 모르겠지만 모래 알갱이만 하게 보이는 빛이 점점이 빛나거나 한데 모여 희미한 빛의 집단을 이루고 있었다.

—별 같다.

어지럼증이 나서 요코는 절벽에 주저앉았다.

그야말로 우주의 장관이었다. 사진으로 본 별과 성단과 성운, 그런 것이 발아래에 펼쳐졌다.

—모르는 땅이다.

느닷없이 끓어오른 생각들. 직시하지 않으려 한 것이 분출되어 멎지 않는다.

여기는 요코가 아는 세상이 아니다. 요코는 이런 바다를 모른다. 정말로 다른 세계로 오고 말았다.

—싫어.

"거짓말이지……."

여기는 어디고 어떤 곳인가. 위험한가 안전한가. 앞으로 대체 어찌하면 좋은가.

어째서 이렇게 되어버린 것인가.

"조유…… 씨."

요코는 눈을 감고 언성을 높였다.

"조유! 부탁이야, 대답해!"

몸속에서는 해조음 같은 소리만이 들린다. 빙의한 이는 대답이 없다.

"없어? 누가 좀 도와줘!"

이미 하룻밤이 지났다. 집에서는 엄마가 얼마나 걱정하고 있을까. 지금쯤 아버지는 크게 노여워하고 있을 것이다.

"……돌아갈래."

중얼거리자 눈물이 흘렀다.

"나, 집으로 돌아갈래……."

눈물은 한번 흐르기 시작하자 멎지를 않았다. 요코는 무릎을 끌어안고 얼굴을 묻었다. 큰 소리로 울음을 터뜨렸다.

이마가 뜨거워질 정도로 울고 나서야 고개를 들었다. 울고 싶은 만큼 울었더니 마음이 조금 가라앉았다.

천천히 눈을 떴다. 눈앞에는 우주처럼 보이는 바다가 펼쳐져 있다.

"……신기하다."

별하늘을 내려다보는 것 같다. 선명한 칠흑에 하늘 가득한 별. 성운은 물속에서 천천히 회전한다.

"신기하고 예쁘다……."

간신히 제정신을 차렸다.

요코는 물속의 별을 멍하니 바라보았다.

002

태양이 중천을 넘어갈 때까지 그곳에서 바다를 보고 있었다.

여기는 대체 어떤 세계고, 어떤 곳일까.

이쪽으로 오는 길에 달그림자를 통과했는데, 애초에 그 말 자체가 이상하다. 달그림자를 통과하다니, 석양을 통과하는 거나 마찬가지로 불가능한 일이었다.

게이키와 그 주위에 있던 신기한 짐승들. 요코의 세상에 그런 짐승은 없다. 그들은 틀림없이 이쪽 생물이리라. 거기까지는 이해가 간다.

게이키는 무슨 생각으로 요코를 이리로 데려온 걸까. 위험하다면서 지켜주겠다고 했지만 요코는 이렇게 방치되어 있다.

게이키 일행은 어떻게 된 걸까. 적은 누구고, 무슨 목적으로 요코를 덮친 것일까. 그 모든 일이 꿈이랑 똑같았던 까닭은 무엇인가. 애당초 요코는 어째서 한 달이나 계속 그런 꿈을 꾸었나.

생각하기 시작하자 알 수 없는 일뿐이라 사고가 길을 잃을 것만 같았다. 게이키를 만나고부터는 모든 것이 의문투성이여서 이해할 수 있는 경우가 적었다.

게이키가 원망스러웠다.

갑자기 나타나 요코의 사정은 고려도 않고 정체 모를 세계로 억지로 끌고 왔다. 게이키만 만나지 않았더라면 이런 곳에 올 일도 없었고, 괴물이라지만 살아 있는 짐승을 죽이는 사태도 일어나지 않았을 것이다.

보고 싶은 마음은 들지 않지만 게이키 말고는 의지할 사람이 없다. 그런데 그들이 요코를 데리러 오지 않는다. 간밤에 싸우다 무슨 일이 일어나는 바람에 데리러 오고 싶어도 올 수 없는 것인지, 아니면 무슨 다른 사정이 있는 건지.

그렇게 생각하니 자신이 처한 상황이 한층 난감하게 느껴졌다.

—어째서 내가 이런 일을 당해야만 할까.

요코는 아무 짓도 하지 않았다. 모두 게이키 탓이다. 그러고 보면 괴물에게 습격받은 것마저 게이키 탓처럼 느껴졌다.

교무실에서 들린 목소리는 '미행당했다'고 하지 않았던가. 게이키는 '적'이라고 했지만, 요코의 적이라는 뜻은 아닐 것이다. 요코는 괴물을 적으로 만들 만한 일을 한 적이 없다.

요코는 게이키의 주인이라고 한다. 그게 모든 사태의 발단인 것 같았다. 요코가 게이키의 주인이니까 게이키의 적이 자신을 노린다. 적으로부터 몸을 지키기 위해 검을 써야만 했고, 이런 곳에 올 수밖에 없었다.

하지만 주인이 된 기억 따위 요코에게는 없다.

주인이라 불릴 까닭이 없다. 게이키가 오해했거나 제멋대로 착각했겠지.

게이키는 '찾았다'고 말했다. 아마도 그는 주인을 찾고 있었고, 뭔지는 모르지만 중대한 실수를 저지르고 말았을 것이다.

"이게 뭐가 지켜주는 거야."

요코는 작은 목소리로 투덜거렸다.

"전부 당신 탓이잖아."

짧았던 그림자가 길어지고 나서야 요코는 자리에서 일어났다. 여기 계속 앉아서 게이키를 욕해보았자 아무것도 해결되지 않는다는 사실만은 확실했다.

요코는 좌우를 번갈아 보았다. 절벽은 어느 쪽으로 가든 끝이 없어 보였다. 하는 수 없이 발길을 돌려 원래 있던 솔숲으로 돌아갔다. 코트는 없지만 그리 춥지 않았다. 여기는 요코가 살던 도시보다 기후가 따뜻한 모양이다.

그리 깊지도 않은 숲은 태풍이 지나간 뒤처럼 부러진 가지들이 널브러져 있었다. 숲을 빠져나가자 늪이 펼쳐졌다.

"……?"

자세히 보니 그곳은 늪지대가 아니라 진흙이 흘러든 논이었다.

물위로 곧게 정비된 논두렁이 군데군데 고개를 내밀고 있었다. 키 작은 초록빛 식물들이 진흙 위로 고개만 내민 채 쓰러져 있었다.

주변은 온통 진흙 바다였고 떨어진 곳에 작은 마을을 이룬 인가가 보였다. 그 너머는 험준한 산이었다.

전봇대나 철탑 같은 것은 눈에 띄지 않는다. 멀리 있는 마을에도 전선은 하나도 보이지 않았고, 건물 옥상에 안테나 같은 것도 없었다.

지붕은 검은 기와, 벽은 누런 흙벽으로 보였다. 마을 주위를 둘러싸듯 자란 키 작은 나무들은 대부분 쓰러져 있었다.

각오했던 대로 이상한 풍경이 펼쳐진 것도 아니고 이상한 건물이 있는 것도 아니라 요코는 남몰래 가슴을 쓸어내렸다. 분위기는 조금 다르지만 일본 어디에서나 볼 수 있는 시골 풍경과 맥이 빠질 정도로 비슷했다.

마음을 놓고 주변을 바라보니 솔숲에서 제법 떨어진 곳에 사람 몇 명이 보인다. 모습은 분명치 않지만 딱히 괴물처럼 보이지는 않는다. 논일을 하는 모양이었다.

"살았다……."

무심코 말이 튀어나왔다. 처음에는 바다를 보고 정신이 아득해졌는데, 이 풍경은 크게 이상해 보이지 않는다. 전기가 들어오지 않는 듯한 점을 빼면 일본 어딘가에 있을 법한 마을이다.

요코는 크게 심호흡을 하고는 멀리 보이는 사람들에게 말을 걸어보기로 했다. 처음 보는 사람에게 말을 걸기가 망설여졌지만 혼자서는 아무것도 할 수 없다. 문득 말이 통할지 의구심이 들기는 했지만 어쨌거나 누군가에게 도움을 구해야만 했다.

겁먹은 자신을 격려하듯 요코는 입속으로 중얼거렸다.

"사정을 설명하고 게이키 일행을 보지 못했는지 물어보는 거야."

아무튼 요코가 할 수 있는 일은 그것밖에 없었다.

요코는 걸어서 논을 지날 수 있는 논두렁을 간신히 찾아내어 논일을 하는 사람 쪽으로 걸어갔다. 가까이서 보니 그들이 적어도 일본인은 아니라는 것을 알 수 있었다.

갈색 머리 여자와 빨간 머리 남자가 있다. 게이키와 분위기가 비슷했다.

생김새나 체형은 조금도 백인 같지 않은데 부자연스럽게 머리카락 색깔만 다른 탓이리라. 그 점을 빼면 지극히 평범한 남녀 같았다.

입고 있는 옷은 기모노와 비슷한 조금 특이한 차림으로 남자들이 모두 머리를 길러서 묶고 있는 것 말고 특별히 이상한 점은 눈에 띄지 않는다. 그들은 삽 같은 도구를 박아 논두렁을 허물고 있었다.

작업하던 남자가 고개를 들었다. 요코를 보고 주위 사람을 찌른다. 그들이 주고받는 이야기는 특별히 낯선 소리로 들리지 않았다. 그 자리에 있던 여덟 명쯤 되는 남녀가 요코를 쳐다보기에 요코는 고개를 살짝 숙였다. 달리 어쩌면 좋을지 생각나지 않았다.

이내 서른 전후의 검은 머리 남자 한 사람이 논두렁으로 올라왔다.

"……너는 어디서 왔지?"

일본어를 듣고 요코는 진심으로 마음을 놓았다. 자연스레 미소가 떠올랐다. 걱정한 것만큼 심각한 상황은 아닌 것 같다.

"절벽 쪽에서 왔어요."

다른 남녀는 손을 멈추고 요코와 남자를 지켜보고 있다.

"절벽? ……고향은?"

도쿄라고 말하려다 요코는 입을 다물었다. 사정을 설명하면 되리라 쉽게 생각했지만, 과연 솔직히 털어놓는다고 믿어줄까.

요코가 망설이는 사이에 남자가 다시 물어왔다.

"차림이 이상한데, 설마 바다에서 왔나?"

사실이 아니었지만 사실에 상당히 가까웠으므로 요코는 고개를 끄덕였다. 남자가 눈을 동그랗게 떴다.

"그래, 그렇게 된 거군. 이거 놀랐는데."

남자는 빈정거리는 미소를 짓고는 납득했다. 요코 입장에서는 이해할 수 없는 행동이었다. 그는 불온한 눈초리로 노려보더니 요코의 오른손에 시선을 멈추었다.

"대단한 물건을 들고 있군. 어디서 난 물건이지?"

줄곧 손에 들고 있던 검에 대해 묻고 있다는 사실을 깨달았다.

"이건…… 받은 거예요."

"누구한테?"

"게이키라는 사람한테요."

남자는 요코 바로 옆까지 다가왔다. 요코는 무심결에 한 걸음 물러났다.

"너한테는 무거워 보이는군. 이리 줘, 내가 맡아줄게."

요코는 남자의 눈초리에 겁먹었다. 친절함만으로 하는 말이라고는 생각할 수 없었다. 그래서 검을 품에 안고 고개를 가로저었다.

"……괜찮아요. 그건 그렇고 여기는 어디죠?"

"여기는 배랑이야. 남에게 뭘 물으면서 그런 무시무시한 물건을 내보이는 법이 어디 있나. 검을 넘겨."

요코는 뒷걸음쳤다.

"꼭 지니고 있어야 한다고 했어요."

"내놔."

거친 말에 요코는 겁이 났다. 끝까지 싫다는 말로 밀어붙일 패기가 없어서 마지못해 검을 남자에게 내밀었다. 남자는 낚아채듯 검을 받아 들고 꼼꼼히 들여다보았다.

"대단히 공을 들인 물건이야. 이 검을 준 남자는 부자였겠군."

지켜보던 남녀가 모여들었다.

"무슨 일이야. 해객이야?"

"그런 것 같아. 이것 봐, 엄청난 물건이지."

남자는 웃으며 검을 뽑으려 했다. 그러나 무슨 영문인지 검은 검집에서 꼼짝하지 않았다.

"장식품인가. 뭐, 됐어."

남자는 웃으며 검을 허리띠에 찔러 넣었다. 그러고는 갑자기 손을 뻗어 요코의 팔을 붙잡았다. 요코가 비명을 지르거나 말거나 남자는 거칠게 요코의 팔을 비틀어 올렸다.

"……아야! 놔요!"

"그럴 수는 없지. 해객은 현지사에게 신고하게 되어 있거든."

웃으면서 말하고는 요코를 떠민다.

"어서 걸어. 나쁜 짓은 안 할 테니까 걱정하지 마."

남자는 요코를 억지로 걷게 하며 주위 사람에게 말했다.

"누가 도와줘. 끌고 가자."

—팔이 아프다. 이 남자의 정체를 모르겠다. 어디로 끌고 가는지 불안하다.

마음속 깊이 놓아달라고 생각했다. 생각한 순간 팔다리에 차가운 감촉이 흐르고 요코는 남자의 손을 뿌리치고 있었다. 팔이 멋대로 뻗어 남자가 허리에 찬 검을 검집째 빼냈다. 크게 뛰어오르며 뒤로 물러났다.

"……네 녀석."

으름장을 놓는 남자에게 주변 사람들이 말했다.

"조심해, 검을……."

"겁먹기는. 저건 장식품이야. 이봐, 아가씨. 얌전히 이쪽으로 와."

요코는 고개를 가로저었다.

"……싫어."

"끌고 가주랴? 허세 그만 부리고 이쪽으로 와."

"……싫어요."

멀리서도 사람들이 모여들었다.

남자가 다가온다. 요코의 손은 검을 검집에서 뽑고 있었다.

"뭐얏!"

"다가오지…… 마세요."

얼어붙은 듯이 움직이지 못하는 사람들을 둘러보며 요코는 뒤로 물러났다. 몸을 돌려 도망치기 시작하자 등뒤에서 쫓아오는 발소리가 들렸다.

"오지 마!"

돌아보며 쫓아오는 남자들을 확인하자마자 몸이 멋대로 그 자리에 버티고 섰다. 검이 자세를 잡듯 올라간다. 핏기가 싹 가셨다.

"안 돼……!"

파고드는 남자를 향해 검이 움직인다.

"조유, 멈춰!"

—안 돼. 그것만은 못 해.

검 끝이 깨끗한 포물선을 그렸다.

"살인은 싫어!"

외치고는 눈을 꼭 감았다. 팔의 움직임이 우뚝 멈추었다.

동시에 거센 힘이 요코를 쓰러뜨렸다. 누가 몸 위에 올라타 검을 빼앗았다. 아픔보다 안도로 눈물이 맺혔다.

"웃기는 계집애군."

거칠게 밀쳐졌지만 아픔을 느낄 여유는 없었다. 질질 끌리듯 일으켜 세워진 요코의 양팔을 두 남자가 등뒤로 비틀었다.

저항할 마음은 들지 않았다. 마음속으로 죽이지 말라는 일념만을 조유에게 부탁했다.

"마을로 끌고 가. 그 이상한 검도 같이. 검이랑 함께 현지사에게 끌고 간다."

어떤 남자가 말했는지 눈을 감은 요코는 알 수 없었다.

003

끄잡혀 일어난 요코는 논 사이를 굽이돌아 이어지는 좁은 길을 걸었다.

십오 분쯤 걸어서 도착한 곳은 높은 외벽으로 둘러싸인 작은 마을이었다.

아까 본 마을은 집이 몇 채 모여 있을 뿐이었지만, 여기는 높이가 사 미터 가까이 될 법한 외벽이 마을 주위를 둘러싸고 있었다. 네모난 외벽의 한편에 커다란 문이 있다. 더없이 튼튼해 보이는 문짝은 안쪽으로 열려 있고, 문 너머에 붉게 칠한 그림이 그려진 벽이 보인다. 벽 바로 앞에는 무슨 까닭인지 아무도 앉아 있지 않은 나무 의자 하나가 버려져 있었다.

등을 떠밀려 요코는 마을 안으로 걸음을 내디뎠다. 빨간 벽을 돌아 들어가니 마을 문 앞 거리가 한눈에 보였다.

거리 풍경은 어쩐지 낯익으면서 동시에 몹시 이질적으로 느껴졌다.

어디서 본 듯한 까닭은 건물 분위기가 동양적이기 때문이리라. 허연 회칠을 한 벽, 검은 기와지붕, 가지를 받친 뒤틀린 형태의 정원수. 하지만 인기척이 전혀 없기 때문인지 조금도 친근하게 느껴지지 않았다.

문으로 들어서자마자 정면에 큰길, 좌우로 좁은 길이 뻗어 있었는데, 길에도 사람 모습이 보이지 않는다. 건물은 단층이고 길 쪽으로는 처마가 높은 하얀 담이 줄지었다. 일정한 간격으로 끊어지는 담 사이로 작은 마당을 끼고 건물이 보였다.

어느 집이고 크기는 별 차이가 없고 건물 외관도 자잘한 곳은 다르지만 엇비슷했다. 그래서 생기가 없어 보였다.

집에 따라서는 창문이 열려 있는데 바깥으로 밀어 올리는 덧창을 대나무 막대기로 받쳐두었지만 열려 있는 창문이 오히려 썰렁하게 느껴질 정도로 마을에는 인기척이 전혀 나지 않는다. 길에도 집안에도 개 한 마리 보이지 않았고, 아무 소리도 들리지 않았다.

정면의 넓은 도로는 길이가 백 미터 정도밖에 되지 않고 끝에는 광장이 있다. 하얀 돌에 극채색 장식을 꾸민 건물이 보였지만 선명한 빛깔이 지독하게 공허한 느낌을 주었다. 양쪽 좁은 길은 삼십 미터쯤 뻗어 있고 그 끝은 마을의 외벽이다. 좁은 길로 향하는 모퉁이 너머에서도 인기척은 전해지지 않았다.

둘러보아도 빼어나게 높은 지붕은 없었다. 검은 기와지붕 위로 마을 외벽이 보였다. 시선을 돌리면 외벽 형태가 보인다. 외벽은 길고 폭이 좁은 직사각형이었다.

질식할 것처럼 좁은 마을이다. 넓이는 아마도 요코가 다니던 고등학교 절반도 안 되리라. 마을의 넓이에 비해 외벽이 너무나 높다.

요코는 수조 속 같다고 생각했다. 커다란 수조, 물 밑바닥에 잠든 폐허 같은 마을이었다.

요코는 정면에 보이는 광장을 둘러싸듯 세워진 건물 안으로 끌려갔다.

차이나타운의 건물을 생각나게 하는 건물이었다. 붉게 칠한 기둥, 선명한 빛깔의 장식, 그런데 어딘지 공허한 느낌이 드는 이유는 마을 분위기와 다르지 않다. 건물 안에는 좁고 긴 복도가 일직선으로 뻗어 있었는데 역시 어둡고 사람 기척도 나지 않았다.

요코를 끌고 온 남자들은 무언가 의논하고 나서 쿡쿡 찔러 요코를 걷게 하더니 작은 방 안에 밀어넣었다.

요코가 갇힌 방의 인상은 한마디로 표현하면 감옥 같았다.

바닥에는 기왓장 같은 타일을 깔았지만 깨지거나 빠진 타일이 많다. 벽은 낡아서 찌들고 금이 간 흙벽으로 높은 곳에 작은 창문이 하나 있었다. 창문에는 격자를 끼웠다. 문이 하나. 문에 낸 격자 달린 창문으로 문 앞에 서 있는 남자들이 보였다.

나무 의자 하나와 작은 탁자 하나, 다다미 한 장만 한 크기의 평상, 가구는 그게 다였다. 평상 위에는 두꺼운 이불이 깔려 있다. 아무래도 침대 같다.

여기는 어디고 어떤 장소인지, 자신은 앞으로 어떻게 되는지, 묻고 싶은 건 너무 많았지만 감시자에게 물을 마음은 들지 않았다. 남자들도 요코에게 말을 걸 생각이 없는 것 같았다. 그래서 침대에 앉아 조용히 고개를 숙였다. 그것 말고 달리 할 수 있는 일이 없었다.

시간이 제법 지나고 나서야 건물 안에서 인기척이 났다. 문 앞에 누가 다가오는 기척이 느껴지더니 보초가 교대했다. 새로 보초를 서는 남자 두 사람은 검도의 방호구 같은 푸른 가죽 갑옷을 입고 있는 것으로 보아 경비원이나 경찰관 같은 사람인지도 모른다. 앞으로 어떤 일이 일어날까 싶어 숨을 죽였지만 갑옷을 입은 남자들은 험악한 시선으로 요코를 보았을 뿐 말도 붙이지 않았다.

그것이 지독한 일일지라도 무슨 일이 일어나고 있는 동안은 차라리 낫다. 방치된 채 있으니 불안하고 또 불안해서 견딜 수 없었다. 몇 번인가 바깥의 병사들에게 말을 걸어볼까 했지만 도저히 목소리가 나오지 않았다.

비명을 지르고 싶어질 정도로 오랜 시간이 지나 해도 지고, 감옥 안이 캄캄해지고 나서야 세 여자가 찾아왔다. 맨 앞에 서서 등불을 든 백발의 노파는 예전에 영화에서 본 옛 중국풍 옷을 입고 있었다.

드디어 사람을 만난데다 우락부락한 남자가 아니라 여자라는 사실에 요코는 안도했다.

"너희는 물러나 있어."

노파는 함께 들어온 여자들을 물렸다. 두 여자는 짐을 바닥에 내려놓고는 고개를 깊이 숙이고 감방을 나갔다. 노파는 그 모습을 지켜보더니 탁자를 침대 옆으로 끌어와 램프 비슷한 촛대를 놓았다. 그러고는 물이 담긴 통을 두었다.

"우선 얼굴을 씻어라."

요코는 고개를 끄덕였다. 느릿느릿 세수를 하고 손발을 닦는다. 손은 검붉게 물들어 지저분했지만 씻으니 금세 원래 색을 되찾았다.

요코는 그제야 손발이 묵직하게 굳어 있는 걸 깨달았다. 아마도 조유 탓이리라. 몇 번이나 요코의 능력을 뛰어넘어 움직인 탓에 근육 곳곳이 경직되어 있었다.

되도록 천천히 손발을 닦자 가늘고 잔 상처에 물이 들어가 아렸다. 빗질을 하려고 뒤쪽에 하나로 모아 땋은 머리카락을 풀었다. 그때 몸의 변화를 깨달았다.

"……이게 뭐야."

요코는 자신의 머리카락을 빤히 보았다.

요코의 머리카락은 붉다. 특히 머리카락 끝은 탈색한 것 같은 빛깔이다. 하지만…….

땋은 머리를 풀자 머리카락은 살짝 구불거렸다. 그 머리카락 색깔.

이 이상한 색은 뭐라고 해야 할까.

빨간색이었다. 피로 물들인 것처럼 진하디진한 붉은빛으로 변색되었다. 빨간 머리라는 말이 있지만 이 색은 도저히 빨간 머리라 부를 수 없었다. 있을 수 없는 색이다. 이렇게 이상한 색이라니.

요코는 몸을 떨었다. 자신이 짐승이 되는 꿈속에서 본 붉은 털빛과 너무나도 비슷했다.

"왜 그러지?"

노파의 물음에 머리카락 색이 이상하다고 호소했다. 노파는 요코의 말에 의아한 얼굴을 했다.

"그게 왜? 하나도 이상하지 않아. 드물지만 예쁜 적색이구나."

노파의 말에 요코는 고개를 저으며 교복 주머니를 뒤졌다. 손거울을 꺼낸다. 그리고 틀림없이 진홍색으로 바뀐 자신의 머리카락을 확인하고 뒤이어 그곳에 있는 타인을 보았다.

한순간 그것이 어떤 의미인지 알지 못했다. 손을 들고 머뭇머뭇 얼굴을 만지자 그 움직임에 따라 거울 속 인물도 손을 움직였다. 요코는 그녀가 자신임을 깨닫고 경악했다.

—내 얼굴이 아니야.

머리카락 색깔 탓에 분위기가 바뀐 것은 차치하더라도 이것은 다른 사람 얼굴이다. 얼굴이 고운지 추한지는 지금 큰 문제가 아니다. 문제는 명백히 다른 사람 얼굴을 하고 있는 자신, 볕에 그을린 것 같은 피부와 진한 녹색으로 바뀐 눈동자였다.

"이건 내가 아니야."

당황해서 소리치는 요코를 보고 노파는 미심쩍은 표정을 지었다.

"뭐?"

"이런 건 내가 아니야!"

004

노파는 이성을 잃은 요코의 손에서 손거울을 빼앗았다. 아주 침착한 동작으로 거울을 들여다보고는 요코에게 손거울을 돌려주었다.

"거울이 일그러진 건 아닌 것 같은데."

"하지만 나는 이런 얼굴이 아니에요."

그러고 보니 목소리도 좀 다른 것 같다. 꼭 다른 사람이 되어버린 것 같았다. 짐승도 괴물도 아니다. 하지만, 그러나…….

"그럼 네 모습이 일그러진 거겠지."

웃음 섞인 목소리에 요코는 노파를 쳐다보았다.

"……어떻게 그래요?"

요코는 다시 한번 거울을 보았다. 자신이 있어야 할 곳에 타인이 보이는 심정은 야릇했다.

"글쎄다. 나는 모르지."

노파는 그렇게 말하고 요코의 손을 잡았다. 팔에 난 작은 상처에 뭔가를 적신 천을 댔다.

거울 속 모습을 곰곰이 보면 희미하게 낯익은 생김새가 남아 있었다. 아주 희미하기는 했지만.

요코는 거울을 내려놓았다. 두 번 다시 보지 말자고 마음먹었다. 거울을 들여다보고 확인만 하지 않으면 자신이 어떤 얼굴이든 상관없는 일이다. 머리카락은 거울을 쓰지 않아도 보이지만 물들였다고 생각하면 참을 수 있겠지. 딱히 자신의 용모가 마음에 들었던 것은 아니지만 이 변화를 다시 직시할 용기가 요코에게는 없었다.

"나는 모르지만 그런 일도 있겠지. 조만간 마음이 진정되면 익숙해질 거야."

노파는 탁자에서 통을 치우더니 대신 커다란 그릇을 놓는다. 떡 같은 게 가라앉은 수프가 들어 있었다.

"먹으렴. 부족하면 더 있단다."

요코는 고개를 가로저었다. 도저히 식사할 마음이 들지 않았다.

"……안 먹는 거니?"

"입맛이 없어요."

"입을 대고 나서야 생각지도 못하게 배가 고팠다는 사실을 알아챌 때도 있는 법이야."

요코는 말없이 고개를 저었다. 노파는 살짝 숨을 내쉬고 길쭉한 물병 같은 질주전자에서 차를 따라 주었다.

"저쪽에서 왔지?"

노파는 물으면서 의자를 끌어와 앉았다. 요코는 시선을 들었다.

"저쪽요?"

"바다 너머 말이야. 허해를 건너왔겠지?"

"……허해가 뭔데요?"

"절벽 아래에 있는 바다지. 아무것도 없는 새카만 바다."

그 바다를 허해라고 하나. 요코는 단어를 머릿속에 담았다.

노파는 탁자 위에 종이를 펼쳤다. 먹이 든 상자를 놓았다. 붓을 들고 요코에게 내밀었다.

"네 이름은?"

요코는 머뭇거리면서도 얌전히 붓을 받아 들고 이름을 썼다.

"나카지마 요코예요."

"일본 이름이로구나."

"……여기는 중국인가요?"

요코가 묻자 노파는 고개를 갸웃거렸다.

"여기는 교국이야. 정확하게는 교주국巧州國이지."

노파는 말하면서 다른 붓을 들고 글씨를 썼다.

"여기는 순주淳州 부양군符楊郡 여강향廬江鄉 전현槇縣 배랑配浪. 내가 배랑의 장로지."

적은 글자는 미세하게 조금씩 다르다. 그래도 한자가 분명했다.

"여기서는 한자를 쓰나요?"

"글자라면 쓰고말고. 너는 몇 살이지?"

"열여섯 살이에요. 그럼 허해라는 말에도 한자가 있나요?"

"공허虛한 바다海라고 쓰지. 직업은?"

"학생이에요."

요코가 대답하자 노파는 가볍게 숨을 쉬었다.

"말은 할 줄 아는 것 같구나. 글자도 읽을 수 있는 것 같고. 그 이상한 검 말고는 뭘 가지고 있지?"

묻는 말에 요코는 주머니를 뒤졌다. 손수건과 빗, 거울과 학생증, 망가진 손목시계가 전부였다.

늘어놓자 노파는 무슨 뜻인지 고개를 저었다. 한숨을 쉬는 것 같더니 탁자 위 물건을 품안에 넣었다.

"……나, 이제 어떻게 되나요?"

"글쎄다. 그런 건 윗사람이 정할 일이지."

"내가 무슨 나쁜 짓을 저질렀나요?"

요코는 자신을 꼭 죄인처럼 다룬다고 생각했다. 노파는 이 물음에도 고개를 내저었다.

"딱히 나쁜 짓을 한 건 아니야. 하지만 해객은 현지사에게 신고하게 되어 있어. 안 좋게 생각하지 말아주렴."

"해객?"

"바다에서 온 방문자를 말하지. 바다海의 손님客이라고 써. 허해 너머 아득한 동쪽에서 오면 그렇게 부르지. 허해 동쪽 끝에는 일본이라는 나라가 있다더구나. 확인한 사람이야 없지만 실제로 해객이 흘러오니까 그렇겠지."

노파가 요코를 바라보았다.

"일본 사람이 가끔 식에 휘말려 동쪽 해안가에 이르지. 너처럼 말이야. 그런 사람을 해객이라고 하는 거야."

"식?"

"글자는 먹을 식食에 벌레 충蟲을 붙여 써. 말하자면 태풍 같은 거야. 태풍과 달리 느닷없이 시작했다 느닷없이 끝나지. 그 뒤에 해객이 뭍으로 올라와."

노파는 난처해하는 미소를 지었다.

"대부분 시체이기는 하지. 해객은 살아 있든 죽었든 위에 보고하게 되어 있어. 위쪽의 높으신 분이 너를 어떻게 할지 정할 거야."

"어떻게 할지?"

"어떻게 되는지는 솔직히 모르겠구나. 여기에 살아 있는 해객이 흘러든 것은 우리 조모님 시절 이후 처음이니까. 그 해객은 전현으로 보내지기 전에 죽었다더군. 너는 바다에 빠지지 않고 도착했어. 운이 좋았구나."

"저어……."

"뭐니?"

"여기는 대체 어디죠?"

"순주야. 아까 여기에……."

지명을 적은 곳을 가리키는 노파를 제지했다.

"그거 말고요!"

놀란 듯이 눈을 동그랗게 뜬 노파를 향해 요코는 호소했다.

"나는 허해 같은 거 몰라요. 교국이라는 나라를 몰라요. 이런 세계는 몰라요. 여기는 어디죠?"

노파는 난처해하며 한숨만 쉴 뿐 물음에는 대답하지 않았다.

"……돌아갈 방법을 알려주세요."

"없다."

노파의 단호한 말에 요코는 양손을 꼭 쥐었다.

"없다뇨."

"사람은 허해를 건널 수 없어. 올 수는 있어도 갈 수는 없지. 이쪽에서 저쪽으로 간 사람도, 돌아간 해객도 없어."

말이 가슴속에서 소화가 되기까지 시간이 걸렸다.

"……돌아갈 수 없다고요? 말도 안 돼요."

"무리야."

"하지만 나는……."

눈물이 흘렀다.

"부모님이 계세요. 학교도 가야 하고. 어젯밤에 외박한데다 오늘도 무단결석을 했으니 분명히 다들 걱정할 거예요."

노파는 거북한 듯 시선을 피하고는 일어나서 탁상 위 물건을 정리했다.

"……포기하는 수밖에 없어."

"나는 이런 곳에 올 마음 따위 전혀 없었어요!"

"해객은 다들 그래."

"전부 거기에 있다고요. 아무것도 가져오지 못했어요. 그런데도 돌아가면 안 돼요? 나……."

더이상 제대로 말이 나오지 않았다. 요코가 울음을 터뜨리든 말든 노파는 방을 나갔다. 들고 온 물건을 다시 들고 나간 뒤 문을 잠그는 소리가 들렸다. 감옥 안에 요코는 혼자다. 촛대마저 들고 가는 바람에 한 줄기 빛조차 없었다.

"집으로 돌아가고 싶어……!"

몸을 일으키기 어려워서 침대에 웅크렸다. 그대로 소리 높여 울다가 이윽고 지쳐 정신을 잃듯 잠에 빠져들었다.

꿈은 꾸지 않았다.

005

"일어나."

누군가 이렇게 말하며 요코를 들깨웠다.

울다 지친 눈꺼풀이 무겁다. 빛 때문에 눈이 시렸다. 피로와 굶주림으로 온몸의 힘이 다 빠졌지만 음식을 입에 대고 싶은 마음은 없었다.

옥에 들어와 요코를 깨운 남자들은 요코의 몸에 가볍게 오라를 지웠다. 그대로 바깥으로 떠밀려 나갔다. 건물 앞 광장에는 마차가 기다리고 있었다.

짐수레에 말 두 마리가 연결되어 있었다. 마차 위에 실려서 둘러보니 광장 구석구석과 길모퉁이에 많은 사람이 모여서 요코를 보고 있었다.

이렇게 많은 사람들이 어제 본 폐허 같은 마을 어딘가에 숨어 있었던 것일까.

다들 동양인 같지만 머리카락 색이 다르다. 여럿이 모이자 기이한 느낌이었다. 하나같이 호기심과 혐오가 뒤섞인 표정이었다. 요코는 자신이 진짜 호송되는 범인 같다고 생각했다.

눈을 뜰 때부터 잠이 달아나기까지 그 짧은 순간 동안 전부 꿈이라면 얼마나 좋을까 진심으로 바랐다. 남자의 손이 요코를 거칠게 잡아끌어 일으키자 이내 그 바람은 깨져버렸지만.

옷매무새를 가다듬을 틈도 얼굴을 씻을 기회도 주어지지 않았다. 바다로 뛰어든 이후 그대로 입고 있는 교복에서는 바다의 악취가 풍겼다.

남자 하나가 요코 옆에 타고 마부가 말의 고삐를 잡아챘다. 요코는 그 모습을 멍하니 보면서 목욕을 그리워했다. 욕조 한가득 받은 더운물에 몸을 담그고 향긋한 비누로 몸을 씻고, 새 속옷과 파자마로 갈아입고 내 침대에서 자고 싶다.

눈을 뜨면 엄마가 지은 밥을 먹고 학교에 간다. 친구들과 인사하고 시답잖은 수다를 떨고. 그러고 보니 화학 숙제가 절반 남아 있다. 도서관에서 빌린 책도 반납해야만 한다. 꾸준히 보던 드라마가 어젯밤에 방영되었을 텐데 놓치고 말았다. 엄마가 기억하고 녹화해두었으면 좋으련만.

이런저런 생각을 하니 덧없어서 눈물이 왈칵 쏟아졌다. 요코는 허둥지둥 고개를 숙였다. 얼굴을 가리고 싶었지만 뒷짐을 지워놓아 그마저 할 수 없었다.

—포기하는 수밖에 없어.

그런 말은 믿지 않겠다. 게이키도 돌아갈 수 없다는 소리는 하지 않았다.

계속 이대로일 리가 없다. 옷도 갈아입지 못하고 얼굴도 씻지 못하고 죄인처럼 줄에 묶여 더러운 짐수레에 타고. 요코는 선량한 성인군자가 아니지만 이런 취급을 받을 만큼 못된 인간도 아니었다.

고개를 뒤로 돌려 멀어지는 문을 바라보면서 요코는 포박당한 채 어깨에 볼을 가져다 대고 눈물을 닦았다. 옆에 앉은 서른 줄의 남자는 품에 행낭을 안고 담담히 풍경을 보고 있었다.

"저기…… 어디로 가는 건가요?"

요코가 머뭇거리며 말을 붙이자 의심스러운 눈빛으로 바라본다.

"말할 수 있나."

"네. ……저는 이제 어디로 가나요?"

"어디라니, 현청이지. 현지사한테 데려갈 거야."

"그래서 어떻게 되는데요? 재판 같은 걸 받나요?"

아무래도 자신이 죄인이라는 생각을 떨칠 수 없다.

"네가 좋은 해객인지 나쁜 해객인지 확실해질 때까지 어딘가에 갇혀 있겠지."

남자의 차가운 말투에 요코는 고개를 갸웃거렸다.

"좋은 해객, 나쁜 해객?"

"그래. 네가 좋은 해객이라면 마땅한 분이 후견인이 되어 적당한 곳에서 생활하게 되겠지. 나쁜 해객이라면 유폐 아니면 사형

일 테고."

요코는 반사적으로 몸을 웅크렸다. 등줄기에 식은땀이 밴다.

"……사형?"

"나쁜 해객은 나라를 망하게 하지. 네가 흉사의 전조라면 목을 칠 거야."

"흉사의 전조라뇨."

"해객이 전란이나 재해를 가져올 때가 있어. 그럴 때는 얼른 죽여버리지 않으면 나라가 망해."

"그걸 어떻게 가리죠?"

남자는 살며시 빈정대는 미소를 지었다.

"한동안 가둬두면 알 수 있어. 네가 오고 나서 나쁜 일이 생기면 너는 흉사의 전조다. 하기야……."

남자는 사나운 눈으로 요코를 본다.

"너는 굳이 고르자면 흉사를 가져온 것 같군."

"……말도 안 돼요."

"네가 온 그 식 때문에 얼마나 많은 논이 진흙에 파묻힌 줄 알아? 배랑의 올해 수확은 전멸이야."

요코는 눈을 감았다. 아아, 그래서……. 그래서 자신이 죄인 취급을 받은 것인가. 마을 사람에게 요코는 흉사의 전조다.

무섭다고 절실하게 생각했다. 죽기는 무섭다. 처형당하는 것은 더 무섭다. 이런 낯선 땅에서 죽으면 아무도 안타까워하지 않고, 울어주지도 않을 것이다. 시신조차 집으로 돌아갈 수 없다.

—어쩌다 이렇게 된 거지.

도저히 이것이 자신의 운명이라고 믿을 수 없었다. 그저께 평소처럼 집을 나왔다. 엄마에게는 다녀오겠다는 말만 했다. 평소처럼 시작되어 평소처럼 끝났어야 할 하루. 대체 어디에서 길을 잘못 든 것일까.

마을 사람에게 말을 걸어서는 안 되었던 건가. 처음부터 절벽에서 가만히 있었어야 했던가. 요코를 이쪽으로 끌고 온 게이키 일행과 떨어진 게 잘못이었던 것일까.

아니면 애당초 그들을 따라온 게 잘못이었던 건가.

그러나 요코에게는 선택의 여지가 없었다. 게이키는 완력으로라도 데려간다고 했다. 괴물에 쫓겨 요코도 어떻게든 몸을 지켜야 했다.

꼭 무슨 덫에 걸려버린 것 같다. 너무나 평범해 보인 그날 아침에 이미 덫 안에 있었고, 시간이 흐르면서 덫이 옥죄어들었다. 이상하다고 생각했을 때에는 이미 벗어날 수가 없었다.

—도망쳐야 해.

몸이 단 요코는 날뛰고 싶은 마음을 억눌렀다. 실패는 용납되지 않는다. 도망치다 실패했다가는 어떤 보복을 당할지 모른다.

기회를 엿보고 어떻게든 이 궁지에서 벗어나야 한다.

요코의 머릿속에서 무엇인가 맹렬한 기세로 회전하기 시작했다. 이런 속도로 머리를 굴리기는 태어나서 처음인지도 모르겠다.

"……현청까지 얼마나 걸리죠?"

"마차로 가면 한나절쯤 걸리나."

요코는 머리를 들었다. 하늘은 태풍이 지난 뒤처럼 푸르고 태양은 벌써 중천이다. 해가 떨어지기 전에 어떻게든 도망칠 기회를 찾아야만 한다. 현청이 어떤 곳인지는 모르겠지만 적어도 이 마차보다는 도망치기 어려우리라.

"내 짐은 어떻게 됐어요?"

남자는 미심쩍어하는 눈으로 요코를 보았다.

"해객이 들고 온 물건은 다 신고하게 되어 있어."

"검도요?"

남자는 더욱 미심쩍어하는 표정을 짓는다. 경계하는 것을 알 수 있었다.

"……물어서 어쩌려고."

"그 검은 소중한 물건이에요."

등뒤에서 주먹을 살짝 쥐었다.

"나를 붙잡은 남자가 무척 탐내더라고요. 혹시라도 그 사람이 훔쳐가지 않았나 해서요."

남자는 코웃음을 쳤다.

"웃기는군. 틀림없이 신고할 거야."

"그래요? 그 검은 장식품이지만 무척 값이 나가는 물건이에요."

남자는 요코의 얼굴을 보고는 무릎 위 행낭을 열었다. 안에서 또렷하게 반짝이는 보검이 나타났다.

"이 검이 장식품이라고?"

"맞아요."

적어도 가까이 있다는 사실에 안도하면서 요코는 남자를 바라보았다. 남자가 검자루를 잡는다. 제발 뽑히지 말라고 기도했다. 논에서 만난 남자는 뽑지 못했다. 게이키는 그 검이 요코밖에 쓸 수 없다고 했다. 혹시 자신 외에는 뽑을 수 없는 검이 아닐까 생각했지만 확신은 없다.

남자가 손에 힘을 준다. 검자루는 검집에서 꿈쩍도 하지 않았다.

"호오, 정말로 장식품이군."

"돌려주세요."

요코가 호소하자 남자는 비아냥거리듯 웃는다.

"신고하게 되어 있어서 말이야. 너도 목을 베이고 나면 쓸 일이 없을 것 아냐. 바라보고 있으려고 해도 눈을 감은 뒤라 바라볼 눈이 없을 텐데?"

요코는 입술을 깨물었다. 포승줄만 없으면 되찾을 수 있으련만. 어쩌면 조유가 어떻게든 해주지 않을까 기대했지만 힘을 줘도 끈은 당연히 끊어지지 않았다. 딱히 괴력을 가지게 된 것은 아닌 듯하다.

어떻게든 줄을 끊고 검을 되찾을 방법은 없나 하고 주위를 둘러보다가 스치는 풍경 속에서 금빛을 발견했다.

마차가 산길로 접어들려 하고 있었다. 이름 모를 나무들이 줄지어 서 있는 어두운 숲 속에서 낯익은 빛을 발견하고 요코는 눈을 동그랗게 떴다. 동시에 스르륵 조유의 기척이 피부를 스친다.

숲속에 사람이 있었다. 긴 금발머리에 하얀 얼굴, 자락이 긴 기모노 비슷한 옷.

—게이키.

요코가 마음속으로 중얼거리는 것과 동시에 분명히 요코의 목소리가 아닌 목소리가 머릿속에서 들렸다.

—태보.

006

"세워줘!"

요코는 마차에서 몸을 내밀며 외쳤다.

"게이키! 살려줘!"

옆에 있던 남자가 요코의 어깨를 잡고 억눌렀다.

"어이."

요코는 남자를 돌아봤다.

"마차를 세워요. 아는 사람이 있어요!"

"여기에 네가 아는 사람은 없어."

"있었어요! 게이키였어요! 제발 세워줘요!"

말의 속도가 느려졌다.

돌아보니 벌써 금빛은 멀어졌다. 그래도 그곳에 분명히 사람이 있고, 그 바로 옆에 있는 또 다른 이는 사신처럼 머리끝부터 어두운색 천을 뒤집어썼으며, 짐승 몇 마리를 데리고 있다는 사실을 알 수 있었다.

"게이키!"

이름을 외치며 몸을 내민 요코의 어깨를 남자가 거세게 잡아끌었다. 엉덩방아를 찧고 반사적으로 다시 고개를 들었을 때에는 이미 금빛이 보이지 않았다. 서 있던 곳은 아직 시야에 있다.

그곳에 있던 인물만 자취를 감추어버렸다.

"게이키!"

"작작 좀 해!"

남자가 난폭하게 요코를 끌어당긴다.

"어디에 사람이 있다는 거야. 그런 걸로 속이려 해도 소용없어."

"있었다고요!"

"시끄러워!"

호통 소리에 요코는 몸을 움츠렸다. 끊임없이 움직이는 마차 위에서 포기하지 못하고 시선만 던졌다. 역시 그곳에는 아무도 없었다.

—어째서.

게이키라고 생각한 순간 들린 목소리는 분명히 조유였다. 그 자는 게이키가 틀림없다. 짐승 모습도 보였다. 게이키 일행은 무사했다.

—그렇다면 어째서 도와주지 않지?

혼란스러운 마음으로 그저 시선만 어지러이 움직였다. 어딘가에 다시 금빛이 보이지 않을까.

그때였다. 시선이 향해 있는 숲속에서 목소리가 들렸다.

요코가 목소리가 들린 쪽을 보고 뒤이어 옆에 있는 남자가 얼굴을 그쪽으로 돌렸다.

갓난아이 울음소리였다. 어딘가에서 아이 우는 소리가 띄엄띄엄 들린다.

"어이……?"

울음소리가 나는 방향을 가리키며 남자가 말을 건 상대는 그때까지 말없이 마차를 몰던 남자였다. 마부는 요코와 남자를 흘끔 보더니 고삐를 잡아챘다. 말의 걸음이 빨라졌다.

"갓난아이가……."

"신경쓰지 마. 산속에서 갓난아이 울음소리가 들릴 때는 다가가면 안 돼."

"그래도……."

아기는 몸에 불이라도 붙은 것처럼 울기 시작했다. 사람이 지나치는 걸 용납하지 않는 듯한 절박한 목소리였다. 목소리가 나는 곳을 찾듯이 마차 끄트머리에서 몸을 내민 남자에게 마부는 거칠게 말했다.

"무시해. 산속에서 사람을 잡아먹는 요마는 갓난아이 목소리로 운다잖아."

요마라는 말에 요코는 등줄기가 뻣뻣해졌다.

남자는 납득이 가지 않는 얼굴로 숲과 마부를 번갈아 보았다. 마부는 굳은 얼굴로 고삐를 더 세게 잡아챘다. 마차는 양쪽에 우거진 숲 때문에 그늘진 언덕길을 크게 요동치며 달렸다.

게이키가 자신을 구하기 위해 무슨 일을 꾸민 건가 잠시 생각했지만, 조유의 기척이 짙어지며 온몸이 엄청나게 긴장했다. 도움의 손길이라고 단순히 기뻐할 수만은 없었다.

응애응애, 하는 갓난아이의 울음소리가 바로 옆에서 들렸다. 분명히 가까워지고 있다. 울음소리에 응답하듯 다른 방향에서 다른 울음소리가 들린다. 여기서도 저기서도 들리는 울음소리는 마차의 주위를 둘러싸듯 뒤덮어 언덕길에 메아리쳤다.

"히익……."

남자는 긴장하며 주위를 둘러보았다. 마차가 속력을 내어 질주하는데도 울음소리는 전혀 영향을 받지 않는 듯 가까워지기만 했다. 갓난아이가 아니다. 어린애일 리가 없다. 요코는 몸을 비틀었다. 가슴이 쿵쾅거렸다. 몸속에 무언가가 충만하다. 조유의 기척이 아니라 파도 소리 같은 소리를 내는 무언가였다.

"포승줄을 풀어줘요!"

남자는 눈을 부릅뜬 채 요코를 보고 고개를 가로저었다.

"습격당하면 몸을 지킬 방법이 있어요?"

이 말에도 당황한 것처럼 고개만 내저었다.

"줄을 풀어줘요. 그 검을 내게 주세요."

마차를 둘러싼 소리는 서서히 반경을 좁히고 있다. 말은 질주

한다. 마차는 올라탄 사람을 떨구어버릴 것처럼 몇 번이고 튀어 올랐다.

"빨리!"

요코가 소리치자 남자는 뭔가에 떠밀린 것처럼 움직였다. 그 순간이었다. 한층 더 큰 충격이 가해졌다.

요코는 호되게 땅바닥에 내동댕이쳐지는 바람에 정신이 들었다. 마차가 뒤집힌 것이다. 막혔던 숨이 트이면서 가볍게 구토가 치밀어오르는 것을 진정시키고 보니 말도 마차도 완전히 쓰러져 있었다.

가까이 내던져진 남자가 주변을 돌아보며 몸을 일으킨다. 남자는 여전히 천으로 된 행낭을 꼭 끌어안고 있었다. 갓난아이 목소리는 숲 가장자리에서 들렸다.

"부탁이에요! 줄을 풀어줘요!"

요코의 외침과 함께 비통한 말의 울부짖음이 들렸다. 놀라서 쳐다보니 검은 털을 지닌 커다란 개가 말 한 마리를 덮치고 있었다. 턱이 발달한 개일 것이다. 입을 벌리자 얼굴이 둘로 쪼개진 것처럼 보였다. 콧등은 하얗다. 그 하얀 콧등이 순식간에 붉게 물들었다. 남자들이 비명을 질렀다.

"줄을 풀고 검을 줘!"

남자에게는 더이상 요코의 목소리가 들리지 않는 듯했다. 허둥지둥 일어나 행낭을 꼭 끌어안은 채 한 손으로 허공을 저으며 언덕 아래로 달려간다.

그 등을 향해 숲속에서 검은 짐승 몇 마리가 튀어나왔다.

남자와 검은 짐승의 모습이 잠깐 겹쳐졌다. 짐승이 땅으로 내려서자 그 뒤로 남자가 우뚝 멈추어 섰다.

아니, 멈추어 선 것이 아니다. 남자의 머리와 한쪽 팔이 없었다. 곧바로 몸이 쓰러진다. 호스로 물을 뿌리듯이 뿜어져 나오는 피가 또렷한 궤적을 그리며 주변 일대에 붉은 방울을 흩뿌렸다. 요코의 등뒤에서 말이 날카롭게 울었다.

요코는 마차에 몸을 기댄다. 누가 어깨를 건드려서 놀라 돌아보니 마부였다.

마부가 등뒤로 묶인 요코의 팔을 잡았다. 쥐고 있는 작은 칼이 보였다.

"도망쳐. 지금이라면 놈들 곁을 지나갈 수 있어."

마부는 그렇게 말하고 일어났다. 요코를 구속하고 있던 포박이 느슨해졌다.

마부는 요코를 일으켜 세워 언덕 아래로 떠밀었다. 언덕 위에는 개들이 말 주위를 둘러싸고 있다. 언덕 아래에는 쓰러진 남자 주변에 무리 지은 개. 몸 위에 우글우글 무리 지은 검은 짐승을 조금 떨어진 곳에서 남자의 머리가 응시하고 있었다.

하늘에서 뚝 떨어진 것 같은 느닷없는 살육에 요코가 몸을 움츠려도 포박이 풀린 몸은 관계없이 전투 준비를 한다. 가까이 있는 돌을 그러모으듯 주웠다.

—이런 돌멩이로 뭘 할 수 있겠어.

요코의 몸이 일어난다. 언덕 아래로 향했다. 쩝쩝거리는 끔찍한 소리를 내는 털 짐승 무리 사이로 소리에 맞춰 흔들리는 남자의 다리가 보였다. 눈이 짐승의 숫자를 센다. 하나, 둘, ……다섯, 여섯.

요코는 무리로 다가간다. 갓난아이 소리가 그치고 골육을 씹는 소리만 가득했다.

갑작스레 개 한 마리가 고개를 들었다. 하얀 콧등이 새빨갛게 물들어 있었다. 그 개가 말이라도 건 것처럼 잇따라 다른 개가 머리를 들었다.

—어쩔 거야.

요코의 몸이 빠르게 달렸다. 맨 처음 덤벼든 개의 콧등에 돌멩이를 명중시킨다. 물론 그런 것으로 쓰러뜨릴 상대가 아니다. 짐승의 다리를 한순간 멈출 뿐이었다.

—소용없어.

무리가 물러난 곳에는 형체조차 알아볼 수 없는 남자의 몸이 있었다.

—여기서 죽을 거야.

저렇게 먹히는 거다. 저 턱과 엄니로 물어뜯겨 고깃덩어리가 되면, 개들은 그 살점마저 먹어치워버릴 것이다.

그런 절망적인 심정에 휩싸이면서도 돌멩이로 개 떼를 흐트러뜨리고 요코는 달린다. 움직이기 시작한 조유를 멈출 방법은 없다. 되도록 조유를 방해하지 않도록 의식을 집중하며 하다못해 아픔을 느낄 틈이 없기를 비는 수밖에 없었다.

달리는 요코의 다리와 팔과 등에 둔탁한 충격과 희미한 아픔이 잇따라 느껴졌다.

구조를 요청하며 뒤돌아본 요코의 눈에 작은 칼을 마구잡이로 휘두르며 달리는 남자의 모습이 보였다. 마부는 요코와 반대쪽 숲으로 달려갔다. 풀숲을 헤친 곳에서 뭔가가 그의 몸을 나무 그늘로 끌어당겼다.

어째서 저쪽으로 갔나 의문이 끓어올랐지만 금세 자신이 미끼로 쓰였음을 깨달았다. 도망친 요코가 습격당하는 사이에 자신은 숲속으로 도망갈 작정이었으리라. 남자의 계획은 실패로 끝났다. 그는 습격당했고 요코도 무사하지는 못할 것이다.

손안의 돌멩이가 다 떨어졌다. 이미 사람 형태라고는 찾아볼 수 없는 남자의 시신까지 세 걸음 거리.

맨손으로 오른쪽에서 덮쳐 온 개의 콧등을 때렸다. 발목을 덥

석 붙들더니 몸을 쑥 들어올리는 움직임이 느껴져 상반신을 앞으로 숙였다. 등에 묵직한 것이 닿는 충격도 와서 몸을 더 깊숙이 숙여 구르듯이 피하던 요코는 남자의 시신에 머리부터 처박혔다.

—싫어.

비명은 나오지 않았다. 혐오감이 솟았지만 마음 한구석이 완전히 마비되어 그조차 희미했다.

몸을 일으켜 뒤쪽을 향해 자세를 잡는다. 이 괴물에게 눈싸움이 먹힐 것 같지 않았는데 뜻밖에도 개는 머리를 낮게 떨구고 거리를 쟀다. 그렇다고 언제까지 그것이 계속될 리는 없다.

요코는 오른손을 시체로 뻗어 엎드린 남자의 살덩어리 아래를 뒤졌다.

이 남자가 한순간에 시체가 되어 가던 광경이 눈앞에 되살아난다. 시간이 없다. 놈들이 마음먹으면 한순간에 결판이 나버린다.

더듬거리던 손가락에 딱딱한 물체가 닿았다.

검자루가 손으로 뛰어든 것만 같은 기분이었다.

—아…… 아아.

구명줄을 잡았다. 남자의 살덩어리 아래에서 검집을 통째로 빼내려 했지만 무슨 영문인지 검집이 절반까지만 모습을 드러내고는 꼼짝하지 않는다. 검과 검집은 떼어놓아서는 안 된다고 했다. 그러나…….

망설일 틈도 없음을 깨달은 요코는 마음을 다잡고 검을 뽑았다. 검 끝으로 구슬을 묶은 끈을 잘라 구슬을 손에 쥔다. 동시에 개가 움직였다.

그것을 시야에 포착하자마자 오른손을 놀리며 예리한 검날을 움직인다.

"아아—아아아!!"

말을 이루지 못한 비명이 목에서 튀어나왔다.

개들의 포위 속에서 두 마리를 좌우로 베어내 생긴 틈으로 뛰어들어 달렸다. 여전히 쫓아오는 짐승을 물리치며 있는 힘껏 그 자리에서 도망쳤다.

007

요코는 커다란 나무에 몸을 맡기고 주저앉았다.

언덕을 내려가던 도중에 산으로 들어갔다. 도망치던 끝에 더 이상 다리가 움직이지 않게 된 것이다.

땀을 닦을 생각으로 팔을 들어보니 교복이 피로 묵직하게 젖어 있었다. 얼굴을 찡그리고 웃옷을 벗었다. 벗은 교복으로 검을 닦는다. 닦은 검 끝을 눈앞에 들어올렸다.

언제였는지 일본사 수업에서 일본도는 수시로 손질하지 않으면 사람을 몇 명 벨 수 없다고 들은 적이 있다. 검날에 이가 빠지고 기름기가 끼어 쓸 수 없게 된다고 한다. 제법 상했으리라 생각했건만 천으로 살짝 닦기만 했는데도 흠집 하나 없다.

"……신기해."

요코밖에 뽑을 수 없는 것도 그렇고, 묘한 검이다. 처음에 검집째 들었을 때에는 무거웠는데 검만 들자 아주 가볍다.

요코는 예리한 번뜩임을 되찾은 검을 닦은 옷으로 감쌌다. 그것을 품에 안고 한동안 숨을 골랐다.

검집을 두고 오고 말았다. 찾으러 돌아가야 할까.

검집과 검은 떼어놓아서는 안 된다고 했는데, 검집에도 무슨 의미가 있다는 소리일까. 아니면 검집에 구슬이 달려 있었기 때문일까.

땀이 마르자 교복 아래 입은 티셔츠만으로는 쌀쌀했지만 더러운 웃옷에 다시 팔을 꿸 마음은 들지 않았다. 진정하고 보니 온몸이 아프다. 팔다리가 상처투성이다.

티셔츠 소매에는 엄니에 뚫린 흔적이 몇 군데 있다. 피부에서 피가 배어 나와 흰 셔츠를 얼룩덜룩 물들였다. 치마는 찢어졌고, 치마 아래 다리에도 상처가 셀 수 없이 많다. 상처에서는 대부분 아직 피가 나고 있었지만 남자를 한순간에 죽인 엄니가 낸 상처 치고는 가벼운 생채기라 해도 무방했다.

이상하다. 아무리 생각해도 이렇게 가벼운 상처로 끝날 리가 없다. 그러고 보니 교무실 유리창이 깨졌을 때에도 주위 교사들은 크게 다쳤는데 요코만 멀쩡했다. 하늘을 날던 짐승의 등에서 떨어졌을 때도 찰과상밖에 없었다.

이상하다는 생각이 들었지만 모습까지 달라져버린 것을 감안하면 크게 고민할 정도의 일은 아닐지도 모른다.

요코는 괜히 숨을 한번 내쉬었다. 한숨 비슷한 숨을 내쉬고 나서 자신의 왼손이 주먹을 꼭 쥐고 있었던 사실을 깨달았다. 굳은 손가락을 펼치자 푸른 구슬이 굴러나왔다. 다시 고쳐 쥐자 그곳부터 통증이 물러가는 것이 느껴졌다.

구슬을 쥐고 한참 졸다가 눈을 떠보니 온몸 여기저기에 난 상처는 벌써 아물어 있었다.

"……신기해."

콕콕 몸을 좀먹는 듯한 통증은 사라졌다. 피로가 옅어진 것을 느낀다. 확실히 이 구슬은 잃어버려서는 안 될 물건이다. 요코는 더할 나위 없이 고마웠다.

이런 구슬이 달려 있으니까 검집을 잃어버리지 말라고 했겠지.

교복에서 스카프를 풀어 검으로 잘게 잘랐다. 자른 스카프를 단단하게 꼬아 구슬에 뚫린 구멍에 꿰자 목에 걸기에 딱 좋은 길이였다.

구슬을 목에 걸고 주위를 둘러봤다. 비탈이 이이지는 숲속이었다. 해는 기울고 나무 아래에는 어둠이 감돌았다. 방향은 모른다. 앞으로 어떻게 하면 좋을지도 몰랐다.

"……조유."

등 쪽에 의식을 집중해 물어보았지만 대답은 없었다.

"부탁이니까 무슨 말이든 해봐."

역시 대답이 없다.

"앞으로 어떻게 하면 돼? 어디로 가서 뭘 하면 돼?"

어디서도 목소리는 들리지 않았다. 없을 리가 없는데, 자신의 몸에 의식을 집중해도 그것이 있다는 기색은 전혀 느껴지지 않았다. 파사사, 희미하게 바람이 풀을 스치는 소리가 오히려 요코의 기분을 쓸쓸하게 만들었다.

"나는 정말 아무것도 몰라."

요코는 헛된 혼잣말을 계속 중얼거렸다.

"나는 이쪽에 대해 아무것도 몰라. 이런 내게 어쩌라는 거야. 사람이 있는 곳으로 나가면 또 붙잡히겠지? 붙잡히면 죽을 거 아니야. 아무도 마주치지 않게 도망치고 또 도망쳐 다니다보면 어떻게든 될까? 집으로 통하는 문을 찾을 수 있을까? 그렇지 않잖아."

뭘 해야만 하는데 뭘 해야 할지 모르겠다. 여기에 앉아 있어도 아무 희망도 없다는 것은 알지만 어디로 가야 좋을지 모르겠다.

숲속은 급속하게 땅거미가 졌다. 빛을 밝힐 방법도 오늘 하루 몸을 누일 곳도 없었다. 먹을 것도 마실 것도 없다. 사람이 있는 곳은 위험해서 다가가지 못하고, 사람이 없는 곳을 정처 없이 돌아다니기는 무섭다.

"나한테 어쩌라는 거야. 하다못해 뭘 하면 되는지, 그것만이라도 알려줘!"

역시 대답은 없었다.

"대체 뭐가 어떻게 된 거야. 게이키 일행은 어디 갔어? 아까 있던 사람이 게이키지? 어째서 자취를 감춘 거야. 왜 도와주지 않았어? 응, 왜?"

파사사, 바람이 잎사귀를 스치는 소리만이 들린다.

"부탁이니까 무슨 말이든 해줘……."

눈물이 뚝뚝 떨어졌다.

"……돌아가고 싶어."

자신이 살던 세상을 좋아하지는 않았다. 그래도 떠나오고 나니 그립고 그리워서 눈물이 난다. 돌아갈 수 있다면 뭐든지 하겠다. 돌아가면 두 번 다시 떠나지 않겠다.

"집으로…… 돌아가고 싶어."

아이처럼 훌쩍이며 문득 생각했다.

요코는 어떻게 도망칠 수는 있었다. 현청으로 보내지거나 짐승에게 먹히지도 않았다. 이렇게 살아서 무릎을 끌어안고 있다.

그러나 그것은 정말로 다행인 일일까?

—고통이라면…….

고개를 내저어 떠오른 생각을 억지로 흐트러뜨린다. 그런 생각은 무섭다. 분명히 지금은 어떤 말보다 설득력이 있다. 요코는 무릎을 꼭 끌어안았다.

그때였다. 난데없이 목소리가 들렸다.

묘하게 새된 노인 같은 목소리는 요코가 애써 떠올리려 하지 않은 말을 웃음 섞인 목소리로 말했다.

"고통이라면 한순간에 끝났을 텐데."

요코는 주위를 둘러보았다. 이미 오른손은 검자루를 쥐고 있다. 숲속은 완연한 밤의 얼굴을 하고 있었다. 간신히 나무와 잡초의 키를 알 수 있을 만한 빛밖에 없다.

그 안에 희미한 빛이 떠올랐다. 요코가 앉은 곳에서 이 미터쯤 떨어진 지점. 풀 속에서 뿜어져 나오는 푸르스름한 인광이 보였다.

요코는 빛을 응시하고는 숨을 살짝 삼켰다.

도깨비불처럼 빛나는 털을 지닌 원숭이다. 키 큰 잡초 사이에서 머리만 내밀고 요코를 보면서 비웃듯 잇몸을 드러내고 있다.

원숭이는 꺄꺄꺄 하고 귀에 거슬리는 소리로 웃었다.

"먹혀버리면 한순간이었을 텐데 말이야."

요코는 교복 사이에서 검을 뽑았다.

"……너 뭐야?"

원숭이는 더 크게 웃는다.

"나는 나야. 도망치다니 멍청한 계집애구나. 그대로 먹혔으면 괴로워하지 않아도 됐을 텐데 말이야."

요코는 검을 겨누었다.

"누구야?"

"나는 나래도. 네 편이지. 네게 좋은 걸 알려주려고."

"……좋은 거?"

원숭이의 말을 다 믿을 수는 없다. 조유가 긴장하는 모습을 보이지 않으니 적은 아니겠지만, 수상쩍은 겉모습만 보아도 도저히 정상적인 생물 같지 않았다.

"너는 돌아갈 수 없어."

딱 자르는 말에 요코는 원숭이를 노려보았다.

"그만해."

"못 돌아가. 뭘 해도 불가능해. 처음부터 돌아갈 방법 같은 건 없었거든. 더 좋은 사실을 알려줄까?"

"듣고 싶지 않아."

"알려준다니까. 너는 속았어."

원숭이는 꺄꺄꺄 크게 웃었다.

"속았……다고?"

찬물을 맞은 것 같다.

"어리석은 계집애구나, 응? 너는 처음부터 덫에 걸린 거야."

요코는 숨을 삼켰다.

—덫.

게이키의? 게이키의!

검자루를 쥔 손이 떨렸지만 부정할 말이 떠오르지 않았다.

"짐작 가는 데가 있지? 너는 이쪽으로 끌려왔어. 두 번 다시 저쪽으로 돌아가지 못할 덫이었는데 말이야."

날카로운 목소리가 귀를 찔렀다.

"그만해!"

정신없이 검을 휘둘렀다. 둔탁하고 마른 소리가 나면서 풀이 흩날린다. 요코가 제힘으로 마구잡이로 휘두른 검은 원숭이에게 닿지 않았다.

"그렇게 귀를 막아도 사실은 달라지지 않아. 그딴 걸 애지중지 휘두르니까 죽지도 못한 거 아니야."

"그만해!"

"모처럼 좋은 물건을 가지고 있으니 더 좋은 쪽으로 써. 그걸로 네 목을 툭 날려버리는 거야."

원숭이는 몸을 젖히며 까까까 박장대소했다.

"입 다물어!"

손을 뻗어 휘두른 곳에 원숭이는 없었다. 조금 떨어진 곳에서 역시나 머리만 내밀고 있다.

"괜찮겠어? 나를 베어버리면 말이야. 내가 없으면 너는 말상대도 없어져."

요코는 흠칫하며 눈을 동그랗게 떴다.

"내가 무슨 나쁜 짓을 했다고 그래. 친절하게도 이렇게 말을 걸어주잖아."

요코는 이를 악문다. 눈을 꽉 감았다.

"가엾기도 하지. 이런 곳에 끌려와서."

"……어떻게 하면 돼?"

"어떻게도 안 돼."

"……죽기는 싫어."

죽음은 너무나 두렵다.

"마음대로 해. 나는 네가 죽기를 바라지는 않으니까 말이야."

"어디로 가면 돼?"

"어디로 가든 똑같아. 인간한테도 요마한테도 쫓길 테니까 말이야."

요코는 얼굴을 덮었다. 또 눈물이 났다.

"눈물이 나올 때 울어둬. 조만간 눈물도 말라버릴 테니까 말이야."

원숭이는 꺄꺄꺄 소리 높여 웃었다. 멀어지는 웃음소리를 듣고 요코는 고개를 들었다.

"기다려!"

홀로 남겨지기는 싫다. 설령 정체 모를 상대라도, 이런 곳에 혼자 이야기할 상대도 없이 막막하게 있기보다는 곁에 있는 편이 훨씬 낫다.

그러나 원숭이의 모습은 보이지 않았다. 캄캄해진 어둠 속에서 날카로운 웃음만이 멀어지면서 계속해서 울려 퍼졌다.

008

—고통이라면 한순간에 끝난다.

그 말은 가슴속에 무겁게 가라앉아 도저히 지울 수가 없었다.

요코는 몇 번이나 무릎 위에 얹은 검을 보았다. 희미하기 그지 없는 빛을 어슴푸레 반사하는, 차갑고 단단한 것이 뉘어 있다.

—고통이라면…….

사고가 거기서 멈춘다. 머리를 내저어 떨쳐내도 어느새 그곳으로 돌아와 있다.

돌아갈 수도 나아갈 수도 없이 요코는 그저 검만 바라보았다.

이윽고 검에서 희미한 빛이 나기 시작해 요코는 눈을 동그랗게 떴다.

밤눈에도 하얀 검의 형태가 서서히 떠오른다. 손에 들고 비추어본다. 스스로 빛을 발하며 예리하게 번뜩이는 검은 양날의 너비가 가운뎃손가락만큼은 된다. 검신에 어지럽게 비치는 기묘한 빛깔에 요코는 눈을 의심했다.

뭔가 비추고 있음을 알아채고 자신의 얼굴이리라 생각했지만 그렇지 않다는 사실을 깨달았다. 검신에 무언가 비치는 것은 틀림없지만, 요코의 얼굴은 아니었다. 가까이서 자세히 들여다보니 사람 모습이었다. 누군가 움직이는 모습을 비춘다.

맑은 물소리가 났다. 동굴 속에서 물방울이 수면을 때리는 듯한 소리는 익히 들었다. 검신에 비친 사람은 지켜보는 동안에 점점 선명해졌다. 파문을 그린 수면이 물소리와 함께 자리잡으며 또렷하게 상을 맺는다.

사람이었다. 여자가 방안을 돌아다니고 있다.

거기까지 확인한 요코의 눈에 눈물이 차올랐다.

"……엄마."

검신에 비친 사람은 엄마고, 그 방은 요코의 방이 틀림없었다.

흰색에 아이보리색 장식이 들어간 벽지, 작은 꽃무늬 커튼, 패치워크 침대 커버, 선반 위의 인형, 책상 위의 『초원의 집—기나긴 겨울』.

엄마는 방안을 갈팡질팡하며 주위 물건을 만지작거렸다. 책을 손에 들어 책장을 조금 넘기다가 책상 서랍을 열어 안을 들여다보는가 싶더니 침대에 앉아 한숨을 쉬었다.

'엄마…….'

엄마는 어쩐지 여윈 것처럼 보였다. 어두운 낯빛에 요코는 가슴이 아렸다.

분명히 요코를 걱정하고 있는 것이다. 집을 나온 지 벌써 이틀이 지났다. 한 번도 저녁 식사 준비에 늦은 적이 없거니와 행선지를 말하지 않고 나간 적도 없었다.

일어서서 한차례 주변 물건을 만지작거리던 엄마는 이내 침대에 주저앉았다. 벽 쪽에 늘어선 인형을 잡고 툭툭 턴다. 그러고는 인형을 쓰다듬으며 소리 죽여 울었다.

"엄마!"

마치 눈앞에 있는 것 같아서 요코는 저도 모르게 외쳤다.

외친 순간 풍경이 사라졌다. 불쑥 제정신이 돌아왔다. 눈의 초점을 맞추자 그곳에는 검 한 자루가 있다. 빛을 잃어 검신에 그림자는 보이지 않는다. 물소리도 그쳤다.

"뭐였지."

지금 그건 대체 뭐였을까. 꼭 현실 같았다.

요코는 다시 한번 검을 눈앞에 치켜들었다. 가만히 검신을 응시해도 그림자는 보이지 않았다. 물소리도 들리지 않는다. …… 물방울 소리.

요코는 문득 떠올렸다.

꿈에서도 들었던 소리다. 한 달간 이어진 꿈, 반드시 맑은 물방울 소리가 들렸다. 그 꿈은 현실이 되었다. 그렇다면 지금 본 환영은?

생각해도 알 수 없어서 요코는 고개를 가로저었다. 엄마의 모습을 보고 나니 돌아가고 싶어서 견딜 수 없을 따름이었다.

요코는 원숭이가 사라진 쪽을 바라보았다.

돌아갈 수 없다, 덫이다, 이렇게 인정하면 모든 희망이 사라져 버린다.

덫은 아니다. 아까 게이키가 도와주지 않은 것도 요코를 버렸기 때문이 아니다. 분명히 무슨 사정이 있었을 것이다.

아니, 애초에 얼굴이 똑똑히 보인 것도 아니다. 그 사람이 게이키라고 생각한 것은 요코의 착각이었는지도 모른다.

"분명히 그럴 거야."

게이키를 닮았지만 게이키가 아니었다. 여기에는 형형색색의 머리카락을 지닌 사람들이 있다. 금발이라 게이키인 줄 알았지만 얼굴을 분명하게 확인한 것은 아니다. 그렇게 생각하고 보니 그 사람은 게이키보다 자그마했던 것 같다.

"맞아, 그런 거야."

그 사람은 게이키가 아니다. 게이키가 요코를 버릴 리가 없다. 그러니까 게이키만 찾으면 틀림없이 돌아갈 수 있다.

검자루를 꼭 쥐자 불쑥 등줄기에 스르륵 움직이는 감촉이 스쳤다.

"조유?"

몸이 멋대로 일어난다. 검에서 웃옷을 벗겨내고 자세를 취하려 한다.

"……뭐야?"

요코는 대답이 없을 것을 알면서도 물으며 주위를 살폈다. 심장 박동이 빨라진다. 바삭바삭, 풀을 헤치는 소리가 정면에서 났다.

—무언가 온다.

이어서 나직한 울음소리가 들렸다. 개가 다른 짐승을 위협할 때 내는 소리.

—그놈들.

마차를 덮친 놈들일까?

어쨌거나 이렇게 어두워서야 싸우는 데 불리하다. 요코는 그렇게 생각하고 등뒤를 보았다. 조금이라도 밝은 곳으로 가기 위해 다리를 가볍게 내딛자 스르륵 움직이는 감촉이 그것을 도왔다. 요코는 달린다. 동시에 등뒤에서 커다란 짐승이 풀숲을 헤치며 돌진하는 소리가 들렸다.

어두운 숲속을 달린다. 추격자의 다리도 충분히 빠른 것 같은데 붙들리지 않는 것을 보니 아무래도 그리 기민한 상대가 아닌 모양이다.

나무와 나무 사이를 왔다 갔다 달리자 우왕좌왕 휘둘리는 소리가 들린다. 이따금 나무에 부딪히는 듯한 소리마저 들렸다.

빛이 보이는 방향으로 달리던 요코는 숲에서 뛰어나왔다.

산 중턱에 나무가 없고 테라스처럼 튀어나온 곳이었다. 환한 달빛이 비쳐 아래쪽으로 완만한 산줄기가 한눈에 보인다. 평지가 아니라는 사실에 혀를 차면서 뒤로 돌아 자세를 취한다. 성대한 소리를 내며 커다란 그림자가 뛰쳐나왔다.

소와 비슷했다. 몸에 걸친 긴 털을 숨을 쉴 때 함께 곤두세운다. 개 같은 소리로 나직하게 으르렁거린다.

놀라움도 공포도 느끼지 않았다. 심장 박동은 빠르고 숨도 목을 태울 듯했지만 그래도 이미 이형의 짐승에 대한 공포는 옅어졌다. 조유의 기척에 주의를 기울였다. 몸속에서 파도치는 소리가 들린다. 더는 피를 뒤집어쓰기 싫다고 태평하게 생각했다.

어느새 달이 높이 떠올랐다. 휘영청한 하얀빛을 받은 검날이 더욱 하얗게 빛났다.

밤눈에 비친 예리한 검날을 시커멓게 물들이며 세 번 공격한 끝에 커다란 괴물을 쓰러뜨렸다. 다가가 숨통을 끊는 동안에 주위 숲의 어둠 속에 모여든 붉게 빛나는 눈이 보였다.

밝은 장소를 골라 걸으면서 몇 번이고 습격해 오는 요마와 싸워야만 했다.

기나긴 밤 동안 몇 번이나 습격을 받으면서, 괴물은 역시 밤에 출몰하는 존재임을 깨달았다. 끊임없이 출몰하지는 않았지만 구슬의 힘을 빌려도 피로는 쌓여갔다. 인기척 없는 산길에 새벽이 찾아올 즈음에는 검을 땅에 찍으며 지팡이로 삼아도 걷기가 힘들었다.

날이 밝아지면서 습격이 뜸해지고, 아침 햇살이 비칠 무렵에는 완전히 그쳤다. 그대로 길가에서 정신없이 잠들고 싶었지만 남의 눈에 띄면 위험하다. 힘이 풀린 팔다리를 끌듯이 움직여 길가 숲속으로 기어들어갔다. 산길에서 그리 멀지도 않고 가깝지도 않은 곳에 부드러운 수풀을 발견하고 그곳에서 검을 끌어안은 채 추락하듯 잠에 빠져들었다.

3장

001

저녁이 다 되어 일어나 정처 없이 걷다가 싸우면서 밤을 지새운다. 풀숲에서 잠들고 얼마 되지 않는 나무 열매를 먹으며 사흘을 보냈다.

지칠 대로 지쳐서 그런 곳에서도 잠들 수야 있었지만 그래도 심각하게 굶주렸다. 구슬을 쥐고 있으면 굶어 죽는 일은 없을 듯한데 그렇다고 배가 차는 것은 아니다. 위 속에 몸 안쪽을 깨무는 우글우글한 벌레들을 기르는 것 같은 느낌이 들었다.

나흘째, 그저 정처 없이 걷는 데에도 한계에 다다랐다.

무언가와—그것이 무엇인지는 요코도 알지 못한다—맞닥뜨리지 않을까 싶어 걷고 또 걸으면서, 그저 걷기만 해서는 무엇 하나 진전이 없음을 인정할 수밖에 없었다.

게이키를 찾아야 한다. 그를 찾기 위해서는 사람이 있는 곳으로 가야 한다. 그러나 해객인 것을 들키면 다시 붙잡혀 똑같은 일이 일어날 것이다.

요코는 자신의 꼴을 내려다보았다.

어디선가 옷가지라도 얻어야 한다. 옷이라도 갈아입으면 해객이라는 사실을 한눈에는 들키지 않을 것이다.

문제는 옷가지를 얻는 방법이었다.

이쪽의 화폐가 무엇인지는 모르겠지만 요코는 가진 돈이 없다. 살 수가 없다. 그렇다면 방법은 한정되어 있다. 검을 들이대 위협해서 빼앗거나, 훔치거나.

옷 문제는 진작부터 생각하고 있었지만 도둑질할 용기가 없었다. 사흘 동안 정처 없이 산을 헤매고서야 결심이 섰다.

살아남아야 한다. 사람을 죽여 시체에서 훔치는 것도 아니다. 망설이고 있다가는 조만간 한계가 온다.

요코는 커다란 나무 뒤에서 근처의 작은 촌락을 살펴보았다. 가난해 보이는 여염집들이 골짜기 가운데에 모여 있었다. 해는 아직 중천이고 멀리 보이는 논에 사람들이 있다. 집주인은 아마도 한창 농사일을 하고 있으리라.

마음을 굳히고 살금살금 숲을 나왔다. 마을에서 가장 가까이 보이는 집으로 다가갔다. 담 같은 것은 없고, 좁은 밭이 주위를 둘러싸고 있다. 검은 기와지붕, 하얀 회칠이 반쯤 벗겨진 흙벽. 창문처럼 보이는 구멍이 뚫려 있지만 유리는 끼워져 있지 않다. 루버창처럼 달려 있는 겉창은 모두 열려 있었다.

요코는 주변을 살피며 건물로 다가갔다. 요새는 어떤 괴물을 보아도 떨리지 않는데, 지금 이 순간만큼은 이를 악물지 않으면 어금니가 계속해서 딱딱 부딪혔다.

창문으로 안을 슬쩍 살피니 작은 봉당에 부뚜막과 탁자가 보였다. 부엌과 식당을 겸하는 공간 같았다. 사람은 보이지 않고 귀를 기울여도 소리가 들리지 않는다.

발소리를 죽이고 벽을 따라 걸어가 우물 옆에 출입구임 직한 널문을 발견하고 손을 대보았다. 서양식 문처럼 당겨서 여는 널문은 손쉽게 움직였다.

숨을 죽이고 안을 살피고서야 집안에 사람이 없음을 확인했다. 한숨을 살짝 내쉬고 안으로 들어갔다.

세 평 정도 되는 흙바닥 방이었다. 소박한 만듦새지만 '집' 냄새가 난다. 사방에 벽이 있고 가구가 있고 가재도구가 있는 것만으로도 눈물 날 정도로 반가웠다.

이 방에 물건이 있을 데라고는 선반 몇 개밖에 없는 것을 보고 요코는 딱 하나 있는 문으로 다가갔다. 살짝 열어보니 안은 침실 같았다. 전에 감옥에 있던 침대보다 조금 나은 침대 두 개가 방 양쪽 구석에 놓여 있고 선반이며 작은 탁자, 커다란 나무상자가 있다. 아무래도 이 집에 있는 방은 두 개뿐인 듯했다.

요코는 열려 있는 창문을 확인하고 방안으로 들어가 문을 닫았다. 맨 먼저 선반을 뒤져서 대단한 물건이 없음을 확인한 뒤 이어서 나무상자 뚜껑을 들었다.

상자 안에는 천 종류가 가득 들어 있었는데, 얼핏 보아 옷가지라 부를 만한 것은 없었다. 방을 둘러보아도 입을 옷이 들어 있을 만한 가구는 달리 없었다. 천 더미 속에 반드시 있으리라 어림짐작을 하고 위부터 차례대로 끄집어냈다.

한 아름도 넘게 상자를 비운 끝에, 그곳에 들어 있는 것은 잡다한 물건을 담은 작은 상자 몇 개와 시트와 얇은 이불, 요코는 도저히 입을 수 없을 듯한 아이용 옷뿐임을 알아냈다.

옷가지가 분명히 있을 거라는 생각에 다시 방을 둘러보고 있을 때, 옆방 문이 열리는 소리가 들렸다.

요코는 말 그대로 펄쩍 뛰었다. 심장이 쿵쾅거렸다. 창문 쪽을 힐끔 보았지만 그곳까지 엄청나게 멀게 느껴졌다. 문 바깥에 있는 상대가 눈치채지 못하게 창문까지 이동하기는 불가능해보였다.

—오지 마.

가벼운 발소리가 옆방을 돌아다니더니 침실 문이 벌컥 움직였다. 끝내 꼼짝하지 못한 요코는 상자 앞, 천이 널브러진 가운데 우두커니 서 있었다. 반사적으로 검자루에 손이 갔지만 잡지는 않았다.

살아남는 데 필요해서 도둑질하러 들어왔다. 위협적인 태도로 검을 들이대 협박하기는 간단하지만, 상대가 겁먹지 않는다면 검을 휘둘러야만 한다. 인간에게 검을 쓸 수는 없다. 이게 운명일까. 요코는 살아남기 위한 도박에서 졌다.

—고통이라면 한순간에 끝난다.

문이 열리고 안으로 들어오던 여자가 굳은 채 경련하듯 떨었다. 중년에 막 접어든 연배의 덩치 큰 여자였다.

도망칠 마음은 없었다. 그래서 조용히 서 있었다. 급격하게 침착해진 자신을 느낀다. 잡혀서 떠밀려 보내진 현청에서 마땅한 형벌을 받는다. 그것으로 전부 끝난다면 드디어 굶주림도 피로도 잊을 수 있다.

여자는 요코와 발치에 널브러진 천을 번갈아 보고 나서 떨리는 목소리로 말했다.

"우리집에는 훔칠 만한 물건이 없어."

요코는 여자가 소리 지르기를 기다렸다.

"……아니면 입을 걸 찾니? 옷이 필요한 거야?"

요코는 당혹스러워하며 가만히 입을 다물었다. 여자는 그 모습을 긍정의 표현이라 느꼈는지 방안으로 들어왔다.

"옷이라면 여기에 있어."

여자는 요코 옆을 지나 침대로 다가가 무릎을 꿇었다. 펼쳐 놓은 이불을 젖히자 침대 아래에서 서랍이 나왔다.

"그 상자에는 쓰지 않는 물건밖에 없어. 죽은 아이의 옷가지 같은 거."

그렇게 말하며 서랍을 열고 안에서 옷을 꺼낸다.

"어떤 옷이 좋니? 내 것밖에 없지만."

여자는 요코를 돌아보았다. 요코는 눈을 동그랗게 떴다. 대답을 못하고 있자 여자가 멋대로 옷을 펼쳐 놓았다.

"딸이 살아 있으면 좋았을 텐데. 너한테는 전부 너무 수수하려나."

"……왜."

목소리가 툭 나왔다.

어째서 이 여자는 소란을 피우지 않을까. 어째서 도망치지 않을까.

"왜?"

여자가 돌아보았지만 요코는 그다음 말을 찾지 못했다. 여자는 굳은 얼굴로 살짝 웃고는 옷을 계속 펼쳤다.

"너, 배랑에서 왔지?"

"……네."

"해객이 도망쳤다고 난리가 났어."

요코가 입을 다물었다. 여자가 쓴웃음을 지었다.

"고지식한 인간이 많아서 그래. 해객이 나라를 멸망시킨다느니, 안 좋은 일이 일어난다느니. 식이 일어난 것까지 해객이 일으킨 것처럼 말하니 우습지."

이렇게 말하고 나서 요코를 위아래로 훑어본다.

"……너, 그 피는 어떻게 된 거니?"

"산속에서 요마가……."

뒷말이 나오지 않았다.

"아아, 요마의 습격을 받은 거야? 요새 많아졌지. 용케 무사했구나."

여자가 그렇게 말하며 일어났다.

"아무튼 앉으렴. 배고프지는 않아? 먹을 건 제대로 먹었니? 낯빛이 말이 아니야."

요코는 고개를 가로저었다. 자연스레 고개가 숙여졌다.

"일단 뭔가 먹을거리를 줄게. 더운물로 좀 씻고. 옷은 그 뒤에 생각하자."

서둘러 옆방으로 돌아가려던 여자가 움직이지 못하는 요코를 문 앞에서 돌아보았다.

"너, 이름은 뭐니?"

대답하려 했지만 목소리가 나오지 않았다. 끊임없이 눈물이 흘러 그 자리에 웅크리고 앉았다.

"가여워라."

여자의 목소리가 들리고 따뜻한 손바닥이 요코의 등을 두드렸다.

"가엾게도, 고생 많이 했지?"

참고 있던 것이 왈칵 치밀어올라 오열이 되어 목구멍을 뚫고 터져 나왔다. 요코는 그 자리에 태아처럼 웅크리고 엉엉 울었다.

002

"아무튼 이걸로 갈아입어."

여자는 칸막이 뒤에서 흰옷을 건네주었다.

"묵고 갈 거지? 일단 잠옷을 입고 있어."

요코는 고개를 푹 숙였다.

여자는 흐느껴 우는 요코를 달래고 팥이 들어간 달콤한 죽을 쑤어주고는 커다란 대야에 뜨거운 물을 채워 목욕 준비를 해주었다.

오랫동안 고통을 호소하던 굶주림이 가라앉고, 뜨거운 물로 몸을 씻고 깨끗한 잠옷을 입으니 그제야 인간으로 돌아온 기분이 들었다.

"정말로 감사합니다."

목욕할 때 쓴 칸막이 뒤에서 나와 요코는 다시 고개를 숙였다.

"……죄송했습니다."

요코는 이 여자 물건을 훔치려 했다.

똑바로 바라보니 여자의 눈은 파랬다. 여자는 푸른 눈을 누그러뜨리며 웃었다.

"이쯤이야 괜찮아. 그보다 따뜻한 거라도 들어. 이거 마시고 오늘밤에는 푹 자. 이불을 내줄게."

"죄송합니다."

"됐다니까. 그보다 그…… 미안하지만 검은 치웠어. 아무래도 가슴이 벌렁거려서."

"네……. 죄송합니다."

"사과하기 없기. 그보다 아직 이름도 못 들었네."

"나카지마 요코예요."

"역시 해객 이름은 특이하네. 다들 나를 닷키라고 불러."

그녀는 그렇게 말하면서 요코에게 찻잔을 내밀었다. 요코는 잔을 받아들며 물었다.

"닷키? 어떤 한자죠?"

여자는 탁자에 손가락으로 '達姐'라고 썼다.

"그런데 요코는 앞으로 갈 데는 있어?"

물으면서 요코는 고개를 지었다.

"없어요……. 닷키 씨, 게이키라는 사람을 모르세요?"

"게이키? 내가 아는 사람은 아닌데. 사람을 찾고 있니?"

"네."

"어떤 사람이야? 교국 사람이야?"

"이쪽 사람이라는 것밖에는……."

닷키는 쓴웃음을 지었다.

"그것뿐이라면 좀……. 최소한 어느 나라 어디쯤 사는지 정도는 알아야지."

요코는 고개를 숙였다.

"이쪽에 대해 전혀 몰라서……."

"그렇겠지."

닷키가 찻잔을 내려놓는다.

"여기에는 열두 나라가 있어. 여기는 그중 남동쪽 나라지. 교국이라고 해."

요코는 고개를 끄덕였다.

"해가 뜨는 쪽이 동쪽인가요?"

"맞아. 그리고 여기는 교국 동쪽의 오증五曾이야. 여기서 북쪽으로 열흘쯤 걸으면 높은 산이 나오지. 산 너머 저편이 경국慶國이야."

요코는 닷키가 탁자 위에 쓴 글자를 응시했다.

"배랑은 여기서 동쪽으로 길을 따라 쭉 걸으면 닷새쯤 걸리는 해안가 마을이고."

전혀 갈피를 잡지 못하던 것이 드디어 형태를 드러내고 이제야 하나의 세계가 있음을 깨달았다.

"교국은 얼마나 큰가요?"

닷키가 난처해하며 고개를 갸웃거렸다.

"얼마나 크냐고 물어도 대답하기가 참. 그래, 교국의 동쪽 끝에서 서쪽 끝까지 걸으면 석 달쯤 걸릴까."

"……그렇게나 오래요?"

요코는 눈을 크게 떴다. 도보라는 시간 단위는 파악하기 어려웠지만, 적어도 상상할 수 없을 정도의 거리임은 이해할 수 있었다.

"그야 그렇지. 이래 봬도 한 나라인걸. 남북으로 걸어도 그쯤 걸려. 옆 나라로 가려면 산을 넘든 바다를 건너든 해야 하니까 넉 달 가까운 여정이지."

"……그리고 열두 나라……."

"맞아."

요코는 눈을 감았다. 근거도 없이 자신이 모형 정원 같은 세계를 상상했음을 깨달았다. 이 광대한 땅에서 아무 단서도 없이 게이키라는 이름만으로 단 한 사람을 찾으라는 소리인가. 이 세계를 일주하는 데만도 사 년이 걸린다는데.

"게이키라는 사람은 어떤 사람이지?"

"……이쪽 사람일 거라는 것밖에는 모르겠어요. 나를 이쪽으로 데려온 사람이에요."

"데려왔어?"

"네."

"흐음, 그런 일도 있구나."

닷키가 놀라워했다.

"드문 일인가요?"

"나야 많이 배우지를 못해서."

닷키는 쓴웃음을 지었다.

"해객에 대해서도 잘 몰라. 해객은 좀처럼 볼 수 없는 존재니까."

"……그래요?"

"그래. 아무튼 일반인은 아닐 거야. 우리는 못 하는 일이니까. 신들 중 하나든 선인이든, 인요든……."

요코는 눈을 동그랗게 뜨고 닷키를 보았다. 닷키는 미소를 지었다.

"그쪽에 간다든가 사람을 데려온다든가, 평범한 사람이 할 수 있는 일이 아니야. 평범한 사람이 아니면 신선이나 요마라는 소리겠지."

"요마가 있는 건 알지만…… 신이나 신선도 있나요?"

"있지. 우리와 인연이 없는 세상일이지만. 신도 선인도 위에서 살아. 웬만해서는 아래로 내려오지 않지."

"위?"

"하늘 위. 아래에 사는 선인도 있기야 하지만. 임금님이나 주후州侯는 다들 하늘 위에 있지."

요코가 고개를 갸우뚱하자 닷키가 씁쓸하게 웃었다.

"주마다 영주가 한 사람 있어. 여기 순주에는 순후가 있고. 왕에게 후로 임명받아 순주를 다스리지. 주후쯤 되면 평범한 사람이 아니야. 불로장생에 신통력을 다뤄. 뭐 다른 세상 사람이지."

"그렇다면 게이키도 그런 사람일까요."

"글쎄."

닷키는 더욱 씁쓸하게 웃었다.

"나라의 높으신 관리도 그렇고, 왕궁에서 일하는 사람은 말단에 이르기까지 다들 선인일 거야. 사람은 하늘 위로 갈 수 없어. 왕궁이 위에 있으니까 그런 게 아닐까. 왕은 신과 다르지 않아.

선인은 왕이 임명하지. 그 밖에 자력으로 승선昇仙하는 사람도 있는데, 그런 인간은 대부분 속세를 떠난 사람이야. 아무튼 우리와는 다른 세상 사람이고 만날 일도 절대 없어."

요코는 닷키의 말을 차근차근 머릿속에 집어넣었다. 어떤 지식이든 중요했다.

"바다에는 용왕이 있어 바닷속을 다스린다는데 정말인지 전설인지 몰라. 정말로 용왕의 나라가 있다면 그곳 사람도 평범한 인간은 아니겠지. 요마 중에도 사람 모습이 될 수 있는 녀석이 있대. 인요人妖라고 하는데, 대부분 사람이랑 비슷할 뿐이지만 개중에는 평범한 사람과 구별이 되지 않는 모습으로 변신하는 놈도 있다지 뭐야."

닷키는 질주전자에서 식은 차를 더 따랐다.

"이 세상 어딘가에 요마의 나라가 있다는데 사실인지 아닌지 모르겠어. 사람과 요마도 결국 다른 세상 생물이니까."

요코는 고개를 떨구었다. 정보는 늘었는데 사태는 오히려 더 혼란스럽게 느껴졌다.

게이키는 사람이 아니라고 한다. 그렇다면 대체 누구일까. 효키나 가이코나 그 기묘한 짐승들은 요마의 일종이리라. 그렇다면 게이키 또한 인요일까.

"저기…… 효키나 가이코, 조유라는 요마가 있을까요?"

닷키는 기묘한 표정을 지었다.

"……그런 요마는 들은 적이 없는데. 왜 그러니?"

"빈만이라든가."

닷키는 조금 미심쩍어했다.

"빈만賓滿을 말하는 거지? 전쟁터나 군대에 나오는 요마야. 몸이 없고 붉은 눈을 했대. 어떻게 그런 걸 알고 있니?"

요코는 몸을 조금 떨었다. 그럼 조유는 빈만이라는 요마인 것이다. 그 요마가 지금도 자신의 몸에 빙의되어 있다.

그 말을 하면 닷키가 기분 나빠할 것 같아 요코는 그냥 고개만 저었다.

"……고조라든지."

"고조."

닷키는 몸을 살짝 움직여 '蠱雕'라는 글자를 썼다.

"뿔이 있는 새지. 사람을 잡아먹는 사나운 녀석이야. 고조가 어쨌다고?"

"습격당했어요."

"말도 안 돼. 어디서?"

"저쪽에서……. 고조에게 습격받아 도망쳐 온 거예요. 나나게이키를 노리고 나타난 것 같은데……. 몸을 지키려면 이쪽으로 올 수밖에 없다고 게이키가 그래서."

"그런 일도 있나."

닷키가 나직하게 말했다. 요코는 묵직한 한숨을 쉬는 닷키를 보았다.

"뭔가 이상한가요?"

"이상해. 어느 산에 요마가 나왔다는 것만으로도 이쪽 사람에게는 큰일이야. 원래 요마는 사람 사는 마을에 출몰하는 존재가 아니거든."

"그런……가요?"

눈을 동그랗게 뜬 요코를 보며 닷키는 고개를 끄덕였다.

"요새는 왜 그런지 많아졌어. 날이 저물면 위험해서 바깥에 나갈 수가 없어. 고조 같은 사나운 놈이 나오면 난리가 날 거야. 하지만 말이지……."

닷키는 심각한 표정을 지었다.

"요마는 맹수 같은 존재라 특별히 누군가를 노리거나 하지 않는 생물이야. 게다가 굳이 그쪽으로 간다니. 그런 이야기는 처음 들었어. 너 혹시 무슨 엄청난 일을 맞닥뜨린 거 아니니?"

"그럴까요."

"나야 잘은 모르겠지만. 요새 요마가 많아진 것도 그렇고, 아무래도 느낌이 안 좋아."

불안해하는 닷키의 목소리가 요코까지 불안하게 한다. 산에 요마가 있고 요마가 사람을 덮치는 것이 이쪽에서는 당연한 일인 줄 알았다.

—대체 나는 무슨 일에 휘말린 것일까?

생각에 잠긴 요코를 격려하듯이 닷키가 밝은 목소리로 말했다.

"그런 어려운 문제는 우리끼리 생각해도 소용없어. 그보다 너 앞으로 어떻게 할지 계획은 있어?"

묻는 말에 요코는 얼굴을 든다. 닷키의 얼굴을 보며 고개를 가로저었다.

"……게이키를 찾는 것밖에 할 수 있는 일이 없어요."

설령 게이키 일행이 요마라 하더라도 그들이 요코에게 위해를 가하지 않는다는 사실은 알고 있다.

"그러려면 시간이 걸리겠네. 쉽게 할 수 있는 일이 아니야."

"……네."

"일단 생활해야 하잖아? 여기에 있어도 되지만 이웃 사람들한테 들키면 또 현청에 끌려갈 거야. 친척 아이라고 하면 통하겠지만 그렇게 오랫동안은 무리야."

"……그런 폐는 끼칠 수 없어요."

"남쪽으로 가면 하서河西라는 마을이 있는데 거기에 우리 엄마가 살거든."

요코는 닷키를 쳐다보았다. 닷키가 웃는다.

"여관집을 하시는데, 엄마라면 사정을 들어도 너를 현청에 고발하지 않을 거야. 고용해줄 거야. 일할 마음은 있니?"

"네."

요코가 그 자리에서 수락했다. 게이키를 찾기는 무척 어려운 일이리라. 어딘가에 머물 곳을 얻지 않으면 아무것도 할 수 없다. 요마와 싸우는 밤도, 먹을거리 없이 노숙하는 밤도 이제 끝내고 싶었다.

닷키가 웃으면서 고개를 끄덕인다.

"장하네. 뭐, 그렇게 힘든 일은 아니야. 일하는 애들도 다 착한 애들이니까 분명히 마음에 들 거야. 내일 출발할 수 있겠어?"

"괜찮아요."

닷키가 잘됐다며 웃었다.

"그러면 이제 그만 자자. 푹 쉬어. 혹시 내일 일어나서 길 떠나기 힘들 것 같으면 한동안 여기에 있어도 돼."

요코는 고개를 끄덕이는 대신에 깊이, 깊이 고개를 숙였다.

003

이쪽의 침대는 다다미 위에 얇은 이불을 깐 듯한 느낌이 난다. 잠들었던 요코는 한밤중에 눈을 떴다.

맞은편 침대를 보니 친절한 여자는 깊이 잠들었다. 침대 위에 일어나 앉아 무릎을 안으니 청결한 피부에 깨끗한 잠옷이 사르륵 소리를 냈다.

소리 없이 깊은 밤, 창문의 겉창을 꼭 닫은 방은 어두웠다. 무거운 지붕과 두꺼운 벽이 지켜주고, 작은 동물이 내는 소리가 잠을 방해하는 일도 없다. 공기마저 평온하게 고여 있어 사람이 잠드는 곳이라는 느낌이 절절하게 났다.

요코는 침대에서 내려와 부엌으로 갔다. 선반에 둔 검을 꺼냈다.

짧은 기간 동안 한밤중에 깨어 있는 습관이 배어서 이제는 검자루를 쥐고 있지 않으면 괜히 불안했다. 의자에 앉아 닷키에게 받은 새 천으로 감싼 검을 품에 끌어안고 살짝 한숨을 쉬었다.

닷키의 모친이 여관을 경영하는 마을 하서까지는 걸어서 사흘 거리라고 들었다. 그곳에 도착하면 요코는 이 세계에서 머물 곳을 얻는다.

일한 경험은 없지만 불안보다 기대가 컸다. 닷키의 모친은 어떤 인물일까. 그곳에서 일하는 동료는 어떤 사람들일까.

건물 안에서 잠들고 아침에는 일어나 종일 일하고 밤에는 잠든다. 일하기 시작하면 일 말고 다른 생각을 할 수 없으리라. 어쩌면 저쪽 세계의 집으로 돌아가지 못하거나 게이키를 찾지 못할 수도 있지만, 지금은 그래도 상관없다는 생각이 들었다.

드디어 발붙일 곳을 발견하고 요코는 넋을 잃을 듯한 안도감에 취해 눈을 감았다.

그때 이마에 댄 천 아래에서 깨끗하고 맑은 소리가 들렸다.

요코는 허둥지둥 검을 보았다. 휘감은 천 아래에서 희미하게 나는 빛이 눈에 들어왔다. 머뭇머뭇 천을 풀자 얼마 전 밤처럼 검이 희미하게 빛났다. 검신에 어렴풋하고 작은 그림자가 보였다.

흐릿한 눈의 초점이 맞아가는 것처럼 그림자가 상을 맺었다. 마치 영화라도 보듯이 눈앞에 자신의 방이 나타났다. 손을 뻗으면 만질 수 있을 것처럼 실감 나지만 결코 현실은 아니다. 실제로 동굴에서 울리는 듯한 물소리가 끊임없이 들려왔다.

검신에 보인 것은 여느 때처럼 모친의 모습이었다. 요코의 방 안을 우왕좌왕 돌아다니고 있다.

모친은 방안을 돌아다니며 서랍을 열고 선반을 뒤진다. 무언가를 찾듯이 그런 행동을 계속한다. 서랍장의 서랍을 몇 번이고 열었을 때 방문이 열리고 부친이 나타났다.

"이봐. 목욕물."

부친의 목소리가 똑똑히 들렸다.

모친은 흘끔 쳐다보더니 그대로 서랍을 뒤졌다.

"……쓰세요. 더운물이라면 받아뒀어요."

"갈아입을 옷은?"

"그 정도는 알아서 챙겨요."

모친의 목소리에는 가시가 있었다. 그에 대꾸하는 부친의 목소리에도 가시가 노골적으로 드러났다.

"이런 데서 미련 떨어도 소용없어."

"미련 떠는 게 아니에요. 볼일이 있다고요. 갈아입을 옷 정도는 스스로 꺼내세요."

부친은 나직하게 말했다.

"요코는 나간 거야. 이런 곳에서 궁상떨며 주저앉아 있다고 돌아올 것 같아?"

'나갔다고?'

"나간 게 아니에요."

"가출했어. 학교에 이상한 남자가 데리러 왔다잖아. 그놈 말고도 같은 패거리 놈들이 창문을 깼잖아. 요코 녀석 숨어서 이상한 놈들과 어울렸던 거 아냐?"

"그런 애가 아니라고요."

"당신이 몰랐을 뿐이겠지. 요코의 머리카락도 사실은 염색했던 거 아니야?"

"아니에요."

"자식이 노는 애들이랑 어울리다 끝내 집을 나가는 경우는 셀 수 없을 정도로 많아. 바깥 생활에 질리면 조만간 돌아오겠지."

"그런 애가 아니에요. 나는 그렇게 키우지 않았어요."

노려보는 모친을 부친도 같이 쏘아보았다.

"어느 집 부모든 그렇게 말해. 학교에 쳐들어온 남자도 머리를 물들였다고 하는데, 아마 그런 놈들과 어울렸겠지. 그 애는 그런 애였어."

'아빠, 아니에요……!'

"심한 말씀 하지 마요!"

모친의 말에는 원망이 담겨 있었다.

"당신이 뭘 알아. 만날 회사, 회사, 아이 일은 전부 나한테 떠맡기고!"

"그래도 알아. 아버지니까."

"아버지? 누가?"

"리쓰코!"

"회사에 가서 돈만 벌어 돌아오면 아버지야? 딸이 없어졌는데 일을 쉬기는커녕 아무것도 하지 않지. 그런 사람이 아버지야? 그런 애였다고? 요코를 알지도 못하면서 함부로 떠들지 마!"

부친은 분노하기에 앞서 놀라워했다.

"좀 진정해, 이 사람아."

"나는 침착해. 어느 때보다 침착하다고. 요코한테 큰일이 났으니까 내가 정신을 똑바로 차려야지, 안 그래?"

"당신한테는 당신이 할 일이 있잖아. 침착하다면 할 일을 하고 나서 걱정해."

"……갈아입을 옷을 준비하는 게 내 할 일이야? 아이를 걱정하는 것보다 우선해야만 하는 엄청난 역할이야? 당신이라는 사람은 정말로 자기밖에 생각하지 않아!"

모친은 화가 나서 새빨개진 얼굴로 입을 다문 부친을 응시했다.

"그런 애였다고? 그 애는 줄곧 착한 애였잖아. 당신의 강압적인 명령에도 반항 한번 한 적 없어. 얌전하고 솔직한 애야. 걱정을 끼친 적은 단 한 번도 없어. 내게는 뭐든 이야기해줬어. 가출 같은 거 할 애가 아니야. 그 애는 집에 불만 따위 없었으니까."

부친은 고개를 돌린 채 입을 다물었다.

"요코는 학교에 가방을 그냥 뒀어. 코트도 남아 있어. 그런데 무슨 가출이야! 무슨 일이 있었어. 그렇게 생각할 수밖에 없어."

"그러면 어쩔 건데."

모친은 눈을 부릅떴다.

"어쩔 거냐고?"

부친은 씁쓸해하며 대꾸했다.

"무슨 사건에 휘말렸다고 해서 당신이 뭘 하겠다는 거야. 경찰에도 신고했잖아. 우리가 여기서 안절부절못한다고 요코가 돌아오기라도 한대?"

"뭐야, 그 말투는!"

"사실이잖아! 아니면 전봇대에 전단이라도 붙일까. 그런 짓을 해서 요코가 돌아오나. 분명히 말하는데……."

"하지 마."

"가출이 아니라 무슨 사건에 휘말렸다면 요코는 이미 살아 있지 않을 거야."

"하지 마요!"

"뉴스에서 봐서 알잖아. 이런 경우에 살아 돌아온 적이 있어? 그러니까 가출이라고 말해준 거 아니야!"

모친이 울음을 터뜨렸다. 부친은 그 모습을 보고 거친 걸음으로 방을 나갔다.

'엄마, 아빠…….'

보고 있기가 너무나 괴로웠다.

풍경이 흐려져서 저도 모르게 눈을 감고 볼을 타고 흐르는 눈물을 느끼며 눈을 뜨자 시야가 맑아지면서 더이상 환영은 보이지 않았다.

눈앞에는 검 한 자루. 요코는 빛을 잃은 검을 힘없이 내렸다.

눈물이 멈추지 않았다.

004

"……난 죽지 않을 거야."

죽는 것이 나을지도 모르는 상황이지만 그래도 아무튼 살아는 있다.

"가출한 게 아니야……."

얼마나 집으로 돌아가고 싶은지. 부모님과 집이 얼마나 그리운지.

"엄마가 아빠한테 말대답하는 모습 처음 봤어……."

요코는 탁자에 이마를 대고 눈을 감았다. 끊임없이 눈물이 흘러나왔다.

"……바보 같아……."

지금 본 것이 무엇인지 알지도 못하는데. 진실이라고 단정지을 수도 없는데.

요코는 몸을 일으켜 눈물을 닦고 검에 천을 감았다. 아무래도 검이 보여주는 환영인 듯하다. 진위는 모르겠다. 그런데 진실이 분명하다는 직감이 왔다.

애달고 애달아서 일어났다. 뒷문을 열고 한밤중에 정처도 없이 집을 나왔다.

하늘 가득한 별, 그러나 요코가 아는 별자리는 보이지 않았다. 원래 별자리를 감상하는 취미는 없으니 어쩌면 요코가 알지 못할 뿐일지도 모른다.

우물가에 주저앉았다. 차가운 돌의 감촉과 쌀쌀한 밤바람이 마음을 위로했다. 무릎을 끌어안고 웅크리고 앉았는데 갑자기 등뒤에서 목소리가 들렸다. 귀에 꽂히는 꺼림칙한 목소리다.

"못 돌아가."

천천히 등뒤를 돌아본다. 튼튼한 돌로 만든 우물가에 푸른 원숭이 머리가 보였다. 마치 목을 베어 돌 위에 얹어 놓은 것처럼 몸이 없는 머리만 돌 위에서 웃고 있다.

"아직 포기하지 않았나. 너는 돌아갈 수 없어. 돌아가고 싶지? 엄마를 만나고 싶지? 아무리 바라도 못 돌아가."

요코는 몸을 더듬었지만 검을 지니고 있지 않았다.

"그러니까 말했잖아. 네 목을 베어버려. 그러면 편해질 테니까 말이야. 그리운 것도 가슴 아픈 것도 전부 끝날 거야."

"나는 포기하지 않아. 언젠가 돌아갈 거야. 아주 나중이 되더라도."

원숭이는 꺄꺄꺄 웃었다.

"좋을 대로 해에. 이참에 알려주겠는데."

"듣고 싶지 않아."

요코는 일어났다.

"안 들어도 되겠어? 그 여자는 말이야."

"닷키 씨……?"

돌아본 요코를 향해 원숭이는 이를 드러냈다.

"그 여자는 믿지 않는 게 좋아."

"……그게 무슨 말이야."

"네가 기대하는 만큼 좋은 사람이 아니라는 거지. 다행이네, 밥 안에 독이 들어 있지 않아서 말이야."

"그만 좀 해."

"너를 죽여 몽땅 벗겨먹으려는 꿍꿍이든, 너를 살려두고 팔아치울 꿍꿍이든, 어느 쪽이든 그런 거지. 그걸 고마워하다니 말이지이. 물렀어, 물렀어."

"헛소리 집어치워."

"나는 친절하게 말한 거라고. 아직 모르겠어? 여기에는 네 편 같은 건 있지도 않아. 네가 죽어도 신경쓰지 않아. 오히려 살아 있는 게 폐가 되니까 말이야."

요코는 원숭이를 노려보았다. 원숭이는 그런 요코에게 캬캬캬 하는 웃음으로 대꾸했다.

"그래서 말했잖아. 고통이라면 한순간에 끝나는데 말이야."

원숭이는 큰 소리로 웃고는 위협하는 표정을 지었다.

"나쁜 소리 안 할 테니까 베어버려."

"뭐……?"

"여자를 베고 가진 돈을 들고 도망치는 거야. 포기를 못 하고 계속 살 생각이라면 그러는 편이 너를 위한 거야."

"적당히 해!"

원숭이는 꺄꺄꺄 미친듯이 웃고서 감쪽같이 사라졌다. 이전 밤처럼 귀에 꽂히는 웃음소리만이 멀어져간다.

요코는 그 방향을 그저 노려보았다. 무슨 원한이 있어 이간질하려는 것일까.

—믿지 않아.

그런 괴물의 말 따위 절대로 믿지 않을 것이다.

다음날 아침, 누가 몸을 흔들어 눈을 떴다.

허름한 방안이었다. 덩치 큰 여자가 난처한 얼굴로 요코를 들여다보고 있었다.

"깼니? 피곤해도 일어나서 밥 먹어."

"……죄송합니다."

요코는 허둥지둥 몸을 일으켰다. 닷키의 표정을 보니 자신이 꽤 오래 정신없이 잠들었던 모양이다.

"사과할 거 없어. 어때? 나갈 수 있겠어? 내일로 미룰까?"

"괜찮아요."

일어나서 그렇게 대답하자 닷키가 웃는다. 그러고 나서 자신의 침대를 가리켰다.

"입을 옷은 저기에 있어. 입는 방법은 아니?"

"아마도……."

"모르겠으면 부르렴."

그러고 닷키는 옆방으로 사라졌다. 요코는 침대에서 내려와 그녀가 마련해준 옷을 손에 들었다.

끈으로 동여매는 복사뼈까지 오는 치마와 짧은 기모노 같은 블라우스, 마찬가지로 짧은 웃옷이 한 세트였다. 처음 입는 옷이라 불안했다. 몇 번이고 고개를 갸웃거리며 옷을 입고 옆방으로 가자 탁자 위에 아침이 차려져 있었다.

"어머, 잘 어울리는구나."

닷키는 수프가 든 커다란 그릇을 놓으면서 웃는다.

"조금 수수한가. 젊었을 때 입던 옷이 있으면 좋았을 텐데."

"……아니에요. 감사합니다."

"어차피 나한테는 좀 화려해서 남에게 주려고 했어. 어서 밥 먹자. 많이 먹어둬. 앞으로 제법 걸어야 하니까."

"네."

요코는 대답하고서 고개를 숙이고 탁자 앞에 앉았다. 젓가락을 드는 순간 간밤의 원숭이가 한 말을 떠올렸지만 현실감이 느껴지지 않았다.

—좋은 사람이다.

숨겨준 것을 들키면 그만한 문책도 받을 텐데 정말로 친절하게 대해 준다. 의심한다면 천벌을 받아 마땅할 것이다.

005

오후에 닷키의 집을 나왔다.

그곳에서 하서까지의 여정은 놀랄 정도로 즐거웠다. 처음에는 사람을 마주칠 때마다 움찔거렸지만, 닷키의 말을 듣고 풀뿌리로 머리를 물들인 덕도 있어서인지 누구 한 사람 요코의 정체를 수상쩍어하지 않았다. 익숙해지고 나서는 여기저기서 사람을 만나는 것마저 즐거웠다.

나라는 옛날 중국 같은 분위기지만 이곳에 사는 사람은 각양

각색이었다. 얼굴 생김새야 다들 동양인으로 보이지만 머리카락이나 눈, 피부색은 저마다 다르다.

피부색은 백인 같은 하얀색부터 흑인 같은 검은색까지 있었다. 눈동자 색깔도 검은색부터 옅은 푸른빛까지 다양하고, 머리카락 색에 이르러서는 정말로 천차만별이었다. 개중에는 보라색이 섞인 빨간 머리나 푸른빛이 감도는 백발까지 있고, 일부분만 따로 염색한 것처럼 색이 다른 특이한 머리도 있었다.

처음에는 기묘했지만 곧 익숙해졌다. 익숙해지고 보니 다양해서 재미있다. 다만 게이키처럼 순수한 금발은 보지 못했다.

복장은 옛날 중국풍으로, 남자는 웃옷과 기장이 짧은 바지, 여자는 긴 치마가 기본 같았다. 동양풍이라는 것만은 확실하지만 어느 나라의 어느 시대 복장이라고 특정하기 어려운 차림을 한 여행자 무리도 이따금 보였는데, 유랑 극단 사람들이라고 닷키가 가르쳐주었다.

요코는 걷는 것만으로도 좋았다. 닷키가 길안내며 식사 조달부터 숙소 마련까지 모두 해주었다. 당연히 요코는 돈이 없으므로 닷키가 냈다.

"……정말로 죄송해요."

길을 걸으면서 인사하자 닷키가 호쾌하게 웃었다.

"천성이 참견쟁이일 뿐이야. 신경쓸 거 없어."

"아무 보답도 할 수가 없어서……."

"뭘 그래. 오랜만에 엄마를 뵐 수 있게 된걸. 네 덕분이야."

그렇게 말해주는 마음씨가 고마웠다.

"닷키 씨는 오증으로 시집간 건가요?"

"아니. 그곳으로 배분을 받은 거야."

"배분?"

닷키는 고개를 끄덕였다.

"성인이 되면 관에서 논을 받아 독립해. 내가 받은 논이 그곳이었던 거지."

"성인이 되면 누구든 받나요?"

"그렇지. 누구라도 받아. 남편은 옆집에 사는 영감이야. 하기야 아이가 죽고 나서 헤어졌지만."

요코는 웃는 닷키의 얼굴을 바라본다. 그러고 보니 아이가 죽었다고 했었다.

"죄송해요."

"신경쓸 것 없어. 내 인격이 덜된 거지. 모처럼 점지받은 아이를 죽게 했으니까."

"어쩜……."

"아이는 하늘이 점지해주는 거야. 하늘이 아이를 도로 데려갔다는 얘기는 나한테 맡겨둘 수 없었다는 소리지. 뭐, 모자란 인간이었으니 하는 수 없지. 아이가 가엾지만."

요코는 어떻게 말을 받아야 할지 난처해서 애매하게 미소 지었다. 닷키는 조금 쓸쓸해 보였다.

"너희 어머니도 지금쯤 애를 태우고 계시겠지. 빨리 돌아가야 할 텐데."

요코는 고개를 끄덕였다.

"……네. 하지만 돌아갈 수 있을까요. 배랑의 장로는 돌아갈 수 없다고 했어요."

"올 수 있으니까 갈 수도 있겠지. 분명히 그럴 거야."

요코는 눈을 깜빡거렸다. 구김살 없는 웃는 얼굴이 정말로 고마웠다.

"……그러네요."

"그렇대도. 아, 이쪽이야."

닷키는 삼거리에서 왼쪽을 가리킨다. 길모퉁이에는 반드시 작은 돌비가 세워져 있고 행선지와 거리가 새겨져 있었다. 거리 단위는 리里를 쓰는 듯하다. 돌비에는 '성成 오 리'라고 새겨져 있었다.

교과서에서 배운 지식으로는 일 리가 사 킬로미터였는데 이쪽 일 리는 훨씬 더 짧다. 고작해야 몇백 미터쯤 되리라. 오 리면 별로 멀지 않다.

풍경은 풍요로워 보이지 않았지만 평온하고 아름다웠다. 토지는 기복이 많고 산은 대부분 험준하고 높다. 멀리 희미하게 보이는 산 중에는 구름을 찌를 만큼 높은 산도 있었지만, 눈은 쌓여 있지 않은 듯 보였다. 하늘이 어쩐지 무척 낮아 보였다.

이쪽은 도쿄보다 한발 먼저 봄을 맞이한 모양이다. 논두렁에는 드문드문 꽃이 피어 있었다. 요코가 아는 꽃도 있는가 하면 모르는 꽃도 있었다.

군데군데에 작은 집이 다닥다닥 붙어 있는 촌락이 있다. 닷키는 그것이 '무라'라고 가르쳐주었다. 논에서 일하는 사람이 사는 집이라고. 한참 걸으면 주위를 높은 외벽으로 둘러싼 작고 큰 마을이 나온다. 그건 '사토'라 하고 인근 무라에 사는 사람들이 겨울 동안 사는 마을인 듯하다.

"겨울과 그 외의 계절은 사는 곳이 다르군요."

"겨울에는 논 옆에 있을 필요가 없으니까. 겨울에도 무라에서 사는 특이한 사람이 있지만, 사토로 돌아가는 편이 이웃도 있고 즐겁지. 사토가 안전하기도 하고."

"두꺼운 외벽이 있으니까요. 역시 요마에 대비한 건가요?"

"요마는 그리 쉽게 마을을 덮치지 않아. 오히려 내란이나 짐승에 대비한 거지."

"짐승?"

“늑대나 곰 같은 짐승 말이야. 이 주변에는 없지만 호랑이나 표범이 있는 곳도 있어. 겨울이 되면 산에 먹잇감이 부족해서 사람 사는 마을에 내려오니까.”

“겨우내 살 집은 어떻게 하죠? 빌리는 건가요?”

“그것도 성인이 되면 관에서 주지. 하지만 대부분 팔아버려. 무라에 가 있는 동안 상인에게 빌려주는 사람도 있지만. 팔아버리고 겨울에는 집을 빌리는 게 일반적이야.”

“흐음…….”

도시는 모두 높은 성벽으로 지켜지고 있다. 도시의 입구는 단 하나고, 그곳에는 견고한 문이 있다. 문을 지키는 병사가 드나드는 여행자를 감시했다.

평소 병사들은 그저 문을 지키고만 있다고 닷키는 말했다. 여행자 중에서도 특히 빨간 머리의 젊은 여자를 불러 세우는 것을 보면 배랑에서 도망친 해객을 경계하고 있는 것이리라.

문을 들어서자 안에는 집이 밀집되어 있고 종횡으로 뻗은 길에는 가게가 늘어서 있다. 도시에는 부랑자가 많았다. 도시 성곽 내벽 아래에는 천막 같은 집을 치고 사는 사람들이 있었다.

“토지를 받을 수 있는데 어째서 저러고 있죠?”

요코가 벽 아래를 가리키자 닷키는 눈살을 살짝 찡그렸다.

“저 사람들은 경국에서 도망쳐 온 패들이야. 불쌍하지.”

"도망쳐 와요?"

"경국은 지금 나라가 어지러워. 요마며 전쟁을 피해 도망친 사람들이 저렇게 모여 있는 거야. 따뜻해졌으니 앞으로 더 늘겠지."

"이쪽에도 내란이 있어요?"

"있고말고. 경국만이 아니야. 북쪽의 대국戴國도 그래. 대국은 훨씬 심각하대."

요코는 고개를 끄덕였다. 이쪽에 비하면 일본은 평화로운 나라다. 여기에는 전란이 있고 치안도 훨씬 나쁘다. 짐은 한시도 떼어놓을 수 없다. 험상궂은 남자가 말을 걸어온 적이 한두 번이 아니었고, 거칠고 위험해 보이는 패거리에 둘러싸인 적도 있었다. 그때마다 닷키가 호쾌하게 큰 소리 치며 요코를 지켜주었다.

이런 환경 탓인지 사람들은 절대로 밤길을 걷지 않는다. 밤에는 도시의 문이 닫힌다. 따라서 해가 저물기 전까지 반드시 다음 마을에 도착해야 했다.

"한 나라에서 다음 나라로 가려면 어림잡아 넉 달 가까이 걸리죠?"

"그렇지."

"도보 말고 여행할 방법은 없나요?"

"말이나 마차를 쓰기도 하지. 그런 건 부자가 하는 짓이야. 나

같은 건 평생 무리지."

이쪽은 요코가 아는 세계에 비해 너무나 가난하다. 자동차는 물론이고 가스도 없거니와 전기도 없다. 수도도 없었다. 아무래도 단순히 문명이 뒤처진 탓만이 아니라, 이쪽에 석유나 석탄이 존재하지 않는 것이 큰 원인이리라는 사실을 이야기를 나누면서 추측할 수 있었다.

"그런데 어떻게 다른 나라 일을 알 수 있어요? 닷키 씨는 경국이나 대국에 가보셨어요?"

닷키는 설마 그럴 리가 있겠느냐며 웃었다.

"교국에서 나간 적은 없어. 농사꾼은 그리 긴 여행은 하지 않으니까. 논이 있잖아. 다른 나라 이야기는 극단 사람에게 듣지."

"극단 사람? 유랑 극단요?"

"맞아. 극단 중에는 온 세상을 도는 패거리가 있어. 공연 중에 소설이라는 게 있는데, 어디 어디서 이런 일이 있었다고 들려주지. 여러 나라의 이야기며 다른 도시 이야기 같은 거."

"그렇구나……."

요코가 살던 세계에서도 오래전에는 영화관에서 뉴스를 했다고 하니 그런 걸까 싶었다.

어떻든 의문에 대답해줄 사람이 있다는 사실이 기뻤다. 요코는 이 세계에 대해 아무것도 모른다. 모를 때는 불안하고 무서웠던 것들이 옆에서 친절한 사람이 하나씩 설명해주니 재미있었다.

닷키의 보호를 받으며 편하게 여행을 하다보니 그리도 괴롭기만 했던 세계는 신기하고 흥미진진한 세상으로 바뀌었다.

밤마다 기묘한 환영이 찾아오고 집이 그리워서 울적해지고 푸른 원숭이가 찾아와서는 요코를 불안하게 했지만 애달픈 심정은 오래가지 않았다.

아침에 일어나 사토를 나오면 신기한 것이 잔뜩 있었고, 닷키는 더할 나위 없이 친절하게 대해주었다. 구슬의 힘을 빌리면 계속 걸어도 괴롭지 않다. 밤에는 제대로 된 식사를 할 수 있고, 제대로 된 잠자리에서 잠들 수 있음을 알고 있어서 더욱 그랬다.

고향을 떠나온 것은 괴롭지만 적어도 지금은 친절한 보호자가 곁에 있다. 만나게 해준 행운에 감사하지 않을 수 없었다.

006

사흘간의 여행이 금방 끝나 요코는 조금 아쉬웠다. 사흘째에 도착한 하서는 강 근처에 선 커다란 빌딩 같은 모습이었다. 이쪽에 와서 처음 본 도시다운 번화가였다.

"와…… 크다."

문을 지나면서 주위를 둘러보는 요코를 보고 닷키가 웃었다.

"이 일대에서 하서보다 큰 도시는 향청이 있는 척구拓丘 정도 밖에 없어."

향鄕은 현보다 한 단계 넓은 구역인 듯하다. 그게 어느 정도 규모인지는 잘 모르겠다. 닷키도 그리 자세히 알지는 못하는 모양이었다. 관청은 사토의 이청里庁, 조금 더 큰 일은 현청이면 부족함이 없는 듯했다.

문을 지나자 보이는 번화가에는 크고 작은 가게가 줄지어 있다. 지금까지 지나온 마을과는 달리 가게 차림새도 호화로운데다 크다. 차이나타운이 떠오르는 광경이다. 커다란 건물 창문에 유리가 끼워져 있는 모습이 인상적이었다. 해가 지기는 아직 상당히 일러서 길에 사람 모습은 적었지만, 여행자가 뛰어들어올 시간대면 사람으로 북적이리라 상상이 갔다.

이 활기 넘치는 도시에 살게 된다고 생각하자 기분이 조금 좋았다. 자리잡을 곳이 작은 마을이라도 불만은 없지만 북적이는 도시가 더욱 좋은 것은 말할 나위도 없다.

중심가를 걷던 닷키는 모퉁이를 돌아 소규모 가게가 부쩍 많이 늘어선 구역으로 걸음을 향했다. 어딘가 초라해 보이기는 하지만 역시 북적거리는 분위기는 다르지 않다. 줄지은 가게 중에 닷키는 비교적 번듯한 건물로 들어갔다.

초록색 기둥이 눈에 띄는 삼 층짜리 건물이다. 커다란 문이 있는 1층은 넓은 식당이다. 화사한 가게 외관을 둘러보는 요코를 두고 닷키는 응대하러 나온 종업원 같은 남자를 붙잡았다.

"여주인을 불러주겠어? 딸인 닷키가 왔다고 하면 알 거야."

남자는 얼굴 가득 미소를 띤 채 안으로 사라졌다. 닷키는 남자를 지켜보며 요코를 가까운 테이블에 앉혔다.

"여기에 앉아 있어. 뭔가 주문하자. 여기 음식은 제법 맛있단다."

"……괜찮나요?"

이 가게는 지금까지 들어온 어떤 여관이나 식당보다 컸다.

"엄마가 사주는 건데 뭘 신경써. 뭐든 좋아하는 걸로 먹어."

좋아하는 걸 먹으라고 한들 요코는 아직 메뉴를 잘 모른다. 거기에 생각이 미쳤는지 닷키는 웃으며 점원을 불러 두세 가지 요리를 주문했다. 점원이 고개를 숙이고 물러갔을 때, 가게 안쪽에서 노파라고 해도 좋을 연배의 여자가 나타났다.

"엄마."

닷키는 일어나 미소를 지었다. 노파가 닷키를 보며 반가운 미소로 응답했다. 요코는 그 모습을 지켜보며 선해 보이는 사람이라고 안심했다. 그녀가 주인이라면 일은 그리 힘들지 않으리라.

"너는 여기서 기다려. 나는 엄마랑 이야기하고 올게."

"네."

요코가 고개를 끄덕이자 닷키는 웃으며 모친에게 달려간다. 두 사람은 서로 등을 두드리며 웃고는 안쪽으로 사라졌다. 요코는 그 모습을 별생각 없이 흐뭇하게 지켜보며 닷키가 두고 간 짐을 가까이 끌어당기고는 가게 안을 둘러보았다.

아무래도 지금 가게 안에는 여자 점원이 없는 것 같다. 테이블 사이를 돌아다니는 점원은 모두 남자고, 손님 역시 남자가 많다. 그중 몇 사람이 자신을 살펴보는 걸 알아채고 요코는 안절부절못했다.

잠시 뒤 들어온 네 남자는 요코 옆 테이블에 자리잡고 노골적으로 야비한 시선을 던졌다. 무슨 말인가 서로 숙덕이며 웃는 게 아무래도 불편했다.

가게 안쪽에 시선을 던져도 닷키가 돌아올 기척은 없다. 한동안 가만히 견뎠지만, 자리에서 일어나 요코에게 걸어오는 사인조 중 한 사람을 보고는 참지 못하고 일어났다.

말을 걸려는 남자를 무시하고 요코는 점원을 붙잡았다.

"저기…… 닷키 씨는 어디 있죠?"

점원은 쌀쌀맞게 안쪽을 가리켰다. 가보아도 좋다는 소리인가 싶어 요코는 짐을 안고 안쪽으로 향했다. 막는 사람은 없었다.

안쪽 좁은 복도를 따라가자 딱 가게 뒤쪽 같은 어수선한 구역이 나왔다. 괜히 켕겨서 살며시 안쪽으로 걸어가니 예쁜 조각이 새겨진 문이 열려 있고 안의 모습을 감추듯 설치한 칸막이 너머로 닷키의 목소리가 들렸다.

"그렇게 겁먹을 필요 뭐 있어."

"하지만 얘, 수배된 해객이잖아."

요코는 걸음을 멈추었다. 노파는 아무래도 떨떠름한 듯한 목소리였다. 갑자기 불안이 고개를 쳐든다. 역시 해객은 써주지 않는 것일까.

부탁드린다고 고개를 숙이러 들어가고 싶은 심정이었지만 주제넘는 행동이리라. 그렇다고 가게로 돌아가기에도 불안해서 갈 수가 없다.

"해객이 어때서. 어쩌다 이쪽으로 헤매 들어왔을 뿐이잖아. 불길한 일이 일어난다느니 하는 미신을 어머니도 믿어?"

"……그런 건 아니지만 관리한테 들키면."

"잠자코 있으면 어떻게 알겠어. 그 아이도 제 입으로 말하지 않을 거야. 그렇게 생각하면 좀처럼 이런 행운이 없다니까. 생김새도 괜찮고 나이도 적당하잖아."

"그래도 좀."

"출신은 나쁘지 않은 것 같아. 손님 접대하는 법을 조금만 가르치면 금세 가게에 내보낼 수 있어. 그런 애를 이 정도만 받고 넘긴다는데 왜 망설이는 거야."

요코는 고개를 갸웃했다. 닷키의 말투가 어째 수상하다. 엿듣는 것은 나쁜 짓이라고 생각하면서도 귀를 기울이기를 그만둘 수 없었다. 귀에 은밀한 소리가 들렸다. 파도 소리 비슷한 희미한 소리.

"하지만 해객은……."

"뒤탈이 없어서 좋잖아. 부모나 형제가 흙발로 쳐들어올 일도 없고. 처음부터 없는 인간이나 마찬가지니까 여러모로 귀찮은 일도 줄지 않겠어?"

"……그래서 그 애는 정말로 여기서 일할 마음인 거니?"

"본인이 있다고 말했어. 나는 분명히 여관집이라고 했고. 허드렛일이나 하는 걸로 착각했다면 그 애가 멍청한 거지."

요코는 열심히 듣기만 했다. 몹시 이상하다. '그 애'는 자신을 말하는 것일까. 그런데 이제까지 요코를 부를 때 담겨 있던 온기가 손톱만큼도 느껴지지 않았다. 어떻게 된 일일까. 목소리의 주인이 닷키가 아닌 것만 같다.

"하지만……."

"초록색 기둥은 기루인 게 당연하잖아. 그걸 모르는 사람이 문제지. 어서 결정 내리고 요금이나 줘."

요코는 눈을 부릅떴다. 짐을 꼭 움켜쥐고 충격이 지나가기를 기다렸다.

그 원숭이가 뭐라고 했지. 어째서 자신은 충고에 더 진지하게 귀를 기울이지 않았을까.

충격인지 분노인지 측정할 수 없을 만큼 심장이 빠르게 뛴다. 억누른 숨이 뜨겁게 목을 태우고 귀가 먹먹해질 정도로 거친 파도 소리가 들린다.

그런 것이었나. 오른손에 든 천을 감은 보따리를 꼭 쥐었다.

힘을 빼고 슬쩍 발길을 돌렸다. 좁은 복도를 되돌아가 태연한 얼굴을 가장한 채 가게를 가로질러 바깥으로 나갔다.

잰걸음으로 문을 나가 다시 올려다본 가게는 기둥과 대들보와 창틀까지 초록색 칠을 했다. 지나치게 요란한 양식에 요코는 그제야 깨달았다. 품에는 닷키의 짐을 안고 있었지만 돌려주러 돌아갈 마음은 당연히 없었다.

마침 절묘하게 2층 창문이 열렸다. 발코니처럼 장식된 창문의 난간에 여자가 기댄 채 바깥을 바라본다. 단정치 못하게 옷깃이 크게 벌어져 있는 고운 빛깔 옷은 무슨 일을 하는 사람인지 분명히 알려주었다.

요코는 몸을 떨었다. 혐오감이 왈칵 밀려왔다. 올려다보는 시선을 알아챘는지 요코를 내려다본 여자는 비웃는 듯한 미소를 지으며 창문을 닫았다.

007

"아가씨."

자신을 부르는 소리에 허둥지둥 건물 2층에서 시선을 돌렸다. 바로 옆에 서 있는 사람은 가게에서 본 사인조 중 한 사람이었다.

"너, 여기 애야?"

"아니에요."

무의식중에 쌀쌀맞은 말투가 되었다. 남자는 한마디로 자르고 발길을 돌린 요코의 팔을 붙들고는 몸을 돌려 앞을 가로막았다.

"이봐, 아니라니. 여자가 이런 곳에 밥을 먹으러 오나."

"일행이 이 가게 사람과 아는 사이예요."

"일행은 어쨌는데? 너, 팔려 온 거 아니야?"

남자의 손이 턱끝을 만져서 요코는 반사적으로 떼쳤다.

"아니에요. 만지지 마세요."

"성깔 있군."

남자는 웃으며 붙잡은 팔을 끌어당겼다.

"이봐, 나랑 어디서 한잔할까?"

"싫어요. 이 손 놔요."

"팔려 왔지? 도망치려 한 걸 못 본 척해주겠다잖아. 응?"

"나는……."

요코는 남자의 팔을 있는 힘껏 떼쳤다.

"이런 곳에서 일하지 않아요. 팔려 온 게 아니라고요."

말을 내뱉고 자리를 뜨려는 요코의 어깨를 남자가 다시 붙잡는다. 몸을 틀어 남자의 손에서 벗어나서는 붙잡히기 전에 검자루를 쥐었다.

사람은 몸속에 바다를 품고 있다. 그 바다가 지금 격렬한 기세로 소용돌이쳤다. 몸속에서 소용돌이치는 분노를 남자에게 고스란히 퍼붓고 싶었다.

"만지지 마."

팔을 흔들자 감은 천이 풀린다. 남자가 흠칫하며 몸을 물렸다.

"이봐……."

"다치고 싶지 않으면 거기 비켜."

남자는 요코와 검을 번갈아 보았다. 이내 경련이 인 듯한 굳은 미소를 지었다.

"그런 물건을 네가 쓸 수 있겠어?"

요코는 말없이 검을 든다. 망설임 없이 검 끝을 남자의 목에 들이밀었다.

이게 손톱이다. 요코에게 주어진 예리한 흉기.

"비켜. 얼른 가게로 돌아가시지. 친구들이 기다리지 않아?"

바로 옆에서 누가 외치는 소리가 들렸지만 요코는 그쪽을 볼 마음이 없었다. 길 한복판에서 검을 꺼내면 소란이 일어나리라 생각했지만 지금은 아무것도 신경쓰이지 않았다.

남자는 몇 번이나 요코와 검 끝을 번갈아 보고 나서 슬금슬금 물러났다. 남자가 몸을 돌려 가게 안으로 뛰쳐 들어가려는 순간 날카로운 목소리가 울려 퍼졌다.

"그 애! 그 애를 잡아줘!"

시선을 돌리니 문가에서 외치는 닷키의 모습이 보였다. 요코 안에서 씁쓸한 것이 퍼졌다. 꿈속에서, 바다에 붉은빛이 퍼져가는 모습을 보던 때와 흡사했다.

"기녀가 도망친다! 잡아줘!"

구역질이 날 만큼 혐오가 치밀었다. 친절한 얼굴로 요코를 속인 닷키를 향한 감정인지도 모르고, 멍청하게 속은 자신에 대한 것일지도 모른다.

가게 안에서, 주위에서 사람이 모여든다. 요코는 망설임 없이 검을 들었다. 손안에서 검자루를 굴려 넓은 검신으로 겨눈다. 이걸로 사람을 죽이게 될지 죽이지 않고도 끝날지는 이제 조유에게 달렸다. 적어도 지금 요코는 붙잡힐 바에야 살인도 불사할 정도로 거칠어져 있었다.

—이 세계에는 내 편 같은 건 없다.

도움의 손길이라고 생각했다. 그녀에게 감사하고 찾아온 행운에 감사했다. 그것이 진심 어린 마음이었기에 구역질 날 정도로 부아가 치밀었다.

돌진해 온 남자들을 확인하고 스르륵 팔다리를 기는 감촉이 느껴졌다. 아주 자연스럽게 몸이 움직여 앞을 가로막는 것을 치웠다.

"붙잡아줘! 손해가 막심해!"

신경질적인 닷키의 목소리에 여자를 돌아본다. 속인 자와 속은 자의 시선이 부딪혔다. 무슨 말을 외치려던 닷키가 갑자기 입을 다문다. 겁먹은 듯이 두세 걸음 물러났다.

그 모습을 차가운 눈으로 보고는 돌진해 오는 남자에 대비한다. 첫 번째, 두 번째 사람을 피하고 세 번째 사람을 검신으로 때렸다.

어느새 모여든 사람으로 울타리가 생겼다. 인간 울타리의 두께를 보고 요코는 가볍게 혀를 찼다. 사람을 해치지 않고 이 포위를 빠져나갈 수 있을까.

"누가 좀! 답례는 듬뿍 할게, 잡아줘!"

닷키가 발을 동동 구를 때였다.

사람들 뒤에서 고함이 들렸다. 다들 이끌리듯 눈길을 돌리더니 눈 깜짝할 사이에 비명 섞인 소리가 퍼져 나갔다.

"무슨 일이야?"

"기녀가 도망쳤대."

"아니, 저쪽 말이야."

인간 울타리가 술렁거리며 흔들렸다.

둘러본 골목 너머에 몰려드는 인파가 보였다. 비명을 지르며 뭔가에서 도망치려 앞다투어 달려온다.

"요마."

움찔. 요코의 손이 반응했다.

"요마가."

"마복이다."

"도망쳐!"

모였던 사람들이 우르르 흩어졌다.

우왕좌왕하는 사람들 속으로 요코도 달렸다. 이내 등뒤에서 비명이 들리고 인간을 쓰러뜨리며 달려오는 짐승이 보였다.

거대한 호랑이였다. 사람 같은 얼굴은 이미 붉은 얼룩으로 물들어 있었다. 주위 가게로 뛰어든 사람들을 피하면서 요코는 달렸다.

금방 거리가 줄어들어 하는 수 없이 그 자리에 멈춘다.

사람 얼굴을 한 요마의 모습에 당혹스러워하면서도 검자루를 고쳐 쥐고 자세를 잡았다. 돌풍 같은 속도로 돌진해 오는 거대한 호랑이를 피하는 동시에 있는 힘껏 검을 내려쳤다.

소리와 함께 생생한 피가 뿜어져 나왔지만 상대를 벨 때 시선을 돌리지 않으면 튀는 피를 피할 수 있는 것을 깨달았다.

흐릿한 줄무늬의 다리를 쓱 베고는 옆으로 쓰러진 거구를 피해 요코는 달린다. 몸을 일으켜 바싹 뒤따라오는 짐승을 검과 다리를 놀려 피하면서 골목을 빠져나간다.

큰길로 나가자 사정을 채 파악하지 못하고 모여든 사람들이 길을 막았다.

"비켜!"

요코의 외침과 등뒤에서 달려오는 짐승 모습에 사람들이 흩어진다. 그리고…….

"……뭐지?"

저 바깥쪽에 있는 금빛을 발견했다.

사람들 너머라 멀어서 얼굴은 모르겠다. 찬찬히 응시할 여유는 없어도 지금의 요코는 이쪽 세계에 금발이 드물다는 사실을 알고 있다.

"게이키!"

저도 모르게 그 모습을 좇았지만 앞다투어 도망치는 사람들의 흐름이 눈 깜짝할 사이에 금빛을 삼켜버렸다.

"게이키!"

갑자기 해가 가려졌다. 거대한 호랑이가 요코의 머리 위를 뛰어넘은 참이었다.

요마는 도망치는 인파 위에 내려섰다. 두꺼운 앞다리 밑에 깔린 사람들이 비명을 지른다. 앞길이 막힌 터라 요코는 몸을 돌렸다.

—게이키? 아니면…….

생각할 여유는 없었다. 쫓아온 짐승에게 다시 칼을 휘두르며 혼란을 틈타 하서 마을을 빠져나왔다.

008

"그러니까 내가 말했잖아."

한밤중, 길가 돌 비석 위에 푸른 원숭이의 머리가 있다.

하서를 나온 요코는 잠시 헤매다가 길을 따라 나아갔다.

다시 나 홀로 여행이 되었다. 하지만 요코의 손에는 결과적으로 빼앗은 것과 다름없는 닷키의 짐이 있었다.

보따리에는 닷키의 옷가지와 지갑이 들어 있다. 지갑 안에는 숙소와 식사를 최소한 수준으로 떨어뜨리면 한동안 돌아다닐 수 있을 만한 돈이 들어 있다. 돈을 쓰는 데 양심의 가책은 느껴지지 않는다.

"충고해주었는데 말이지, 멍청한 계집애야."

요코는 원숭이를 무시했다. 말없이 걸으니 인광을 뿜는 원숭이 머리가 미끄러지듯 따라왔다. 너털웃음을 터뜨리는 원숭이를 요코는 시야에 담지 않는다. 스스로도 속은 자신이 어리석게 느껴지기에 지금은 원숭이의 목소리가 듣고 싶지 않았다.

원숭이의 존재보다 신경쓰이는 것은 하서에서 본 금발의 인물과 번화가에 나타난 요마였다.

—요마는 사람 사는 마을에는 출몰하지 않는 것 아니었나.

적어도 닷키는 그렇게 말했다. 그건 드문 일이라고.

—요마는 낮에 나타나지 않는다고 하지 않았나.

저녁 또는 낮. 요마가 그 시간에 나타난 것은 하서의 거대한 호랑이, 마차를 덮친 들개 같은 요마, 학교에 나타난 고조뿐이었다.

—요마가 나타난 곳에 어김없이 게이키가 있었던 이유가 뭐지?

생각한 순간 원숭이의 날카로운 목소리가 귀에 꽂혔다.

"그러니까 너는 속았다니까."

이 말을 무시할 수가 없었다.

"아니야!"

"진짜래도. 자알 생각해봐. 너도 수상쩍지, 응?"

요코는 입술을 깨물었다. 게이키를 믿기로 했다. 믿지 않으면 매달릴 것을 잃고 만다. 그런데 어째서 망설임이 생기는가.

"너는 속았어. 함정에 빠졌어. 놈한데 말이야."

"아니야."

"그렇게 고집부리고 싶은 마음이야 알지만 말이야. 아니라면 곤란하니까 말이야."

원숭이가 깔깔거렸다.

"게이키는 고조에게서 날 지켜주었어. 게이키는 내 편이야."

"그래? 근데 이쪽에 와서는 한 번도 도와주지 않네? 그때뿐이었던 것 같지 않아?"

요코는 원숭이를 빤히 보았다. 설마 이 원숭이는 저쪽에서 있었던 일을 알고 있나. 그런 말투인 것이 이상했다.

"그때라니?"

"저쪽에서 고조한테 습격당했을 때 말이야."

"어떻게 그때 일을 알고 있지?"

원숭이는 꺄꺄꺄 웃었다.

"나는 너에 관한 일이라면 뭐든 알고 있어. 네가 게이키를 의심하는 것도 알고 있어. 그걸 부정하려고 하는 것도 말이야. 믿고 싶지 않겠지. 그놈한테 속았다는 걸."

요코는 시선을 피해 어두운 거리를 바라보았다.

"그런 게 아니야."

"그러면 어째서 도우러 오지 않지?"

"사정이 있겠지."

"어떤 사정이 있는데? 너를 지켜주는 것 아니었어? 자알 생각해봐. 덫이야, 그렇지? 알잖아?"

"학교에서 있었던 일은 둘째 치고, 나머지 두 번은 얼굴을 똑똑히 보지 못했어. 게이키가 아닐 거야."

"금발이 달리 있어?"

—듣고 싶지 않다.

"조유도 게이키라고 인정한 거 아니었어?"

어째서 조유를 알고 있는 것인가. 그렇게 생각하며 바라본 시선과 원숭이의 비웃는 듯한 시선이 마주쳤다.

"나는 뭐든 알고 있다니까. 그렇게 말했잖아."

태보라고 말하는 목소리가 되살아나 요코는 머리를 내저었다. 단 한마디에 담긴 경악하는 기색이 잊히지 않는다.

"아니야. 무슨 착오가 있는 거야. 게이키는 적이 아니야."

"그래에? 정말로 그래에? 그러면 좋겠네에."

"시끄러워!"

외치는 요코를 보며 고개를 쳐들고 웃던 원숭이가 속삭인다.

"있지, 이렇게 생각해볼 마음은 없어?"

"듣고 싶지 않아."

"……게이키가 요마를 네게 보내고 있는 거야."

요코는 우뚝 멈추어 섰다. 눈을 부릅뜨고 응시하는 요코를 원숭이는 입 모양을 일그러뜨리며 바라본다.

"……그럴 리 없어."

원숭이는 폭소했다. 미친 듯이 꺄꺄꺄 웃어젖혔다.

"말도 안 돼!"

"글쎄, 어떨라나."

"그런 짓을 할 이유가 없잖아!"

"그래?"

원숭이는 일그러진 미소를 지었다.

"게이키가 어째서 그런 짓을 하지? 고조에게서 구해준 사람은 게이키야. 이 검을 주고 조유를 붙여주었어. 덕분에 나는 살아 있어."

원숭이는 꺄꺄꺄 웃기만 했다.

"나를 죽일 작정이거든 그때 내버려두면 됐잖아."

"자기가 습격해 놓고 도와서 동료가 된다. 그런 수법도 있지."

요코는 입술을 꽉 깨물었다.

"그래도 조유가 있는 한 그리 간단히 당하지는 않아. 나를 죽이려고 했으면 조유를 불러들이든 어떻게든 했겠지."

"죽이는 게 목적이 아닐지도오 모르지이."

"그렇다면 목적이 뭔데?"

"글쎄에. 목적이야 조만간 알게 되겠지. 앞으로도 습격이 계속될 테니까 말이야."

요코는 웃음을 띤 얼굴을 노려보고는 걸음을 서둘렀다.

"돌아갈 수 없어."

목소리가 쫓아온다.

"너는 돌아갈 수 없어. 너는 여기서 죽을 거야."

"싫어."

"싫어할 것 없잖아? 고통이라면 한순간에 끝난다고."

"시끄러워!"

요코의 외침은 야음 속으로 빨려들어갔다.

4장

001

푸른 원숭이 한 마리를 길동무로 데리고, 이틀 동안 정처 없이 길을 따라 배랑과 하서에서 멀어지는 여행을 계속했다.

어느 마을이고 문의 경비가 삼엄해져서 여행자를 꼼꼼하게 검문했다. 어쩌면 배랑에서 도망친 해객이 하서에 있었다는 사실을 들켰는지도 모른다. 작은 마을은 드나드는 여행자 수가 적어서 북적이는 사람들에 뒤섞여 문을 통과할 수도 없었다.

하는 수 없이 길을 따라 야영을 계속하며 사흘째에 도착한 곳이 높고 견고한 성곽으로 둘러싸인 하서보다 더욱 큰 도시였다. 문에 걸린 척구 성이라는 편액으로 그곳이 향청이 있다던 도시임을 알 수 있었다.

척구는 성문 앞까지 가게가 넘쳐났다.

어느 도시고 성벽 바로 바깥은 논밭만 펼쳐져 있었는데, 척구에서는 성문 앞과 성벽 아래 천막을 펼친 노점상이 모여 시장을 이루고 있었다. 성벽을 둘러싼 길은 사고파는 사람으로 복닥거렸다.

허술한 천막 안에 온갖 것이 다 있다. 붐비는 문 앞을 걸으면서 요코는 옷을 쌓아 놓은 천막을 발견하고 불현듯 떠오른 생각에 남자용 헌옷을 샀다.

젊은 여자가 혼자 여행하면 말썽이 따라다닌다. 조유가 도와주니 도망치기는 간단하지만 처음부터 문제에 휘말리지 않을 수 있다면 더할 나위 없이 좋다.

요코가 산 옷은 범포 비슷한 두꺼운 재질로 무릎까지 내려오는 소매 없는 옷과 짧은 바지 한 벌이었다. 농부들이 즐겨 입는 옷인데 가난한 사람이나 경국에서 도망쳐 온 난민 중에는 여자도 많이들 입었다.

도시를 나와 사람 눈에 띄지 않는 그늘에서 옷을 갈아입었다. 보름 정도 만에 몸의 곡선이 완전히 사라져서 남자 옷도 그리 위화감이 없었다.

지방이 빠진 몸을 보니 요코는 복잡한 심경이 들었다. 팔도 다리도 가혹한 노동을 강요받은 탓인지 빈약하나마 근육 선이 드러났다. 집에 있을 때 체중계에 신경을 곤두세우며 며칠 가지도 못하는 다이어트에 열을 올렸던 것이 우스웠다.

갑작스레 푸른색이 눈앞에 떠올랐다. 쪽빛으로 물들인 밝은 푸른빛. 청바지 색이다. 요코는 줄곧 청바지를 사고 싶었다.

초등학생 때 소풍으로 야외 수련장에 가게 되었다. 가서 남자아이와 여자아이로 편을 나눠 시합하자는 이야기가 나왔다. 치마를 입고는 제대로 움직일 수 없기에 엄마에게 졸라 산 청바지를 보고 아버지는 노발대발했다.

'아버지는 여자애가 그렇게 입고 다니는 게 좋아 보이지 않는구나.'

'하지만 다들 입는걸.'

'그런 게 좋지 않다는 거야. 여자애가 남자애처럼 입거나 남자 같은 말씨를 쓰는 건 꼴불견이야. 아버지는 딱 질색이야.'

'시합하기로 했는데. 치마를 입으면 진단 말이야.'

'여자애는 남자애를 이기지 않아도 돼.'

볼멘소리를 더 하려는 요코를 엄마가 말렸다. 엄마는 고개를 깊이 숙였다.

'미안해요. 요코도 아버지께 사과드리렴.'

결국 아버지의 말대로 가게에 반품하러 갔다.

'반품하기 싫어.'

'요코, 참아.'

'왜 아빠한테 사과해? 나는 잘못한 거 없어.'

'너도 나중에 시집가면 알게 돼. 이러는 게 제일 나아…….'

떠올리던 요코는 갑자기 웃음이 났다.

지금 자신을 보면 아버지는 무척 싫은 얼굴을 하리라. 남자 옷을 입고 검을 휘두르고, 숙소를 잡지 못하면 노숙도 한다. 그걸 알면 얼굴을 붉히며 화낼지도 모른다.

—아버지는 그런 사람인걸.

여자아이는 청순하고 귀여운 게 최고다. 순종적이고 구김살 없이 온순한 것이 좋다. 너무 얌전하다 싶을 정도로 내성적이면 바람직하고, 현명하지 않아도 되고 강하지 않아도 된다.

요코 자신도 줄곧 그렇게 생각했다.

"그런 건 잘못된 말이야……."

얌전히 잡히면 좋았을까. 닷키에게 팔리면 좋았을까.

요코는 천으로 감싼 검자루를 쥐었다. 조금이라도 요코에게 패기가 있었다면 처음 게이키를 만났을 때도 더 강한 태도로 상대할 수 있었을 것이다. 그게 아니라도 무엇 때문에 어디로 가는지, 행선지는 어떤 곳이고 언제 돌아갈 수 있는지, 알아둬야 할 최소한의 것 정도는 물을 수 있었을 것이다. 그랬다면 이렇게 이러지도 저러지도 못하는 사태는 생기지 않았을 것이다.

강하지 않으면 무사할 수 없다. 머리도 몸도 한계까지 쓰지 않으면 살아남을 수 없다.

—살아남는다.

살아남아 반드시 돌아간다. 그것만이 요코에게 허락된 바람이었다.

입고 있던 옷을 닷키의 옷과 함께 헌옷 가게에 가져가니 약간의 돈으로 바꿔주었다.

돈을 가지고 인파에 뒤섞여 성문 안으로 들어간다. 병사에게 붙들리지 않았다. 들어간 도시의 안쪽으로 향한다. 닷키와 여행하며 문에서 멀어질수록 숙박비가 싸진다는 이야기를 들어서 알고 있었다.

"이봐, 뭐로 할래."

들어간 여관에서 그렇게 물어서 요코는 살짝 웃었다. 여관은 대개 식당과 겸업이다. 들어가면 먼저 주문을 받는 게 보통이다.

요코는 가게 안을 둘러보았다. 식당 분위기를 보면 숙소 수준을 알 수 있다. 이 숙소는 좋지도, 그리 형편없지도 않아 보였다.

"방 있나요?"

여관 종업원은 요코를 수상쩍은 듯 쳐다보았다.

"일행은 없고?"

요코는 고개만 끄덕였다.

"백 전이야. 돈은 있겠지?"

요코가 말없이 지갑을 가리켜 보였다. 여관에서는 후불이 기본이다.

통화는 경화로, 네모난 경화와 둥근 경화가 몇 종류나 있다. 네모난 경화가 가치가 크다. 단위는 아무래도 '전'인 듯하고, 경화에는 저마다 가격이 새겨져 있다. 금화나 은화도 있나 본데 지폐는 보지 못했다.

"필요한 거 있어?"

남자의 물음에 요코는 고개를 가로저었다. 여관에서 무료로 사용할 수 있는 것은 우물 정도로, 목욕하거나 차를 부탁할 때도 돈이 든다. 닷키와 함께한 여행에서 그 사실을 익힌 덕에 식사는 성문 앞 포장마차에서 마치고 왔다.

남자는 무뚝뚝하게 고개를 끄덕이고 가게 안쪽에 대고 소리쳤다.

"어이, 숙박객이다. 안내해줘."

마침 안쪽에서 나온 노인이 대답하듯 고개를 숙였다. 노인은 씽긋 웃지도 않고 눈짓으로 안을 가리켰다. 혼자서 문제없이 숙소를 잡았다는 사실에 안도하며 노인을 따라갔다.

002

안쪽에 있는 계단을 올라 4층으로 갔다. 이쪽 건물은 대부분 목조로 커다란 도시에는 삼 층짜리 건물이 많다. 이 여관은 사 층짜리인 모양이다. 그만큼 천장이 낮아서 요코가 살짝 팔을 뻗으면 닿는 수준이다. 닷키처럼 큰 여자라면 몸을 굽혀야만 하리라.

안내받은 방은 작았다. 다다미 두 장쯤 깔 수 있을 만한 면적에 바닥은 널빤지고, 방 안쪽에 달린 선반에 놓여 있는 얇은 이불 몇 채가 보인다. 침대는 없으니 바닥 위에 이불을 깔고 자는 것이리라.

방 안쪽에서는 선반 탓에 무릎을 꿇어도 몸을 구부려야 한다. 서면 다다미 한 장, 누우면 두 장 크기라는 소리다. 닷키와 묵은 곳은 천장이 높고 침대와 탁자도 있는 깨끗한 방으로 요금은 두 사람 합쳐 오백 전쯤 했던 것 같다.

치안이 나쁜 탓인지 이런 여관에도 문에는 빠짐없이 안팎에서 열쇠로 열 수 있는 잠금장치가 달려 있었다. 열쇠를 요코에게 건네고 멀어져가는 노인을 불러 세웠다.

"죄송한데, 우물은 어디에 있나요?"

요코가 말을 걸자 노인은 깜짝 놀라 돌아서서 눈을 부릅떴다.

한참 동안 요코를 뚫어지게 쳐다본다.

"저기……."

들리지 않았나 싶어 같은 말을 되묻는 요코에게, 노인은 눈을 크게 뜬 채 말했다.

"일본어다……."

말이 떨어지기가 무섭게 노인은 복도를 빠르게 돌아왔다.

"너, 일본에서 왔니?"

대답하지 못하는 요코의 팔을 노인이 붙잡는다.

"해객이야? 언제 여기 왔어? 출신은 어디고? 다시 한번 말해봐."

요코는 눈을 동그랗게 뜨고 노인의 얼굴을 봤다.

"부탁이니까 말을 해봐. 나는 벌써 몇십 년이나 일본어를 듣지 못했어."

"저기……."

"나도 일본에서 왔어. 얘, 일본어를 들려줘."

주름에 묻힌 노인의 눈에 금세 투명한 것이 맺혀서 요코도 울고 싶어졌다. 무슨 우연일까. 낯선 땅에 잘못 흘러든 인간들이 이 큰 도시 한구석에서 만나다니.

"할아버지도 해객이세요?"

노인은 고개를 끄덕였다. 몇 번이고 몇 번이고 애타게 고개를 끄덕이더니 목소리가 나오지 않는 것 같았다. 마디진 손가락이 요코의 팔을 꽉 쥐었다. 그 힘에서 여태껏 그가 겪은 고독이 보인 듯해서 요코는 손을 마주잡았다.

"……차."

떨리는 목소리로 노인이 중얼거렸다.

"차 어떠니?"

요코가 고개를 갸웃했다.

"차 한잔 하지 않겠나. 조금이지만 찻잎이 있어. 가져올게. ……응?"

"……감사합니다."

조금 뒤 노인은 찻잔 두 개를 들고 왔다. 방에 나타났을 때에는 그의 옴폭 들어간 눈이 새빨갰다.

"……그리 좋은 차는 아니지만."

"감사합니다."

시원한 녹차 향기가 반가웠다. 입에 살짝 머금는 요코를 보면서 노인은 바로 앞쪽 바닥에 앉았다.

"너무 기뻐서 꾀병을 부려 병가를 내버렸어. ……이보게, 아니, 아가씨인가. 이름이 뭔가?"

"나카지마 요코예요."

"그래."

노인이 눈을 끔뻑거렸다.

"나는 마쓰야마 세이조라고 하는데. ……아가씨 내 일본어 이상하지 않어?"

요코는 의아해하면서도 고개를 끄덕였다. 사투리지만 대충 알아들을 수 있었다.

"그려."

노인은 정말로 기쁜 듯이 웃었다. 역시 울음 섞인 웃음이었다.

"어디 출신인가?"

"태어난 곳요? 도쿄예요."

세이조는 찻잔을 쥐었다.

"도쿄? 그러면 도쿄는 아직 있나."

"네?"

되묻는 요코를 개의치 않고, 노인은 웃옷 깃으로 뺨을 닦았다.

"나는 고치 출신이야. 이쪽으로 올 때는 구레에 있었지."

"구레?"

"히로시마의 구레 말여. 아나?"

요코는 고개를 갸웃거리며 예전에 배운 지리 수업을 떠올리려 했다.

"……들은 적은 있는 것 같은데."

노인은 씁쓸하게 웃었다.

"군항이 있고, 공창이 있었지. 나는 항구에서 일했어."

"고치에서 히로시마로 옮기셨다고요?"

"그래. 외갓집이 구레 쪽이었어. 칠월 초에 공습으로 집이 불타버려서 외삼촌 댁에 맡겨졌지. 공짜 밥을 얻어먹을 수는 없으니까 일하러 갔는데 공습이 시작됐어. 항구에 있던 배가 대부분 침몰했지. 그 난리통에 바다로 떨어졌는데."

요코는 그것이 제2차세계대전 이야기임을 깨달았다.

"……정신이 들고 보니 허해였어. 바다를 표류하다가 구조되었지."

노인이 말한 '허해'는 억양이 조금 달랐다. 소리도 '허해'보다는 '흐해'에 가까웠다.

"그런……가요?"

"그전에도 몇 번인가 공습으로 심각한 피해를 입어 공창은 이미 있으나 마나 한 존재였어. 군항에 있는 배는 쓸 만한 배가 아니었고, 무엇보다 세토 내해랑 스오나다 해역이 기뢰밭이라 지나갈 수 없었어."

요코는 장단만 맞추었다.

"삼월에는 도쿄가 대공습으로 불타 허허벌판이 되질 않나 유월에는 오사카도 대공습으로 죄 불탔지. 루손 섬도 오키나와도 함락되고 솔직히 이길 수 있을 거라고 생각 안 했어. ……졌나?"

"……네."

노인은 무거운 한숨을 내쉬었다.

"역시 그랬구먼. ……줄곧 그게 걱정됐어, 나는."

요코는 잘 알지 못한다. 요코의 부모는 전후에 태어났고 전쟁에 대해 이야기해줄 만한 조부모도 가까이 살지 않았다. 아득히 먼 옛날이야기다. 교과서나 영화나 텔레비전을 통해서만 아는 세계.

그래도 노인이 이야기하는 세계는 요코에게 이쪽 세계만큼 멀지 않다. 이미지를 제대로 그리지는 못했지만, 귀에 익은 세세한 지명이며 역사를 듣는 건 반가웠다.

"도쿄는 아직 있나. 역시 미국의 속국이 되었어?"

"말도 안 돼요."

요코는 눈을 크게 떴다. 노인 역시 눈을 부릅뜬다.

"그래. ……그렇구먼. 그런데 아가씨, 그 눈은 어떻게 된 건가?"

요코는 어리둥절해하다 초록색으로 변해버린 자신의 눈동자를 지적했음을 깨달았다.

"……이건 딱히."

말을 얼버무리자 노인은 얼굴을 가리고 고개를 저었다.

"됐어, 됐어. 말하고 싶지 않으면 괜찮아. 나는 틀림없이 일본이 미국의 속국이 된 탓인 줄 알았지. 아니라면 됐어."

아마도 이 노인은 자신이 보지 못한 고국의 운명을 먼 이국땅 하늘 아래에서 걱정해왔으리라. 고국의 앞길에 어떤 운명이 놓여 있는지 모르기는 요코도 마찬가지지만 떠난 시기가 시기이니만큼 노인의 마음은 훨씬 간절했을 것이다.

이런 세계에 내던져진 것만으로도 이리 괴로운데, 이 노인은 사십 몇 년이나 고국을 걱정해왔다 생각하니 가슴이 아팠다.

"……폐하는 무사하신가?"

"쇼와 천황요? 네…… 무사했어요. 이미 주……."

죽었다는 말이 튀어나오려 해서 요코는 허둥지둥 말을 바꾸었다.

"서거하셨지만."

노인은 고개를 들었다가 깊이 떨구고 소매로 눈가를 훔쳤다. 요코는 머뭇거린 끝에 굽은 등을 살짝 쓰다듬었다. 노인이 싫은 기색을 보이지 않았기에 한차례 오열이 가라앉을 때까지 뼈가 고스란히 만져지는 등을 그렇게 쓰다듬었다.

003

"……미안허다. 나이를 먹으면 눈물이 많아져서."

요코는 묵묵히 고개를 저었다.

"……그래서 몇 년이었지?"

"네?"

되묻는 요코를 노인은 감정을 살필 수 없는 눈으로 보았다.

"태평양전쟁이 언제 끝났느냐고."

"아마…… 1945년이라고……."

"쇼와로는?"

"음, 그러니까……."

요코는 잠시 생각해서 수험 공부 때 암기한 연표를 억지로 끄집어냈다.

"쇼와 20년일 거예요."

"쇼와 20년?"

노인이 요코를 응시했다.

"내가 이리 온 것도 20년이여. 20년 언제?"

"팔월…… 15일요."

노인은 주먹을 쥐었다.

"팔월? 쇼와 20년 8월 15일?"

"네……."

"내가 바다에 떨어진 게 7월 28일이었어."

노인은 요코를 노려보았다.

"겨우 보름이었잖아!"

요코는 그저 고개를 떨구고만 있었다. 무슨 말을 건네면 좋을지 몰랐다. 그래서 노인이 울먹이며 전쟁을 위해 희생해온 것을 하나하나 열거하는 소리를 말없이 듣고 있었다.

한밤중이 가까워지면서 노인은 요코에 대해 질문을 시작했다. 가족은, 집은. 어떤 집이었는지, 어떻게 살았는지. 질문에 대답하기는 조금 괴로웠다. 요코가 태어나기 전에 이곳으로 와 돌아가지 못하는 사람이 있다는 사실이 좋든 싫든 가슴에 사무쳤다.

요코도 이렇게 살아갈까. 평생 돌아가지 못한 채 이 낯선 땅에서 지내는 걸까. 이렇게 해객끼리 만난 것은 행운인지도 모른다. 노인이 홀로 지내온 것을 생각하면 정말로 큰 행운이었다.

"내가 뭘 어쨌다는 게야."

노인은 책상다리하고 앉은 자세로 무릎에 팔꿈치를 괴고 머리를 감쌌다.

"친구도 가족도 내팽개치고 이런 이상한 곳에 왔어. 어차피 공습으로 죽겠다 각오했었지만, 겨우 보름이면 끝이었는데. 그 뒤 고작 보름이면……."

요코는 입을 다물고 있을 뿐이었다.

"전쟁이 끝나면 좋은 날이 왔을 텐데. 배부르게 먹지도 못하고 즐거운 일도 하나 없이 이딴 곳으로 와버렸어."

"그러네요……."

"차라리 공습으로 죽는 게 나았을 것 같아. 이렇게 정체 모를, 지리도 모르고 말도 모르는 이런 곳에서……."

요코는 눈을 크게 떴다.

"말을…… 몰라요?"

"나는 전혀 몰라. 여태껏 더듬더듬 몇 마디밖에 못 해. 그 탓에 할 수 있는 일은 이런 허드렛일뿐이지."

그렇게 말하고는 요코를 미심쩍게 바라본다.

"아가씨는 아는가?"

"네……."

요코는 노인을 응시했다.

"일본어라고 생각했어요."

"말도 안 돼."

노인도 어리둥절한 얼굴이었다.

"일본어일 리가 있나. 일본어를 듣기는 내 혼잣말을 빼면 오늘이 처음이야. 어디 말인지 잘 모르겠어. 중국어랑 비슷한 것 같지만 아마 아닐 거야."

"한자를 쓰죠?"

"쓰지. 하지만 중국어가 아니야. 항구에는 중국인도 있었지만, 이런 말이 아니었어."

"그럴 리가 없어요."

요코는 혼란스러운 기분으로 노인을 바라보았다.

"나는 이쪽에 오고 한 번도 말 때문에 곤란했던 적이 없어요. 일본어가 아니면 알 리가 없어요."

"가게 놈들 말도 알아듣겠어?"

"네."

노인은 고개를 저었다.

"그러면 네가 듣는 건 일본어가 아니야. 여기에 일본어로 이야기하는 놈은 없어."

이건 대체 어떻게 된 일일까. 요코는 혼란스럽기 그지없었다.

자신은 분명히 일본어를 들었다. 그런데 노인은 일본어가 아니라고 한다.

"여기는 교국이죠. 교묘한 나라巧國라고 쓰고."

"맞아."

"우리는 해객이고 허해에서 왔어요."

"그렇지."

"이 마을에는 향청이 있어요."

"향청? 향성鄕城 말인가, 아니면 향을 말하는 건가."

"현청 같은 거라고."

"현청."

"현지사가 있는."

"여기에 현지사라는 건 없어. 현에서 가장 높은 양반이라면 현정縣正이지."

그럴 리가, 요코가 중얼거렸다.

"나는 줄곧 현지사라고."

"그런 건 없어."

"사람은 겨울에는 사토에 살고, 봄이 오면 무라로 돌아가죠."

"겨울에 사는 곳은 이里, 봄에 사는 곳은 여廬."

"하지만 나는……."

노인은 요코를 노려보았다.

"너, 정체가 뭐야!"

"나는……."

"너는 나랑 똑같은 해객이 아녀. 나는 줄곧 이 이국땅에서 혼자였어. 전쟁중인 일본에서 말도 풍습도 모르는 곳으로 내던져져 이 나이 먹도록 마누라도 자식도 없이 그야말로 외톨이야."

어째서 이런 일이 생긴 건가. 요코는 필사적으로 원인을 찾으려 했다. 어떻게 생각하든 지금까지 보고 들은 현실 속에는 단서가 있을 법하지 않았다.

“최악인 곳에서 최악인 곳으로 왔어. 어째서 전후에 태어나 우리의 희생 위에서 평화롭게 산 네가 여기에 와서까지 그렇게 재미를 보는 거여.”

“몰라요!”

요코가 외쳤을 때 문밖에서 소리가 들렸다.

“손님, 무슨 일 있어요?”

노인은 허둥지둥 입가에 손가락을 댔고 요코는 문 쪽을 보았다.

“죄송합니다. 아무것도 아니에요.”

“그래요? 다른 손님도 있으니 주의해주세요.”

“시끄럽지 않게 조심할게요.”

문밖에서 멀어지는 발소리를 듣고 요코는 살짝 한숨을 내쉬었다. 그런 요코를 노인은 험악한 표정으로 보고 있었다.

“지금 그 소리도 알아들었어?”

말에 대한 소리임을 깨닫고 요코는 고개를 끄덕였다.

“……알아들었어요.”

“조금 전 남자는 이쪽 말을 썼어.”

“나는…… 어느 쪽 말로 얘기하고 있죠?”

“일본어로 들리는군.”

"하지만 분명히 상대방에게 통했어요."

"그런 것 같구먼."

요코는 늘 한 가지 말밖에 하고 있지 않다. 듣는 것도 늘 한 가지 언어다. 그런데 어째서 이런 현상이 일어나는 것일까.

노인의 표정이 부드러워졌다.

"……너는 해객이 아니야. 적어도 평범한 해객은 아니야."

해객이라는 소리는 억양뿐 아니라 요코가 들어온 익숙한 발음과도 조금 다르게 들렸다.

"……너, 어떻게 말을 아니?"

"모르겠어요."

"모른다?"

"나는 전혀 몰라요. 왜 내가 이리 오게 되었는지, 어째서 할아버지와 내가 다른지."

어째서 모습이 바뀌어버린 건지. 마음속으로 중얼거리며 물들여서 거칠어진 머리카락을 만졌다.

"……어떻게 하면 돌아갈 수 있는지."

"나도 찾았지. 대답은 돌아갈 수 없다, 그것뿐이야."

노인은 그렇게 말하고 메마른 소리로 웃었다.

"돌아갈 수 있었으면 벌써 돌아갔지. 그야 돌아간다고 해도 신선놀음에 도낏자루 썩은 줄도 몰랐던 나무꾼 신세겠지만."

노인은 낙심한 듯이 요코를 보았다.

"……아가씨는 어디로 가는가?"

"목적지는 없어요. 하나 여쭈어도 되나요?"

"뭐지?"

"할아버지는 붙잡히지 않았나요?"

"붙잡혀?"

노인은 눈을 크게 뜨더니 뭔가 알아챈 표정을 지었다.

"……그래, 여기서는 해객은 체포되지. 하지만 나는 아니야. 나는 경국으로 흘러들었어."

"네?"

"해객의 대우는 나라마다 다르지. 나는 경국에 도착해서 호적을 받았어. 작년까지 있었는데 경국은 나라님께서 붕어하셔서 나라가 황폐해졌지. 살 수가 없어서 도망쳤어."

요코는 도시에서 본 난민을 떠올렸다.

"……경국이라면 도망치지 않아도 되나요?"

노인은 고개를 끄덕였다.

"그렇지. 하지만 지금은 못 가. 내란이 있어서 나라 꼴이 말이 아니야. 내가 살던 마을은 요마가 출몰해서 절반이 죽었어."

"요마? 내란 때문이 아니라요?"

"나라가 어지러워지면 요마가 나타나지. 요마뿐이 아니야. 가

몸에 홍수, 지진. 나쁜 일만 일어나. 그래서 나도 도망쳐 온 게야."

요코는 눈을 내리떴다. 경국이라면 쫓기지 않아도 된다. 이대로 교국에서 도망쳐 다니는 것과 경국으로 가보는 것, 어느 쪽이 안전할까. 고민하는데 노인이 말을 이었다.

"여자들은 훨씬 전에 도망쳤지. 나라님이 무슨 생각인지 나라에서 여자를 쫓아냈어."

"설마요."

"진짜야. 도읍인 요천堯天에서는 남아 있는 여자를 죽인대. 원래 변변한 나라가 아니라서 이번 기회에 도망친 놈들도 많지. 가까이 가지 않는 게 좋아. 거기는 요괴 소굴이야. 한동안 꽤 많은 사람이 도망쳐 나왔는데 요새는 그것도 부쩍 줄었어. 국경도 넘을 수가 없었겠지."

"그런……가요."

중얼거린 요코를 보며 노인은 자조하듯 웃었다.

"일본 얘기는 물어도 모르지만 이쪽 일이라면 가르쳐줄 수 있어. ……나는 이쪽 인간이 다 되었구먼."

"아니에요."

노인은 웃으며 손을 들었다.

"교는 경에 비하면 훨씬 나은 나라야. 하지만 해객을 체포하니까 나아도 소용이 없지."

"할아버지, 나……."

노인은 웃었다. 반쯤 우는 듯한 웃는 얼굴이었다.

"알어. 아가씨 탓이 아니여. 알지만 안타까워서 그랬어. 화풀이해서 미안하구먼. 도망쳐야 하는 아가씨가 훨씬 힘들 텐데."

요코는 고개를 가로저었다.

"나는 일하러 돌아가야 혀. 아침 준비가 있어. 여행길 조심하고."

그 말을 남기고 노인은 바깥으로 나갔다.

요코는 노인을 불러 세우려다 그만두고 안녕히 주무시라는 말만 했다.

004

선반에서 얇은 이불을 꺼내 깔고 누워서 한숨을 쉬었다. 오랜만에 이불 위에서 자는데 눈이 말똥말똥하다. 신경쓰이는 문제가 있기 때문이라는 사실은 알고 있다.

어째서 요코는 말 때문에 곤란함을 겪지 않았을까. 만약 자신이 말을 이해하지 못했다면 지금쯤 무슨 일이 일어났을지 상상할 필요도 없다. 하지만 어째서 이런 일이 일어났는지는 짐작도 가지 않았다.

여기서 통용되는 말이 일본어가 아니라면 요코가 알아들을 리가 없다. 문 바깥의 인물과 이야기할 때 요코는 대체 무슨 말로 떠든 것일까. 그것이 노인에게는 일본어로 들리고 다른 사람에게는 이쪽 언어로 들렸다.

노인이 말한 이쪽 단어는 음이 조금 다르게 들렸다. 그조차도 이상했다. 하물며 현지사 같은 말은 없다고 한다. 그렇다면 줄곧 요코가 들은 현청이니 현지사라는 말은 대체 뭐였을까.

요코는 낮은 천장을 가만히 바라보았다.

—통역되고 있어.

요코가 듣는 말은 어딘가에서 무언가에 의해 요코가 이해할 수 있도록 적절히 통역되고 있지 않은가.

"조유? 당신이야?"

등 쪽을 향해 중얼거린 말에 당연히 대답은 없었다.

평소처럼 품에 검을 안고 잠들었다 눈을 뜨자 방 한쪽에 둔 요코의 짐이 사라지고 없었다.

요코는 벌떡 일어나 서둘러 문을 살폈다. 문은 분명히 잠겨 있었다.

가게 사람을 붙들고 사정을 이야기했다. 문과 실내를 미심쩍어하며 살핀 종업원들은 요코를 험악한 눈초리로 노려보았다.

"그런 짐이 정말로 있었나?"

"있었어. 그 안에 지갑도 들어 있어. 누가 훔쳐간 거야."

"하지만 문은 잠겨 있었어."

"보조 열쇠는?"

요코가 묻자 남자들은 더욱 험악한 눈을 했다.

"가게 사람이 훔쳤다고 하려고?"

"원래 있지도 않았던 거 아냐? 처음부터 트집을 잡아 내뺄 작정이었군."

남자들이 요코에게 조금씩 다가온다. 요코는 검자루에 슬쩍 손을 댔다.

"아니야."

"아무튼 요금을 내시지."

"지갑은 도둑맞았다고 했잖아."

"그럼 관청에 끌고 가야겠군."

"잠깐만 기다려."

요코는 천을 풀다가 문득 한 가지를 깨닫고 남자들에게 말했다.

"어제 그 할아버지를 불러줘."

순간적으로 떠오른 생각은 노인에게 말을 거들어달라고 하자는 것이었다.

“할아버지?”

“경국에서 온 마쓰야마라는 사람.”

남자들은 얼굴을 마주보았다.

“그 영감이 어쨌는데?”

“불러줘. 그 사람이 짐을 봤어.”

남자 한 사람이 입구를 가로막고 선 채 등뒤 젊은 남자에게 턱짓으로 신호했다. 젊은 남자가 복도를 달려갔다.

“왼손의 그 짐은 뭐지?”

“여기에는 돈이 없어.”

“내가 살펴보지.”

“할아버지가 오고 나서.”

딱 잘라 말하자 남자는 미심쩍게 요코를 바라본다. 이내 소란스러운 발소리가 들리고 젊은 남자가 돌아왔다.

“없어.”

“없다고?”

“짐도 없어. 그 영감 나가버렸어.”

문 앞을 가로막고 선 남자가 혀를 차는 소리에 요코는 이를 악물었다.

—그 사람이다.

노인이 한 짓이다.

요코는 눈을 감았다. 같은 해객조차 요코를 배신하는 것인가.

요코가 전후의 풍족한 시대를 누린 것을 용납할 수 없었는지, 아니면 언어를 이해할 수 있는 능력을 용서할 수 없었는지. 혹은 애초에 그럴 작정이었는지.

동포를 찾았다고 생각했다. 노인도 그렇게 생각해주었노라고 믿었다. 요코에게는 이제 이 나라 사람을 믿을 용기가 없다. 닷키에게도 속았는데 같은 해객인 노인마저 배신했다.

씁쓸함이 치밀어올랐다. 분노는 요코 안에 거친 바다의 환영을 불러일으킨다. 그때마다 자신이 어떤 짐승으로 바뀌어가는 기분이 들었다.

요코는 파도에 흔들리며 내뱉었다.

"그놈이 훔친 거야."

"그 영감은 뜨내기야. 아마 여기가 마음에 들지 않았겠지."

"잔소리 말고 짐을 넘겨. 돈이 될 물건이 있는지 내가 봐주지."

요코는 검자루를 쥐었다.

"……나는 피해자야."

"우리도 장사야. 공짜로 묵게 해줄 수야 없지."

"그쪽 관리 소홀이야."

"시끄러워. 짐을 넘겨."

남자가 거리를 좁혀와서 요코는 자세를 잡았다. 팔을 흔들어 감은 천을 풀었다. 작은 창문으로 들어온 빛에 번뜩이는 검이 시야에 들어왔다.

"너, 너 이 자식."

"……거기 비켜. 나는 피해자라고 했잖아."

젊은 남자가 소리지르며 도망가고, 홀로 남겨진 남자가 당황한 듯 발을 굴렀다.

"비켜. 돈을 받고 싶으면 그놈을 찾지그래."

"……처음부터 이럴 작정이었군."

"아니라고 했지. 할아버지를 잡으면 짐 속에서 요금을 가져가."

검을 앞으로 내밀자 남자가 물러난다. 검을 들이민 채 세 걸음 나아가자 남자가 구를 것처럼 허겁지겁 도망쳤다.

요코는 그 뒤를 쫓듯이 달렸다.

젊은 남자 쪽이 불렀으리라. 요코는 달려온 여럿을 검으로 위협하며 여관에서 바깥으로 뛰쳐나왔다. 붐비는 사람들을 헤치며 달린다.

팔이, 노인이 힘을 주어 간절히 잡았던 곳이 아팠다.

이 통증은 두 번 다시 사람을 믿지 말라는 교훈이다.

005

그때부터 다시 야영을 계속하는 여행이 시작되었다.

무작정 길을 따라 다음 도시에 도착했지만, 돈이 없으니 숙소에 묵거나 밥을 먹을 수도 없었다. 성문 안으로 들어가 난민처럼 성벽 아래에서 잠들 수 있으면 좋겠지만, 병사가 성문을 지키고 있는데다 요코는 많은 사람 틈에 섞이는 것이 고통스럽기 그지없었다.

여기에 자신의 편은 없다. 아무도 요코를 돕지 않는다.

여기에 요코에게 허락된 것은 무엇 하나 없다.

속고 배신당할 것을 생각하면 요마를 검으로 쫓아버리며 노숙하는 편이 훨씬 나았다.

옷을 갈아입고부터는 여자로 보이지 않는 대신 나이보다 어려 보이는 일이 늘었다. 이쪽은 치안이 나쁘다. 눈매가 사나운 놈들이 시비를 거는 일이 몇 번 있고 나서 검을 내밀고 사람을 위협하는 데 망설임이 완전히 사라졌다.

낮에는 지나치는 사람을 주의하면서 걷고 밤에는 요마와 싸우면서 걷는다. 밤에 잠들면 요마가 급습할지도 몰라서 자연스레 밤에 걷고 낮에 자는 생활이 되었다.

길가에는 음식을 파는 집도 있지만, 어차피 낮뿐이고 가진 돈도 없어 식사는 당연히 끊겼다.

몇 번인가 굶주림을 참지 못하고 인간에 대한 혐오감을 억누르며 일을 찾아보았지만 많은 난민이 유입된 도시에는 일거리가 없었다. 힘없어 보이는 꼬마를 고용해줄 곳은 더욱 없다.

요마는 밤마다 나타나고, 이따금 낮에도 나타나 요코에게 고난을 강요했다. 피로와 굶주림은 끊임없이 요코를 괴롭혔다. 그보다 더욱 요코를 괴롭히는 것은 검이 보여주는 환영과 푸른 원숭이였다.

엄마가 우는 모습을 보기가 괴로웠다. 푸른 원숭이는 계속해서 죽는 게 낫다고 유혹한다. 그래도 하다못해 엄마의 모습을, 자신이 살던 곳을 보고 싶다는 욕구를 이길 수 없었고, 누가 됐건 이야기를 나누고 싶은 욕구도 이기지 못했다.

검이 보여주는 환영은 반드시 밤에 찾아와, 돌아가고 싶다는 요코의 마음에 반응했다. 검이 밤에만 신비한 힘을 나타내는지 애초에 밤에만 깨어 있으니까 밤에만 보이는 건지 요코도 알지 못했다.

요마의 습격이 끊이지 않아 고향을 생각할 틈도 없는 밤에는 몸이 괴롭고, 조금이라도 여유가 있는 밤에는 마음이 괴로웠다. 검이 빛나더라도 무시하면 되는데 그럴 만큼 냉정해질 수가 없었다.

그렇게 요코는 오늘밤에도 인광을 띤 검을 보고 있다. 요마에게 도망쳐 들어온 산속에서 하얀 나무에 등을 맡겼다.

산속 깊은 곳에 가끔 보이는 하얀 나무는 요코가 아는 어떤 나무와도 비슷하지 않았다. 나무껍질은 순백색이고 우산처럼 퍼진 가지의 지름이 집 한 채만 하지만 키는 낮다. 맨 꼭대기 가지까지 아무리 높아도 이 미터를 넘지 않아 보였다.

잎이 없는 가지는 땅에 닿을 정도로 낮게 늘어져 있는데 가늘지만 무척 단단하여 검을 써도 끊을 수가 없었다. 그야말로 하얀 금속으로 만든 가짜 나무가 떠올랐다. 가지에는 노란 열매가 달렸지만 용접해놓은 것처럼 딸 수 없었다.

흰 가지는 밤눈에도 환히 보일 정도로 하얬다. 달이 있으면 한층 하얗게 보이는 것이 요코는 마음에 들었다.

가지의 위치가 낮아도 헤치고 나무줄기 쪽으로 기어들어가면 밑둥치에는 앉을 만한 틈이 있다. 하얀 나무 아래에 있으면 무슨 영문인지 요마의 습격이 뜸해졌고, 들짐승도 거의 덤비지 않아서 쉬기에는 나무랄 데가 없었다.

나무 아래로 들어가 줄기에 등을 맡기고 검을 본다. 척구에서 해객 노인을 만나고 벌써 열흘 넘게 흘렀다.

검이 발하기 시작한 희미한 빛에 가까운 가지가 하얗게 빛났다. 나무 열매는 금빛으로 반짝였다.

당연하게 모친의 모습을 기다린 요코의 눈앞에 여러 사람이 움직이는 모습이 보였다.

많은 사람. 검은 옷. 젊은 여자. 넓은 방과 늘어선 책상.

교실 풍경이었다.

교실에는 교복을 입은 소녀들이 모여 있었다. 너무나 익숙한 쉬는 시간 광경이었다. 깔끔하게 드라이한 머리카락과 다림질한 교복. 청결해 보이는 하얀 피부. 보고 있는 자신과 대비되는 것이 우스워서 자조의 미소가 새어나왔다.

"나카지마, 가출했대."

익숙한 친구의 목소리를 시작으로 시끄럽게 떠드는 소리가 요코의 귀에 밀려들었다.

"가출? 진짜?"

"진짜, 정말이라니까. 나카지마, 어제 학교에 안 왔잖아. 가출이래. 어젯밤에 나카지마네 엄마한테 전화가 와서 깜짝 놀랐어."

'꽤 오래전 일이구나…….'

"놀라워라."

"그 반장이?"

"역시, 성실한 사람일수록 뒤에서 뭘 할지 모른다잖아."

"그럴지도 몰라."

요코는 또 웃었다. 자신이 놓인 상황과 저 인식 차이가 우스웠다.

"그게 말이야, 학교에 이상한 친구가 데리러 왔대. 꽤 위험해 보이는 남자였다더라."

"남자라고? 제법이네."

"그럼 사랑의 도피 아냐?"

"그렇다는 말도 있어. 있지, 교무실 유리가 모조리 깨졌잖아. 그게 나카지마 친구가 한 짓이래."

"진짜?"

"어떤 남자인데?"

"잘은 모르겠지만. 머리카락이 길고 탈색한 남자였다던데. 치렁치렁한 묘한 차림이었대."

"나카지마, 사실은 헤비메탈파였구나."

"그럴지도."

'게이키…….'

요코는 소란스러움을 앞에 두고 망령처럼 꼼짝하지 못하고 있다.

"역시. 머리도 분명히 염색한 걸 줄 알았어."

"타고났다며."

"당연히 거짓말이지. 날 때부터 그런 색일 리가 있겠어?"

"그런데 교실에 가방과 코트가 있었다던데."

"어—그게 무슨 말이야?"

"어제 아침에 모리즈카가 발견했대."

"진짜로 사랑의 도피 아니야? 맨몸으로…… 그런 거."

"바보. 하지만 그러면 가출이 아니라 실종 아닌가."

"무서워라……."

"조만간 역 앞에 전단 같은 거 붙는 거 아냐?"

"팻말을 세워 놓고 거리에서 나카지마네 엄마가 전단을 나눠주는 거지."

"우리 애를 찾아주세요, 그런 거?"

"애들이 무책임한 소리 하네."

"나랑 관계없는걸."

"어차피 가출이야."

"맞아. 원래 그런 우등생일수록 꼬여 있는 법이지."

"사랑의 도피잖아. 고지식한 애일수록 사랑에 불타면 뭘 할지 모른다고."

"냉정하기는. 너, 나카지마랑 꽤 사이좋지 않았어?"

"그야 수다 정도는 떨었지. 하지만 솔직히 걔 별로 좋아하지 않았어."

"알 것 같다. 우등생인 척하고 말이야."

"맞아."

"무슨 부모님이 엄격해. 자기가 귀한 집 아가씨라도 돼?"

"내 말이. 그래도 숙제를 성실하게 해오는 건 도움이 되었지만."

"아, 진짜. 사실 오늘도 수학 프린트 손도 대지 않았어."

"아—. 나도—."

"뭐야, 아무도 안 했어?"

"나카지마밖에 없다니까."

"요—코, 돌아와."

밝은 웃음이 와르르 들끓었다. 평화로운 풍경이 갑자기 흐려졌다. 금세 일그러져 형태가 사라진다. 눈을 한 번 깜짝하자 시야가 맑아졌지만 요코의 눈앞에는 빛을 잃은 검밖에 보이지 않았다.

006

요코는 검을 내렸다. 묵직해서 계속 손에 들고 있기 힘들었다.

친구라 부른 애들이 사실은 친구가 아님을 마음속 어딘가 알고 있었다.

살면서 아주 잠시 동안, 좁은 우리 안에 갇힌 동지끼리 어깨를 맞대고 있었을 뿐이다. 학년이 올라가 반이 바뀌면 잊어버린다. 졸업하면 만날 일도 없다. 그런 존재였다.

그렇게 생각해도 눈물이 치밀어올랐다.

덧없는 관계라는 것을 분명히 마음속으로는 알고 있었다. 그럼에도 그 안에 조금은 진심이 숨어 있지 않을까 기대했다.

할 수만 있다면 교실로 뛰어들어가서 자신이 처한 상황을 호소하고 싶었다. 그 애들은 어떻게 반응할까.

어딘가 먼 세계의 평화로운 나라에서 사는 사람들. 예전에 요코가 그랬던 것처럼 그 애들에게도 아마 고민이나 괴로움이 있겠지. 그렇게 생각하자 너무나 웃겨서 요코는 땅바닥에 드러누워 몸을 웅크렸다.

이 세상 모든 것에서 떨어져 나와 홀로, 정말로 홀로 몸을 웅크리고 있는 자신. 고독을 절감했다.

부모와 싸웠을 때, 친구와 사이가 틀어졌을 때, 기분이 울적해졌을 때, 외롭다고 중얼거리던 것이 얼마나 무른 생각이었나. 돌아갈 집이 있고, 결코 적이 되지 않을 사람이 있고, 기분을 달래줄 것이 있고, 설령 그런 모든 것을 잃더라도 친구라면, 허울만 친구라 해도 분명히 금방 만들 수 있다.

그때 아무리 들어도 귀에 익숙해지지 않는 짜증나는 소리가 들려서 요코는 몸을 둥글게 만 채 얼굴을 찡그렸다.

"돌아갈 수 없다니까."

"시끄러워."

"돌아갈 수 있다고 생각한다면 가봐. 돌아간다고 아무도 너를 기다리지 않겠지만 말이야. 어쩔 수 없지. 너는 기다릴 만한 가치가 없는 인간이니까."

아무래도 원숭이는 검의 환영과 어떤 관계가 있는 것 같다. 푸른 원숭이가 나타날 때는 항상 환영을 보기 전후였다. 특별히 위해를 가하는 것은 아니다. 듣고 싶지 않은 소리를 귀에 거슬리는 목소리와 말투로 떠들 뿐이다. 그래서인지 조유도 절대로 반응하지 않았다.

"엄마가 계신걸."

전에 본 환영에서 인형을 쓰다듬으며 울던 모친의 모습이 눈에 선하다. 친구라 부르던 같은 반 애들 중에 진짜 친구가 없더라도 엄마만은 진짜 요코 편이다. 그리움이 왈칵 치밀어 가슴이 아팠다.

"엄마, 울고 계셨어. 그러니까 나는 언젠가 꼭 돌아갈 거야."

원숭이는 한층 더 찢어지게 웃었다.

"그야 어머니니까 그렇지. 자식이 없어지면 슬프겠지."

"……무슨 말이야."

요코가 고개를 들자 짧은 잡초로 덮인 땅바닥, 손을 뻗으면 닿을 듯한 곳에 푸르게 빛나는 원숭이 머리가 있었다.

"딱히 네가 사라져서 슬픈 게 아닌 거지. 제 자식을 잃은 사실이 슬프고, 그런 자신이 가여울 뿐이야. 그런 것도 몰라?"

가슴이 철렁했다. 요코는 반론할 수 없었다.

"설령 자식이 네가 아니라 더 못난 아이라도 어미는 역시 슬퍼할 거야. 그런 생물이니까 말이야."

"입 다물어."

"무서운 얼굴 할 필요 없잖아. 나는 진실을 말한 것뿐인데."

꺄꺄꺄 귀에 꽂히는 듯한 소리로 원숭이는 크게 웃었다.

"오랫동안 키운 가축이랑 똑같아. 키우면 정이 드는 법이지. 안 그래?"

"조용히 해!"

몸을 살짝 일으키고 검을 겨누었다.

"아이구 무서워라."

원숭이는 그래도 계속 웃었다.

"부모가 그리워? 응? 그런 부모인데도오?"

"듣고 싶지 않아."

"다 알아. 너는 집으로 돌아가고 싶을 뿐이야. 부모를 만나고 싶은 게 아니지. 따뜻한 집과 네 편을 들어줄 사람이 있는 장소로 돌아가고 싶은 거야."

"……뭐야?"

원숭이는 꺄꺄꺄 웃었다.

"부모라면 배신할 걱정은 없나. 정말로 그럴까. 가축 주인이랑 똑같잖아."

"무슨 말이야."

"너는 개나 고양이랑 똑같아. 얌전히 귀여움을 받을 때는 좋지만, 주인의 손을 물거나 집을 어지럽히면 끝장이지. 그야, 놈들도 보는 눈이라는 게 있으니까 너를 내쫓지야 않겠지만 말이야. 다른 사람들만 눈감아주면 아이를 목 졸라 죽이고 싶다 생각하는 부모는 당연히 얼마든지 있어."

"우습군."

"그래? 우습지."

원숭이는 장난스럽게 눈을 크게 떴다.

"놈들은 자식을 예뻐하는 자신이 좋은 거야. 확실히 우스운 소리를 했어. 자식을 아끼는 부모 역할을 연기하는 게 너무나 좋은데 말이지."

꺄꺄꺄 하고 마구 웃는 소리가 귀에 꽂힌다.

"이게……."

"너도 그렇잖아, 안 그래?"

요코는 검자루에 댔던 손을 멈추었다.

"착한 아이 연기가 즐거웠지. 부모 말을 듣는 건 부모가 옳다고 믿기 때문인 건가? 거스르면 내쫓길 것 같아서 주인의 비위를 맞추고 있었을 뿐이잖아."

요코는 무심결에 입술을 깨물었다. 쫓겨날 것을 걱정하지는 않았지만 혼나거나, 집안의 공기가 무거워지거나, 원하는 것을 얻지 못하거나, 벌을 받는 것이 걱정되어 어느새 부모의 안색을 살피던 자신을 알고 있다.

"네가 연기한 착한 아이는 거짓이야. 착한 아이가 아니라 버림받기 무서워서 부모 말을 따르는 아이인 척했을 뿐이잖아. 부모가 연기한 좋은 부모도 거짓이야. 좋은 부모가 아니라 뒤에서 손가락질당하기 무서워서 남들 하는 만큼 했을 뿐이지. 거짓말쟁이 동지끼리 배신하지 않을 리가 있나. 어차피 너는 부모를 배신할 거야. 부모는 너를 반드시 배신할 거야. 인간은 다들 그래. 서로에게 거짓말을 하고 배신하고 배신당하며 돌고 도는 거야."

"……이 괴물이."

원숭이는 한층 찢어지게 웃었다.

"제법 말이 늘었잖아. 그래, 나는 괴물이야. 하지만 나는 솔직하지. 거짓말을 하지 않아. 나만이 너를 배신하지 않아. 유감이네. 이런 내가 가르쳐주었는데 말이야."

"입 다물어!"

"돌아갈 수 없어. 죽는 게 나아. 죽을 용기가 없으면 좀더 나은 삶을 살라고. 그걸로 말이야."

원숭이는 요코가 든 검을 보았다.

"더 확실하게 이야기해줄까. 네 편은 없어, 적뿐이야. 게이키도 적이니까 말이야. 배가 고프지? 제대로 살고 싶지? 그놈을 써. 그걸로 사람을 슬쩍 위협하는 거야."

"시끄러워!"

"어차피 이놈이고 저놈이고 더러운 돈밖에 없어. 돈을 슬쩍 바치게 해. 그러면 나은 삶을 살 수 있으니 말이야."

꺄꺄꺄 귀에 거슬리는 소리를 향해 검을 휘둘렀지만 그곳에는 이미 어떤 모습도 보이지 않았다. 한밤중에 커다란 웃음소리만이 멀어져간다.

요코는 땅을 긁었다. 갈고리 모양으로 굽은 손가락 사이에서 무언가 흘러 떨어지고 있는 것 같았다.

007

길을 헤맸다. 척구를 나와 며칠이 지났는지, 애초에 집을 나와 며칠이 흘렀는지 헤아리려고 해도 이제 기억조차 할 수 없었다.

지금 어디에 있고 어디로 가는지도 모르는데다 흥미도 잃어버렸다.

날이 저무니까 검을 쥐고 일어난다. 적이 오니까 싸운다. 아침이 오니까 잠잘 곳을 찾아 잔다. 그것만이 계속된다.

구슬을 쥐고 검을 지팡이 삼아 일어나는 것이 당연해졌다. 적이 없으면 주저앉는다. 드문드문해지면 다리를 끈다. 인기척이 없으면 떠드는 대신 내내 끙끙 앓는다.

굶주림은 몸속에 들러붙어 몸의 일부가 되었다. 굶주림에 져서 요마의 시체를 잘라도 보았지만 이상한 악취 때문에 도저히 입에 댈 수가 없었다. 우연히 마주친 들짐승을 죽여 입에 댔을 때에는 몸이 고형물을 받아들이지 못하는 상태가 되어 있었다.

몇 번째인지 모를 밤을 무사히 넘기고 새벽을 맞이했다. 길에서 산으로 발을 들여놓으려다 나무뿌리에 걸려 긴 비탈을 굴러 떨어졌다. 요코는 자포자기한 심정으로 그곳에서 잤다. 자기 전에 주위를 둘러보지조차 않았다.

꿈도 꾸지 않고 자다 눈을 뜨니 도저히 일어날 수가 없었다. 주위는 나무 그림자가 얼마 없는 숲속의 옴폭한 땅이었다. 해가 기울어 곧 밤이 온다. 이대로 이런 곳에서 꼼짝하지 못한다면 요마의 먹이가 될 뿐이다. 한 번이나 두 번의 습격이라면 조유가 억지로라도 싸워주겠지만 그 이상은 몸이 말을 듣지 않으리라.

요코는 땅에 손톱을 박았다. 하다못해 어떻게든 길까지 나가야 한다.

길로 나가 누군가에게 도움을 구하지 않으면 여기서 죽는다. 고개를 숙여 구슬을 찾았다. 아무리 구슬을 필사적으로 쥐어도 검을 지팡이 대신 땅에 꽂는 것조차 할 수 없었다.

"아무도 도우러 오지 않을 거야."

느닷없이 소리가 들려 요코는 시선을 향했다. 빛이 있을 때 목소리를 듣기는 처음이었다.

"이걸로 드디어 편해질 수 있겠구나."

요코는 곰팡이가 핀 것처럼 보이는 원숭이의 털만 응시했다. 어째서 이런 시간에 나타났는지, 그것만을 멍하니 생각했다.

"이 상태로 길로 기어나가도 어차피 누군가에게 붙잡힐 뿐이지. 도움이라면 도움일지도 모르겠네. 그놈이 단숨에 죽여줄지도 모르니까 말이야."

맞는 말이라고 생각한다.

누군가에게 도움을 요청해야 한다. 그런 바람이 절실한 만큼 도움의 손길 따위 있을 리가 없다는 생각이 든다. 길로 나가도 아무도 도와주지 않는다. 만약 누가 지나간들 그 사람은 요코를 돌아보지도 않으리라. 더럽고 부랑자 같은 차림에 얼굴을 찌푸리고 갈지도 모른다.

그렇지 않으면 노상강도겠지. 그는 요코에게 다가와 훔칠 만한 물건이 없는지 확인하고 검을 빼앗는다. 어쩌면 친절하게 숨통을 끊어줄지도 모른다.

이 나라는 그런 곳이라는 데에 생각이 미친 요코는 갑작스레 깨달았다.

이 원숭이는 요코의 절망을 먹으러 오는 것이다. 사람 마음을 꿰뚫어 보는 요괴처럼 요코의 마음에 숨은 불안을 폭로해서 요코를 좌절시키기 위해 나타난다.

작은 수수께끼를 푼 것을 기뻐하며 요코는 살짝 미소 지었다. 그것에 힘을 얻어 몸을 뒤치고, 팔에 힘을 주어 몸을 일으켰다.

"포기하는 게 낫지 않아?"

"……시끄러워."

"그만 편해지고 싶지?"

"시끄러워."

요코는 검을 땅에 꽂았다. 무너질 듯한 무릎에 힘을 주고 비명을 지르는 손으로 검자루에 매달려 몸을 지탱한다. 일어나려 했지만 균형이 무너졌다. 몸이 이렇게 무거웠나. 마치 땅바닥을 기며 살아가는 생물 같다.

"그렇게까지 해서 살고 싶어? 살아서 무슨 이득이 있지, 응?"

"……돌아갈 거야."

"이런 괴로운 일을 당하면서 말이야. 그렇게 해서 살아남는다고 해도 돌아갈 수는 없어."

"나는 돌아갈 거야."

"돌아갈 수 없어. 허해를 건널 방법은 없거든. 너는 이 나라에서 배신당하며 죽어갈 거야."

"거짓말이야."

이 검만이 의지가 된다. 요코는 검자루를 쥔 손에 힘을 줬다. 의지할 것도 매달릴 것도 없다. 다만 이것만이 요코를 지켜준다.

—그리고.

요코는 생각한다.

이 검만이 희망이다. 검을 요코에게 건네준 게이키는 두 번 다시 돌아갈 수 없다고 하지 않았다. 게이키를 만나기만 한다면 돌아갈 방법을 찾을지도 모른다.

"게이키가 적이 아니라고 할 수 있어?"

—그런 생각은 하면 안 된다.

"정말로 도움을 줄까?"

—그렇지 않다 하더라도.

이대로 아무 단서도 없이 헤매고 있느니 게이키가 적이든 아군이든 그를 만나보는 것이 낫다. 그보다 나은 일은 없다. 게이키를 만나 어째서 요코를 이쪽으로 데려왔는지, 돌아갈 방법이 있는지 없는지, 듣고 싶은 것을 전부 물어본다.

"돌아가서 어쩔 거야, 응? 돌아가면 그길로 대단원을 맞이하나?"

"……입 다물어."

안다. 돌아간다고 해도 요코는 이 나라를 악몽이라 치부하며 잊어버릴 수 없으리라. 전부 없던 일인 척하며 이전처럼 살 수는 없다. 하물며 돌아간다고 해서 이 모습이 원래대로 돌아간다는 보증이 있나. 모습이 바뀌지 않으면 '나카지마 요코'가 있던 곳으로 돌아갈 수 없다.

"한심하기는. 너는 어이없는 멍청이야."

꺄꺄꺄 멀어지는 웃음소리를 들으며 요코는 다시 몸을 일으켰다.

어째서인지 자신도 모른다. 멍청하다고 생각하고 한심하다고도 생각한다. 그래도 여기서 포기할 거라면 훨씬 전에 포기해버리는 편이 나았다.

요코는 자신의 몸을 떠올렸다. 피와 진흙으로 더럽혀진 상처투성이의 몸. 넝마나 다름없는 옷에서는 움직일 때마다 악취가 났다. 그래도 이렇게 어떤 꼴이 되든 상관 않고 지켜온 목숨을 간단히 놓을 마음은 들지 않았다. 죽는 편이 낫다면, 애당초 맨 처음 학교 옥상에서 고조에게 습격받았을 때 죽는 게 좋았을 것이다.

죽고 싶지 않은 것은 분명 아니다. 살고 싶은 것도 아니리라. 요코는 포기하고 싶지 않을 뿐이다.

돌아간다. 반드시 그리운 곳으로 돌아간다. 그곳에서 뭐가 기다릴지는 그때 가서 생각하면 될 일이다. 돌아가기 위해서는 살아 있어야 하니까 내 몸을 지킨다. 이런 곳에서 죽고 싶지 않다.

요코는 검에 의지해 일어났다. 비탈에 검을 꽂고 덤불로 덮인 언덕을 오르기 시작했다. 이렇게 완만하고 이렇게 짧은데 이토록 오르기 힘겨운 언덕을 요코는 알지 못한다.

몇 번이나 미끄러지고 꺾이려 하는 자신을 격려하며 위로 향했다. 신음 끝에 간신히 뻗은 손끝이 길가에 닿았다.

손톱을 세우고 길로 기어오른다. 끙끙거리면서 몸을 끌어올려 평탄한 지면 위에 풀썩 엎드렸을 때 작은 소리가 들렸다.

산길 너머에서 들리는 소리에 요코는 저도 모르게 씁쓸한 미소를 지었다.

—정교하게 짜여 있다.

이 세계는 요코를 철저하게 미워하는 모양이다.

산길로 다가오는 목소리는 갓난아이 울음소리와 비슷했다.

008

몰려온 짐승은 예전에 산길에서 요코를 덮친 검은 개 떼였다.

무거운 검을 치켜들고 개를 대부분 쓰러뜨렸을 때에는 온몸이 피범벅이었다.

덤벼드는 한 마리를 베어버린 요코는 저도 모르게 무릎을 꿇었다. 왼쪽 복사뼈에 깊이 물린 상처가 있다. 마비되었는지 아픔은 느껴지지 않았지만 발목 아래로 감각이 둔해졌다.

새빨갛게 물든 다리를 보고 산길에 남은 적을 둘러봤다. 아직 한 마리가 남아 있었다.

마지막에 남은 한 마리는 이미 쓰러뜨린 다른 짐승들보다 한층 컸다. 힘도 명백히 좋아서 벌써 두 번을 베었는데 괴로워하는 기색이 없었다.

몸을 낮게 도사리는 짐승을 보고 요코는 검자루를 다잡았다. 손에 익었는데도 검 끝을 올리는 것조차 곤란할 정도로 무거웠다. 심각하게 어지러웠다. 의식이 반쯤 혼탁해졌다.

도약하는 그림자를 향해 검을 쳐들었다. 베는 것이 아니라 검을 내려치는 꼴이었다. 조유의 힘을 빌려서도 이제는 검을 그냥 휘두르는 것밖에 할 수 없다.

검으로 맞은 시커먼 그림자가 땅바닥에 뒹군다. 금세 일어나

다시 덤벼드는 콧등을 향해 요코는 마구잡이로 검을 찌른다.

검 끝이 짐승의 얼굴을 가르는 대신 예리한 발톱이 요코의 어깨를 찢었다. 충격으로 검을 떨어뜨릴 뻔했지만 간신히 받아들고 짧고 높은 소리를 지르며 바닥에 뒹구는 그림자를 향해 힘껏 내려쳤다.

기세가 넘쳐 앞으로 고꾸라지면서 간신히 목을 베는 데 성공했다.

검은 새카만 모피를 찢으며 그대로 땅에 파고들었다. 검 끝이 박힌 땅바닥에 선혈이 검게 튀었다.

쓰러진 요코도 움직이지 못했지만 쓰러진 적도 꼼짝하지 않았다.

쌍방의 거리는 겨우 일 미터. 서로 고개만 든 채 빈틈없이 상대방 상태를 살핀다. 요코의 검은 땅에 박혀 있고 상대는 피거품을 뿜고 있다.

한동안 마주보다가 요코가 먼저 움직였다.

힘이 빠진 손으로 검자루를 꽉 쥐고 땅에 꽂은 검 끝으로 체중을 지탱하며 몸을 일으켰다.

한 박자 늦게 상대도 몸을 일으켰지만 이내 옆으로 쓰러졌다.

무겁고 무거운 검을 간신히 들어올리고 무릎으로 걸어가 간격을 좁힌다. 양손으로 검을 쳐들었다.

적은 고개를 들고 신음과 함께 피거품을 내뿜었다. 다리가 땅을 약하게 굴렀지만 일어나지는 못했다.

양손으로 지탱한 검이 제 무게로 인해 짐승 목을 향해 떨어지도록 중력에 내맡겼다. 기름기로 번들번들 빛나는 검이 모피 안으로 파고들자 발톱을 세운 짐승의 사지가 경련했다.

피거품을 더 토해낸 짐승이 동시에 무슨 말을 중얼거린 것 같았다.

묵직한 검을 다시 한번 있는 힘껏 들어올려 떨어뜨린다. 이번에는 경련조차 하지 않았다.

검이 목 절반까지 파고든 것을 보고서야 요코는 검자루를 놓았다. 그대로 나뒹굴었다. 머리 위에는 구름이 낮게 드리웠다.

한동안 하늘을 노려보며 소리를 지르고 숨을 쉬었다. 옆구리가 타는 듯이 아팠다. 숨을 쉴 때마다 목이 찢어지는 것 같다. 팔도 다리도 잘려 나간 것처럼 감각이 없었다.

구슬을 쥐고 싶었지만 손가락조차 움직일 수 없었다. 그래서 뱃멀미 같은 어지럼증을 견디면서 하늘을 흘러가는 구름을 보았다. 한쪽 구름이 자줏빛으로 희미하게 물들었다.

갑자기 구역질이 치밀어올랐다. 반사적으로 얼굴을 돌려 그 자세 그대로 구토했다. 역한 냄새가 나는 위액이 볼을 타고 흐른다. 절박하게 숨을 쉬느라 위액을 삼키는 바람에 격렬하게 사레가 들렸다. 반사적으로 몸을 뒤집어 엎드린 채 한참 기침했다.

살아남았다.

어떻게든 살아남았다.

기침하며 머릿속으로 그 말만 되풀이하다 간신히 숨이 진정되었을 때 요코는 희미한 소리를 들었다.

흙을 밟는 소리였다.

"……!"

아직 적이 남아 있었나. 반사적으로 고개를 든 순간 시야가 빙 돌았다. 눈앞이 깜깜해지면서 땅바닥에 얼굴을 처박았다.

일어날 수가 없다.

그래도 한순간 어지러운 눈으로 본 것은 잊을 수 없었다.

—금빛.

"게이키!"

흙에 얼굴을 처박은 채 외쳤다.

"게이키잇!"

—역시 네가.

—네가 이 요마를.

"이유를 말해!"

바로 가까이에서 발소리가 들렸다. 요코는 고개를 들었다.

간신히 든 시선이 맨 처음 파악한 것은 선명한 색상의 옷. 이어서 금발이 시선에 들어왔다.

"……어째서."

이런 짓을. 그렇게 하려던 말은 소리로 나오지 못했다.

몸을 젖히다시피 해서 올려다본 상대의 얼굴은 게이키가 아니었다.

"……아."

게이키가 아니다. 여자였다.

그녀는 요코를 가만히 내려다보았다. 요코는 눈을 부릅뜨고 그녀의 눈동자를 쳐다보았다.

"누구……?"

금발이 어울리는 여자였다. 요코보다 열 살쯤 위인 것 같았다. 가녀린 어깨 위에 화려한 색상의 커다란 앵무새가 앉아 있다.

슬픔을 머금은 표정이 지독하게 아름다웠다. 요코가 밑에서 올려다본 얼굴은 당장에라도 울 듯한 표정이었다.

"누구……야."

쉰 목소리로 물었지만 여자는 요코를 가만히 응시한 채 대답하지 않았다. 맑은 눈동자가 조용히 눈물을 떨구었다.

"뭐야……?"

그녀는 눈을 꾹 깜빡였다. 볼에 투명한 눈물이 흘러 떨어졌다.

뜻밖의 상황에 말을 잃은 요코의 눈앞에서 여자는 얼굴을 돌렸다. 바로 옆에 있는 짐승의 사체를 바라본다. 잠시 비통한 얼굴로 사체를 내려다보더니 천천히 한 걸음 내디딘다. 사체 옆에 무릎을 꿇었다.

요코는 그 모습을 그저 지켜보았다. 말은 나오지 않고 몸도 꼼짝하지 않았다. 몸을 일으키려는 노력이라면 아까부터 하고 있지만 손가락 하나 까딱하지 않았다.

여자는 살며시 손을 뻗어 짐승을 만졌다. 손가락에 붉은 것이 묻은 순간 뜨거운 것에 덴 것처럼 손을 물렸다.

"당신 누구야……."

여자는 대답하지 않았다. 다시 손을 뻗어 이번에는 짐승에게 박힌 검의 자루를 쥐고 뽑았다. 뽑은 검을 땅바닥에 두고 짐승의 머리를 무릎 위로 안아 올렸다.

"당신이 그 녀석을 보냈나."

여자는 말없이 무릎 위의 털 짐승을 쓰다듬었다. 비싸 보이는 옷에 피가 흠뻑 묻었다.

"지금까지 덮쳐온 요마들도 당신이 보낸 거야? 나한테 무슨 원한이 있다고."

여자는 짐승의 목을 끌어안은 채 고개를 저었다. 요코가 눈살을 찡그리자 여자의 어깨에 앉아 있던 앵무새가 날갯짓했다.

"죽여라."

날카로운 목소리로 말한 것은 틀림없이 앵무새였다. 요코가 놀라서 시선을 돌리는 동시에 여자 역시 눈을 동그랗게 뜨고 자신의 어깨에 앉은 새를 봤다.

"숨통을 끊어라."

여자가 처음으로 입을 열었다.

"……못 합니다."

"죽여라. 숨통을 끊는 거야."

"……용서해주세요! 그것만은 할 수 없습니다!"

여자는 격렬하게 고개를 저었다.

"내, 명령이다. 죽여라."

"못 합니다!"

앵무새는 크게 날갯짓하고 하늘을 날았다. 딱 한 번 선회하더니 땅바닥에 내려섰다.

"그러면, 검을, 빼앗아 와."

"이 검은 이분 것. 그런 짓을 해도 소용없습니다."

여자의 목소리에는 애원하는 울림이 있었다.

"그렇다면, 팔을, 베어버려."

앵무새는 날카로운 목소리로 외치고 땅에 앉은 채 크게 퍼덕였다.

"그 정도는, 해야지. 팔을, 베어버려. 검을, 쓰지 못하도록, 해라."

"……할 수 없습니다. 무엇보다 저는 이 검을 쓸 수 없습니다."

"그러면, 이것을, 쓰도록 해."

앵무새가 큰 부리를 벌린다. 부리 속 둥근 혀 안쪽에서 빛나는 무언가가 나타났다.

요코는 눈을 부릅떴다. 앵무새는 검고 고급스러운 막대기 같은 것의 끝을 뱉어냈다. 경악하는 요코의 눈앞에서 계속 뱉어낸다. 일 분쯤 걸려 완전히 뱉어낸 것은 새카만 칼집에 들어 있는 일본도 같은 칼이었다.

"이것을, 써."

"제발, 용서해주세요."

여자의 얼굴은 절망의 빛으로 물들었다. 앵무새는 다시 날갯짓했다.

"해치워!"

목소리에 얻어맞은 것처럼 여자는 얼굴을 덮었다.

요코는 발버둥쳤다. 어떻게든 일어나 도망쳐야 한다. 그러나 손가락으로 땅을 긁는 것이 고작이었다.

여자는 눈물에 젖은 얼굴로 요코를 돌아본다.

"……그만둬."

요코의 목소리는 자신에게도 들리지 않을 정도로 쉬어 있었다.

여자는 앵무새가 뱉어낸 칼에 손을 뻗는다. 짐승의 피로 더럽혀진 손으로 칼집을 벗긴다.

"그만둬. ……당신은 누구야."

앵무새는 누구인가. 저 짐승은 무엇인가. 어째서 이런 짓을 하나.

여자는 입술을 희미하게 움직였다. 정말로 흐릿하게 "용서해주세요"라고 하는 말을 요코는 알아들었다.

"……부탁이야, 그만둬."

여자는 땅을 긁는 요코의 오른손을 향해 칼 끝을 겨눴다.

기묘하게도 여자는 지금이라도 요코보다 먼저 쓰러질 것 같은 낯빛이었다.

지켜보던 앵무새가 날아와 요코의 팔에 앉았다. 가는 발톱이 피부에 파고든다. 어째서인지 바위를 얹은 것처럼 무겁다. 치우고 싶었지만 팔이 전혀 움직이지 않았다.

앵무새가 외친다.

"해치워!"

여자는 칼을 쳐들었다.

"그만둬어!"

혼신의 힘으로 팔을 움직이려 했지만 기력이 빠진데다, 묵직해진 팔을 움직이는 것보다 여자가 칼을 내려치는 것이 빨랐다.

아픔은 없고 충격만 있었다.

도저히 자신의 운명을 지켜볼 수 없었다.

충격이 아픔으로 변하기 전에 요코는 의식을 놓았다.

009

지독한 아픔에 요코는 의식을 되찾았다.

반사적으로 시선을 들어 자신의 팔을 확인했더니 손에 꽂혀 있는 칼이 보인다.

처음에는 그것이 무얼 뜻하는지 몰랐다. 잔뜩 흐린 하늘을 향해 똑바로 세워 놓은 칼 한 자루.

통증에 금세 정신을 차렸다.

칼은 요코의 오른손을 땅바닥에 박아버렸다.

좁은 칼날이 손등에 깊이 박혀 있었다. 세차게 욱신거리는 아픔이 상처에서 머리 쪽으로 치밀어올랐다.

팔을 슬쩍 움직여보려다 찢어지는 고통에 비명을 질렀다.

어지러움과 통증을 견디며 몸을 일으켰다. 땅에 박힌 손에 더 큰 아픔이 느껴지지 않도록 조심하며 간신히 일어난다. 떨리는 왼손을 뻗어 칼자루를 쥐었다. 눈을 감고 이를 악물고 칼을 뽑는다. 온몸이 경련할 정도로 격심한 아픔이 전해졌다.

뽑은 칼을 던져버리고 다친 손을 가슴에 안은 채 요코는 죽은 짐승 사체 사이를 나뒹굴었다. 비명은 소리로 나오지 않는다. 고통스러운 나머지 욕지기가 맹렬히 치밀었다.

몸부림치면서 왼손으로 품속을 뒤진다. 구슬을 쥔 채 끈을 잡아 뜯었다. 쥔 구슬을 오른손에 가져다 댄다. 이를 악물고 신음하면서 구슬을 세게 대고 몸을 웅크렸다.

보옥의 기적은 요코를 구했다. 아픔이 빠르게 물러갔다. 한동안 그대로 숨을 죽이듯 견디고는 몸을 일으켰다.

구슬을 상처에 댄 채 오른손 손가락을 슬쩍 움직여보았지만, 손에 감각이 없다. 필사적으로 왼손을 써서 오른손에 구슬을 쥐였다.

요코는 땅바닥에 쓰러진 채 오른손을 감싼다. 살짝 눈을 떠 하늘을 보자 구름은 아직 자줏빛으로 물들어 있었다. 잠시 정신을 잃었던 것 같다.

그 여자는 누구였을까, 어째서 이런 짓을 했을까. 생각해야 할 일은 많지만 도저히 머리가 돌아가지 않았다. 일단 주위를 더듬어 찾아낸 검의 자루를 쥐고 검과 오른손을 끌어안은 채 한참 그대로 웅크리고 있었다.

얼마 지나지 않아 목소리가 들렸다.

"……아."

목소리가 난 쪽으로 시선을 향하니 작은 아이가 서 있었다. 여자아이가 뒤돌아보고 소리쳤다.

"엄마."

여자가 잰걸음으로 다가온다.

아이는 천진한 얼굴을 했다. 모친은 성실해 보였다. 가난해 보이는 차림에 커다란 짐을 짊어진 여자였다.

아이도 모친도 걱정스러워하는 기색을 얼굴 가득 띠고 달려왔다. 짐승 사체를 넘을 때는 끔찍한 듯 얼굴을 찡그렸다.

요코는 옴짝달싹할 수 없었다. 그래서 달려오는 모녀를 쓰러진 상태로 멍하니 보고 있었다.

한순간 살았다고 생각했다가 곧장 불안해졌다.

요코는 지금 절실하게 도움이 필요했다. 지독한 고통은 물러갔지만 완전히 사라지지는 않았다. 이미 체력은 다했다. 두 번 다시 일어날 수 없을 듯한 생각마저 든다.

그래서 기쁘기보다 의심스러웠다. 일이 너무 잘 풀린다.

"……왜 그래? 괜찮아?"

아이의 작은 손이 요코의 얼굴을 만졌다. 모친 쪽이 요코를 안아 일으켰다. 옷 너머로 전해지는 체온이 어째서인지 기분 나빴다.

"대체 무슨 일이니? 이것들이 덮친 거야? 많이 다쳤니?"

모친은 물으면서 요코의 오른손을 보고는 작게 비명을 질렀다.

"……어머, 이게 무슨 일이야. 잠깐만 기다려."

여자는 품속을 뒤졌다. 얇은 수건 같은 천을 꺼내서 요코의 오른손을 눌렀다. 아이는 짊어진 작은 짐을 내려 대나무 통을 꺼냈다. 대나무 통을 요코에게 내민다.

"오빠, 물 마실래?"

요코는 잠시 망설였다. 어쩐지 불안했다.

짐 속에 들어 있던 물통이니까 아이가 직접 마시기 위해 들고 다녔던 물통일 것이다. 그렇다면 독이 들어 있을 리는 없다. 내밀면서 독을 탄 낌새도 없었다.

그렇게 자신을 납득시키고 나서 고개를 끄덕이자 작은 두 손으로 뚜껑을 연 물통을 입가에 가져다 대주었다. 미지근한 물이 목을 지나자 바로 호흡이 편해졌다.

모친이 요코에게 물었다.

"혹시 배고프니?"

지금은 허기를 느끼지 않았지만 자신이 굶주렸다는 것은 알고 있었으므로 요코는 고개만 끄덕였다.

"얼마 동안이나 먹지 못한 거야."

날짜를 헤아리기 귀찮아서 요코는 가만히 있었다.

"엄마, 튀긴 빵이 있어."

"아, 안 돼, 안 돼. 그런 거는 지금 못 넘겨. 엿을 꺼내주렴."

"응."

아이는 모친이 내려놓은 짐을 푼다. 바구니 안에 들어 있는 크고 작은 항아리에서 막대기로 물엿을 감아올렸다. 몇 번인가 이런 짐을 진 사람들을 본 적이 있다. 아마도 물엿을 팔러 다니는 행상이리라.

"자."

이번에는 주저 없이 왼손으로 받아들었다. 입안에 머금은 엿은 아릴 정도로 달콤했다.

"여행하는 길이니? 대체 무슨 일이 있었어?"

요코는 대답하지 않았다. 진실을 말할 수는 없었고, 거짓말을 생각할 기력도 없었다.

"요마의 습격을 받고 정말 용케도 무사했구나. 설 수 있겠어? 곧 해가 저물 거야. 기슭 마을까지 조금만 가면 되는데, 거기까지 걸을 수 있겠어?"

요코는 고개를 가로저었다. 마을에 갈 생각은 없다는 의사 표현이었는데 모친은 움직일 수 없다는 뜻으로 받아들였는지 아이를 돌아보았다.

"교쿠요, 마을까지 달려가 사람을 불러오렴. 시간이 없어. 전속력으로 갔다 와."

"응."

"됐어요."

요코는 몸을 일으켰다. 모녀를 바라본다.

"감사합니다."

밀어내듯 말하고 간신히 일어났다. 길을 가로질러 험한 오르막길로 이루어진 반대쪽으로 향했다.

"잠깐만, 어디로 가는 거니."

그런 건 요코도 모른다. 그러니까 대답할 수 없었다.

"기다려. 벌써 해가 저물고 있어. 산으로 들어가면 죽을 뿐이야."

요코는 천천히 길을 건넜다. 걸을 때마다 오른손이 아팠다.

"같이 마을로 가자."

비탈이 제법 가팔라서, 여기를 오르려면, 하물며 한쪽 손을 쓸 수 없는 상태로 오르려면 꽤 고생할 것 같았다.

"우리는 행상이야. 바쿠로까지 가는 길이야. 수상한 사람이 아니야. 마을로 가자, 응?"

요코는 길로 뻗어 나온 가지에 손을 뻗었다.

"잠깐만, 얘!"

"뭘 그렇게 야단이세요?"

요코가 돌아보자 여자는 이상하다는 듯 눈을 동그랗게 떴다. 달리려다 만 아이까지 어쩔 줄 몰라 하며 요코를 보고 있다.

"내버려두세요. 내가 함께 마을로 가면 뭐 좋은 일이라도 있습니까."

"그런 얘기가 아니잖아! 벌써 날이 저물어! 다친 상태로……."

"압니다. ……서둘러야겠군요. 어린아이도 있고."

"잠깐만……."

"나는 익숙해요. 물엿 감사합니다."

난처해하며 요코를 쳐다보는 여자는 정말 친절한 사람일지도 모르고 그렇지 않을지도 모른다. 어느 쪽인지 모르겠지만 확인하고 싶은 마음도 없다.

고생해서 비탈을 한 단계 올라가자 아래에서 요코를 부르는 소리가 들렸다. 돌아보니 아이가 양팔을 위로 뻗고 있었다. 한 손에는 물이 든 죽통, 한 손에는 옹기 찻잔이 쥐여 있다. 찻잔에는 물엿이 가득 담겨 있었다.

"가져가. 아까 먹은 정도로는 부족하잖아."

요코는 모친을 보았다.

"하지만……."

"괜찮아. 교쿠요, 어서."

엄마의 재촉에 아이는 힘껏 몸을 뻗어 요코의 발치에 그것을 두었다. 몸을 돌려 짐을 짊어진 엄마 곁으로 달려갔다.

요코는 아이가 짐을 짊어지는 모습을 우두커니 보았다. 어떻게 반응해야 좋을지 모른 채, 모녀가 몇 번이나 돌아보면서 언덕을 내려가는 모습을 멍하니 바라보았다.

모녀의 모습이 보이지 않고 나서야 요코는 죽통과 찻잔을 주웠다. 어째서인지 무릎에 힘이 풀려 그 자리에 주저앉았다.

—분명히 이걸로 된 거야.

모녀가 진짜 선량한 사람들이라는 보증은 어디에도 없다. 마을에 도착하고 나서 태도를 바꿀지도 모르고, 설령 그렇지 않더라도 요코가 해객인 것을 알면 관청에 신고하리라. 마음이 아프지만 조심해야만 한다. 신용해서는 안 된다, 기대해서는 안 된다. 멍청하게 마음이 약해지면 혼쭐이 나게 되어 있다.

"도움의 손길이었는지도 모르는데 말이야."

또다시 귀에 거슬리는 목소리가 들렸다. 요코는 돌아보지 않고 대답했다.

"덫이었을지도 몰라."

"이걸로 두 번 다시 도움의 손길은 없을지도 모르는데?"

"도움의 손길이 전혀 아니었는지도 몰라."

"그 몸과 손으로 오늘밤을 버틸 수 있겠어?"

"어떻게든 돼."

"따라가면 좋았을 텐데 말이야."

"이걸로 됐어."

"너는 말이야, 단 한 번, 처음이자 마지막으로 살 기회를 날려버렸어."

"닥쳐!"

뒤돌아 후려친 곳에 원숭이의 머리는 없었다. 꺄꺄꺄 웃음소리만이 비탈 위, 풀 속으로 사라졌다.

요코는 이유 없이 길을 돌아보았다. 땅거미가 지기 시작한 길에 작고 검은 얼룩이 떨어지기 시작하더니 이곳에 와서 처음으로 비가 내렸다.

010

그날 밤만큼 가혹한 하룻밤은 일찍이 없었다.

체력은 다했다. 차가운 비가 체온을 빼앗아 간다. 사람에게는 괴로운 밤이었지만 요마는 오히려 활발했다.

달라붙은 옷이 움직임을 방해한다. 기력이 빠지고 추위에 곱은 몸은 좀처럼 생각대로 움직이지 않는다. 오른손은 간신히 감각이 돌아왔다지만 힘이 전혀 들어가지 않는다. 이 손으로 검을 잡기는 터무니없이 어려운 일이었다. 게다가 비 때문에 검자루가 미끄럽다. 주위는 캄캄해서 적의 모습이 분명치 않다. 습격해오는 요마는 잔챙이지만 숫자가 많았다.

진흙 속에 처박히고, 요마의 피를 뒤집어쓰고, 자신의 상처에서 흘러나온 피로 범벅이 되었다. 그마저도 비가 씻어내는 동시에 마지막 힘까지도 흘러 빠져나갔다. 검은 무겁고 조유의 기척은 희미했다. 겨눈 검 끝이 적을 만날 때마다 내려간다.

기도하듯 몇 번이나 하늘을 올려다보며 동트기를 기다렸다. 싸우면서 지새우는 밤은 늘 짧지만, 이날 밤만은 적이 끊이지 않는데도 무지막지 길었다. 몇 번이고 검을 떨어뜨렸고 주울 때마다 상처투성이가 됐다. 간신히 동이 틀 기척이 보일 무렵에 하얀 나무 그림자가 보였다.

요코는 나무 아래로 굴러 들어갔다. 딱딱한 가지에 몸이 긁혔다. 동시에 바싹 추격하던 적의 기척이 멈춘다. 나무 아래에서 숨을 고르는 동안 멀리서 포위하고 있던 모양이었지만 얼마 있지 않아 빗줄기 너머로 사라졌다.

적의 기척이 사라졌을 무렵 드디어 하늘이 밝아지면서 나무가 드리운 그림자가 보이기 시작했다.

"……살았……다."

요코는 숨을 몰아쉬었다. 헉헉거리는 입속으로 빗방울이 떨어졌다.

"살아……남았……어……."

진흙이 묻은 상처가 욱신거렸지만 그조차도 신경쓰이지 않았다.

한동안 드러누운 채 숨을 고른 요코는 하얀 나뭇가지 틈새로 보이는 어두침침한 하늘이 밝아지기를 기다렸다. 호흡이 안정되자 몹시 추웠다. 하얀 가지는 비를 막아주지 못한다. 빠져나가 어딘가에서 비를 피해야 한다는 것을 알면서도 꿈쩍할 수 없었다.

필사적으로 구슬을 쥐었다. 손가락을 덥히는 기묘한 힘을 열심히 받아들여 축적하려 했다. 혼신의 힘으로 몸을 뒤쳐 나무 아래에서 기어나와서 어떻게든 비탈 아래쪽으로 움직여본다. 젖은 풀과 흙 탓에 기기는 제법 쉬웠다.

되도록 길을 벗어나지 않도록 이동했지만 빛이 없는 한밤중에 적에게 내몰렸으니 얼마나 깊이 헤매 들어왔을지 상상도 가지 않았다.

구슬에 의지하고 검에 기대 일어섰다.

상처 입은 걸 알고 있고 지독한 통증도 느꼈지만 어디가 아픈지는 잘 모르겠다. 한 걸음씩 다리를 내디딜 때마다 꺾일 것 같은 무릎을 버텨야만 했다.

반쯤 기어서 비탈을 내려오니 길이라고 말하기 어려울 만큼 좁은 길이 나왔다. 바큇자국은 보이지 않고 마차가 다닐 만한 너비도 되지 않는다. 그곳이 한계였다. 무릎을 꿇고 나무껍질에 손톱을 세워 몸을 지탱하려 한 손은 조금도 제구실을 하지 못했다.

질척한 길에 머리부터 처박혀서는 꼼짝도 할 수 없다.

굳게 구슬을 쥐었지만 손부터 조금씩 밀려오는 온기는 아무 위안도 되지 않았다. 그곳에서 스며드는 것보다 비에 녹아 흘러가는 것이 훨씬 많다. 그것은 끝내 보옥의 기적이 미치지 않게 되었음을 뜻했다.

—이런 곳에서 죽는 건가.

그렇게 생각하니 웃음이 났다.

동급생 중에서 길가에 쓰러져 죽는 사람은 요코뿐이리라.

다른 세계 사람들이다. 그들에게는 언제든 돌아갈 수 있는 집이 있고 지켜주는 가족이 있으며 결코 굶주릴 일 없는 미래가 약속되어 있다.

할 수 있는 일은 다 했다. 이게 한계다. 포기하고 싶지 않았지만 아무리 애써도 더는 손가락 하나 까딱하지 않았다. 한계까지 견딘 포상이 조용한 죽음이라면 견뎌온 가치가 있었는지도 모른다.

빗소리에 섞여 높고 맑은 소리가 들렸다. 눈을 들자 얼굴 바로 옆에 떨어진 검이 희미하게 빛을 뿜고 있었다. 땅바닥에 얼굴을 처박은 요코의 눈에는 검이 잘 보이지 않았지만, 그래도 땅을 두드리는 뿌연 빗발에 희미하게 그림자가 보였다.

나카지마는, 하고 입을 떼는 남자 목소리가 들렸다.

요코의 담임이 앉아 있었다. 그곳이 어디인지는 잘 모르겠다.

"나카지마는 얌전하고 성실한 학생이었어요. 적어도 담임으로서 그렇게 편한 학생은 없었죠."

담임은 누군가에게 이야기하고 있었다. 상대방 목소리가 들린다. 굵은 남자 목소리였다.

"불량한 아이들과 친하게 지내지는 않았습니까?"

"모르겠습니다."

"모릅니까?"

담임은 어깨를 으쓱했다.

"나카지마는 이상적인 우등생이었으니까요. 어떻게 살았는지, 혹시 잘못된 길에 발을 들이진 않았는지, 이런 걸 걱정할 필요가 없었습니다."

"이상한 남자가 학교에 난입했죠?"

"그런데요, 나카지마는 그 남자와 면식이 없는 것 같기는 했어요. 실제로 어땠는지는 모르겠군요. 나카지마의 진짜 모습을 모르겠다고 생각한 적이 있었으니까요."

"진짜 모습을 모르겠다?"

담임은 떨떠름한 얼굴을 했다.

"표현이 좀 틀렸나. 잘 설명할 수 없지만 나카지마는 우등생이었어요. 친구들과도 탈 없이 지냈어요. 부모와 관계도 좋은 것 같았습니다. 하지만 그런 건 불가능하거든요."

"……호오?"

"제가 이런 말을 해서는 안 되겠지만, 교사는 교사의 사정을 강요하고 친구는 친구의 사정을 강요하죠. 부모는 부모의 입장밖에 말하지 않아요. 다들 멋대로 이상적인 학생상을 만들고 억지로 그곳에 끼워 맞추려고 하죠. 이런 삼자의 의견이 일치하는 일은 없어요. 교사와 부모의 기대대로 행동한다면 아이들 보기에는 아니꼽겠죠. 누가 봐도 착한 아이였다는 말은 누구한테나 맞추고 있었던 것 아니겠습니까. 그래서겠죠. 나카지마는 누구하고나 원만하게 지낸 대신 누구와도 특별히 친하지 않았어요. 누구든 편한 상대였을 뿐이지 그 이상은 아니었던 거죠."

"선생님은 어떠십니까?"

담임은 더욱 떠름한 얼굴을 했다.

"솔직히 말하면요, 교사에게는 애도 먹이고 눈을 뗄 수 없는 아이가 귀여운 법이에요. 저는 나카지마를 괜찮은 애라고 생각하지만 졸업하고 나면 잊어버릴 겁니다. 십 년 뒤에 동창회가 열려도 기억하지 못하겠죠."

"……그렇군요."

"나카지마가 고의로 그렇게 행동했는지 말 잘 듣는 아이로 있으려고 한 나머지 그렇게 되었는지는 저도 모르겠군요. 고의로 그렇게 행동했다면 뒤에서 무슨 짓을 했을지 상상도 안 갑니다. 고의가 아니라면 그런 자신을 깨달았을 때 정말 허무하겠죠. 자신은 대체 뭐였나, 허탈한 마음에 불쑥 모습을 감추더라도 이상하지 않군요."

요코는 망연히 담임의 모습을 보았다. 그 모습이 흐려지고 대신 한 소녀가 나타났다. 요코와 비교적 친한 아이였다.

"너는 나카지마와 친했다고 들었는데?"

질문을 받은 소녀의 눈매가 험악해졌다.

"별로요. 딱히 사이가 좋았던 건 아니에요."

"그러니?"

"그야 학교에서는 수다도 떨고 했지만. 따로 학교 밖에서 만나는 것도 아니고 집에 전화도 안 해요. 몇 번 그런 적이 있지만 같은 반 애들끼리 연락하는 정도였어요."

"그렇구나."

"그러니까 저한테 걔 이야기를 물어도 몰라요. 아무래도 좋은 이야기밖에 하지 않았거든요."

"그 애가 싫었어?"

"특별히 싫은 애는 아니었지만 좋은 애도 아니었어요. 늘 적당히 이야기를 맞추는 느낌이 났거든요. 싫지는 않았지만 재미있지도 않았어요."

"흐음?"

저는 싫었어요, 하고 다른 소녀가 말했다.

"나카지마는 아첨꾼이었어요."

"아첨꾼?"

"네. 우리가 누군가의 험담을 했다고 쳐요. 그러면 그렇다고 맞장구를 쳐요. 하지만 다른 애가 우리의 뒷말을 하면 이번에는 거기에도 맞장구를 치는 거예요. 누구에게든 호의적인 얼굴을 해서 싫었어요. 사이가 좋았다니 말도 안 돼요. 투덜거릴 때에는 편했지만. 무슨 말을 해도 고개를 끄덕여주니까요. 그뿐이에요."

"흠."

"가출일 거예요. 그 애가 뒤에서 이상한 애들이랑 사귀고 걔

들이랑 선생이며 반 애들 욕을 했다고 해도 놀랍지 않네요. 그럴 수도 있겠다 싶은 분위기가 있었거든요. 알 수 없는 애였어요."

"어떤 사건에 휘말렸을 가능성도 있는데."

"그러면 뒤에서 사귀던 애들이랑 무슨 다툼이 있었겠죠. 지랑은 관계없어요."

저는 너무너무 싫었어요, 하고 또 다른 소녀가 말했다.

"솔직히 말하면 없어져서 속이 후련해요."

"너는 반에서 따돌림을 받고 있다며?"

"맞아요."

"나카지마도 가담했니?"

"그랬어요. 다 함께 저를 무시하면서 자신은 착한 아이라는 얼굴을 했죠."

"……흠?"

"다들 저한테 심한 말을 해요. 그럴 때 나카지마는 적극적으로 끼어들지 않아요. 늘 자신은 이런 게 싫지만 어쩔 수 없다는 얼굴을 하고 있어요. 그런 거 비겁하다고 생각해요."

"그렇군."

"혼자만 착한 척하며 저를 동정하는 거예요. 하지만 다른 애들을 말리지 않죠. 그러니까 더 화가 났어요."

"그랬겠지."

"가출이든 유괴든 저랑 관계없어요. 나카지마가 가해자고 제가 피해자였으니까. 그 애를 동정하는 척하며 그 애처럼 위선자가 되고 싶지는 않네요. 저를 의심하셔도 상관없어요. 저는 그 애가 싫었고, 걔가 없어져서 기뻐요. 이게 진심이에요."

그런 애가 아니에요. 그렇게 말한 사람은 모친이었다. 풀이 죽어서 어딘가에 앉아 있다.

"착한 아이였어요. 가출할 만한 애가 아니에요. 불량한 애들이랑 어울릴 애도 아니에요."

"하지만 요코는 가정에 불만이 있었던 모양이더군요."

모친은 눈을 휘둥그레 떴다.

"요코가요? 그럴 리가 없는데요."

"친구들에게 꽤 투덜거렸다는군요. 부모가 너무 엄하다고요."

"그야 가끔 혼내기도 했지만, 부모니까 당연하잖아요? 아뇨, 그럴 리가 없어요. 그 애는 불만스러운 내색 따위 요만큼도 보이지 않았어요."

"그럼 가출 이유로 짐작 가는 바는 없으시겠군요?"

"없어요. 그런 짓을 할 리가 없어요."

"학교에 요코를 찾아온 남자도 모르시고요?"

"모르겠어요. 그런 사람과 어울릴 만한 애가 아니에요."

"그러면 어째서 사라졌다고 생각하시죠?"

"귀갓길에 누군가에게……."

"유감스럽게도 그런 흔적은 없었습니다. 요코는 교무실에서 남자와 함께 나간 뒤 어디로 간 것 같습니다. 딱히 억지로 끌려간 건 아닌 것 같고요. 친해 보였다고 증인한 선생님도 계십니다."

모친은 고개를 떨어뜨렸다.

"요코는 면식이 없다고 한 모양이지만, 설령 얼굴은 모르더라도 어떤 관계가 있지 않았을까 싶어요. 공통으로 아는 지인이 있다거나. 일단 수색은 해보겠습니다만……."

"요코가 정말로 집에 불만이 있다고 이야기했나요?"

"그런 것 같군요."

모친은 얼굴을 손으로 덮었다.

"불만이 있는 것처럼 보이지 않았어요. 집을 나갈 성격도, 뒤에서 몰래 나쁜 친구를 사귈 성격도 아니라고 생각했어요. 이상한 사건에 휘말릴 만한 아이가 아니라고요."

"자식은 부모에게 좀처럼 진심을 보이지 않으니까요."

"다른 집 아이 이야기를 듣고 요코는 정말 참한 아이라고 믿었어요. 지금 생각하면 이상하다고 생각해야 했는지도 몰라요."

"아이는 그렇게 부모 마음대로 자라주지 않으니까요. 우리 애도 두 손 두 발 다 든 개구쟁이거든요."

"그렇죠……. 그 애는 착한 아이인 척하며 부모를 적당히 구슬린 거군요. 우리는 깜빡 속아서……. 아이를 믿은 게 화근이 되었네요."

'엄마, 아니야…….'

울고 싶었지만 눈물은 나오지 않았다. 아니야, 소리 없이 입만 움직이자 환영이 휙 사라졌다.

주변은 물웅덩이였다. 요코는 진흙에 얼굴을 반쯤 묻은 채 일어날 여력조차 없었다. 요코가 지금 이런 상황에 놓인 것은 누구 한 사람 상상조차 못 하리라. 이런 상황을 모르니까 저렇게 제멋대로 떠드는 거다.

이런 세계에 내던져져 배고프고 애달프고 상처투성이인데다 이제 일어날 수조차 없다. 그래도 돌아가고 싶다고, 그것만으로 이를 악물었건만. 솔직히 요코가 고국에서 맺어온 인간관계는 이런 것뿐이었다.

—어디로 돌아가려고 한 걸까.

기다리는 사람도 없는데. 요코의 것은 무엇 하나 없다. 사람들은 요코를 이해하지 못한다. 속이고 배신한다. 그런 건 이쪽이나 저쪽이나 아무 차이도 없다.

—그런 것쯤 알고 있었다.

그래도 요코는 돌아가고 싶었다.

괜히 웃음이 나서 큰 소리로 웃어보고 싶었건만 비에 얼어붙은 얼굴로는 조금도 웃을 수가 없었다. 울고 싶은 마음도 있었지만 눈물이 메말랐다.

—됐다.

이제 아무래도 상관없다. 곧 모든 것이 끝날 테니까.

5 장

001

가는 실을 뿌리듯이 비가 내린다.

움직일 수도 없고 울 수도 없고, 그저 멍하니 물웅덩이에 볼을 적시고 있는데 갑자기 뒤에서 바스락바스락 풀을 헤치는 소리가 들렸다. 몸을 숨겨야 한다고 생각했지만 고개조차 들 수 없었다.

마을 사람인가, 짐승인가, 요마인가. 어느 쪽이든 결과가 달라지지는 않는다. 잡히든 습격당하든 이대로 여기에 쓰러져 있든 결과는 매한가지다.

흐려진 눈을 들어 소리가 나는 곳을 보니 그곳에는 마을 사람도 추격자도 없었다. 인간이 아니었다. 기묘한 짐승만 한 마리 보였다.

모습은 쥐를 닮았다. 두 뒷다리로 서서 수염을 흔드는 모습은 정말로 쥐와 비슷했다. 그 쥐가 아이 키만큼 큰 탓에 더 기묘했다. 짐승처럼 보이다가도 요마처럼 보이기도 한다. 그래서 요코는 멀거니 신기한 쥐를 바라보았다.

빗속에서 초록색 커다란 잎을 우산처럼 쓰고 있었다. 비칠 듯한 잎을 보얀 빗발이 때린다. 하얀 물방울이 예뻤다.

쥐는 놀라서 요코를 바라보았을 뿐 경계하는 낌새는 딱히 없다. 일반 쥐보다 조금 통통하다. 갈색과 회색의 중간 빛을 띤 폭신폭신한 모피는 만지면 더없이 포근할 것 같았다. 털에 묻은 물방울이 무슨 장식 같았다. 쥐 같지만 꼬리까지 털로 덮여 있는 모습을 보면 쥐와는 다른 생물인지도 모른다.

쥐는 몇 번인가 수염을 흔들고는 두 다리로 선 채 요코에게 자박자박 다가왔다. 회갈색 털 뭉치가 몸을 구부린다. 작은 앞다리가 요코의 어깨를 만졌다.

"괜찮아?"

요코는 빠르게 눈을 깜빡였다. 아이 목소리로 들렸는데, 묻는 것은 틀림없이 쥐였다. 오묘한 표정으로 한술 더 떠 고개까지 갸웃거린다.

"왜 그래? 움직일 수 없어?"

요코는 눈만 치떠 쥐의 얼굴을 가만히 보고 작게 끄덕였다. 사람이 아니라서 경계심을 조금 풀었다.

"자."

쥐는 작은, 정말로 어린애 손만 한 앞다리를 내밀었다.

"기운 내. 바로 저 앞에 우리집이 있어."

아아. 요코는 탄식했다.

그것이 살았다는 안도인지 실망인지는 스스로도 알 수 없었다.

"응?"

내민 손을 잡으려 했지만 손가락 끝만 움직였을 뿐이다. 쥐가 손을 뻗었다. 작고 따뜻한 앞다리가 요코의 차가운 손을 쥐었다.

뜻밖에 힘센 손에 부축을 받아 작은 집에 도착한 뒤의 일은 기억하지 못한다.

몇 번인가 눈을 뜨고 무언가를 본 것 같기도 한데 그것이 무엇이었는지 떠오를 정도로 풍경을 똑똑히 파악하지는 못했다.

깊은 수면과 얕은 수면이 갈마들다 간신히 눈을 뜨니 요코는 허름한 집안, 침대 위에 누워 있었다.

멀거니 천장을 보고는 허둥지둥 몸을 일으켰다. 아무 생각 없이 침대에서 내려갔다가 그 자리에 주저앉았다. 요코는 다리를 전혀 쓸 수 없었다.

좁은 방안에는 아무도 보이지 않는다. 아직 어지러운 눈으로 그 사실을 확인하고, 필사적으로 기어서 침대 주위를 살폈다. 가구다운 가구는 거의 없다. 머리맡에 판자를 짜맞추었을 뿐인 선반이 덜렁 있고, 그 위에 개어 놓은 천과 검집 없는 검 한 자루와 새로운 끈을 꿴 푸른 구슬이 빠짐없이 가지런히 놓여 있었다.

요코는 긴장을 풀었다. 간신히 일어나 구슬을 목에 걸고 검과 천을 집어서 침대로 돌아왔다. 천으로 감싼 검을 이불 속으로 끌어왔다. 그제야 안심이 되었다.

그 단계에 이르러서야 자신이 잠옷을 입고 있다는 사실을 깨달았다.

온몸의 상처도 전부 치료되어 있었다. 누운 어깨 아래에 축축한 것이 있어 집어 보니 물에 적신 천이었다. 일어나면서 떨어뜨린 모양이다. 젖은 천을 이마에 얹자 기분이 좋았다. 두꺼운 천을 여러 겹 겹친 이불을 끌어올려 덮은 후 구슬을 쥐고 눈을 감았다. 안도의 깊은숨을 쉬었다. 살아나고 보니 이런 변변찮은 목숨이라도 아까웠다.

"정신이 들어?"

벌떡 일어나 목소리가 들린 쪽을 돌아보니 회갈색 털을 지닌 커다란 쥐가 서 있었다. 문을 열고 방안으로 들어온다. 한 손에는 접시 같은 것을, 다른 한 손에는 통을 들고 있었다.

경계심이 고개를 쳐든다. 사람처럼 살고 사람처럼 말하는 한 짐승처럼 보여도 방심할 수 없다.

그 모습을 응시하는 요코 앞에서 쥐는 감시하는 시선을 알아채지 못한 듯이 느긋한 걸음으로 걷는다. 탁자에 접시를 놓고 통을 침대 밑에 둔다.

"열은 좀 내렸어?"

작은 앞다리를 뻗었다. 요코가 저도 모르게 몸을 움츠리고 피하자 쥐는 수염을 흔들며 그 자리에서 침대 위에 떨어진 천을 주웠다. 요코가 품에 꼭 안은 천 꾸러미를 보았을 텐데 쥐는 아무 말도 하지 않았다. 천을 통에 던져 넣고 요코의 얼굴을 들여다본다.

"기분은 괜찮아? 뭔가 먹을래?"

요코는 고개를 가로저었다. 쥐는 수염을 살짝 움직이고는 탁자 위의 찻잔을 들었다.

"약이야. 먹을 수 있겠어?"

요코는 다시 고개를 가로저었다. 방심해서는 안 된다. 방심하면 목숨이 위험해진다. 쥐는 고개를 갸웃하고 나서 찻잔을 자신의 입가에 가져갔다. 눈앞에서 조금 마신다.

"약이야. 좀 쓰지만 마실 수 없는 건 아니야. 좀 들어봐."

쥐가 내민 찻잔을 요코는 여전히 받아들지 않았다. 쥐는 난처한지 귀 아래 털을 긁었다.

"그래, 알았어. 어떤 거라면 넘어가겠어? 먹지도 마시지도 않으면 몸이 못 버텨. 차는 마실 수 있겠어? 산양 젖은 어때? 아니면 죽은 먹을 수 있겠어?"

입을 다문 채 대답하지 않는 요코를 보며 쥐는 난처한 듯 한숨을 쉬었다.

"너는 사흘 동안 잤어. 어떻게 할 작정이었다면 그사이에 했겠지. 그……."

쥐는 요코가 안고 있는 천 꾸러미를 코끝으로 가리켰다.

"검도 숨겼을 거고. 그걸 봐서 나를 조금은 믿어보지 않을래?"

빤히 쳐다보는 새카만 눈동자에 요코는 끌어안고 있던 검을 천천히 무릎 위에 두었다.

"그래."

쥐는 만족스럽게 말하고 손을 뻗었다. 이번에는 요코도 도망치지 않았다. 작은 손이 이마를 살짝 만졌다.

"아직 열이 조금 있지만 꽤 내렸네. 안정하고 자고 있어. 아니면 뭐 필요한 거라도 있어?"

요코는 머뭇거리다 입을 열었다.

"……물."

쥐는 커다란 귀를 몇 번 쫑긋거렸다.

“물 말이지. 다행이다. 말 잘하네. 지금 식힌 물을 가져올 테니 깨 있을 거면 이불을 덮고 있어.”

요코가 고개를 끄덕이는 것도 보지 않고 쥐는 서둘러 방을 나갔다. 짧은 털로 뒤덮인 꼬리가 균형을 잡듯 흔들렸다.

쥐는 얼마 안 있어 물주전자와 찻잔과 작은 그릇을 들고 돌아왔다.

따끈한 물은 맛있었다. 몇 잔이나 마시고서는 그릇 안을 들여다보았다. 술냄새가 훅 났다.

“……이게 뭐야?”

“술에 재운 복숭아를 설탕을 넣고 조린 거야. 그거라면 먹을 수 있겠지?”

요코는 고개를 끄덕이고서 쥐를 보았다.

“……고마워.”

쥐는 수염을 세워 흔들었다. 볼의 털이 볼록 부풀어오르고 눈이 살짝 가늘어져서 웃는 것처럼 보였다.

“나는 라쿠슌이야. 너는?”

요코는 머뭇거리다 이름만 말했다.

“요코.”

"요코구나. 어떤 글자를 쓰지?"

"볕 양陽에, 자식의 자子."

"자식의 자?"

라쿠슌은 신기한 듯 고개를 갸웃거리고는 "호오" 하고 중얼거렸다.

"특이한 이름이구나. 어디서 왔어?"

대답하지 않으면 안 될 것 같아서 머뭇거리며 대답했다.

"경국."

"경국? 경국 어디야?"

더는 모르니 적당히 대답했다.

"배랑."

"그게 어디지?"

라쿠슌은 잠시 난감한 듯 요코를 보고는 귀밑을 긁었다.

"하기야 그런 게 무슨 상관이야. 일단 이거, 약 먹을 수 있겠어?"

요코는 이번에는 고개를 끄덕였다.

"라쿠슌은 어떻게 써?"

쥐는 다시 한번 웃었다.

"즐거울 락樂에 준걸 준俊."

002

하루를 누운 채 침대에서 보내면서 이 집에는 라쿠슌밖에 없는 듯하다고 추측했다.

"꼬리가 있으면 그걸로 돼? 응?"

깊은 밤, 침대 발치에 푸른 원숭이 머리가 있다.

"어차피 분명히 배신할걸. 아닐 것 같아?"

이 방에는 침대가 두 개 있지만 라쿠슌은 여기서 자지 않는다. 달리 침실이 있을 것 같지도 않은데 어디서 어떻게 자는지 요코는 모른다.

"나가는 게 낫지 않겠어? 아니면 단숨에 숨통을 끊는 거야, 어때?"

요코는 대답하지 않았다. 묵묵히 듣고 있으니 푸른 원숭이가 몇 번이나 같은 말을 되풀이했다.

푸른 원숭이의 말은 요코의 불안이다. 원숭이는 불안을 폭로하기 위해 찾아온다. 불어난 불안을 먹기 위해서다. 아마도 그런 것이리라.

푸른 원숭이가 이불 위를 스르르 미끄러져 머리맡까지 다가왔다. 작은 머리가 옆으로 누운 요코의 얼굴을 들여다본다.

"나쁜 일이 일어나기 전에 선수를 쳐. 그러지 않으면 살아남지 못해. 알지?"

요코는 몸을 뒤척여 천장을 올려다보았다.

"……라쿠슌을 신용하는 게 아니야."

"아니라고?"

"이 상태로는 움직일 수 없으니 어쩔 수 없어. 하다못해 검이라도 쥘 수 있어야지, 지금 상태론 나가봤자 눈뜨고 괴물의 먹이가 될 뿐이야."

역시나 오른손 상처가 깊다. 구슬을 종일 대고 있어도 아직 악력이 돌아오지 않는다.

"놈은 네가 해객인 줄 알아챘을지도 모르는데? 그렇게 태평하게 있어도 돼? 지금 당장 포졸이 쳐들어올지도 모른다고."

"검의 힘을 빌리면 그만이야. 포졸 너덧 명쯤 쳐들어온다 해도 빠져나갈 수 있어. 그때까지는 이용할 거야."

이곳에 요코의 편은 없다.

하지만 지금은 절실하게 도움이 필요했다. 검을 쥘 수 있게 될 때까지, 조금 더 체력이 돌아올 때까지. 그때까지는 안전한 잠자리와 먹을거리와 약이 필요하다.

라쿠슌이 적인지 적이 아닌지 모르지만, 적어도 쥐는 요코에게 필요한 것을 제공한다. 적인 게 확실해질 때까지 이 상태를 이용할 것이다.

"밥에 독은 들어 있지 않았어? 약은 정말로 약이야?"

"주의는 하고 있어."

"뒤통수를 맞지 않으리라 자신할 수 있어?"

푸른 원숭이는 요코의 불안을 폭로한다. 푸른 원숭이의 말에 일일이 대답하는 것은 자신을 납득시키는 작업과 비슷했다.

"적극적으로 내게 무슨 짓을 할 마음이 있다면 의식이 없는 사이에 뭐든 할 수 있었어. 지금 먹는 밥 속에 독을 넣지 않더라도 죽일 기회는 얼마든지 있었다고."

"뭔가를 기다리고 있을지도 모르지? 원군이라든지 말이야."

"그러면 그때까지 조금이라도 체력을 길러두지."

"일단 신뢰를 쌓고서 배신할 심보 아냐?"

"그러면 라쿠슌의 의도가 보일 때까지 믿는 척해두지."

원숭이는 느닷없이 꺄꺄꺄 웃었다.

"배짱이 생겼는데, 응?"

"……깨달았어."

이 세계에 요코의 편은 없다. 갈 곳도 돌아갈 곳도 없다. 자신이 얼마나 고독한지 깨달았다.

그래도 살아남아야 한다. 내 편, 머무를 곳 하나 없는 목숨이라서 진심으로 아까웠다. 이 세계 모든 것이 내 죽음을 바란다면 살아남겠다. 원래 있던 세상의 모든 것이 내 귀환을 바라지 않아도 돌아가주겠다.

포기하고 싶지 않다. 도저히 포기할 수 없다.

살아남아서 게이키를 찾아 반드시 저쪽으로 돌아간다. 게이키가 적이든 같은 편이든 상관없다. 적이라면 위협해서라도 원래 살던 세계로 돌아가겠다.

"돌아가서 어쩌려고."

"돌아간 다음에 생각할 거야."

"단숨에 죽는 것이 낫지 않아?"

"아무도 아까워하지 않는 목숨이니까 나만이라도 아까워하기로 했어."

"쥐는 배신할 거야."

요코는 원숭이를 보았다.

"내가 라쿠슌을 믿지 않으니까 배신할 방도가 없지."

좀더 빨리 깨달았어야 했다. 요코는 해객이다. 그러니까 사냥당한다. 해객의 편이 있을 리 없다. 이 세계 어디에도 있을 리 없다. 그것만 분명히 알고 있었다면 닷키나 마쓰야마에게 멍청하게 속지 않았을 것이다. 어수룩하게 믿었다가 배신당할 일은 없었을 것이다. 믿는 척하고 상대를 이용하면서 살아남을 방책을 세울 수 있었을 텐데.

이용할 수 있는 것은 이용한다. 그게 뭐가 나쁜가. 닷키도 마쓰야마도 요코를 이용해서 푼돈을 벌려 했다. 그렇다면 요코가 라쿠슌을 이용해 목숨을 잇는 데 무슨 거리낌이 생길까.

"번듯한 악당이 될 것 같군, 응?"

"그것도 좋겠네."

요코는 중얼거리고서 손을 저었다.

"졸려. 돌아가."

원숭이는 기묘한 얼굴을 했다. 쓴 것이라도 먹은 것 같은 표정이었다. 그대로 뒤통수를 보이더니 이불 아래로 훽 가라앉듯 자취를 감추었다.

그 모습을 지켜보고 나서 요코는 살짝 웃었다.

푸른 원숭이는 자신도 눈치채지 못한 불안까지 폭로해주니까 마음을 정리하는 데 도움이 된다. 이용할 수 있다.

"확실히 번듯한 악당이 될 수 있을 것 같아……."

가벼운 자조의 미소가 새어 나왔다.

그래도 두 번 다시 남에게 이용당할 마음은 없다. 아무도 자신에게 위해를 가하게 하지 않겠다. 반드시 스스로를 지키겠다.

"그걸로 된 거야."

산속에서 만난 모녀. 요코가 모녀에게 배신당하지 않은 까닭은 그들에게 배신할 틈을 주지 않았기 때문이다.

—그 틈을 라쿠슌에게도 주지 말아야 한다.

그러면 살아남을 수 있다.

어째서 요코는 이런 세계에 와야 했나. 어째서 게이키는 요코를 주인이라고 불렀나. 적은 누구인가. 적의 목적은 뭐고 어째서 요코를 노리는가. 그 여자는, 게이키와 똑같은 금발의 여자는 누구이며 어째서 요코를 공격했는가.

—요마는 특정 인물을 노리지 않는다.

그렇다면 요코는 어째서 습격받는 것일까. 여자는 검은 개 사체를 끌어안았다. 죽음을 애도하는 것처럼 보였다. 그렇다면 개는 여자의 동료였나. 게이키 주변에 요마가 있듯이 여자 주변에 있는 요마에게 요코를 덮치게 한 것일까. 그러나 그 여자 또한 누군가에게 요코를 공격하라고 명령을 받는 것 같지 않던가. 그러면 명령한 사람은 누구일까. 게이키 또한 누군가한테 명령받아 요코에게 관여한 것일까.

아는 것이 하나도 없다. 모른 채 있을 수 없다. 그러니까 반드시 누군가에게 대답을 듣겠다.

무의식중에 주먹을 쥐자 긴 손톱이 손바닥을 파고들었다.

요코는 손을 들어 자신의 손가락을 빤히 보았다.

깨져서 삐죽해진 손톱이 날카로웠다. 마물의 손톱 같았다.

—허해를 건널 수 있는 것은 요마나 신선뿐.

요코는 신도 선인도 아니다.

—그러면 요마인가.

허해 기슭에서 붉은 짐승으로 변하는 꿈을 꾸었다. 그것은 정말로 꿈이었을까?

이쪽으로 오기 전에 요코는 오래도록 요마에게 습격당하는 꿈을 꾸었다. 그리고 그 꿈은 현실이 되었다. 그렇다면…….

짐승이 되는 꿈 또한 예지가 아니라고 단언할 수 있을까?

붉게 바뀐 머리카락도 짙은 초록색으로 바뀐 눈도 전부 짐승이 되어 가는 과정이라면? 요코가 사실은 인간이 아니라 요마였다면.

그것은 무시무시한 일이자 아주 유쾌한 일이기도 했다.

호통치고 소리지르고 검을 휘두르며 남을 압박한다. 그곳에는 이상한 고양감이 숨어 있다. 요코는 태어난 세계에서 거친 말을 쓰거나 남을 위협한 적 없이 살아왔고, 그것을 무슨 죄악처럼 여겼다. 사실은 자신도 알고 있었기 때문은 아닐까?

요코의 무의식이 요코는 요마이며 사나운 짐승임을 알고서, 저쪽 세계에서 살아서는 안 되는 생물임을 알고서, 무해한 생물인 척하려 한 결과는 아니었나.

그렇기에 다들 요코에 대해 '진짜 모습을 모르겠다'고 했는지도 모른다.

그런 생각을 하면서 잠에 빠져들었다.

003

전원 지대에 흔히 있는 작고 허름한 집이었다. 이쪽 세계의 집은 대부분 초라하지만 그중에서도 더 가난한 부류에 들어가는 집이라는 사실을 요코도 알 수 있었다.

논 가운데 있는 집은 보통 몇 집이 모여 마을을 이루는 법인데 이 집은 드물게 따로 떨어져 있었다. 산비탈에 있는 집 근처에 다른 집은 보이지 않는다.

쥐의 집이라면 작은 집이 떠오르지만 규모는 작아도 크기는 지극히 평범한 건물이었다. 건물뿐 아니라 가구부터 일용품까지 전부 인간 크기에 맞춘 것이 요코에게는 신기했다.

"라쿠슌, 부모님은?"

드디어 일어나서 움직일 수 있게 된 요코는 라쿠슌을 도와 아궁이의 커다란 무쇠솥에 물을 부으며 물었다. 통을 받치는 오른손에는 아직 붕대를 감고 있지만 상처는 거의 아물어 있었다.

아궁이에 장작을 던져 넣던 라쿠슌이 요코를 올려다보았다.

"아버지는 안 계셔. 어머니는 잠깐 나갔어."

"여행? 꽤 오래하시네. 멀리 가셨어?"

"아니, 근처 마을로 일을 나간 거야. 그저께쯤에는 돌아올 예정이었는데 안 오는 걸 보니 실컷 부림당하고 있겠지."

모친이 당장에라도 돌아올지도 모른다는 사실을 요코는 마음 속에 새겨두었다.

"어머니 직업은?"

"겨울 동안에는 식모. 평소에는 소작농. 여름에도 부르면 잡일을 하러 가."

"그래……."

"요코는 어디로 가는 길이었어?"

요코는 잠시 생각했다. 어디로 가려는 것은 아니다. 그렇다고 그냥 걷고 있었다고 대답할 수는 없었다.

"……게이키라는 사람을 모르니?"

라쿠슌은 털에 묻은 나무 부스러기를 떨어냈다.

"사람을 찾고 있어? 이 부근에 사는 사람이야?"

"어디 사람인지는 몰라."

"안타깝지만 나한테 게이키라는 지인은 없어."

"그래. 이제 달리 할 일은?"

"없어. 병석에서 막 일어났으니 앉아 있어."

그 말대로 요코는 나른한 몸을 의자에 내맡겼다.

작은 부엌의 바닥은 흙이 그대로 드러나 있고, 거기 놓인 탁자와 의자도 움직일 때마다 삐걱거리는 낡은 물건이었다.

요코가 앉은 옆 의자에는 천으로 감싼 검이 놓여 있다. 라쿠슌은 검을 한시도 떼어놓으려 하지 않는 요코를 특별히 수상하게 여기지도, 왜 그러는지 묻지도 않았다. 무슨 꿍꿍이인지 알 수가 없다.

"요코는 어째서……."

라쿠슌은 매끄러운 털로 덮인 등을 보인 채 어린애 목소리로 물었다.

"남장을 하고 있어?"

라쿠슌이 잠옷으로 갈아입혔을 테니 들켰을 줄 알았다.

"……혼자 여행하기 위험하니까."

"그래, 그렇구나."

쥐가 질주전자를 들고 온다. 무언가를 끓인 듯한 향기가 좁은 방에 감돌았다. 찻잔 두 개를 탁자 위에 꺼내고는 쥐가 요코를 쳐다보았다.

"어째서 그 검에는 검집이 없지?"

"……잃어버렸어."

대답하면서 검집을 잃어버린 것을 새삼스레 떠올렸다. 허해를 건널 때 검과 검집을 떼어놓아서는 안 된다고 했는데, 검집을 잃어버렸다고 재난이 덮쳐올 기색은 없다. 역시 구슬을 잃어버려서는 안 된다는 뜻이었을 것이다.

흐응, 하고 중얼거린 라쿠슌이 의자에 기어오른다. 그 동작이 정말 어린아이 같았다.

"검집을 마련하지 않으면 귀한 검이 상할 거야."

"……응. 그러게."

마음에 없는 목소리로 대답하는 요코를 라쿠슌은 새카만 눈으로 올려다보았다. 고개를 살짝 갸우뚱한다.

"요코는 배랑에서 왔다고 했지."

"……맞아."

"배랑은 경국이 아니라 전현 동쪽에 있는 마을 아닌가?"

그러고 보니 그쪽에 있었나, 요코는 멍하니 생각하면서 입을 다물고 있었다.

"그 부근에서 커다란 식이 있었다던데."

이 말에도 요코는 침묵했다.

"바다에서 밀려 올라온 해객이 도망쳤다던가."

요코는 라쿠슌을 노려보았다. 저도 모르게 손을 뻗어 검을 잡고 있었다.

"무슨 얘기야."

"열예닐곱 살 먹은 여자로 붉은 머리. 검을 소지하고 있으니 조심할 것, 그 검에는 검집이 없다. ……네 머리는 물들인 거지?"

검자루를 쥐고 라쿠슌을 빤히 바라보았다. 쥐의 표정은 읽을 수 없다. 감정이나 생각이 인간보다 표정에 잘 드러나지 않는다.

"관청에서 그렇게 연락이 왔어."

"……그래서."

"그렇게 무서운 얼굴 하지 마. 신고할 작정이었으면 관리가 왔을 때 알렸겠지. 현상금도 어마어마하게 걸려 있고."

요코는 천을 풀었다. 일어나서 검집 없는 검을 드러내놓았다.

"무슨 목적이야."

쥐는 새카만 눈으로 요코를 올려다보더니 명주실 같은 수염을 움직였다.

"성마른 녀석이군."

"나를 숨겨준 목적이 뭐지?"

쥐는 태평한 동작으로 귀 아래를 긁었다.

"목적은 없는데. 길에 쓰러져 죽어가는 사람을 내버려둘 수 없잖아. 그래서 보살폈고, 보살핀 이상 관에 넘길 마음은 들지 않으니까."

그런 말을 곧이듣지 않는다. 쉽게 사람을 믿으면 반드시 후회한다는 것을 알고 있다.

"해객은 관청으로 보내져. 그럼 잘해야 감금이고 운 나쁘면 참수지. 굳이 따지자면 요코는 후자겠군."

"왜 그렇게 생각하지?"

"이상한 술수를 쓰잖아? 호송되는 길에 요마의 습격을 받고 도망쳤다고 하던데."

"그건 내가 한 짓이 아니야."

"그렇겠지."

쥐는 깨끗하게 수긍했다.

"요마가 그리 간단히 사람을 따르겠어. 요코가 부른 게 아니라 요코를 노린 거겠지. 아니야?"

"……나는 몰라."

"그렇더라도 요코는 역시 나쁜 해객이겠지. 요마가 노릴 만한 인간이니까."

"……그래서."

"현청으로 보내지면 십중팔구 살아남지 못할 거야. 도망치는 거야 당연하지만 어디로 도망치면 되는지 알아?"

요코는 대답하지 않았다.

"모르겠지. 이런 곳을 어슬렁거리고 있는 걸 보면. 안국으로 가."

요코는 라쿠슌의 얼굴을 빤히 보았다. 쥐의 얼굴은 무표정했다. 적어도 요코는 읽을 수 없었다.

"……어째서."

"사람이 죽는 걸 그냥 볼 수 있어?"

라쿠슌은 그렇게 말하고는 웃었다.

"나도 죽어 마땅한 악당을 동정할 만큼 난사람은 아니야. 하지만 해객이란 이유만으로 죽는 건 말이 안 되잖아."

"나쁜 해객이잖아."

"관리는 그렇게 생각하리라는 이야기야. 해객에 좋고 나쁘고가 어디 있어. 보기 드문 것을 기분 나쁘게 여길 뿐이지."

"나쁜 해객은 나라를 망하게 한대."

"미신이야."

딱 자르는 말투에 오히려 경계심이 끓어올랐다. 마찬가지로 미신이라고 말한 사람이 이 나라에 있었다. 인간 여자였지만 말이다.

"그래서? 안국인가 하는 곳에 가면 살 수 있어?"

"살 수 있지. 안국의 왕은 해객을 꺼리지 않아. 그곳에서는 해객도 다른 인간과 똑같이 살지. 해객에 좋고 나쁘고도 없다는 증거잖아. 그러니까 안국으로 가면 될 거야. 그 불온한 물건은 넣어둬."

요코는 망설이고 망설인 끝에 일단 검을 내렸다.

"앉아. 차가 식겠어."

그 말을 듣고서야 요코는 의자에 앉았다. 라쿠슌의 꿍꿍이를 모르겠다. 해객이라는 사실을 들킨 이상 어서 여기를 나가는 편이 좋겠지만, 안국에 대해 자세한 정보라도 들어야 한다.

"이 부근 지리는 알아?"

요코가 고개를 가로저었다. 라쿠슌은 알았다면서 찻잔을 들고 의자에서 내려왔다. 검을 들고 있는 요코의 발치까지 와서 봉당에 쪼그려 앉았다.

"여기는 순주 안양현安陽縣 녹북鹿北이란 곳이야."

라쿠슌은 흙 위에 간단한 지도를 그렸다.

"여기가 허해, 전현은 여기. 배랑이라는 곳은 이 부근이니까 요코는 서쪽, 다시 말해 교국의 중앙을 향해 걸어온 상태야. 도망치려거든 교국을 나가야 하는데 이러면 정반대지."

요코는 지도를 복잡한 심경으로 내려다보았다. 이 말을 믿어도 될까. 지도에 거짓은 없을까. 의심하면서도 뚫어지게 응시했다. 이게 지금 가장 필요한 정보다.

"서쪽 옆이 영주寧州, 길을 따라 들어간 곳이 북량현北梁縣. 길을 따라 더 북서쪽으로 가면 아안阿岸이라는 마을이 나와. 청해青海라는 내해에 면한 큰 항구 도시지."

라쿠슌이 작은 손가락으로 약도를 그리며 놀라울 정도의 달필로 글씨를 썼다.

"아안에서는 청해를 가로질러 배가 다니는데, 도착지가 안국이야."

라쿠슌은 '雁國'이라고 썼다. '雁'이라 쓰고 '안'이라 읽는 모양이다.

"먼저 북량으로 가면 되겠군……."

하지만 배를 탈 수 있을까. 항구를 감시하고 있다면 제 발로 그물에 뛰어드는 것과 다름없다.

"괜찮아."

요코의 혼잣말을 알아챈 것처럼 라쿠슌이 웃는다.

"전현에서 교국 바깥으로 나가려거든 북쪽으로 곧장 가서 산을 넘어 경국으로 나가는 것이 제일 빨라. 관청 사람들도 설마 이런 곳으로 오지는 않았겠지, 하더라고. 길을 잘못 든 게 행운이었지. 수배 전단이 돌았지만 빨간 머리의 젊은 여자라고 했으니 그 눈에 띄는 검만 어떻게든 하면 그리 쉽게 들키지 않을 거야."

"……그래."

요코는 일어났다.

"고마워."

라쿠슌이 놀라서 요코를 올려다본다.

"이봐, 설마 지금 당장 나갈 작정이야?"

"서두르고 싶어. 신세만 져서 미안하지만."

라쿠슌도 일어났다.

"기다려. 정말 성격 급한 녀석이네."

"하지만……."

"안국에 가서 어쩔 건데? 아무나 붙잡고 게이키란 사람을 물으며 돌아다닐 거야? 배 타는 법은 알아? 안국에 보호를 요청하는 방법은?"

요코는 시선을 피했다. 목적지가 정해진 것만으로도 여태까지의 여행에 비하면 앞길이 훤히 뚫린 것 같았는데, 그래도 여전히 해결해야 할 문제가 이렇게 많다. 그리고 실제로 직면할 문제의 몇십분의 일에도 미치지 않으리라.

"무슨 일이든 준비가 필요해. 그렇게 안달하지 마. 지금 서둘러보았자 나중에 벽에 부딪히게 되어 있어. 응?"

요코는 고개를 숙였다. 덫이 두려운 마음과 달리, 여기서는 라쿠슌을 의지할 수밖에 없다.

"그럼 밥 먹을까. 일단 체력을 붙여. 아안까지는 아무리 서둘러도 한 달 넘게 걸리니까."

요코는 다시 한번 고개를 숙였다.

적어도 체력이 완전히 돌아올 때까지. 그때까지는 라쿠슌의 의도도 알 수 있으리라. 단순히 어수룩한 것인지, 아니면 깊은 책략이 있는 건지. 안국에, 아안에 가야만 한다. 목적지를 알고 있는 라쿠슌의 진의만은 파악해야 했다.

004

"제법 큰 식이었다며?"

라쿠슌은 점심을 치우며 물었다.

"……배랑의 장로는 그렇게 말했어."

"전현의 동쪽 일대는 올해 밀이 전멸이래. 딱한 이야기지."

요코는 그저 고개만 끄덕였다. 가슴 한구석이 살짝 아렸다.

"요코가 풀이 죽을 필요는 없어. 요코 탓이라는 소리는 아니니까."

"풀이 죽은 건 아니야."

아궁이의 재를 긁어내면서 말한 요코의 손을 가볍게 두드린 것은 짧은 털로 덮인 꼬리였다.

"해객이 오니까 식이 일어난 게 아니야. 식이 일어나서 해객이 온 거야."

요코는 라쿠슌의 지시대로 나무상자 안에 재를 버렸다. 타고 남은 나무 부스러기를 주워 다른 상자에 담는다.

"뭣 좀 물어도 될까."

"뭐지?"

"식이 뭐야?"

배랑의 장로에게 태풍 같은 거라고 들었지만 실제로 어떤 것인지는 잘 모르겠다.

"아아, 식도 모르나. 저쪽에는 식이 없지."

"일식이나 월식이라면 있는데."

"비슷한 거야. 태양이 사라지거나 달이 사라지지는 않지만. 그래, 태풍 같다고 할까. 태풍은 공기가 흐트러지지만 식은 기운이 흐트러지지."

"비가 내리고 바람이 불고?"

"그런 식도 있어. 폭풍처럼 단순히 큰바람이 부는 식도 있지만 그런 식은 대단치 않아. 지진이 나거나 벼락이 치거나 강물이 역류하거나 갑자기 땅바닥이 꺼지기도 해. 여러 천재지변이 동시에 일어난다고 생각하면 될 거야. 배랑에서는 요치라는 호수 밑바닥이 솟아올라 넘쳤어. 지금은 호수의 흔적마저 찾아볼 수 없대."

요코는 묻은 재를 닦기 위해 씻던 손을 멈추었다.

"그렇게 심해?"

"때에 따라 다르지. 우리는 폭풍우보다 식이 무서워. 식은 무슨 일이 일어날지 모르니까."

"어째서 그런 재해가 일어나지?"

라쿠슌은 진지한 얼굴로 매우 중요한 일을 하는 듯한 손놀림으로 차를 끓였다.

"식은 이쪽과 저쪽이 겹치면서 뒤섞여버리는 거라고 해. 본디라면 별개여야 할 것이 겹치면서 재해가 되지. 잘은 모르지만 그런 걸 거야."

"이쪽과 저쪽……."

이 집에서 내는 차는 녹차 같은 색을 띠었다. 향은 전혀 다르다. 맛은 허브티와 풍미가 비슷했다.

"저쪽은 허해 너머를 말하겠지. 이쪽은 이쪽이야. 이름은 없어."

요코는 그저 고개를 끄덕였다.

"허해는 육지를 감싸고 있어. 허해 끝에는 아무것도 없어."

"아무것도?"

"그래, 아무것도. 가도 가도 계속해서 허해가 이어질 뿐 끝이 없어. 다들 그렇게 말해. 어느 괴짜가 끝을 보고 오겠다며 배를 띄운 적도 있는가 본데 돌아온 사람은 없대."

"그럼 이쪽은 땅이 평평하구나."

라쿠슌은 의자에 기어오르면서 눈을 동그랗게 뜨고 요코를 보았다.

"땅이 평평하지 않으면 곤란하잖아."

어이없어하는 목소리가 조금 우스웠다.

"이쪽 세계는 어떤 형태지?"

라쿠슌은 탁자 위에 있던 호두를 손에 들었다.

"세상의 한가운데에 숭산이 있어."

"숭산?"

"숭고한 산崇山이라고 쓰지. 실제로 숭고라 불리기도 해. 중악中岳이나 중산中山이라고도 하지. 숭산 사방에 동서남북의 산이 있어. 동악이나 동산이라고 하지만, 동서남북을 각각 봉산蓬山, 화산華山, 곽산霍山, 항산恒山이라 부르는 것이 일반적이지. 동악은 옛날에는 태산泰山이라고 했어. 북쪽 나라, 대국의 왕이 국씨國氏를 대代에서 태泰로 바꾸면서 태왕을 삼가여 봉산이라 부르게 되었다고 들었어. 이 다섯 산이 오산五山이야."

"흐음……."

"이 오산 주위에 황해黃海가 있어. 바다라고 해도 물이 있는 바다가 아냐. 거친 바위산과 사막, 늪지대와 밀림이라고 해."

요코는 라쿠슌의 손가락이 그리는 글자를 지켜본다.

"본 적은 없어?"

"있을 리가 없지. 황해 주위를 다시 동서남북의 네 금강산金剛山이 둘러싸고 있어. 금강산 안쪽은 사람이 사는 세계가 아니야."

"그래……."

마치 어딘가에서 본 오래된 지도 같은 지형이라고 요코는 생각했다.

"금강산 주위 사방에 네 바다가 있고, 팔방을 여덟 개의 나라가 둘러싸고 있어. 그 주위가 허해지. 육지와 아주 가까운 곳에 커다란 네 섬이 있어. 이 네 나라와 금강산 주위의 여덟 나라, 전부 십이국."

요코는 기하학적으로 배치된 호두를 바라보았다. 그것은 꽃처럼도 보인다. 오산을 중심으로 꽃잎처럼 배치된 나라들.

"그것 말고는 없어?"

"없어. 그 밖에는 허해뿐이야. 세상 끝까지 아무것도 없는 바다가 계속 펼쳐지지."

라쿠슌은 다만 하고 중얼거렸다.

"허해 동쪽 끝에는 신비한 섬이 있다는 이야기도 있어. 뭐, 일종의 전설이지. 그 섬을 봉래국蓬萊國이라고 해. 일본이라고도 부르지."

라쿠슌이 쓴 글자는 '왜倭'였다.

"왜? 일본?"

실제로 글자로 써보니 왜 쪽을 가리킨다.

요코는 입술을 살짝 깨물었다. 여태껏 이런 식으로 통역되어 온 것인가.

"해객은 왜에서 왔다고들 해."

이번에는 분명하게 왜라고 들렸다. 요코가 말을 알고 나면 통역할 필요가 없다는 뜻일까.

“진짜인지 거짓인지는 모르겠지만 해객 이야기를 들어보면 어딘가에 왜라는 나라가 있는 것은 분명한가봐. 왜를 찾아 뱃길을 떠나는 사람도 있지만, 역시 돌아온 적은 없대.”

만약 정말로 일본이 허해 너머에 있다면 배를 동쪽으로 몰면 돌아갈 가능성이 있다. 그러나 그런 수단으로는 돌아갈 수 없으리라는 것을 달그림자를 통해 온 요코는 알고 있었다.

“반대로 금강산 어딘가에 곤륜崑崙이라는 언덕이 있다는 전설도 있어. 그곳은 중국이라고 하지. 중국에서는 산객山客이 와.”

라쿠슌은 ‘한漢’이라는 글자를 쓴다.

“산객? 그럼 해객 말고도 이쪽으로 섞여 들어오는 인간이 있구나.”

“있지. 해객은 허해 기슭으로 들어오고, 산객은 금강산 기슭으로 들어와. 이 나라에서는 산객은 많지 않지만 어느 쪽이건 쫓기게 되겠지.”

“그렇구나…….”

“한이고 왜고 일반적으로 사람은 오갈 수 없어. 그럴 수 있는 존재는 요족妖族과 신선뿐이라고 해. 단, 식이 일어나 그쪽에서 사람이 떠내려올 때가 있어. 그게 산객과 해객.”

“흐음…….”

"한과 왜에서는 금은보화로 집을 지어. 나라가 풍요로워서 농민도 왕후 같은 삶을 산다고 해. 사람은 모두 하늘을 달려서 하루에 천 리도 갈 수 있어. 갓난아이도 요마를 쓰러뜨리는 신비한 힘을 가지고 있다고 해. 요마와 신선이 신통력을 지닌 것도 저쪽으로 가서 심산深山의 샘을 마시기 때문이래."

라쿠슌은 그렇게 말하고서 요코를 보았다. 요코는 쓴웃음을 지으며 고개를 가로저었다.

신비한 이야기라고 요코는 생각했다. 원래 있던 세상으로 돌아가 사람들에게 이야기하면 옛날이야기라고들 하겠지. 이 세계에도 전설이 있다.

요코는 살짝 웃었다.

이상한 세계라고 줄곧 생각해왔지만 과연 이상한 것은 세계일까, 요코일까.

답이라면 알고 있다. 그래서 해객은 쫓기는 것이다. 그제야 그런 생각을 했다.

005

"……교국에 이른 해객은 다들 죽게 되는구나. 식과 해객을 떼어서 생각할 수 없다면."

한동안 멍하니 과거 수많은 해객의 운명에 대해 생각하다가 요코는 입을 열었다.

"그렇게 되겠지. ……요코는 직업이 뭐야?"

"학생."

"그래."

라쿠슌은 어쩐지 감회에 젖은 것처럼 보였다.

"해객 중에는 이쪽에 알려지지 않은 기술을 지녔거나 지식을 가진 사람이 있어. 그런 인간은 높으신 분의 보호를 받고 살 수 있기는 하지."

"그렇군."

요코는 자조의 웃음을 흘렸다. 요코에게는 이 세계에 무언가를 전파할 만한 지식이 없다.

"……왜로 돌아가는 방법은 몰라?"

요코가 묻자 라쿠슌은 눈에 띄게 곤란한 얼굴을 했다.

"나는 몰라. ……말하지 않는 편이 나을지도 모르겠는데……."

말을 흐렸다.

"아마 그런 방법은 없을 거야."

"그럴 리가 없어. 올 수 있다면 돌아갈 방법도 분명히 있을 거야."

요코의 목소리에 라쿠슌은 수염을 늘어뜨렸다. 뀨우우, 목에서 소리가 났다.

"사람은 허해를 건널 수 없어, 요코."

"실제로 건너왔어. 그러니까 나는 여기에 있어."

"올 수는 있어도 갈 수는 없어. 해객이든 산객이든 돌아갔다는 이야기는 여태 듣지 못했어."

"그럴 리가…… 없어."

돌아갈 수 없다는 말은 아무래도 받아들일 수 없었다.

"식은? 식을 기다리면 되지 않아? 그러면 돌아갈 수 있겠네."

요코의 기세 좋은 말에 라쿠슌은 맥없이 고개를 저었다.

"언제, 어디에서 식이 일어날지는 아무도 몰라. 아니, 알 수 있는 식도 있지만 사람은 저쪽으로 갈 수 없어."

그럴 리가 없다. 요코는 다시 한번 마음속으로 되뇌었다. 돌아갈 수 없다면 게이키가 그렇게 말했을 것이다. 그는 아무 말도 하지 않았다. 그의 태도 어디에서도 두 번 다시 돌아갈 수 없으리라는 느낌은 들지 않았다.

"나는 왜에서 고조에게 쫓겨 도망쳐 왔어……."

"고조? 도망쳤다니, 이쪽으로?"

"그래. 게이키라는 사람이."

"요코가 찾는 사람?"

"맞아. 그 사람이 나를 이쪽으로 데려왔어. 솔직히 말하면 고조 무리가 우리를 노리기 때문에 몸을 지키기 위해 이쪽으로 올 필요가 있다고 했어."

요코는 라쿠슌을 보았다.

"그렇다는 건 몸을 지킬 필요가 없어지면 돌아갈 수 있다는 소리 아니야? 내가 꼭 집으로 돌아가고 싶다면 분명히 보내주겠다고 했어."

"말도 안 돼."

"게이키는 하늘을 나는 짐승을 데리고 있었어. 라쿠슌처럼 말하는 짐승. 곧장 날면 편도 하루라고 했어. 편도라는 말은 돌아갈 때를 염두에 둔 말이라고 생각해. 적어도 두 번 다시 돌아갈 수 없는 길에 쓸 말은 아니지. ……내 말이 틀려?"

요코가 그렇게 호소해도 라쿠슌은 한동안 입을 열지 않았다.

"라쿠슌?"

"나는 잘 모르겠어. ……하지만 엄청난 일이 일어난 건 분명한 것 같아."

"……내가 한 말이 그렇게 대단한 일이야?"

"대단한 일이지. 고조 같은 요마가 나오면 이쪽에서는 난리가 나. 가까운 마을이 전멸하기도 하니까. 게다가 고조가 특정한 누군가를 노린다고? 굳이 저쪽에서? 그런 이야기는 처음 들었어.

그리고 게이키인가 하는 사람이 너를 이쪽으로 데려왔다고 했지?"

"응."

"요족도, 설령 신선이라 해도 제 몸 하나만 오갈 수 있다고 들었어. 게이키가 어떤 사람이든 남을 데리고 왕래한다는 이야기는 들은 적이 없는데. 무슨 일이 일어났는지 나는 도저히 모르겠지만, 범상치 않은 사태라는 것만은 알겠어."

라쿠슌은 고민하듯 생각에 잠겼다가 새카만 눈으로 요코를 보았다.

"그래서 넌 어떻게 하고 싶어? 무엇보다 몸을 지키고 싶은 거야, 아니면 먼저 돌아가고 싶은 거야?"

"……돌아가고 싶어."

요코의 말에 라쿠슌은 고개를 끄덕였다.

"그렇겠지. 하지만 나는 방책을 몰라. 아무래도 안국으로 가는 게 좋겠어."

"응, 그러고서?"

"관리나 주후가 어쩔 수 있는 일은 아니지. 안국으로 가서 연왕延王의 힘을 빌리는 수밖에 없겠어."

요코는 멍하니 라쿠슌이 쓴 글자를 바라보았다.

"연왕……. 임금님?"

라쿠슌은 고개를 끄덕였다.

"안국의 왕을 대대로 연이라고 불러."

"하지만 임금님이 힘을 빌려주겠어?"

"모르겠어."

요코는 목소리를 높이려다가 간신히 참았다.

"모르겠지만, 이대로 교국에 있는 것보다는 나아. 교국의 주상에게 힘을 빌려달라 청하는 것보다야 희망적이지. 연왕은 태과니까."

"태과?"

"태胎, 과果. 저쪽에서 태어난 분이셔. 그런 일이 아주 드물게 있어. 사실은 이쪽 사람인데 잘못해서 저쪽에서 태어난 거야."

요코는 눈을 휘둥그레 떴다.

"그런 일이 있어?"

"응. 정말로 드문 일이야. 하기야 실수로 저쪽에서 태어나는 것 자체가 드문 일인지, 이쪽으로 돌아오는 사람이 드문 건지는 분명치 않지만."

"……흐음."

"이쪽에는 유명한 태과가 세 분 계셔. 안국 연왕, 연 재보宰輔, 대국 태 재보."

"재보."

"왕을 보좌하는 책사 같은 거야. 그중 태 재보는 돌아가셨다고 하고, 태왕의 행방을 알 수 없어 나라도 어지러우니 도저히 다가갈 수 없어. 역시 안국을 찾아가야겠지."

요코는 잠시 넋이 나가 있었다. 다양한 지식을 급속도로 주입받은 데 더해 앞으로 할 일이 너무나 급격하게 결정된 탓일지도 모른다.

왕을 찾아간다는 것은 수상이나 대통령을 방문하는 것과 필적하는 일이리라. 그런 일이 가능한가 하는 의문과 동시에 그런 엄청난 일에 휘말린 건가 싶어 당혹스러웠다. 생각에 잠겨 있을 때 바깥에서 발소리가 들렸다.

006

바깥으로 나가는 널문을 열고 중년 여성이 모습을 드러냈다.

"라쿠슌."

부르는 소리에 쥐가 고개를 든다.

"엄마."

수염을 살랑살랑 흔들었다.

"묘한 손님을 주워버렸어."

요코는 놀랄 수밖에 없었다. 돌아온 여자는 틀림없이 인간으로 보인다. 그녀 또한 놀라서 라쿠슌과 요코를 차례로 보았다.

"손님이라니. 너, 이 아가씨를 어쩐 거야."

"숲에서 주웠어. 요전에 전현에서 일어난 식으로 저쪽에서 흘러왔대."

"어쩜."

여자는 중얼거리고는 라쿠슌의 얼굴을 보았다. 굳은 표정이 얼굴을 스쳤다.

요코는 긴장했다. 이 여자도 전현에서 도망친 해객의 소문을 들었을까. 그렇다면 과연 라쿠슌처럼 요코를 숨겨줄까.

"……그거 큰일이었겠구나."

숨을 죽이고 지켜보는 요코를 보며 여자가 웃었다. 그러더니 라쿠슌을 돌아본다.

"뭐야, 그러면 나를 부르지 그랬니. 너, 아가씨를 제대로 돌본 거 맞아?"

"제대로 돌봤어."

"글쎄다."

여자는 웃고 나서 미소를 머금은 눈으로 요코를 보았다.

"……미안해. 내가 일 때문에 나가 있는 바람에. 라쿠슌이 제대로 대접을 했는지 모르겠네."

"아, ……네."

요코는 고개를 끄덕였다.

"열이 나서 꼼짝하지 못하는데 도와줬어요. 고맙습니다."

"어머나."

여자가 눈을 동그랗게 떴다. 요코 옆으로 달려온다.

"이제 일어나도 괜찮아?"

"네. 정말로 신세 많이 졌어요."

요코는 대답하면서도 긴장을 풀지 않고 여자의 표정을 살폈다.

라쿠슌은 그래도 괜찮다. 짐승이니까. 여자는 믿을 수 없다. 신용하기가 무섭다.

"그랬으면 더 엄마를 불렀어야지. 눈치 없기는."

여자의 말에 라쿠슌은 불만스럽게 코끝을 쳐들었다.

"살뜰히 보살폈어. 상태도 말끔히 좋아졌고."

여자는 요코의 얼굴을 들여다보았다.

"다행이다. ……일어나 있으면 힘들지 않아? 아직 누워 있는 게 낫지 않을까?"

"이제 괜찮아요."

"그래. 아, 이렇게 얇은 옷을 입었네. 라쿠슌, 옷을 꺼내줘."

라쿠슌이 허둥지둥 옆방으로 달려갔다.

"차도 다 식었잖아. 잠깐만 기다려. 지금 다시 끓여줄게."

현관문을 안쪽에서 꼭 잠그고, 뒷문을 통해 우물가 쪽으로 서둘러 사라지는 여자를 지켜보았다. 얇은 웃옷을 들고 돌아온 라쿠슌에게 슬쩍 물었다.

"어머니?"

"응. 아버지는 안 계셔. 아주 오래전에 돌아가셨어."

라쿠슌의 부친은 인간이었을까, 쥐였을까.

"친어머니셔?"

머뭇머뭇 물어보니 라쿠슌은 이상한 표정을 지었다.

"당연히 친엄마지. 엄마가 나를 땄으니까."

"땄다고?"

라쿠슌은 고개를 끄덕였다.

"이목里木에서 땄어. 내가 들어 있던 나무 열매를."

거기까지 말하고서 퍼뜩 깨달았는지 라쿠슌이 물었다.

"저쪽에서는 아이가 어머니 뱃속에 열린다는 게 진짜야?"

"……응. 보통 그렇지."

"배에 나무 열매가 열리는 거야? 그러면 어떻게 비틀어 따지? 배 밖에 매달려 있나?"

"딴다는 게 무슨 말인지 잘 모르겠어."

"나무에 열린 난과를 따는 거야."

"난과?"

"알卵의 과실果實. 이만한."

라쿠슌은 팔을 벌려 한아름을 만들어 보였다.

"노란 열매로 안에 아이가 들어 있어. 이목의 가지에 열매가 열리면 부모가 가서 따지. 저쪽에서는 난과가 나지 않아?"

요코는 이마를 살짝 짚었다. 상식이 완전히 다르다.

"좀 다른 것 같아……."

라쿠슌은 묻듯이 요코를 쳐다보았다. 요코는 쓴웃음을 지었다.

"저쪽에서는 아이는 어머니의 뱃속에 생겨. 어머니가 낳는 거야."

라쿠슌의 눈이 동그래졌다.

"닭처럼?"

"좀 다르지만 그런 느낌이지."

"어떻게 생기지? 뱃속에 가지가 있나? 뱃속에 있는 열매를 어떻게 따는 거지?"

"으음……."

요코가 골머리를 앓고 있을 때 모친이 돌아왔다.

"얼른 차를 내올게. 배는 고프지 않니?"

라쿠슌의 모친은 아들에게 요코의 사정을 들으며 순식간에 찐

빵 같은 과자를 구워주었다.

라쿠슌은 작은 손으로 커다란 찐빵 덩어리를 들고 말했다.

"그래서 안국에 가 보는 게 좋지 않을까 이야기하던 참이었어."

모친은 고개를 끄덕였다.

"그래, 그게 좋겠지."

"그래서 말인데, 내가 요코를 관궁까지 바래다주려고. 입을 옷가지 좀 챙겨줘."

라쿠슌이 말하자 모친은 눈에 띄게 표정이 굳어졌다.

"너…… 대체 무슨 소리야."

"걱정할 거 없어. 살짝 갔다 올게. 지리를 잘 모르는 손님을 배웅하고 오는 것뿐이야. 엄마는 야무진 사람이니까 혼자서도 괜찮지?"

모친은 잠시 라쿠슌을 바라보고 나서 수락했다.

"알았어. 조심해서 다녀오렴."

"라쿠슌."

요코가 이야기에 끼어들었다.

"마음은 고맙지만 그렇게까지 폐를 끼칠 수는 없어. 찾아가는 법은 아까 들었으니까 어떻게든 될 거야."

동행인이 무섭다는 말은 차마 할 수 없었다.

"아까 지도를 어디에 그려줄 수 있어? 수고를 끼쳐 미안하지만."

"요코. 목적 없이 가는 거면 모를까 왕을 찾아가려면 너 혼자서는 무리야. 길을 안다 해도 왕궁이 있는 관궁까지는 석 달 넘게 걸리는 여정이야. 그동안 먹을거리는 어쩔 거야. 숙소는 어쩔래? 돈은 있어?"

요코는 입을 다물었다.

"도저히 혼자서는 갈 수 없어. 너는 이쪽 일을 아무것도 모르잖아."

요코는 고민했다. 오래 고민한 끝에 제안을 받아들였다.

"……고마워."

인사하면서 시야 끝으로 검 꾸러미를 보았다.

확실히 라쿠슌과 함께하는 편이 낫다. 이 모자는 얼핏 요코를 도와주려 하는 것처럼 보이지만 진심이라고 확신할 수는 없다. 적인지 아군인지 모르겠지만 행선지를 들킨 이상 진의를 파악하지 못한 채 내버려둘 수는 없다. 요코가 여기를 나가자마자 관청에 신고한다면 아안에서 기다리는 것은 배가 아니라 덫일 테니까 말이다.

데리고 가면 이 여자에게는 인질이 된다. 만에 하나 라쿠슌이 위험한 존재가 된다면 검으로 실력 행사를 하면 그만이다.

그렇게 생각하는데 자신이 한심한 생물이 된 것 같았다.

007

그로부터 닷새 뒤에 라쿠슌의 집을 나섰다.

모자가 끝까지 요코의 편인 것처럼 행세한 덕에 어쨌거나 요코도 푹 쉴 수 있었다. 푸른 원숭이는 '이 모자도 무슨 꿍꿍이인지 알 수 없다'고 주장했고 요코도 알고는 있었다.

라쿠슌의 모친은 여행에 필요한 것들을 하나부터 열까지 준비해주었다. 닷키의 집보다도 가난해 보이는데 낡기는 했지만 요코가 갈아입을 옷까지 마련해주었다. 요코에게는 큰 남자용이었으니 라쿠슌의 죽은 아버지 옷인지도 모르겠다.

그것은 도리어 요코에게 경계심을 불러일으켰다. 선의만으로 이렇게까지 해줄 수 있을까. 라쿠슌은 겉모습만이라도 사람이 아니니까 그나마 낫다. 모친을 신뢰할 용기가 요코에게는 없었다.

"어째서 나를 도와주는 거야."

라쿠슌의 집을 나와 건물이 보이지 않게 되었을 즈음 참지 못하고 물었다. 라쿠슌은 작은 앞다리로 수염 끝을 만지작거렸다.

“요코, 너 말이야. 혼자서는 관궁까지 도저히 갈 수 없잖아.”

“길을 가르쳐주는 걸로 충분하다고 생각하지 않아?”

“뭘, 관궁 구경도 나쁘지 않아. 거기는 아주 재미있는 곳이라고 들었어. 듣기로는 저쪽 풍이래. 왕이 저쪽 사람이니 어쩔 수 없지만.”

“왜풍? 한풍?”

“왜풍. 연왕은 왜에서 돌아왔어.”

“그게 다야?”

라쿠슌은 요코를 쳐다보았다.

“요코는 나를 그렇게 믿지 못하겠어?”

“……친절이 지나치다고 생각하지 않아?”

등에 큰 꾸러미를 짊어진 쥐는 가슴 털을 긁적긁적했다.

“보다시피 나는 반수야.”

“……반수?”

“절반半이 짐승獸이라는 말이야. 여기 교국의 왕은 반수를 좋아하지 않아. 해객도 싫어하지. 그분은 특이한 존재가 싫은 거야.”

요코는 고개를 끄덕였다.

“애당초 교국에 해객은 많지 않아. 해객이 대부분 동쪽 나라로 흘러드는 걸 생각하면 많아 보여도 실제 숫자는 얼마 안 돼.”

"어느 정도인데?"

"글쎄. 삼 년에 한 사람 있을까 말까 하지."

"그렇구나……."

생각보다 숫자가 많다.

"흘러드는 해객은 뭐라 해도 경국이 많아. 동쪽 끝이니까. 다음이 안국, 교국은 그다음이야. 교국에서는 반수도 많지 않아. 이게 어떻게 된 영문인지는 모르겠어."

"다른 나라는 많아?"

"많지. 적어도 교국만큼 적지는 않아. 이 주변에서 반수는 나뿐이야. 주상은 나쁜 왕이 아니지만 좋고 싫은 것에 따라 차별이 다소 심한 편이야. 해객에 대해서도 엄격하고 반수에 대해서도 냉정하지."

말하고 나서 수염을 튕겼다.

"자랑은 아니지만 나는 이 일대에서 가장 머리가 좋아."

요코는 이런 말을 하는 라쿠슌의 의도를 헤아릴 수 없어서 그를 바라보았다.

"영리하고 재치가 있고 마음씨도 좋아."

요코는 살짝 웃었다.

"……그렇군."

"그래도 나는 한 사람 몫을 하지 못해. 아무리 시간이 지나도 반푼이지. 절반만 인간이니까. 이 모습으로 태어날 때 그렇게 결정되어버렸어. 하지만 이건 내 탓이 아니야."

요코는 살짝 끄덕였다. 말하려는 바는 막연히 알았지만 그래도 경계심이 풀리지 않았다.

"해객도 그렇지. 그러니까 해객이 해객이라는 이유만으로 죽어야 하는 것을 참을 수 없어."

"그래."

라쿠슌은 이번에는 커다란 귀 아래 털을 긁었다.

"상상上庠이라고 알아? 군郡의 학교지. 상상에서 성적이 으뜸이었어. 선사選士라는 데에 뽑혀서 소학少學에도 추천받았지. 소학은 순주의 학교야. 소학에 가면 웬만한 지방관이 될 수 있지."

"군은 현縣의 위에 있는 행정구역?"

"향 위지. 주에는 군이 몇 개 있어. 몇 개인지는 주마다 다르지만. 군은 5만 가구, 4향, 향은 1만 2500가구, 5현."

"……흐응."

5만 가구라는 숫자가 와 닿지 않았다.

"사실은 상상도 할 수 없어. 그런데 엄마가 열심히 부탁해서 들여보냈지. 성적이 좋으면 그보다 상급 학교로 가서 관리가 될 수 있어. 나는 제대로 된 성인이 아니니까 논을 받을 수 없지만 논이 없어도 문제없이 살 수 있지. 하지만 소학에 반수는 들어갈 수 없대."

"……그래."

"엄마는 나를 상상에 넣기 위해 집도 논도 팔아버렸어."

"그럼 지금은?"

"지금은 소작이야. 고용되어 돈 많은 이웃의 사지私地에 농사를 짓고 있지."

"사지?"

"관에서 주는 땅이 공지公地. 허가를 받고 개간한 땅이 사지야. 물론 일은 엄마만 하지. 나는 일할 수 없어. 일하고 싶어도 일할 수가 없어. 반수는 고용해주지 않아. 세금이 쓸데없이 더 드니까."

요코는 의아했다.

"어째서?"

"반수 중에는 곰이나 소도 있거든. 그런 사람들은 보통 사람보다 훨씬 힘이 세니까 그렇대. 요컨대 주상이 반수를 싫어한다는 얘기지."

"너무하네……."

"해객 정도는 아니지만. 특별히 체포하거나 죽이겠다는 건 아니니까. 하지만 나는 사람을 셀 때 머릿수로 쳐주지 않아. 그래서 논도 받지 못하거니와 일자리를 찾을 수도 없어. 엄마 혼자

두 사람의 생활을 지탱하고 있어. 그래서 우리집은 가난한 거야."

"……그렇구나."

"나는 일자리를 원해."

라쿠슌은 목에 건 지갑을 가리켰다.

"이건 엄마가 나를 안국의 소학에 넣으려고 모아준 돈이야. 안국에서는 반수도 가장 위인 대학大學까지 갈 수 있고 나라의 높은 관리도 될 수 있어. 제대로 성인으로 인정해주고 논도 주고, 호적에도 정정正丁이라고 실리지. 사실은 요코를 데려가서 부탁하면 안국에서 직업을 얻을 수 있지 않을까 했어."

그렇다면 역시 온전한 선의는 아니었노라고 요코는 얄궂은 기분으로 생각했다. 악의는 없을지도 모르지만 선의라고 생각할 수는 없다.

"……그렇군."

요코의 목소리에 가시가 돋쳐 있었는지 라쿠슌이 멈추어 섰다. 잠시 요코를 보았을 뿐 아무 말도 하지 않았다.

요코 또한 그 이상은 아무 말도 하지 않았다. 사람은 누구나 자신을 위해 산다. 자선도 파고들면 자신을 위해서 하는 일일 뿐이다. 그러니까 라쿠슌의 말은 원망스럽게 여길 만한 일은 아니었다.

요코는 생각했다. 아아, 인간은 결국 자신을 위해 사는 존재니까 배신하는 것이라고. 누구든 남을 위해 살 수는 없으니까.

008

그날 저녁이 되어 곽락郭洛이라는 도시에 도착했다. 하서만큼 큰 도시다.

전에도 이쪽 사람과 함께 여행했지만, 그때에 비하면 이번이 훨씬 가난한 여행이었다. 식사는 길거리에서 해결하고 숙소는 제일 싼 곳을 잡았다. 일박에 오십 전으로 큰 방을 칸막이로 나누어 쓴다. 그래도 여비를 라쿠슌이 내니까 요코는 불평할 처지가 아니었다.

라쿠슌은 요코를 남동생이라고 했다. 모친이 인간 여자라도 괜찮다면 요코가 남동생이라도 상관없을지도 모른다. 실제로 그 말을 의심받은 적은 없었다.

처음에는 편한 여행이었다. 라쿠슌은 가는 길에 여러 이야기를 해주었다.

"사대四大, 사주四州, 사극四極으로 십이국."

"사대?"

요코는 자박자박 걸어오는 라쿠슌을 돌아보았다.

"맞아. 경동국慶東國, 주남국奏南國, 범서국範西國, 유북국柳北國이 사대국. 특별히 크지는 않지만 이렇게 불러. 사주국이 안주국雁州國, 공주국恭州國, 재주국才州國. 그리고 여기 교주국巧州國. 또 사극국이 대, 순, 방, 연."

"대극국戴極國, 순극국舜極國, 방극국芳極國, 연극국漣極國?"

"맞아. 각각 왕이 나라를 통치하지. 교국에는 각왕塙王이 있어. 왕궁은 희주喜州 오상傲霜에 있는 취황궁翠篁宮이고."

"오상? 도시?"

라쿠슌은 맞다고 대답하며 왼쪽에 보이는 산을 가리켰다.

이쪽은 땅에 기복이 많다. 왼쪽 멀리에 높은 구릉 지대가 보이고 그 너머에 더욱 높고 험준한 산지가 희미하게 보였다.

"저 산보다 훨씬 더 가서, 하늘까지 닿는 산이 오상산이야. 산 정상에 취황궁이 있고, 기슭 일대가 오상이라는 도시야."

"그렇구나……."

"왕은 그곳에서 국토를 다스려. 주후를 임명하고 천하에 법률을 반포하고 백성에게 국토를 나누어주지."

"주후는 뭘 하는데?"

"주후가 각 주를 실질적으로 통치해. 주의 토지, 백성, 군을 관리하지. 법률을 정비하고 호적을 정리하지. 세금을 징수하고 재난에 대비해 군을 정비해."

"실질적이라면 왕은 실제로 통치하는 게 아니구나."

"왕은 통치의 지표를 제시하는 것이 일이야."

잘 모르겠지만 미국 같은 제도일까.

"왕은 법률을 제정해. 이 법률을 지강地綱이라고 해. 주후도 법률을 만들지만 지강을 거스를 수는 없어. 그 지망도 시여강施予綱을 침해해 제정할 수는 없어."

"시여…… 뭐?"

"하늘이 왕에게 준, 이처럼 나라를 다스리라는 규칙이지. 이 세계를 천막으로 비유한다면 세계를 지탱하는 두꺼운 밧줄이야. 그러니까 천강天綱이나 태강太綱이라고도 하지. 왕이라 해도 이것만은 꼭 지켜야 해. 태강에 저촉하지 않는 한 왕은 자신의 나라를 마음대로 움직여도 돼."

"……흐음. 태강은 누가 정하는 거야? 설마 진짜 신은 아니겠지."

글쎄, 하며 라쿠슌이 웃었다.

"옛날 옛적에 천제는 구주사이九州四夷, 합해서 열세 주를 멸망시키고 다섯 신과 열두 사람을 남긴 채 모두 알 상태로 되돌렸대. 그 가운데에 오산을 만들어 서왕모西王母를 주인으로 앉히고,

오산을 둘러싼 한 주를 황해로 바꾸고, 다섯 신을 용왕으로 오해의 왕에 봉했다나."

"신화로구나."

"그렇지. 그리고 열두 사람에게 저마다 나뭇가지를 건넸어. 가지에는 열매가 세 개 열리고 뱀 한 마리가 감고 있었는데 이 뱀이 똬리를 풀고 하늘을 떠받쳤어. 저마다 열매가 떨어져 땅과 나라와 옥좌를 만들었어. 남은 가지는 바뀌어 붓이 되었대."

요코가 아는 여타 신화들과 많이 달랐다.

"이 뱀이 태강을, 땅이 호적을, 나라가 율령을, 옥좌가 인도, 다시 말해 재보를, 붓은 역사를 뜻하는 거야."

라쿠슌은 수염을 튕겼다.

"그 시절은 내가 태어나기 전이라서 진위는 모르겠지만."

"……그러겠지."

중국 신화를 오래전에 어린이용 책으로 읽었지만 내용은 거의 기억나지 않는다. 그래도 이 이야기와는 꽤 다른 내용이었던 것은 분명하다.

"그럼 천제가 가장 높은 신?"

"글쎄, 그렇게 되나."

"소원은 누구한테 빌어? 천제겠지?"

소원, 하며 라쿠슌은 고개를 갸웃했다.

"음, 자식을 바라면 천제에게 기도하는데."

"그것 말고는? 이를테면 풍작이나."

"글쎄, 풍작을 기원한다면 요제堯帝인가. 그렇게 말하면서 요제를 모시는 사람들도 있지. 그런 식으로 따지면 수해를 피하는 건 우제禹帝라든가, 요마를 피하려면 황제黃帝라든가."

"여러 신이 있는 거야?"

"응. 이 신 저 신 모시는 사람들도 분명히 있어."

"일반적으로는 모시지 않아?"

"안 모셔. 날씨가 좋고 작물을 잘 보살피면 풍작이 되지. 날씨가 좋고 나쁘고는 하늘의 상태에 달려 있고. 울든 웃든 비가 내릴 때는 내리고 가물 때는 가물지. 바란다고 어떻게 되는 게 아니야."

요코는 잠시 어리둥절했다.

"홍수가 나면 다들 곤란하잖아."

"홍수가 나지 않도록 왕이 치수를 하지 않아?"

"냉해를 입을 수도 있고."

"그럴 때에 기근이 들지 않도록 왕이 곡물을 관리하는 거잖아."

—잘 모르겠다.

모르겠지만 요코가 아는 사람들과는 많이 다르다는 사실은 알았다.

"그러면 시험에 합격하기를 빌거나 돈이 모이기를 빌지도 않겠구나."

요코의 말에 이번에는 라쿠슌이 어리둥절해했다.

"그런 건 본인이 얼마나 노력했는지에 달린 문제잖아? 빌어서 어쩌는데?"

"그건…… 그렇지."

"시험은 공부하면 붙고 돈은 벌면 모이는데 대체 뭘 빌지?"

"글쎄."

씁쓸한 요코의 미소가 불현듯 얼어붙었다.

—그런 것인가.

여기서는 신에게 매달리거나 운 같은 건 믿지 않는다. 해객을 팔아 푼돈을 벌 기회가 있다면 그냥 넘기지 않는 까닭이다.

"……그랬어."

중얼거린 말에는 자신이 생각해도 냉랭한 기운이 숨어 있었다. 그것을 눈치챘는지 라쿠슌이 요코를 올려다보고는 풀이 죽은 듯 수염을 늘어뜨렸다.

스스로 자랑할 만큼 라쿠슌은 박식하고 머리 회전도 빨랐다. 확실히 이렇게 똑똑한데도 반수라는 이유만으로 평생을 모친의 짐이 되어야만 한다면 괴로울 수도 있겠다.

라쿠슌은 요코의 이야기나 일본 사정에 대해서도 묻고 싶어하는 눈치였지만 요코는 일부러 아무 이야기도 하지 않았다.

습격을 받은 것은 열엿새째 날이었다.

009

저녁이 다 되어, 그날 밤 숙박지인 오료午寮가 보인 참이었다.

길을 서두르는 여행자가 문 앞에 우글거렸다. 요코도 그 안에 뒤섞여 걸음을 서둘렀다. 문까지 거리는 오백 미터 정도. 재촉하듯 문 안쪽에서 북소리가 들리기 시작했다. 북소리가 끝나면 폐문 시각이다.

다들 걸음을 더 서두른다. 문으로 달려가는 사람들로 북적였다. 그중 누군가가 아 하고 소리를 지른 것이 발단이었다.

목소리에 이끌리듯 한 사람 두 사람 등뒤 하늘을 올려다보았다. 여기저기서 사람들 움직임이 멈췄다. 그것을 미심쩍게 여긴 요코가 돌아보았을 때에는 이미 날아오는 거대한 새의 실루엣이 또렷했다.

거대한 새. 독수리 같은. 뿔이 있다. 여덟 마리.

"고조!"

비명을 시작으로 사람들이 오료의 성문으로 몰려들었다. 요코도 라쿠슌과 함께 달렸지만 누가 보아도 고조가 훨씬 빨랐다.

밀어닥치는 사람들을 버려두고 커다란 문이 닫힌다.

—말도 안 돼.

안에 있는 자신들만이라도 고조에게서 몸을 지키려는 심보겠지만 하늘을 나는 마물인데 문을 닫는다고 무슨 의미가 있나.

"잠깐만!"

"기다려!"

비명이 소용돌이친다.

문에서 멀어서 다행이었다. 문 앞은 자신만이라도 들어가겠다며 달려온 사람들로 앞사람을 헤집고 쓰러뜨리고 밟고, 아비규환이었다.

사람들에게서 조금 떨어져 도시를 향해 달리며 요코는 슬며시 웃었다.

—이곳은 신을 찾지 않는 나라다.

요마가 습격해도 신에게 매달리지 않는다. 그러니까 앞사람을 쓰러뜨려서라도 먼저 가려고 한다. 여행자를 버리고서라도 문을 닫는다.

요마에게 습격당하고 말고는 본인의 준비성 문제인가? 습격을 당한 뒤 살아남고 죽고는 본인의 역량 문제인가?

"……웃기는군."

—그렇다면 이들은 너무나 무력하다.

갓난아이가 울부짖는 듯한 소리가 바로 옆에서 들려 요코는 그 자리에 섰다. 옆에서 달리던 라쿠슌이 요코를 돌아보고 소리 질렀다.

"요코! 무리야!"

"라쿠슌은 오료로 가."

날아오는 고조와의 거리는 이미 가슴 털에 있는 얼룩무늬가 보일 정도로 가까웠다. 그 모습을 노려본 채 라쿠슌에게 문을 가리키고 팔을 저어 검에 감은 천을 풀었다.

익숙한 감촉이 피부를 훑었다. 조유의 감촉은 이제 익숙해져서 위화감이 없다.

여유 있는 미소가 떠올랐다.

—무리가 아니다.

고조 따위 식은 죽 먹기다. 숫자는 겨우 여덟 마리, 요코의 검은 어떤 두꺼운 가죽이라도 꿰뚫는다. 따라서 적의 몸집이 큰 만큼 노리기 쉬우니 고마울 따름이었다. 게다가 새는 활공하므로 간격을 두기 쉽다.

오랜만에 적을 만나 웃고 있는 자신이 흥미로웠다.

상처는 아물었고 체력도 충분한데다 적에게 지지 않을 절대적인 자신감이 있다. 자신의 등뒤로 도망치기에만 바쁜 사람들의 목소리를, 해객인 요코를 잡으려던 사람들의 비명을 듣는 것은 기묘하게 뿌듯하고 유쾌하다.

비릿한 바람을 휘감으며 급강하하는 고조 떼에 검을 겨누었다. 몸속에서 파도 소리가 들끓고 사나운 바다의 소리가 들린다.

—짐승이다.

—나는 틀림없이 요마다.

그러니까 적을 만나 이다지도 기쁜 것이다.

살육이 시작되었다. 고조에게도 살육이었지만 사람에게도 살육이었다.

하강하는 한 마리를 쓰러뜨리고 두 마리째 쓰러뜨리고 절반을 해치웠을 때에는 길이 피바다였다.

추락하듯 내려오는 다섯 마리째 목을 베고 여섯 마리째를 피하자 요코를 낚아채려다 실패한 새가 뒤에 있던 여행자를 피로 물들이고 날아올랐다.

요코는 착실하게 할 일을 해나갔다.

피 냄새도, 골육을 베는 감촉도 이미 오래전에 익숙해졌고, 사람의 시신을 보고 동요할 정도의 섬세함 또한 남아 있지 않았다.

정확하게 적을 피하며 쓰러뜨린 후 되도록 피가 튀지 않게 비키는 것, 요코는 그것만 신경썼다.

일곱 번째 새를 떨어뜨리고 하늘을 올려다보았다. 여덟 마리째가 내려오지 않는다. 상공을 선회하며 망설이는 듯했다.

급속하게 저무는 하늘은 녹슨 쇳빛. 그곳에 요조妖鳥의 그림자가 검게 스친다.

설령 조유의 힘을 빌리더라도 하늘까지 쫓아갈 수는 없다.

"내려와."

요코가 중얼거린다.

이리로, 내 발톱이 닿는 범위로 내려와.

선회하는 그림자를 노려보면서 시야 끝으로 주위를 살핀다.

햇살이 있을 때 적이 나타났으니 반드시 그 여자도 있을 터. 금발 여자. 금빛이 어딘가에 보이지 않을까.

가까이 있으면 붙잡는다. 지금의 요코는 그럴 수 있다. 붙잡으면 반드시 목적을 묻는다. 말하지 않는다면 한쪽 팔을 잘라서라도 토해내게 한다.

그렇게 생각하는 자신에게 경악한다.

마치 짐승의 본성이 드러난 것 같은 이 독한 마음은 무엇 때문인가. 그저 피에 취한 탓인가…….

머리 위 그림자가 갑자기 움직임의 각도를 바꾸었다. 내려온다고 보고 검자루를 쥔 손에 힘을 싣는다. 검을 쳐들 새도 없이 새는 또다시 각도를 바꾸어 다시 하늘을 선회하는 태세로 돌아갔다.

"내려와!"

—요마 주제에 목숨이 아까운가.

지금까지 사람을 공격해놓고!

요코는 검을 쳐들어 발치에 떨어진 고조의 사체에 꽂았다.

"오지 않는다면 동료들의 사체를 갈기갈기 찢어줄까 하는데, 어쩔 테냐!"

마치 그 소리를 이해라도 한 것 같았다.

선회하던 고조가 느닷없이 내려왔다. 화살처럼 내리꽂히는 예리한 갈고리 같은 발톱을 사체에서 뽑은 검으로 번뜩이는 불꽃을 흩뿌리며 한 번에 베어버리고는 그대로 다리를 꿰뚫었다.

새가 기괴한 소리를 지르며 퍼덕였다. 풍압에 휘말려 함께 떠오를 뻔한 다리를 번디디고 검을 뽑아 몸통에 찔렀다. 찌른 감촉을 느끼자마자 옆으로 펄쩍 물러나 검을 뽑자, 조금 전까지 있던 곳에 따뜻한 피가 쏟아졌다.

나머지는 어려울 것도 없었다. 날개에 힘을 잃고 추락한 새를 두 번, 세 번 공격하고는 목을 베어 숨통을 끊는다. 검을 크게 흔들어 피를 털어내는 요코 주위에 움직이는 것은 없었다.

길에는 고조만 쓰러져 있는 것이 아니었다. 거리에 사람들이 겹겹이 쓰러져 있다. 신음이 들려오는 것으로 보아 전부 죽지는 않은 듯했다.

그 모습을 무신경하게 보면서 옆에 나뒹구는 고조의 목으로 검을 닦은 후에야 떠올렸다.

—자신에게는 일행이 있지 않았던가.

"……라쿠슌?"

오료 쪽까지 둘러보니 열려 있는 성문이 보였다. 살짝 열린 성문 틈으로 튀어나오는 병사가 조그마하게 보인다.

요코는 자신의 발치에서 성문까지 거리를 다시 둘러보고 떨어진 곳에 쓰러진 짐승을 발견했다. 회갈색 털이 피를 빨아들여 검붉게 변했다.

"라쿠슌……."

달려가려다 말고 다시 성문을 보았다. 바깥으로 뛰쳐나온 병사와 사람들이 외치는 소리가 들렸지만 뜻은 알아들을 수 없다.

라쿠슌과 문을 번갈아 보았다.

라쿠슌의 상처가 어느 정도인지 거리 탓에 확인할 수는 없지만, 털을 붉게 물들인 것은 옆에 뒹구는 고조의 피만이 아니리라.

요코는 목에 건 구슬을 쥐었다. 구슬이 누구한테나 효과가 있는지, 아니면 검처럼 요코에게만 반응하는지는 알 수 없다. 하지만 상대를 고르지 않는 물건이라면 라쿠슌을 도울 수 있다.

그렇게 생각하며 구슬을 진 채 꼼짝하지 못했다.

달려가 상태를 확인하고 상처가 심각하다면 구슬의 힘이 미치는지 시험해본다. 그렇게 하는 것이 라쿠슌에게는 가장 좋다.

하지만 구슬을 대고 있는 사이에 병사들이 올 것이다. 그만한 거리밖에 되지 않는다.

쓰러진 사람들 사이에 홀로 서 있는 요코는 눈에 띌 것이다. 멀리서 지켜보았으면 고조가 요코를 노렸고, 그런 고조를 쓰러뜨린 사람이 요코임도 알았으리라. 수상하게 여길 것이 분명하다.

검집 없는 검이 있다. 조금만 조사하면 머리카락을 물들인 것쯤은 쉽게 알 수 있다. 해객이라는 사실은 금세 들통나리라.

그러나 여기서 도망친다면…….

쓰러진 채 움직이지 않는 털 짐승을 보았다.

라쿠슌이 자신을 버리고 도망친 요코를 고발하지는 않을까.

검을 싼 가느다란 짐, 물들인 머리카락 색, 남자 옷, 안국으로 가기 위해 아안으로 향하고 있던 것. 그런 사실을 들키면 요코를 향한 그물망은 단숨에 좁혀져버린다.

라쿠슌의 안전을 생각한다면 돌아가야 한다.

그러나 자신의 안전을 생각한다면…….

가슴이 쿵쾅거렸다.

—돌아가서 라쿠슌의 숨통을 끊는다…….

마음속에서 그럴 수는 없다는 목소리가 들린다. 그것을 누군가 질타한다.

망설일 틈이 없다. 라쿠슌이 쓸데없는 소리를 지껄이면 요코에게 살아남을 길은 없다.

돌아갈 수 없다. 제 발로 목숨을 버리는 짓이다. 라쿠슌을 이대로 버리고 갈 수도 없다. 그것 또한 마찬가지로 위험하다. 그렇다면.

돌아가 최선의 행동을 하고 가능하다면 라쿠슌의 지갑을 가져온다. 그러면 요코는 안전하게 이 궁지에서 벗어날 수 있다. 그럴 시간은 있다. 그만한 시간이라면.

활짝 열린 성문에서 사람들이 우르르 밀려나왔다. 달려오는 사람들을 보고 반사적으로 그 자리에서 물러났다.

움직이기 시작하자 멈추지 않았다.

요코는 몸을 돌렸다. 등뒤에는 큰길에서 달려온 여행자들이 밀어닥쳤다. 요코는 혼잡함을 틈타 그 자리에서 도망쳤다.

010

―분명히 괜찮을 거야. ……분명히.

자신을 설득하고 또 설득하며 날이 저문 길을 반달음질로 걸었다.

완전히 어두워져 인적이 끊기고 나서는 체면 차리지 않고 걸었다. 분기점에서 방향을 꺾어 오늘 아침에 떠나온 도시나 오료와도 멀어져간다.

충분히 멀어져도 요코의 걸음은 멈추지 않았다. 서두르지 않으면 뒤에서 무언가 쫓아올 것 같았다.

괜찮다고 자신을 타일렀다.

설령 라쿠슌이 요코를 고발하더라도 사진조차 없는 이 나라에서 자신을 잡을 수는 없으리라. 더구나 라쿠슌은 요코를 숨겨주었으니 벌이 두려워 자신을 버리고 도망친 해객에 대해 떠들지 않을 것이다.

스스로를 열심히 설득하던 요코는 걸음을 멈추었다.

가슴속에 깊은 구멍이 뚫린 것 같았다.

지금 생각해야 할 문제는 그런 것이 아니지 않은가.

라쿠슌은 무사할까. 요코의 눈에는 상처가 깊어 보이지 않았지만 정말로 중상이 아니었을까.

마음속에서 돌아가야 한다는 목소리가 들린다.

라쿠슌의 안부라도 확인하고 나서 도망쳐야 한다.

위험하다고 누군가 말한다. 설령 돌아가더라도 요코가 할 수 있는 일은 없다.

구슬이 있다고 누군가 외친다.

구슬이 있더라도 라쿠슌의 상처에 도움이 될지 분명치 않다. 게다가 라쿠슌은 벌써 죽었을지도 모른다. 돌아가면 붙잡힌다. 붙잡히기만 할 뿐 아무 소용도 없다. 붙잡히면 목숨은 없다.

—그렇게 목숨이 아까운가.

—아깝지 않을 리가 없다.

—생명의 은인을 버리고서.

—진짜 은인이었다고 단정할 수 없다.

—도와준 사실은 변하지 않아. 라쿠슌은 숨겨주었어.

—꿍꿍이가 있어서 한 일이다. 선의가 아니다. 그런 인간은 언제든 배신한다.

—선의가 아닌 인간이라면 버려도 되는 건가. 정말로 그런 짓을 해도 되는 건가.

저기에 다친 사람이 저만큼 있고, 심지어 그 안에 지인이 있는데 내버려두어도 되는가. 못해도 구조를 도와야 했던 것은 아닌가. 그랬다면 목숨을 건질 수 있었던 생명이 저곳에는 있지 않은가.

—이 나라에서 그런 허울좋은 일을 해도 소용없어. 고작해야 손해만 나겠지.

—허울좋은 일이 아니야.

인간으로서 당연한 일이다. 그런 것마저 잊어버렸나.

—이제 와 네가 인간의 도리를 말하는가.

이제 와 네가.

이제 와서!

"돌아가서 숨통을 끊어버려."

귀에 거슬리는 목소리가 들려 요코는 벌떡 일어났다. 길 바로 옆 풀숲에 푸른 원숭이 머리가 보였다.

"그렇게 생각하지 않았어?"

"……아……."

요코는 푸른 원숭이를 응시했다. 온몸이 떨렸다.

"숨통을 끊을 작정이었지? 그렇지? 네가 이제 와 사람의 도리를 말하는 거냐. 네가! 이제 와서 말이지."

원숭이가 미친듯이 웃어댔다.

"……아니야."

"아닌 게 아니지. 너는 분명히 그렇게 생각했어."

"그런 짓을 할 마음은 없었어."

"그럴 마음이었어."

"실제로 하지 않았어. 나는 못 해!"

꺄꺄꺄 원숭이가 웃는다.

"그야 살인이 무서웠으니까 그렇겠지. 죽이고 싶었지만 죽일 용기가 없었을 뿐이잖아."

원숭이는 너털웃음을 터뜨리며 신이 나서 요코를 보았다.

"듣직해졌어. 괜찮아. 다음에는 죽일 수 있어."

"아니야!"

절규를 무시하고 푸른 원숭이는 웃는다. 날카로운 소리가 가차없이 귀에 박혔다.

"나, 돌아갈래."

"어차피 돌아가도 벌써 죽었어."

"그건 알 수 없어."

"죽었어. 소용없어. 돌아가 붙잡혀서 처형당할걸."

"그래도 돌아가겠어."

"헤에에, 돌아가면 네 죄가 사라지나."

돌아서던 발걸음이 멈추었다.

"돌아가, 돌아가. 돌아가서 시신을 보고 울면 되지. 그러면 네가 죽이려 한 것도 삭칠 수 있겠네에."

꺄꺄꺄 웃는 얼굴을 망연히 응시했다.

이건 자신이다. 비열한 자신의 목소리다. 이것이야말로 속일 수 없는 본심이 틀림없었다.

"여지없이 배신당했을 거야. 배신당하기 전이라 잘됐네."

"……시끄러워."

"지금쯤 병사가 이쪽으로 오고 있을지도 모른다? 그 쥐가 고발해서 말이야."

"입 다물어!"

검자루를 쥐고 검을 휘둘렀다. 풀숲을 베자 이파리만 날렸다.

"죽었으면 좋겠네. 숨통을 끊어두면 완벽했을 텐데 말이야. 너는 여전히 물러."

"시끄러워!"

"다음에는 죽이는 거야. 다음에 그런 일이 있으면 확실하게 숨통을 끊어."

"웃기지 마!"

소리를 내며 이파리를 날린다.

―숨통을 끊어서 어쩔 텐가. 버리고 온 것만으로 이리도 마음이 무거운데 죽이고서 어떻게 살아갈 것인가. 숨만 붙어 있으면 되는 건가. 아무리 추악한 생물로 전락하더라도 그저 목숨만 부지하면 되는 것인가.

"……죽이지 않아서 다행이야……."

욱한 마음에 성급하게 판단을 내리지 않고, 살인을 실행에 옮기지 않아 다행이다.

원숭이는 깔깔거리며 조소했다.

"살려둬서 고발당하면 좋겠어. 응?"

"라쿠슌은 고발해도 돼!"

가슴에 꽉 막힌 것이 점점 눈물이 되어 떠올랐다.

"라쿠슌에게는 그럴 권리가 있어. 당연히 나를 신고해도 돼!"

"물러, 무르다니까."

어째서 인간을 믿을 수 없었을까.

곧이곧대로 믿으라는 말이 아니다. 그래도 요코는 그 쥐를 믿어도 괜찮았다.

"그런 무른 말을 하고 있으니까 말이야, 배신당하는 봉이 되는 거야."

"배신당해도 괜찮아."

"모자라기는."

꺄꺄꺄 밤하늘을 가르며 원숭이가 웃는다.

"진심이야? 정말로 그걸로 괜찮겠어? 봉 취급이나 받는 얼간이라도 상관없어?"

"배신당해도 돼. 배신한 상대가 비겁해질 뿐이지 내가 무언가를 잃어버리는 건 아니니까. 배신하고 비겁한 인간이 되기보다 훨씬 나아."

"비겁해진다 해도 네 승리야. 여기는 악귀의 나라니까 말이지. 아무도 네게 친절하게 대하지 않아. 친절한 인간 따위 없으니까 말이야."

"그런 거 나와는 관계없어!"

궁지에 몰려 아무도 친절하게 대해주지 않는다고 타인을 거부해도 되는가. 선의를 보이는 상대를 버릴 이유가 되는가. 절대적인 선의가 아니라면 믿을 수 없는가. 남에게 더할 나위 없는 극진한 대접을 받지 않으면 타인에게 상냥해질 수 없는 것인가.

"……그렇지 않잖아."

요코가 남을 믿는 것과 남이 요코를 배신하는 것은 아무 관계도 없다. 요코 자신이 상냥한 것과 타인이 요코에게 상냥한 것은 아무 관계도 없어야 한다.

홀로, 또 홀로, 이 넓은 세계에 외톨이로 도와줄 사람도 위로해줄 사람도 누구 한 사람 없더라도. 그래도 요코가 남을 믿지 않고 비겁하게 행동하고 버리고 도망치고 하물며 남을 해칠 이유가 될 수는 없는데.

원숭이가 신경질적으로 웃었다. 귀에 꽂히는 목소리로 계속 웃어댄다.

"……강해지고 싶어……."

검자루를 꽉 쥐었다.

세상도 다른 누구와도 관계없다. 가슴 펴고 살 수 있도록 강해지고 싶다.

원숭이가 돌연 웃음을 멈추었다.

"너는 죽을 거야. 집에도 돌아가지 못하고 아무도 돌아보지 않는 상황 속에서 속고 배신당하고 죽을 거야."

"죽지 않아."

여기서 죽으면 어리석고 비겁한 채로 삶을 끝맺게 된다. 죽음을 받아들인다는 것은 그런 결과를 받아들이겠다는 소리다. 살 가치조차 없는 목숨이라고 낙인을 찍기는 쉽지만 그런 도피는 용납할 수 없다.

"죽을 거야. 굶고 지칠 대로 지쳐서 참수당해 죽을 거야."

혼신의 힘을 담아 풀숲을 후려쳤다. 풀숲을 벤 검은 공기마저 가르며 손에 묵직한 감촉을 남겼다. 흩날리는 이파리 사이로 원숭이 머리가 날아간다. 땅에 떨어져 피를 뿌리며 데굴데굴 굴렀다.

"절대로 지지 않아……."

눈물이 멈추지 않았다.

거친 소매로 얼굴을 닦고 걷기 시작한 요코의 발치에 금빛 나는 무언가가 떨어져 있었다.

요코는 한동안 그 의미를 파악하지 못하고 멍하니 그것을 지켜보았다.

흙빛을 바꾼 피 웅덩이 속, 푸른 원숭이 목이 있을 자리에 그것이 있었다.

벌써 꽤 오래전에 잃어버렸던.

—검집이었다.

6장

001

“저기, 이만한 키의.”

요코는 여행자를 붙잡고 아이만 한 높이를 가리켰다.

“쥐 모습을 한 사람을 모르세요?”

노파는 요코를 수상쩍게 보았다.

“뭐야? 반수를 말하나?”

“네. 어제 문 앞에서 다쳤다고 들었는데요.”

“아아. 고조 때문에.”

노파는 등뒤를 돌아보았다. 멀리 오료가 보였다.

“글쎄. 어제 다친 사람들이라면 관청에 있을 텐데. 관청에서 치료를 받고 있어.”

아침부터 몇 번이나 들은 대답이었다.

날이 밝기를 기다려 오료로 돌아갔지만 성문 경계가 철통같아서 도저히 도시 안으로 들어갈 수 없었다. 관청에 가면 되는 줄은 알지만, 정작 관청에 다가갈 수가 없다.

"관청에는 가봤고?"

"네……. 없는 것 같아서."

"그러면 뒤쪽이겠지."

노파는 그렇게 말하고 가버렸다. 도시 뒤쪽에는 시신이 늘어서 있다. 멀찍이 떨어진 곳에서 보았을 뿐 그곳 역시 경계가 삼엄해서 목숨을 잃은 이들 속에 라쿠슌이 있는지 확인할 수 있을 만큼 다가가지 못했다.

큰 짐을 짊어지고 가는 노파를 지켜보고 나서 요코는 오료에서 나오는 다음 여행객을 붙잡았다.

"저기요."

길을 떠나는 남녀 두 사람 중 남자는 다리에 천을 두르고 지팡이를 짚고 있다.

"죄송하지만."

노파에게 물은 것과 똑같은 질문을 되풀이하는 요코를 두 사람은 미심쩍은 눈초리로 보았다.

"어제 다쳤다고 들어서."

"너."

남자가 뜬금없이 요코를 손가락질했다.

"너 설마 어제……."

요코는 끝까지 듣지 않고 몸을 돌렸다.

"어이. 잠깐만 기다려!"

소리지르는 남자를 무시하고 여행자 사이를 이리저리 빠른 걸음으로 빠져나가 자리를 떴다.

남자는 어제 다쳤을 것이다. 그는 요코를 기억하고 있었다.

오늘 아침부터 몇 번이나 이렇게 도망쳤다. 그때마다 문 앞 병사의 숫자가 늘어나 도시에 다가가기가 점점 어려워졌다.

오료를 떠나 산에 들어가 소란이 가라앉기를 기다렸다. 이러고 있다가는 언젠가 붙잡힌다. 알고 있지만 오료를 떠날 수 없다.

—소식을 들어서 어쩔 작정인가.

라쿠슌의 무사를 확인한다고 해서 요코가 어제 그를 버리고 도망쳤다는 사실이 속죄되지는 않는다. 이미 저지른 죄는 도로 물릴 수 없다.

더군다나 무사하다는 소식을 듣는다 해도 사과하기 위해 마을 안으로 들어가지도 못한다. 마을로 들어가면 병사에게 붙잡힌다. 체포되면 요코는 결국 죽게 되리라.

—어쩌면 좋을지 모르겠다.

공연히 더러운 목숨을 아까워하는 것만 같다. 반면에 목숨을 내던지는 것도 해결책이 아닌 것 같은 마음을 떨칠 수 없었다.

결심이 서지 않으니 오료를 떠날 수가 없다.

망설인 끝에 또다시 오료의 성문 앞으로 돌아왔다. 여행자 몇 명을 붙잡고 같은 질문을 되풀이하고 똑같은 대답을 얻었다.

결국 앞이 막막해졌을 때였다.

"너."

등뒤에서 들린 목소리에 요코는 반사적으로 도망치려 했다. 몸을 돌리며 돌아보니 복잡한 얼굴로 바라보는 모녀가 있었다.

"너, 바쿠로 근처에서 본……."

요코는 걸음을 멈추고 한동안 멍하니 있었다. 예전에 산길에서 만난 모녀였다. 물엿 행상인지 커다란 짐을 짊어지고 있었는데, 지금도 모녀의 등에는 같은 짐이 있었다.

"다행이다. 무사했구나."

모친은 그렇게 말하며 미소 지었다. 복잡해 보이는 표정이었다. 여자아이는 엄마보다 훨씬 복잡한 표정으로 요코를 올려다보았다.

"다친 데는 이제 괜찮니?"

요코는 머뭇거리다 고개를 끄덕였다. 끄덕이고서 머리를 깊이 숙였다.

"지난번에 감사했습니다."

도와주려 한 손을 뿌리치고 산속으로 들어갔다. 말뿐인 인사는 했지만 진심으로 고마워하지 않았던 상대.

"정말로 다행이야. 그 뒤에 어떻게 되었을지 걱정했어."

모친이 웃었다. 이번에는 구김살 없는 미소였다.

"교쿠요, 거봐. 무사했지?"

모친은 자신에게 달라붙는 딸아이를 내려다본다. 여자아이는 아직 복잡해 보이는 얼굴로 눈을 치켜뜨고 요코를 올려다보았다. 요코는 살짝 미소 지었다. 그러고서 오래도록 웃지 않았다는 사실을 깨달았다. 얼굴 근육이 굳어서 조금도 웃은 것 같지 않았다.

교쿠요는 눈을 깜빡거리더니 뾰로통한 얼굴로 모친의 등뒤에 숨으려 했다. 요코는 웅크리고 앉았다.

—이 모녀가 그때 물과 물엿을 주지 않았다면 그날 밤을 넘길 수 없었을지 모른다.

이번에는 조금 더 괜찮게 미소를 지을 수 있었다.

"저번에 물이랑 엿 고마워."

여자아이는 요코와 모친을 번갈아 보더니 살짝 웃었다. 웃은 자신이 이상했는지 금세 복잡한 얼굴로 돌아왔다가 얼마 안 있어 키득키득 웃음을 터뜨렸다. 어린아이 특유의 웃는 얼굴이 정말 사랑스러워서 울고 싶어졌다.

"진짜 고마워. 인사를 제대로 못 해서 미안해."

교쿠요는 환하게 웃으며 물었다.

"……아팠어?"

"응?"

"오빠, 상처가 아파서 기분이 안 좋았던 거야?"

"응, 맞아. 미안."

"이제 안 아파?"

"응, 다 나았어."

우글우글한 자국을 남기고 나은 상처를 보여준다. 그 상처가 지나치게 빨리 나은 것을 과연 모녀가 알아챌까.

교쿠요는 엄마를 올려다보고 나았대, 라고 했다. 모친은 실눈을 지으며 딸을 내려다보았다.

"다행이다. 바쿠로에 갔다가 찾으러 돌아가려고 했는데 마을에 도착하니 벌써 폐문 시간이더라고. 요새 병사는 겁쟁이라 밤에는 성밖으로 나오려 하지를 않아. 사람을 찾니?"

요코가 고개를 끄덕였다.

"우리도 오료로 가는 길이야. 함께 갈까?"

이번 제안에는 고개를 가로저을 수밖에 없었다. 모친은 그러냐고만 대답했다.

"자, 교쿠요. 숙소로 가자."

그녀는 딸의 손을 잡고서 요코를 보았다.

"어떤 사람이야? 반수라고 했지?"

요코가 그녀를 쳐다보았다.

"관청이나 뒤쪽에 있는 거지? 이름이 뭐야?"

"라쿠슌이라고 해요."

"이 근처에 있어. 살짝 보고 올게."

가볍게 말하고서 모친은 짐을 다시 짊어졌다. 요코는 고개를 깊이 숙였다.

"……감사합니다."

여자는 저녁이 다 되어 혼자 돌아왔다. 라쿠슌임 직한 사람은 부상자 중에도 사망자 중에도 없었다고만 말하고 오료로 빠르게 돌아갔다. 그녀가 요코가 어떤 사람인지 알고 있었는지는 알 수 없었다.

002

여자의 말에 요코는 마음을 접었다.

요코가 모르는 새에 오료를 나간 걸까. 아니면 여자가 못 보았을까.

확인할 방법은 없다.

가도에서 오료를 향해 고개를 숙였다. 자기에 대한 벌이라고 받아들여야만 했다. 여기서 모든 것을 내던져버리는 것만큼은 도저히 할 수 없었다.

밤에 걷고 낮에는 잔다. 다시 그런 생활이 시작되었다. 이렇게 여행한 적이 많아서 요코는 이 나라의 밤만 기억한다.

지갑은 라쿠슌이 가지고 있었으니 요코에게는 돈이 없었다. 요마와 싸우며 지새우는 밤도, 굶주리며 풀숲에서 잠드는 아침도 너무나 익숙한 일들이라 불만스럽지 않다. 목적이 있는 여행이니까 괜찮다. 아안에 가서 안국으로 건너간다. 배를 타기 위해 필요한 요금만은 무슨 방법을 짜내야 했다.

척구에서 해객 노인이 짐을 훔쳐갔을 때부터 계산해보면 요코는 한 달 넘게 길을 헤매고 있었던 듯하다. 먹지 않고 마시지 않고 구슬의 힘을 빌려 그만큼이 한계다. 그것을 알고 있으니까 지금까지 한 어떤 여행보다 나을 것이다.

푸른 원숭이는 더이상 나타나지 않는다. 검집이 돌아오자 검의 환영이 뜸해졌다. 희미하게 물소리가 들리며 검집과 검자루의 틈에서 빛이 새어 나온 적이 있지만 굳이 검집에서 뽑아 환영을 볼 마음은 없었다. 그 대신 묵묵히 걷는다. 오로지 앞을 향해 서둘러 걸었다.

'비열하기도 하지. 그렇게 목숨이 아까워?'

걸으면서 마음속으로 푸른 원숭이의 목소리를 듣는다.

푸른 원숭이는 처음부터 요코의 불안이었으니 모습이 없어져도 목소리는 또렷했다.

—아깝지.

'은인을 내버리는 목숨이라도?'

"지금만큼은 내 목숨을 아끼기로 했어. 그렇게 정했어."

'차라리 관청에 자수해서 깨끗하게 속죄하는 게 어때?'

"안국에 도착하면 생각해보지."

꺄꺄꺄. 웃음소리까지 들리는 것 같았다.

'요컨대 네놈 목숨이 아까울 뿐이구나.'

"맞아. 쫓기고 있으니까 지금은 목숨이 가장 아까워. 쫓길 걱정이 없어지고 내 목숨이 온전히 내 것이 된 연후에 어떻게 살지 생각하겠어. 반성도 보상도 그때 생각할 거야."

—지금은 그저 살아남는 것만을.

'요마를 죽이고 사람을 검으로 위협하면서 말이야?'

"지금은 어쩔 수 없는 일이라 생각하기로 했어. 이래저래 망설이지 말고 일단 서둘러 안국에 도착하는 것만 생각하기로. 안국에 도착하면 추격자에게 검을 돌리지 않아도 되니까."

'안국에 도착하면 그걸로 전부 해결되니?'

"그렇지는 않겠지. 게이키도 찾아야 하고 돌아갈 방법도 알아내야 해. 생각할 일이 많아."

'아직도 게이키가 네 편이라고 믿어? 그으래?'

"만나면 어느 쪽인지 알 수 있어. 만날 때까지 생각하지 않겠어."

'게이키를 만나도 못 돌아가.'

"돌아가지 못한다는 사실이 분명해질 때까지 포기하지 않아."

'그렇게 돌아가고 싶어? 아무도 기다리지 않는데 말이지.'

"그래도, 돌아가겠어……."

요코는 고국에서 남의 안색을 살피며 살았다. 누구한테도 미움을 사지 않도록, 모두의 마음에 들 수 있도록. 남과 대립하기가 두려웠다. 혼나는 것이 무서웠다. 지금 생각하면 뭘 그렇게 겁냈나 싶다.

어쩌면 겁쟁이였던 것이 아니라 그저 게을렀던 건지도 모른다. 자신의 의견을 내놓기보다 남이 하라는 대로 하는 편이 편했다. 남과 대립하면서까지 무언가를 고수하기보다 일단 주위에 맞춰 풍파를 일으키지 않는 편이 편했다. 타인의 사정에 잘 맞춰서 착한 아이를 연기하는 편이, 자기를 탐색하고 남과 날을 세워 싸우며 살아가기보다 편했던 것이다.

비겁하고 나태한 삶을 살았다. 그러니까 돌아가야 한다. 돌아간다면 삶을 다르게 살 수 있다. 노력할 기회를 얻을 수 있다.

그런 생각을 조용히 하면서 걸었다.

비가 잦아졌다. 그런 계절인지도 모르겠다. 비 내리는 날에 노숙은 고되므로 여에 들러 잠자리를 구걸하는 법을 배웠다.

헛간 구석을 빌려주는 사람도 있고 돈을 요구하는 사람도 있었다. 병사를 부르는 사람이 있는가 하면 몰려온 마을 사람들에게 내쫓긴 적도 있다. 반대로 초라하나마 식사를 챙겨준 사람도 있었다.

그러는 동안 노동력을 제공해 숙소를 빌리는 법을 배웠다.

묵는 대신 다음날 그 집에서 일한다. 일의 내용은 다양했다. 논일을 돕거나 집을 청소하는 일을 비롯해 잡일, 가축 돌보기, 동물 우리 청소. 무덤을 파는 일까지 있었다.

일에 따라 며칠 정도 머물며 푼돈을 벌었다.

일을 하면서 여를 전전하며 걷다가 문제가 생기면 검을 써서 도망친다. 병사가 출동하고 나면 한동안 어느 여건 경계가 삼엄해서 진정될 때까지 노숙을 하며 버텼다.

이따금 있는 요마의 습격은 횟수가 서서히 늘어갔지만 적과 싸우는 것은 특별히 마음에 걸리지 않았다.

그런 여행을 한 달이나 계속했을 즈음부터 지나온 길을 따라 요코를 쫓는 듯한 병사들 모습이 보였다.

여에 들러 사람과 접촉하면 요코가 지나간 흔적이 남게 된다. 발자취를 남기는 것이나 다름없으니, 쫓기는 상황이라면 분명히 따라잡히리라 예상하고 있었으므로 특별히 당황하지는 않았다.

산으로 도망쳐 추격자를 떼쳤지만 그 뒤로 길에서 종종 병사를 목격했다.

아안을 봉쇄하는 것만은 무서웠던 터라 아안 근처에 다다르고부터는 숙소를 포기했다. 길에서도 벗어나 사람 눈에 띄지 않게 세심하게 주의를 기울이며 산속을 계속해서 걸었다.

라쿠슌은 아안까지 한 달이 걸린다고 했는데 실제로 항구가 보였을 때에는 두 달이 지나 있었다.

003

"저기요."

아안의 문 앞에서 요코는 여행자를 붙잡았다.

아안은 완만한 구릉지를 내려간 곳에 있었다. 언덕을 내려가는 길에서는 아안의 항구가 한눈에 보인다.

청해라 불리는 바다는 정말로 파랬다. 바닷가로 밀려드는 파도가 하얗다. 푸르고 투명한 바다와 아안의 해안가를 감싸 안듯이 뻗은 반도와 그 내해에 떠 있는 하얀 돛. 반도 너머에는 일직선으로 수평선이 보인다. 지면이 평평하다면 이상한 이야기다.

아안의 성문 앞에는 큰길 몇 개가 교차하고 있다. 큰 도시에는 드나드는 사람 또한 많았다. 혼잡한 사람들 틈에 파고들어 성격 좋아 보이는 사람에게 말을 걸었다.

"죄송한데요, 안국으로 가는 배는 어떻게 타야 하나요?"

초로의 남자가 친절하게 방법을 가르쳐주었다. 배를 타는 법과 요금을 들었다. 안국까지 가는 뱃삯은 오는 길에 모은 푼돈으로 간신히 충당했다.

"배는 언제 뜨죠?"

"닷새에 한 편 있지. 아직 사흘을 기다려야 해."

출항 시간까지 꼼꼼히 물었다. 여기서 실수해서 항구가 봉쇄

되면 모두 헛일이 된다. 필요한 사항을 되도록 자세히 묻고 요코는 고개를 숙였다.

"그렇군요. 감사합니다."

일단 아안을 떠나 이틀을 산속에서 보냈다. 배는 아침에 떠난다. 전날 다시 한번 아안의 문 앞에 섰다.

성문 경계는 삼엄했다. 도시에서 하룻밤을 보내야 하는 이상 어떻게든 의심받는 일은 피해야만 한다. 요코는 천으로 감은 검을 보았다. 지금은 제대로 된 검집이 있다. 그래도 검을 찬 여행자는 많지 않아 어쩔 수 없이 눈에 띈다.

이것만 없으면 그만큼 위험이 줄어든다. 오랜 고민 끝에 교국에 버리고 갈까도 싶었지만 되도록 그러고 싶지 않았다. 요코가 요마에게 쫓긴다면 절대적으로 필요한 물건이 검이다. 문지기 병사도 굳이 검 하나만 가지고 경계하는 것은 아닐 테니 버린다고 상황이 크게 달라질 것 같지도 않다.

산에서 벤 풀을 검에 칭칭 감고 짐과 함께 천으로 싸서, 얼핏 보아서는 검이 든 줄 모를 꾸러미를 만들었다. 그것을 안고 저물녘 길가에 웅크린 채 기회를 기다렸다.

길에 주저앉자마자 남자가 말을 걸었다.

"이봐, 무슨 일이야?"

중년 남자가 한 명 있었다.

"별거 아니야. 다리를 좀 접질렸을 뿐이야."

남자가 무안한 얼굴을 하고 아안의 문으로 서둘러 갔다.

그 모습을 지켜보며 계속 웅크린 채 기다렸다. 세 번째에 바라던 상대가 걸렸다.

"왜 그러니?"

아이 둘 딸린 부부다.

"왠지…… 속이 울렁거려서……."

요코가 고개를 숙인 채 말하자 여자가 몸에 손을 댔다.

"괜찮니?"

요코는 고개를 저었다. 이번에 이 부부의 동정심을 끌지 못하면 검을 여기에 버리고 더 큰 위험을 무릅써야 한다. 긴장해서 식은땀이 절로 났다.

"괜찮니? 아안은 코앞이야. 저기까지 걸을 수 있겠어?"

그 물음에 요코는 작게 끄덕였다. 남자가 요코에게 어깨를 내밀었다.

"자, 잡아. 조금만 가면 되니까 힘내."

네, 하고 고개를 끄덕이고 한쪽 팔을 남자의 어깨에 걸친다. 일어날 때 일부러 짐을 떨어뜨렸다. 주우려 하는 요코의 손을 여자가 제지한다. 요코 대신 주워서는 아이를 돌아보았다.

"가벼우니까 너희가 들어주렴."

짐을 건네받은 남매는 진지한 얼굴로 고개를 끄덕였다.

"걸을 수 있겠어? 병사를 부를까?"

요코가 고개를 내저었다.

"죄송합니다. 괜찮아요. 일행이 먼저 안에 들어가서 숙소를 잡고 있거든요."

"그래."

남자가 웃었다.

"일행이 있다니 다행이네."

요코는 고개를 끄덕이고 남자의 어깨에 살며시 기대 걸었다. 어깨를 빌려준 남자에게는 미안해하는 것처럼 보이도록, 주위 사람에게는 살짝 응석을 부리는 것처럼 보이도록.

문이 가까워졌다. 성문 옆에 선 병사들이 빠르게 밀려드는 사람들을 검문한다. 앞을 지나쳤다. 시선은 느꼈지만 불러 세우지 않았다. 문을 지나쳐 조금 걸어간 뒤에야 한숨을 돌렸다. 슬쩍 돌아보니 성문은 병사 얼굴이 구분되지 않을 정도로 멀었다.

—다행이다.

요코는 마음속으로 안도의 한숨을 쉬고 매달려 있던 남자의 팔에서 손을 떼었다.

"감사합니다. 나아졌어요."

"괜찮니? 숙소까지 부축해줄까?"

"아니에요. 이제 괜찮습니다. 정말로 고맙습니다."

고개를 푹 숙였다. 속여서 죄송합니다, 이 말은 가슴속에 담아 둔다.

부부는 얼굴을 마주보고 나서 조심하라고 말해주었다.

이 도시에도 난민이 복작거렸다. 여관 종업원의 의심을 살까 무서워서 성벽 아래 빈 곳에 앉아 밤을 보냈다.

드디어 맞이한 아침, 요코는 길을 걸어 항구로 향했다. 도시 안쪽에 펼쳐진 바다에 허술한 잔교가 놓여 있고, 요코 눈에는 작아 보이지만 항구에 정박한 다른 배에 비하면 큰 범선 한 척이 묶여 있었다.

"저 배구나……."

마음속에 온갖 감정이 복받쳐 잔교에 다가가다가 걸음을 멈추었다. 배에 타는 여행자들을 검문하는 병사들의 모습이 보였다.

한순간 눈앞이 캄캄해졌다. 병사들은 승객의 짐을 헤치고 안을 들여다보았다.

되도록 검을 버리고 싶지 않다. 뒤쪽까지 다가간 다음 더 다가갈 수 없었다. 요코는 가만히 승객과 병사를 지켜보았다.

—검을 버릴까.

몸을 지키는 수단을 잃겠지만 이대로 교국에 남기보다는 낫다. 그렇게 생각하고 근처 수면을 보았지만 도저히 마음을 정하지 못했다. 게이키와 연결된 물건이다. 검을 잃는다는 건 게이키와의 연결고리를 반쯤 끊어버리는, 나아가서는 고국과의 연결고리를 끊는 것을 뜻하는 것만 같았다.

—어쩌지.

망설이고 또 망설여도 결심이 서지 않는다.

요코는 항구를 둘러보았다. 검을 버리지 않고 안국으로 건너갈 방법은 없나. 작은 범선 몇 척이 정박해 있다. 그 배를 빼앗아서 갈 수 없을까.

—범선을 조종하는 법을 알 리 없다.

청해는 내해라고 들었다. 그렇다면 얼마나 걸릴지 상상도 가지 않지만 해안가를 따라 걸어서 안국으로 갈 수 없을까.

눈앞이 캄캄해질 정도로 망설이고 있을 때, 갑자기 높은 북소리가 울려 퍼졌다.

깜짝 놀라 고개를 들고 둘러보니 배의 갑판에서 울린 출항 신호였다. 배에 타는 여행자의 행렬도 이미 사라졌다. 병사가 할 일 없이 서 있었다.

—늦었다.

지금부터 달려도 병사에게 붙잡힌다. 짐을 풀어 검을 꺼낼 시간이 없다. 짐째 버려도 빈손으로 배에 타면 의심을 사지 않을까. 당황해서 한층 더 꼼짝할 수가 없다. 이러지도 저러지도 못하고 우뚝 서서 배가 돛을 올리는 모습을 바라보았다.

배에 놓인 발판을 치웠다. 그제야 요코는 뒤쪽에서 뛰쳐나왔다. 배가 천천히 미끄러져나가고 병사들이 그 자리에서 전송한다. 달려갔지만 다가갈 수가 없었다.

요코는 멍하니 배를 바라보았다. 하얀 돛이 눈에 새겨졌다.

—지금이라면 바다로 뛰어들어서.

부질없는 생각이 머릿속을 떠돌았지만 옴짝달싹할 수 없었다.

—저 배에 타면 안국에 갈 수 있는데.

짐을 안고 눈만 부릅뜬 채 떠나는 배를 지켜보는 수밖에 없다. 놓쳐버린 것이 너무나 커서 충격에서 헤어날 수가 없었다.

"왜 그러는데, 배를 놓쳤어?"

거친 목소리에 요코는 퍼뜩 정신을 차렸다.

말뚝을 박고 흙을 다진 안벽 아래에 작은 배가 보였다. 남자 네 명이 갑판에서 일하고 있다. 그중 한 사람이 요코를 올려다보았다.

요코는 굳은 표정으로 고개를 끄덕였다. 다음 배는 닷새 뒤에나 있다. 이 닷새가 운명을 결정하리라.

"이봐, 뛸 수 있겠어? 타라고."

순간 뜻을 파악하지 못하고 뱃사람을 바라보았다.

"한시가 급하잖아. 아닌가?"

요코는 고개를 끄덕였다. 선원은 해안가 말뚝에 묶은 밧줄 끝을 쥐고 있다.

"그걸 풀고 뛰어내려. 부호에서 따라잡을 수 있어. 태워줄 테니까 일해."

남자의 말에 다른 선원이 가볍게 웃었다. 요코는 힘을 실어 고개를 끄덕였다. 발치 말뚝에 감긴 밧줄을 풀어 손에 쥔 채 갑판으로 뛰어내렸다.

배는 아안의 북쪽에 있는 부호浮濠라는 섬까지 짐을 나르는 화물선이었다. 교국의 북단에 있으며 아안에서 꼬박 하루가 걸리는 부호부터는 안국까지 기항할 곳이 없다.

요코는 수학여행 때 탄 페리를 제외하고 배에 탄 경험이 없었다. 게다가 범선에 타기는 난생처음이다.

영문을 모른 채 선원이 명령할 때마다 물건을 옮기거나 정리하며 생쥐처럼 바지런히 일했다. 난바다로 나와 조타가 안정되자 냄비를 닦으라느니 밥을 지으라느니 끊임없이 잡일을 떠맡았다. 하다 하다 나이 많은 선원 다리까지 주물렀는데, 사정을 묻는 목소리에 요코가 대충 대답하자 과묵한 꼬마라고 웃고는 더

이상 캐묻지 않아준 것이 고마웠다.

배는 꼬박 하루, 쉼 없이 해상을 달려 다음날 아침 부호항에 들어갔다.

항구에는 한발 먼저 도착한 안국행 배가 조용히 정박하고 있었다. 선원들은 아슬아슬한 시간까지 요코를 부려먹은 끝에 접안도 하지 않고 정박한 여객선 옆에 배를 댔다. 여객선 선원을 불러 요코가 탈 수 있도록 말해주었다. 여객선에서 내린 봉에 매달려 배를 옮겨 타자 작은 꾸러미가 날아왔다.

"만두야. 안에서 먹어."

요코를 배에 태워준 선원이 그렇게 말하며 손을 흔들었다. 꾸러미를 안고 요코도 손을 흔들었다.

"고맙습니다."

"수고했어. 조심히 가고."

왁자지껄하게 웃으며 방현재—그것을 내린 사람은 요코였다—를 끌어올리는 남자들이 요코가 교국에서 만난 마지막 사람들이었다.

004

청해라 불리는 내해는 건너편에 육지가 보이지 않을 정도로 넓고 갑판에 서면 바다 내음이 나는, 어느 평범한 바다와 다를 바 없었다. 부호를 출발한 범선은 밝고 푸른 바다를 건너 곧장 대안인 오호烏號를 향한다. 부호에서 2박 3일의 뱃길이었다.

처음에 보인 안국의 해안가는 교국과 아무 차이가 없는 것 같았다.

그러나 해안가에 다가갈수록 차이를 알 수 있었다. 정비된 항구와 항구 뒤에 있는 거대한 도시. 오호는 여태껏 요코가 교국에서 본 어떤 도시보다 컸다. 빌딩이 없는 것을 빼면 요코가 고국에서 보던 도시의 경관과 별로 다르지 않다. 갑판에 모인 여행자들의 몇 할은 오호를 처음 보았는지, 요코와 마찬가지로 눈을 휘둥그렇게 뜨고 있는 것이 인상 깊었다.

한쪽 변이 항구인 오호를 디귿 자 형태로 성벽이 둘러싸고 있었다. 완만하게 높아지는 산을 따라 세워진 정면의 도시는 멀리서 보니 건물에 입힌 극채색 장식이 뒤섞여 차분한 장밋빛을 빚어냈다. 도시 경계며 중턱에는 눈에 띄게 높은 석조 건축물이 보인다. 그중 시계탑을 발견하고는 요코는 눈을 휘둥그레 떴다.

항구 자체도 아안과는 비할 바가 아닐 정도로 정비되어 있었다.

정박한 배 숫자도 아안과는 비교가 되지 않는다. 항구에는 활기가 넘쳤다. 즐비한 돛대 사이에 접혀 있는 흰색과 옅은 적갈색 돛이 눈에 띄는 풍경은 아름다웠다. 고통스러웠던 나라를 벗어나 도착한 요코에게 이보다 밝은 광경은 없을 것처럼 보였다.

배에서 내리자 번화가 한복판이었다. 바쁘게 일하는 남자들, 어떤 일을 하는지 뛰어다니는 아이들, 물건을 파는 소리와 사람들 목소리, 모든 것에 들뜬 흐름이 느껴진다.

배에서 내리면서 요코는 북적이는 사람들을 둘러보았다. 사람을 기분 좋게 만드는 도시다. 지나가는 사람 누구나 생기 있는 얼굴이었다. 요코 또한 마찬가지일 것이다.

그때, 부두에 내려선 요코를 부르는 소리가 들렸다.

"요코?"

부를 리 없는 목소리에 놀라 돌아봤다가 회갈색 털을 발견했다. 가는 수염이 한낮의 햇살을 받아 은빛으로 반짝였다.

"……라쿠슌."

쥐가 인파를 헤치고 요코 곁으로 왔다. 작은 분홍빛 손이 얼떨떨해하는 요코의 손을 쥔다.

"다행이다, 무사히 도착했구나."

"어떻게……."

"아안에서 배를 타면 반드시 오호에 도착하지. 기다렸어."

"나를?"

라쿠슌은 고개를 끄덕였다. 움직이지 못하는 요코의 손을 잡아끈다.

"아안에서 한동안 기다렸는데 도무지 모습을 보이지 않아서 먼저 건너왔나 했어. 그런데 아무래도 도착한 낌새가 없잖아. 그래서 배가 들어올 때마다 들여다보고 있으면 찾을 수 있지 않을까 했지. 그렇다 쳐도 너무 늦어서 어떻게 되지 않았나 걱정했다고."

쥐는 그렇게 말하고 요코를 쳐다보며 웃었다.

"왜, 나를……."

라쿠슌은 등을 굽히며 머리를 숙였다.

"내가 어리석었어. 돈을 요코에게 주든, 적어도 절반은 들려뒀어야 했는데. 여기까지 오느라 힘들었지? 미안해."

"나는…… 라쿠슌을 버리고 도망쳤는데?"

"그것도 내 실수야. 정말이지 칠칠치 못하다니까."

쥐는 그렇게 말하며 쓴웃음을 지었다.

"잘 도망쳤어. 병사가 와서 체포되면 어쩔 거야. 도망치라고 하고 지갑을 건네줬어야 하는데, 의식을 훅 잃어버려서."

"……라쿠슌……."

"그 뒤에 어떻게 되었나 걱정했어. 무사해서 다행이야."

"나는 어쩔 수 없어 널 버린 게 아니야."

"그래?"

"그래. 누군가와 여행하는 것이 무서웠어. 아무도 믿지 않겠다고 마음먹었어. 이쪽에는 적밖에 없으니까. 그러니까……."

라쿠슌은 수염을 실룩거렸다.

"나는 지금도 적이니?"

요코는 고개를 가로젓는다.

"그러면 됐어. 어서 가자."

"나는 너를 배신했는데 원망스럽지 않아?"

"멍청이라고 생각하지만 딱히 원망할 마음은 들지 않네."

"나는 숨통을 끊으려고 돌아갈까 고민했어."

요코의 손을 끌고 걸어가는 라쿠슌의 다리가 멈추었다.

"나는 말이지, 요코."

"……응."

"솔직히 말하면 두고 간 걸 알았을 때는 좀 충격받았어. 조금 말이야. 요코가 나를 믿지 않는 거야 알고 있었어. 내가 무슨 짓을 하지 않을까 내내 떨고 있었으니까. 하지만 조만간 알아줄 줄 알았어. 그래서 나를 두고 도망쳤을 때는 알아주지 않았다 싶어서 아주 조금 실망했어. 하지만 알아줬다면 됐어."

"좋기는 뭐가 좋아. 더이상 나 같은 거 신경쓰지 않아도 되는데."

"그건 내 마음이야. 나는 네가 믿어주었으면 했어. 그러니까 믿어주면 기쁘고, 믿어주지 않으면 아쉬워. 그건 내 문제야. 나를 믿고 안 믿고도 요코 마음이야. 나를 믿어서 요코가 이득을 볼 수도 있고, 손해가 날 수도 있어. 하지만 그건 요코의 문제지."

요코가 고개를 숙였다.

"라쿠슌은…… 굉장해……."

"어이, 갑자기 왜 그래."

"나는 내 편 따위 없다고 금방 비뚤어졌는데."

"요코."

작은 손이 요코의 팔을 잡아끌었다.

"나는 정말로 모자라……."

"그건 아니야."

"맞아."

"아니야, 요코. 나는 낯선 땅에 떠내려와 쫓기는 특별한 처지가 아니었어."

요코는 자신을 올려다보는 라쿠슌의 얼굴을 한동안 지그시 바라보았다. 라쿠슌이 웃는다.

"너는 정말 애썼어, 요코. 분위기가 사뭇 좋아졌어."

"응?"

"배에서 내릴 때 바로 알았어. 어쩐지 그냥 지나칠 수 없는 눈빛이었어."

"내가?"

"응. 어서 가자."

"가자니, 어디로?"

"현정이 있는 곳에. 해객이라고 신고하면 편의를 봐주는 모양이야. 윗사람을 찾아가려면 편지를 써준대. 요코가 좀처럼 도착하지 않아서 여기저기 어슬렁거렸지. 관청에도 가봤어. 그랬더니 그곳에서 그렇게 말했어."

"굉장하다……."

어쩐지 차례차례 문이 열리는 기분이 들었다.

005

"번화가네……."

오가는 사람이 많고 가게에서 손님을 불러들이는 소리 때문에

한층 북적였다.

"놀랐지?"

"응."

"안국이 부유하다는 이야기는 들었지만 실제로 오호를 보니 굉장히 놀라운데."

요코가 고개를 끄덕였다. 길은 넓고 도시 규모도 크다. 주위를 둘러싼 성벽은 두께가 십 미터는 된다. 도시 안쪽에서는 성벽을 도려내어 그곳에 상점을 경영하고 있다. 그 모습이 꼭 육교 밑 상점가와 비슷했다.

건물은 보통 삼 층짜리 목조로 천장은 높고 어느 창문이고 반드시 유리를 끼워 넣었다. 군데군데 벽돌이나 돌을 쓴 높고 커다란 건물도 있어 단순히 중국풍만은 아닌 기묘한 분위기를 자아냈다.

길은 돌로 포장되어 있다. 길 양쪽에는 하수구도 보인다. 공원이 있고 광장이 있다. 모두 교국에서는 본 적 없는 것뿐이다.

"내가 엄청 촌뜨기가 된 것 같아."

요코가 주위를 둘러보며 말하자 라쿠슌이 웃었다.

"나도 그렇게 생각했어. 하기야 나는 정말로 촌뜨기지만."

"성벽이 몇 겹이나 되는구나."

"응?"

요코는 라쿠슌에게 시가지 여기저기에 보이는 높은 벽을 가리켰다.

"아아. 정확하게는 도시 바깥쪽 벽을 곽벽, 안쪽 벽을 성벽이라고 해. 교국에는 성벽이 있는 도시가 거의 없지만. 하지만 저건 곽벽일 거야. 도시를 넓힌 흔적이 아닐까."

"……흐음."

성벽 아래나 광장에는 경국의 난민이 살았지만, 똑같은 외양의 조촐한 천막이 줄지어 있어 그다지 황폐해 보이지는 않았다. 도시에서 받은 천막이라는 것 역시 라쿠슌이 말해주었다.

"여기는 주도?"

"아니, 향도야."

"향은 주보다 하나 아래?"

"아니. 두 단위 아래지. 스물다섯 가구의 이里부터 시작해서, 족族, 당黨, 현縣, 향鄕, 군郡, 주州순으로 커져. 군은 오만 가구의 조직이야."

"한 주는 몇 군인데?"

"곳에 따라 다르지."

"여기가 향도라면 군도나 주도는 더욱 크겠네."

군이나 주는 관청 이름이고, 군의 관청이 있는 도시가 군도이다. 군성이라고도 한다. 군의 오만 가구는 행정구역상 이야기로,

딱히 오만 가구가 그곳에 살지는 않는 듯하다. 그래도 이보다 족리族里가, 향도보다 군도, 군도보다 주도가 도시 규모가 큰 것이 일반적이었다.

"안국과 교국은 어째서 이렇게 다르지."

라쿠슌이 쓴웃음을 지었다.

"주상의 격이 달라서겠지."

"격이 다르다고?"

바라보자 라쿠슌은 고개를 끄덕였다.

"지금 연왕은 희대의 명군이라고들 하니까. 치세가 벌써 오백 년은 될 거야. 겨우 오십 년쯤 되는 각왕과는 차원이 다르지."

요코는 눈을 슴벅였다.

"오……백 년?"

"주국의 종왕宗王 다음으로 길어. 치세가 길면 길수록 좋은 왕이라는 소리지. 주국도 풍요로운 나라래."

"한 임금님이…… 오백 년?"

"물론이지. 왕은 신이야. 사람이 아니야. 하늘은 왕의 기량만큼 나라를 맡기지. 그러니까 능력 있는 왕일수록 치세가 길어."

"흐음……."

"왕이 바뀌면 나라가 어지러워지는 건 어쩔 수 없어. 그만큼 좋은 왕을 얻은 나라는 풍요로워지지. 특히 연왕은 여러 개혁을

이룬 수완가야. 명군이라면 종왕도 명군이지만, 주국은 안온하고 안국은 활기가 있다고들 하지."

"확실히 활기가 넘치네."

"그렇지? 아, 저기가 향이야."

라쿠슌이 가리킨 건물은 벽돌로 지은 커다란 건물이었다. 벽과 처마를 장식한 모양새는 중국과 비슷하지만 서양식 건축이라 불러도 지장이 없을 정도다. 내장도 외관과 마찬가지로 서양식과 중국식이 뒤섞여 있었다.

향을 나온 요코의 첫마디는 이러했다.

"굉장하다."

라쿠슌도 맞장구쳤다.

"정말 대단해. 교국이 해객에 엄격한 거야 알았지만, 안국과 이렇게 차이가 날 줄은 몰랐어."

요코도 고개를 끄덕이고 관청에서 받은 나무 호패를 쳐들었다. 앞에는 도장과 '정주貞州 백군白郡 수양향首陽鄉 오호 관허'라는 묵서, 뒤에는 요코의 이름이 적힌 신분증명서다.

향에서 요코와 대면한 관리는 요코에게 이름을 묻고, 고국의 주소와 직업 등 뻔한 질문을 하고는 놀랍게도 우편번호와 시외 국번을 묻고서 호패를 건네주었다.

"그런데 요코, 으음, 우편번호와 시외 국번이 뭐야?"

라쿠슌은 그 질문을 한 관리에게도 똑같이 물었지만 잘 모르는 것 같았다. 그는 규칙이라고 대답하고 책 한 권을 펼쳤다. 전통 방식으로 엮은 책자를 옆에서 슬쩍 들여다보니 목판인쇄 글자로 나열된 숫자가 보였다. 관리는 숫자를 확인하고 나서 호패를 주었다.

"우편번호는 편지를 보낼 때 쓰는 주소에 붙는 번호. 시외 국번은 전화를 걸 때 쓰는 번호."

"전화?"

"목소리를 멀리 전해서 직접 이야기하는 도구라고 해야 하나."

"왜에는 그런 도구가 있어? 하지만 어째서 그런 걸 묻지?"

라쿠슌은 수염을 흔들었다.

"왜인이 아니면 모르기 때문이 아닐까. 진짜 해객인지 아닌지 확인한 거야. 그러지 않으면 가짜 해객이 늘어날지도 몰라."

요코는 웃으면서 호패를 가리켰다.

"그야 그렇겠군."

이 호패는 요코의 신분을 증명해주지만, 삼 년밖에 쓸 수 없다. 삼 년 동안 앞으로 어떻게 살지 결정하고 정식으로 호적을 취득할 곳을 정해야 하는 듯하다.

그 대신 보호받는 삼 년 동안은 공공 기관인 학교나 병원을 무료로 이용할 수 있다. 그뿐 아니라 이쪽에서 계신界身이라 부르는 은행에 가져가면 일정액의 생활비까지 주는 모양이다.

"굉장한 나라네."

"그러게 말이야."

교국이 얼마나 가난하고, 안국은 얼마나 풍요로운가. 이 호패는 그것 말고도 가르쳐준다.

연왕은 결코 어려운 상대가 아니리라. 연왕에게 도움을 요청하라고 라쿠슌은 말했지만 가능한 일일지 의문스러웠다. 여전히 의문스럽기는 하지만 일방적으로 거절당하거나 처벌받을 일만은 없으리라는 믿음이 갔다.

006

라쿠슌이 말한 것처럼 거리에는 짐승이 많이 뒤섞여 있었다. 인파 속에 두 다리로 걷는 짐승이 섞여 있는 모습은 왠지 흐뭇했다. 그중에는 인간처럼 옷을 입은 짐승까지 있어서 더 웃음이 났다.

라쿠슌은 요코를 기다리며 항구에서 일했던 모양이다. 입항한

배의 손질을 돕는 일이었던 듯한데, 뛸듯이 기뻐하며 자기가 얻은 일자리에 대해 이야기했다.

라쿠슌은 요코와 만난 김에 처음으로 얻은 일자리를 그만두었다. 일이 일단락될 때까지 오호에 있어도 된다고 하자, 처음부터 사람을 기다리는 동안만 일하고 싶다고 말해놓았으니 상관없다고 했다.

배가 들어온 다음날에는 오호를 떠나 관궁으로 출발했다. 거액은 아니라지만 절대로 적지 않은 급부금 덕택에 요코에게는 여유로운 여행이 되었다. 낮에 길을 걷고 밤에 도시로 들어가 숙소를 잡는다. 안국의 도시는 어디든 크고 같은 요금의 숙소라도 설비가 교국보다 훨씬 좋았다. 저녁에는 도시로 들어가 여관을 잡은 후 밤의 도시를 구경한다. 특히 라쿠슌은 가게 앞을 돌아보며 다니기를 좋아했다.

평화로운 여행이었다. 더이상 요코를 쫓는 사람은 없다. 병사 모습을 볼 때마다 겁먹을 필요가 없다는 데 익숙해질 때까지는 시간이 걸렸다. 밤에 도시 바깥으로 나갈 일이 없어서 잘 모르겠지만 사람들 이야기로는 밤길을 걸어도 요마와 거의 마주치지 않는 모양이었다.

한창 여행을 하던 길에 요코가 목욕하는 동안 산책하러 나갔던 라쿠슌이 해객 이야기를 듣고 온 것은 오호를 떠나 열하루째, 관궁까지 여정이 이제 삼분의 일쯤 지났을 무렵이었다.

이제 안국에 왔으니까 조금은 화사한 차림을 하면 좋을 텐데, 라쿠슌에게 그런 소리를 들으면서 요코는 여전히 포袍라고 부르는 듯한 남자 옷으로 지내고 있다. 이편이 편한데다 한번 익숙해지자 기장이 긴 여자 옷을 입을 마음이 들지 않았다.

그러자 당연히 소년이라고들 생각해서 안국의 여관에서 목욕탕에 가기가 어려웠다. 공동 사우나 같은 목욕탕이 있는 것 같은데 방에서 더운물로 참는 수밖에 없다. 노잣돈에 여유가 있으니 숙소는 제대로 된 방을 잡았다. 그래도 왠지 아까워서 방 하나로 때우는 터라 목욕할 때마다 방에서 쫓겨나는 라쿠슌에게는 성가신 고집일지도 모른다.

큰 대야의 더운물로 머리를 감았다. 이쪽 세계로 섞여 든지 얼마 지나지 않아 닷키가 머리를 물들여주었다. 그 후부터 눈동냥으로 똑같은 풀을 찾아 시행착오를 겪으며 물들여왔지만 풀 종류나 물들이는 법이 틀렸는지 나중에 물들인 부분은 감을 때마다 색이 빠졌다. 지금은 원래 붉은색과 큰 차이 없었지만, 그런 기묘한 색의 머리카락에도 이제 익숙해졌다. 여전히 거울을 보면 이상한 기분이지만, 똑바로 보지 못할 정도는 아니다. 새삼스럽게 이쪽에 익숙해져가는 자신을 확인하며 몸을 씻고 옷을 갈아입었다.

그때 라쿠슌이 돌아와 해객에 대해 들은 이야기를 가르쳐주었다.

"요 앞의 방릉芳陵이라는 향성에 해객이 있나봐."

요코는 잠시 시선을 들었다 이내 내리떴다.

"……그래."

만나고 싶은 마음은 없었다. 만나고 싶지 않다고도 생각하지 않았지만, 만나서 동포에게 실망한다면 오히려 괴로운 일이었다.

"헤키 라쿠진壁落人이라는 사람이래."

"헤키, 라쿠진?"

"응. 상서庠序의 선생인가봐."

그렇다면 그 노인은 아니다. 곰곰이 생각해볼 것도 없이 그 노인일 리가 없었지만, 그 사실에 요코는 조금 안도했다.

"만나러 갈 거지?"

라쿠슌은 의심 없는 눈으로 요코를 보았다.

"가는 편이 좋겠지."

"갈 거지?"

"그래야지……."

다음날, 관궁으로 가는 길을 벗어나 방릉으로 향한 두 사람은 학교를 방문했다.

현에는 서학序學을 두고 향에는 상학庠學을 둔다. 안국에서는 그 위인 상상을 지향하는 사람이 진학하는 상학과 별개로 상서라는 학교를 두고 있는 듯했다. 찾아가는 헤키라는 인물은 상서의 선생으로, 학교 한쪽에 기거했다. 라쿠슌은 갑작스럽게 찾아가지 않는 것이 예의라고 했다. 그래서 미리 편지를 보내 정식 절차를 밟아 면회를 요청했다.

라쿠진의 대답이 숙소에 도착한 것은 하루가 지난 다음날 아침, 답신을 들고 온 심부름꾼을 따라 학교에 갔다.

방릉의 학교는 성벽 안에 있고 전형적인 중국식 건축물이었다. 넓은 정원이 있어 학교가 아니라 부유한 집 같은 분위기를 띠고 있었다.

안내받은 대로 정자 같은 작은 건물에서 기다리다 보니 라쿠진이 모습을 드러냈다.

"기다리시게 했군요. 제가 헤키입니다."

나이는 잘 모르겠다. 서른에서 쉰 사이일 것이다. 젊은 듯도 하고 연배가 있어 보이기도 했다. 주름이 없는 밋밋한 얼굴에 부드러운 미소를 짓고 있다. 마쓰야마 세이조라는 노인과는 분위기가 많이 달랐다.

"편지를 주신 분은 어느 분이시죠?"

라쿠슌이 대답한다.

"나…… 아니, 접니다. 시간을 내주셔서 감사드립니다."

라쿠진은 부드럽게 웃었다.

"편하게 말씀하세요."

"네에……."

귀 밑을 살짝 긁고 나서 라쿠슌은 요코를 돌아보았다.

"이 녀석은 해객이에요."

라쿠슌의 말에 그는 선선히 반응을 보였다.

"아, 그렇군요. 하지만 해객으로 보이지는 않네요."

요코를 본다.

"……그런가요."

그는 미소 지었다.

"적어도 일본에서는 그런 머리카락 색을 보지 못했습니다."

"아……."

묻는 듯한 눈빛에 요코는 사정을 설명했다. 영문은 모르겠지만 이쪽으로 와서 이렇게 되어버렸다. 머리카락 색깔뿐만 아니라 얼굴이며 체형, 목소리까지 바뀐 것 같다. 이야기를 다 들은 라쿠진은 고개를 끄덕였다.

"그렇다면 당신은 태과겠군요."

"내가? 태과?"

요코는 눈을 동그랗게 떴다.

"식으로 이쪽과 저쪽이 뒤섞입니다. 사람이 오고 난과가 가죠."

"잘 모르겠어요."

"식에 휘말려 사람이 이쪽으로 옵니다. 반대로 난과가 저쪽으로 흘러갈 때가 있어요. 난과는 태아 같은 것입니다. 저쪽에서 모친의 태내에 흘러들죠. 그렇게 태어난 이를 태과라 합니다."

"제가…… 그거라고요?"

라쿠진은 고개를 끄덕였다.

"태과는 원래 이쪽 생물입니다. 지금 보이는 그 모습이 당신이 본디 천제께 받은 모습이에요."

"하지만 저쪽에 있을 때는……."

"그 모습으로 왜에 태어나면 큰 소동이 일어나겠죠. 당신은 부모님을 닮았을 겁니다."

"네. 친할머니를 닮았다는 소리를 들었어요."

"쉽게 말하면 껍데기 같은 거예요. 저쪽에서 태어나도 지장이 없도록 태내에서 덮어쓴 껍데기 같은 것. 태과는 그렇게 모습이 일그러진다고 들은 적이 있습니다."

요코는 그 말을 곧이 받아들일 수 없었다.

자신이 원래 이방인이었다는 말을 듣고 어떻게 순순히 납득할 수 있을까.

다만, 역시, 하고 생각한 자신이 존재하는 것도 분명했다.

자신은 저쪽 인간이 아니었다. 그래서 저쪽에 자신이 있을 곳이 없었다. 그런 생각이 마음 한구석을 절실히 위로해주었다. 위로와 동시에 서글퍼졌다.

007

요코는 한동안 멍하니 자신과 세계를 생각하다가 문득 라쿠진을 보았다.

"선생님도 태과이신가요?"

그렇게 물으니, 그는 고개를 가로저으며 웃었다.

"저는 단순한 해객입니다. 고향은 시즈오카예요. 도쿄대에 다녔죠. 이쪽으로는 스물두 살 때 왔습니다. 야스다 강당에서 나오려다가 책상 밑으로 들어갔는데 이쪽이었죠."

"야스다……?"

"아, 모르시나요. 큰 소동이었는데 역사에 남을 정도는 아니었던가요."

"제가 무지해서……."

“저도 마찬가지입니다. 1969년 1월 17일이었죠. 막 밤이 내렸을 때였어요. 그 이후 일은 아무것도 모릅니다.”

“……제가 태어나기 전 일이에요.”

라쿠진은 쓴웃음을 지었다.

“벌써 그렇게 지났습니까. 저는 이곳에 오래 있었군요.”

“그 뒤로 줄곧 이쪽에 계신 건가요?”

“그렇습니다. 도착한 곳은 경국이었어요. 경국에서 안국을 전전하다 육 년 전에 이곳에 정착했습니다. 여기에서는 처세……생활과학 같은 것을 가르칩니다.”

웃고서는 고개를 한 번 저었다.

“이런 이야기는 아무 의미가 없어요. 무엇을 묻고 싶으시죠?”

요코는 곧바로 질문을 하나 했다.

“돌아갈 방법은 있을까요.”

라쿠진은 잠시 뜸을 들이고서 목소리를 낮춘다.

“……사람은 허해를 건널 수 없습니다. 이쪽과 저쪽에는 일방통행 길밖에 없어요. 올 뿐입니다. 갈 수는 없어요.”

요코는 한숨을 쉬었다.

“……그런가요.”

그렇게 충격을 받지는 않았다.

“힘이 되지 못해 죄송합니다.”

"아니에요. ……또 한 가지, 이상한 점이 있는데 여쭈어도 될까요?"

"얼마든지요."

"저는 말을 알아요."

라쿠진은 고개를 갸웃했다.

"저는 애초에 언어가 다르다는 사실을 깨닫지 못했어요. 줄곧 일본어라고 생각했어요. 이해할 수 없는 말은 특수한 단어뿐이었죠. 그런데 교국에서 해객 할아버지를 만나, 비로소 여기서는 일본어가 아닌 말이 쓰인다는 사실을 알았어요. 대화도 통해요. 일본어밖에 하지 못하는데. ……이건 어떻게 된 일일까요."

라쿠진은 묻듯이 라쿠슌을 보았다. 라쿠슌이 긍정하듯 고개를 끄덕이자 잠시 생각에 잠겼다.

"……당신은 사람이 아닌 듯하군요."

역시 그랬다.

"저는 이쪽에 왔을 때, 말을 몰라서 고생했습니다. 중국어 계통의 언어인 듯한데 제가 아는 초보적인 중국어는 통하지 않았어요. 몇 년이나 필담으로밖에 이야기할 수 없었죠. 간신히 한문은 통했으니까요. 그 한문도 상당히 미덥지 않았던 통에 첫해는 정말로 힘들었어요. 이쪽으로 온 사람은 누구든 그렇습니다. 태과도 예외는 아닙니다. 저는 개인적으로 해객 연구도 하고 있지만, 해객인데 말 때문에 고생하지 않은 사람은 없습니다. 당신은 단순한 해객이 아닐 겁니다."

요코는 자신의 팔을 살며시 잡았다. 라쿠진은 말을 이었다.

"말 때문에 불편하지 않은 존재는 요족과 신선뿐이라고 들은 적이 있습니다. 당신이 한 번도 언어 문제를 깨닫지 못했다면 당신은 인간이 아닙니다. 요족이든 신선이든, 그 비슷한 존재일 겁니다."

"요마……에게도 태과가 있을까요."

라쿠진은 고개를 끄덕였다. 미소는 사라지지 않았다.

"들은 적은 없지만 있을 법한 일입니다. 그렇다면 당신에게는 해결책이 남아 있어요. 돌아갈 수 있을지도 몰라요."

요코는 고개를 들었다.

"……정말인가요?"

"네. 요족이든 신선이든 허해를 넘을 수 있으니까요. 저는 허해를 넘을 수 없습니다. 두 번 다시 돌아갈 길이 없죠. 당신은 다릅니다. 연왕께 배알을 청하십시오."

"왕을 만나면 도움을 받을 수 있을까요?"

"아마도요. 쉽지는 않겠지만 노력해볼 가치는 있습니다."

"……그렇겠군요."

고개를 끄덕이고 나서 요코는 바닥으로 시선을 떨어뜨렸다.

"그랬구나, 역시 나는 인간이 아니었나."

가볍게 웃음이 터져서 라쿠슌이 나무라듯 말했다.

"요코."

요코는 소매를 걷고 오른손을 내보였다.

"이상하다고 생각했어요. 손바닥에 흉터가 있었어요. 이쪽에 와서 요마에게 공격받은 상처죠. 완전히 꿰뚫려서 상처가 아주 깊었는데 이제 거의 보이지 않아요."

라쿠슌은 요코가 살짝 든 손바닥을 발돋움해서 들여다보고는 수염을 흔들었다. 라쿠슌이 치료해준 상처다. 얼마나 깊은 상처였는지 라쿠슌이 증인이 되어주리라.

"그 밖에도 많았어요. 하지만 모두 이제 어디를 다쳤는지 모르겠어요. 상처 자체도 요마의 공격을 받은 것치고는 너무 가벼웠죠. 물려도 엄니의 흔적밖에 남지 않거나. 어째 웬만해서는 다치지 않는 체질이 된 것 같아요."

요코는 웃었다. 자신이 사람이 아니라는 인식은 이유도 없이 웃음을 불러일으켰다.

"요마였기 때문이었군요. 요마가 저를 노리고 공격해온 이유와 관계가 있겠군요."

"요마가 노린다?"

라쿠진은 눈살을 찌푸렸다. 대답한 사람은 라쿠슌이었다.

"아무래도 그런 것 같습니다."

"그런, 말도 안 되는 일이."

"저도 그렇게 생각했지만 듣자 하니 요코가 가는 곳에 반드시 요마가 나타났어요. 실제로 저도 고조에게 습격받았을 때 그 자리에 있었습니다."

라쿠진은 이마를 살짝 짚었다.

"요새 교국에 요마가 출몰한다는 소문은 들었지만……. 그게 이분 탓이라는 겁니까?"

라쿠슌이 조심스럽게 요코를 보기에 요코는 고개를 끄덕였다. 라쿠슌이 말을 이었다.

"그런 것 같아요. 애초에 제가 이쪽으로 온 까닭도 고조의 공격을 피해 도망쳐 온 거예요."

"고조의 공격을 피해 도망쳤다고요? 저쪽에서 이쪽으로?"

"네. 게이키라는 사람이…… 그 사람도 아마 요마였겠지만, 그가 몸을 지키려면 이쪽으로 오는 수밖에 없다고 했어요. 그러면서 저를 이쪽으로 데려왔어요."

"……그 사람은 지금?"

"모르겠어요. 이쪽으로 오자마자 잠복해 있던 요마와 마주치는 바람에 헤어져버렸거든요. 그 뒤로 만나지 못했는데, 이미 살아 있지 않을지도 모르겠어요."

라쿠진은 오랫동안 이마에 손을 짚고 생각에 잠겼다.

"……불가능해요. 생각할 수 없는 일입니다."

"라쿠슌도 그렇게 말하더군요."

"요마라는 생물은 맹수랑 똑같습니다. 무리 지어 사람을 사냥하기는 해도 특정인을 노리고 행동하는 것은 생각할 수 없습니다. 더군다나 일부러 허해를 건너 당신을 노렸다고요. 그런 짓을 할 생물이 아닙니다. 호랑이가 그러지 않는 것과 마찬가지예요."

"누가 호랑이를 길들여 이용할 수는 있지 않나요."

"요마에게 그런 짓을 할 수 있을 리가 없죠. 요코 씨, 이건 큰 일입니다."

"……그런가요?"

"요마 쪽에 어떤 변화나 사정이 있어서 당신을 노렸다고 하든 혹시 누가 요마를 조종하는 술법을 발견했다고 하든, 어느 쪽이라도 이 일을 내버려두면 최악의 경우 나라가 망하겠죠."

라쿠진이 요코를 바라보았다.

"만약 당신이 요족이라면 이야기가 조금 간단해집니다. 요족끼리 패를 갈라 싸운다는 이야기는 들은 적이 없지만 요족은 굶주리면 동족마저 먹는 생물이에요. 하지만……."

"요코는 어떻게 봐도 요마로는 보이지 않아."

라쿠슌의 말에 라쿠진도 고개를 끄덕였다.

"사람으로 변신하는 요마는 있지만 이렇게 완벽하게 변신할 수는 없어요. 게다가 본인에게 요마라는 자각이 없다니."

"없는 건 아니에요."

요코가 쓴웃음을 짓자 라쿠진은 고개를 저었다.

"아뇨. 당신은 다릅니다. 요마가 아니에요. 그럴 리가 없습니다."

그렇게 말하고서 라쿠진은 일어났다.

"왕을 만나세요. 제가 관리에게 말해도 되지만, 그보다 직접 관궁으로 가는 것이 이야기가 빠르겠죠. 곧장 현영궁玄英宮을 찾아가 방금 한 이야기를 하세요. 당신은 이 사태의 열쇠입니다. 왕은 분명히 만나주실 겁니다."

요코 역시 일어난다. 머리를 깊이 숙였다.

"감사합니다."

"지금 곧장 가면 저녁까지 다음 도시에 도착할 겁니다. 짐은 숙소에 있나요?"

"아뇨, 여기에 있어요."

"그럼 성문까지 바래다드리죠."

라쿠진은 성문까지 가는 길을 함께 걸으며 배웅해주었다.

"미력하나마 저도 소장을 써서 올려두겠습니다. 무슨 일이 일어나고 있는지 알 때까지는 당신도 이 세계에서 꼼짝할 수 없을

지도 모르겠지만, 사태가 정리되면 반드시 왕이 돌려보내줄 겁니다."

요코가 라쿠진을 바라보았다.

"선생님은요?"

"음?"

"선생님은 돌아가고 싶다고 임금님께 부탁해보지 않으세요?"

요코가 묻자 라쿠진은 쓴웃음을 지었다.

"저는 왕을 알현할 만한 신분이 아닙니다. 평범한 일개 해객이 만날 수 있을 정도로 왕은 가벼운 상대가 아니에요."

"하지만."

"아니…… 진심으로 바란다면 뵐 수도 있겠지만, 저는 그리 흥미가 끌리지 않는군요."

"흥미가 끌리지 않는다고요?"

"저는 시대에 지쳐 있던 사람이라 신천지에 온 것이 기뻤죠. 저는 고국으로 돌아가기를 열망하지 않습니다. 왕을 알현하면 돌려보내주든 무슨 해결책을 찾아주든 할지도 모른다고 깨달았을 때에는 이쪽에 익숙해져서 돌아가는 것은 아무래도 상관없어졌어요."

"저는…… 돌아가고 싶어요."

요코가 중얼거린다. 돌아가고 싶다고 말한 순간, 어쩐지 굉장히 쓸쓸해졌다.

"……무사히 왕을 만날 수 있기를 기원하겠습니다."

"문까지만이라도 일본 이야기를 하면서 갈까요?"

"필요 없습니다."

라쿠진은 미소 지었다.

"그곳은 제가 혁명에 실패해 도망친 나라예요."

7 장

001

거의 뛰다시피 걸어 문이 닫힐락 말락 한 시각에 다음 도시로 들어갔다. 다음날은 문이 열리자마자 마을을 나선다. 요코는 여전히 얼마나 중대한 일인지 이해할 수 없었지만 라쿠진과 라쿠슌이 안색을 바꿀 정도니 대단한 일이겠거니 생각했다.

"정말로 연왕을 만날 수 있을까."

걸으면서 물으니 라쿠슌은 수염을 흔들었다.

"글쎄. 나도 임금님을 알현하고 싶다고 청한 적이 없어서 모르겠어. 느닷없이 왕을 만나려고 해도 무리겠지."

"그럼?"

"관궁에 가면 향도 있고 현도 있지만 먼저 태보께 알현을 청해볼까.”

“태보?”

라쿠슌은 고개를 끄덕이고 앞다리 끝으로 허공에 글자를 썼다.

“‘태보台輔’. 재보를 이렇게 불러. 으음. 일종의 존칭이지. 관궁이 있는 곳은 정주靖州, 정주의 주후는 태보니까.”

요코는 라쿠슌이 쓴 글자를 가만히 응시했다.

“……들은 적이 있어.”

어딘가에서 태보라는 소리를 들었다.

“그야 들어봤겠지.”

“아니야. 아마도 저쪽에서.”

아주 오래전에 들었다. 그렇게 생각하고 태보라 부르던 목소리를 떠올렸다.

“아, 맞다. 누군가 게이키를 그렇게 불렀어.”

라쿠슌은 새카만 눈동자를 깜빡거렸다.

“태보? 게이키?”

“응. 나를 이쪽으로 데려온 사람. 이 검을 주고…….”

요코는 살짝 웃었다.

“내 아랫사람인가봐. 나를 주인이라고 했거든. 그런 것치고는 태도가 거만했지만.”

"……잠깐만 기다려."

라쿠슌이 허둥지둥 손을 들었다. 꼬리까지 요코를 저지하듯 바짝 섰다.

"게이키라고? 그 녀석을 태보라고 불렀어?"

"응. 아는 사람이야?"

요코가 물으니 라쿠슌은 엄청난 기세로 고개를 가로저었다. 그러고는 무슨 생각을 하는지 수염을 몇 번 위아래로 움직였다.

"요코가 게이키의 주인……."

정말로 오래전 일이다. 요코는 그렇게 생각했다.

앨범을 넘기듯이 온갖 일이 떠올라 요코는 한동안 침묵을 지켰다.

"그게 무슨 큰일이라도 돼?"

"……돼."

고개를 갸웃하는 요코를 올려다본 채 라쿠슌은 중얼거렸다.

"게이키라는 사람이 태보라고 불렀다면, 그 녀석은 경의 태보야……."

"그런데?"

넋이 나간 것처럼 보이는 라쿠슌의 상태가 이상했다.

"게이키가 경 태보인데 무슨 곤란한 일이라도 있어?"

라쿠슌은 길가에 주저앉아 요코를 손짓했다. 그러고서도 옆에 앉은 요코를 한참이나 가만히 올려다보았다.

"게이키가 왜? 그 사람이 누군데?"

"……이건 중대한 일이야, 요코."

"모르겠어."

"천천히 설명할게. 침착하게 들어."

스멀스멀 불안이 기어올라왔다. 요코는 고개를 끄덕이고 라쿠슌을 보았다.

"태보라는 말을 좀 더 빨리해주었으면 사태는 놀랄 정도로 간단히 해결되었을 거야. 요코는 이렇게 고생할 필요가 없었어."

"라쿠슌, 잘 모르겠어."

"태보라 불리는 존재는 재보뿐이야. 하물며 그 녀석 이름이 게이키라고? 그러면 그는 경 태보야. 그럴 수밖에 없어."

"응. 그래?"

라쿠슌은 수염을 흔들었다. 작은 앞다리를 뻗어 요코의 손을 잡으려다 그만두듯 동작을 멈추었다.

"그렇다면 그 녀석은 사람이 아니야. 요마도 아니야. ……기린麒麟이지."

"기린?"

"그래, 기린. 기린은 최고위 영수靈獸야. 평소에는 사람 모습을 하고 있지. 태보는 사람이 아니야. 반드시 기린이라고 정해져 있어. 게이키는 '景麒'라고 쓰지. 이름이 아니라 호야. 경동국의 기린을 뜻해."

"응……."

"경국은 청해의 동쪽 해안가, 안국과 교국 사이에 있어. 기후가 온화하고 좋은 나라였지."

"지금은 나라가 어지러워?"

라쿠슌은 고개를 끄덕였다.

"작년에 왕이 서거하고 새로운 왕이 즉위하지 않았어. 왕은 요마를 다스리고 괴이한 일을 잠재우고 재난으로부터 나라를 지키지. 그러니까 왕이 없으면 나라는 어지러워져."

"……응."

"게이키가 너를 주인이라고 했다면, 너는 경왕景王이야."

"어?"

"경동국왕, 경景."

요코는 한동안 얼이 빠져 있었다. 너무나 거리감이 느껴지는 말에 제대로 반응할 수가 없었다.

"너는…… 경국의 새로운 왕이야."

"잠깐만. 나는…… 평범한 여고생이었는데? 분명히 태과일지도 모르지만 그런 대단한 사람이 아니야."

"옥좌에 앉기 전까지 왕은 평범한 인간이야. 왕은 가계로 결정

되지 않아. 극단적으로 말하면 본인의 성격이나 외모도 관계없어. 단지 기린에게 선택받거나 아니거나, 그뿐이야."

"하지만……!"

라쿠슌은 고개를 저었다.

"기린은 왕을 고르지. 게이키가 고른 사람이 너라면 경왕은 너야. 기린은 어떤 사람도 따르지 않아. 기린이 주인이라 부르는 사람은 왕뿐이니까."

"말도 안 돼……."

"하늘은 왕에게 가지를 건넸어. 세 개의 열매는 땅과 나라와 옥좌를 가리키지. 땅은 지적地籍과 호적을 뜻해. 나라는 율법을 뜻하지. 그리고 옥좌는 왕의 덕목인 인도仁道, 다시 말해 기린을 의미해."

라쿠슌은 말하면서도 여전히 갈팡질팡하는 것처럼 보였다.

"요코가 이쪽 사람과도 평범한 태과와도 다른 이유를 알았어. ……게이키와 계약을 맺었겠지."

"뭐?"

"어떤 계약인지는 나도 몰라. 하지만 왕은 신이지 인간이 아니야. 기린과 계약을 맺은 순간부터 왕은 인간이 아니게 돼."

요코는 한동안 기억을 더듬었다. 그리고 나서야 가까스로 허락한다고 말한 한마디를 떠올렸다.

"……게이키가 무슨 말을 해서 허락한다고 한 적이 있어. 맞아, 그때 게이키가 묘한 짓을 하고 그 뒤에 굉장히 이상한 느낌이……."

무언가 자신의 안을 빠져나간 듯한 감촉. 그 직후에 교무실 창문이 깨지고 많은 교사들이 다쳤지만 요코만 멀쩡했다.

"묘한 짓?"

"내 앞에 무릎 꿇고 머리를 숙였어. ……그보다 내 발에 이마를 대고……."

"그거다."

라쿠슌은 딱 잘라 말했다.

"기린은 고고한데다 고분고분하지 않은 생물이야. 왕 말고는 따르지 않고, 왕이 아닌 자 앞에서는 절대로 무릎을 꿇지 않아."

"하지만……."

"나한테 물어도 자세히 몰라. 연왕께 여쭤. 나는 일개 반수일 뿐이니까. 신의 세계를 알 리가 없지."

그렇게 굳은 목소리로 말한 라쿠슌은 요코를 쳐다보았다. 지그시 바라보며 수염을 맥없이 실룩거린다.

"요코는 먼 사람이었구나……."

"나는……."

"사실이라면 나 같은 신분이 말을 걸 수 있는 분이 아니야. 더는 요코라고 이름을 부를 수도 없겠어."

이렇게 말하고서 일어난다.

"그럼 한시라도 빨리 연왕을 뵈어야겠어. 관궁으로 가기보다 가까운 관청에 신고하는 편이 빨라. 나라의 중대사니까."

라쿠슌은 등을 보인 채 말하고 나서 다시 뒤돌아 요코를 올려다보았다.

"먼길을 오시느라 고단하시겠지만 여기서는 곧바로 관궁으로 향하시기보다 관에 보호를 요청하시는 편이 빠릅니다. 연왕의 재가가 날 때까지 여관에 체류하셔야 합니다만 너그러이 이해해 주십시오."

깊이 고개를 숙인 모습이 요코는 서글펐다.

"나는 나야."

"그럴 수는 없어."

"나는."

지독한 분노로 목소리가 떨렸다.

"나일 뿐이야. 한 번도 내가 아니었던 적은 없었어. 왕이든 해객이든 그런 건 나라는 존재와는 관계없어. 내가 라쿠슌과 여기까지 걸어온 거야."

라쿠슌은 고개를 숙이고 있을 따름이다. 라쿠슌의 둥근 등이 지금은 요코의 마음을 아리게 했다.

"어디가 달라? 뭐가 바뀌었느냐고. 나는 라쿠슌을 친구라고 생각했어. 옥좌라는 것이 친구가 갑자기 변해버리는 지위라면 그딴 거 나한테는 필요 없어."

작은 친구는 대답이 없다.

"이런 걸 차별이라고 하지. 라쿠슌은 나를 해객이라고 차별하지 않았어. 그런데 왕이라고 차별하는 거야."

"……요코."

"내가 멀어진 게 아니야. 라쿠슌의 마음이 멀어진 거지. 나랑 라쿠슌 사이는 고작 두 걸음밖에 떨어져 있지 않잖아."

요코는 자신의 발치에서 라쿠슌의 발치까지의 짧은 거리를 가리켰다.

라쿠슌은 요코를 올려다본다. 앞다리가 어쩔 줄 몰라 하며 가슴께 털을 만지작거리더니 명주실 같은 수염을 흔들었다.

"라쿠슌, 아니야?"

"……나한테는 세 걸음이야."

요코는 미소 지었다.

"……미안."

라쿠슌이 앞다리를 뻗어 요코의 손을 톡 하고 만졌다.

"미안해."

"아니야. 나야말로 이상한 일에 끌어들여서 미안."

요코는 쫓기고 있다. 라쿠슌이 왕이라고 한다면 정말로 그럴지도 모른다. 그렇다면 쫓기는 이유 또한 그와 연관이 있으리라.

라쿠슌은 새카만 눈으로 웃었다.

"나는 나를 위해 안국에 온 거야. 그러니까 요코가 마음쓸 필요는 없어."

"라쿠슌에게 많은 폐를 끼쳤어."

"폐가 아니야. 귀찮다고 생각했다면 처음부터 따라오지 않았겠지. 싫었다면 바로 집으로 돌아갔을 거야."

"……다치기까지 하고."

"까다롭고 위험한 건 잘 알고 있었어. 그래도 따라가는 것이 나를 위해 값어치가 있다고 생각했으니까 따라온 거야."

"라쿠슌은 사람이 좋아."

"그럴지도 모르지. 그렇다 하더라도 요코를 버리고 위험하지 않은 곳에 있기보다 요코와 함께 위험한 곳으로 가는 것이 내게 더 값어치가 있다고 생각했어."

"설마 이렇게 위험할 줄은 몰랐지?"

"내가 너무 쉽게 생각했던 거지. 그건 내 탓이지 요코 탓이 아니야."

더이상 할말을 찾지 못하고 요코는 고개만 끄덕였다.

작은 손을 잡으니 미안한 마음으로 가슴이 메었다.

해객을 숨겨주면 죄가 되지는 않을까. 요코가 나간 뒤에 추격해오는 요마들이 라쿠슌의 집을 덮치지는 않았을까. 집을 나올 때 그가 모친에게 했던 '엄마는 야무진 사람이니까 혼자서도 괜찮지?'라는 말은 은연중에 추격자나 그 밖의 곤란한 일이 그녀를 덮칠 가능성이 있음을 시사하고 있지는 않았을까.

요코는 팔을 뻗었다. 푹신푹신한 털 뭉치를 끌어안았다. 와와와, 하고 기괴한 소리를 지르는 라쿠슌을 무시하고 회갈색 털에 얼굴을 묻었다. 상상대로 정말 부드러웠다.

"끌어들여서 정말로 미안해. 고마워."

"요코오."

당황한 라쿠슌을 놓아주었다.

"미안. 좀…… 감동했어."

"그건 괜찮은데."

라쿠슌은 멋쩍은 듯 털을 양손으로 매만졌다.

"너, 좀더 조심하는 게 좋겠어."

"응?"

되물으니 라쿠슌은 수염을 늘어뜨렸다.

"아니면, 이쪽에 대해 더 공부해. 알겠지?"

난처해하는 라쿠슌의 말에 요코는 석연치 않았지만 고개를 끄덕였다.

"응."

002

라쿠슌은 다음 도시로 들어가자마자 숙소를 잡았다. 그리고 그 숙소에서 서장書狀을 쓰더니 정말로 관청으로 달려갔다.

제출한 서장이 접수되면 여관으로 답신이 올 거라고 했다. 요코는 여전히 얼마나 중대한 일인지 받아들이지 못한 상태였다. 하물며 자신이 왕이라는 자각은 거꾸로 흔들어도 생기지 않는다. 그렇다고 라쿠슌의 행동을 굳이 방해할 마음도 들지 않아 시키는 대로 얌전히 있었다.

"얼마나 걸릴까?"

"글쎄. 일단 사정을 써서 뵙기를 청했는데 얼마 만에 재보께 도착하려나. 이것만은 경험이 없어서 모르겠네."

"관리를 붙잡고 부탁하면 안 돼?"

요코가 묻자 라쿠슌은 웃었다.

"그런 짓을 했다가는 쫓겨나기 십상이야."

"만약 무시당하면?"

"부를 때까지 끈질기게 서장을 제출하러 가야지."

"그런 귀찮은 짓을 정말로 하는 거야?"

"달리 방법이 없잖아."

"꽤 번거롭구나."

"상대가 너무 높아. 하는 수 없어."

"흐음."

자신이 엄청난 일 한가운데에 있다는 사실은 참으로 묘한 기분이었다.

관청—이 도시에는 당의 관청이 있다—을 나오자 라쿠슌이 숙소 방향이 아니라 광장 쪽을 가리켰다.

"왜?"

"좋은 걸 보여줄게. 요코한테는 분명히 신기할 거야."

관청은 거리 안쪽에 있는 광장 옆에 있다. 고개를 갸웃거리며 광장을 가로질러 뒤를 따라가자 라쿠슌은 정면에 있는 하얀 건물로 향했다. 하얀 돌벽에는 금색과 극채색으로 돋을새김이 되어 있다. 기와지붕의 푸른 유약이 아름다웠다. 도시 이름은 용창容昌, 건물 문에는 '용창사'라는 편액이 걸려 있다. 지금까지 지나온 어느 도시에고 언제나 있던, 도시 중심을 이루는 시설이었다.

"여기?"

"여기야."

"사祠라고 적혀 있으니 신을 모신 곳이겠구나. 천제?"

"보면 알아."

라쿠슌은 빙긋이 웃고 문을 들어간다. 문 앞에 서 있는 병사에게 라쿠슌이 견학하고 싶다는 뜻을 전하자 신분증 제시를 요구했다.

문을 들어서자 좁은 정원이 나오고 그보다 안쪽에 커다란 건물이 있다. 섬세하게 세공되어 있는 문을 지나 안으로 들어서니 길쭉한 응접실 같은 방이 나왔다.

건물 안은 정숙한 분위기가 감돌고 있었다. 안쪽으로 깊은 큰 방 정면 벽에는 커다란 창문처럼 네모난 구멍이 뚫려 있다. 창문 너머로는 안뜰이 보였다.

창문 사방을 덮듯이 재단 같은 것이 설치되어 있었다. 그곳에는 많은 꽃과 등불, 공물이 올려져 있었다. 남녀 네댓 명이 창문에 대고 열심히 무언가를 빌었다.

제단 가운데에는 기도하는 대상이 있기 마련이다. 그런데 그곳에는 창문밖에 없다. 아니면 창문으로 보이는 경치가 대상인 걸까. 창문으로는 안뜰과 안뜰 가운데에 있는 한 그루 나무가 보인다.

"저건……."

라쿠슌은 제단을 향해 가볍게 합장하고는 바로 요코의 손을 오른쪽으로 끌었다. 제단이 있는 정면 벽 좌우에 더 깊숙이 들어

가는 넓고 긴 복도가 있었다. 복도로 들어서자 하얀 자갈을 깐 안뜰이 보인다. 그곳에 있는 것을 보고 요코는 잠시 멍해졌다.

하얀 나무였다. 요코가 산속을 헤맬 때에 곧잘 쉬어 가던 신비한 나무. 산에서 본 것보다 크지만 높이는 차이가 없다. 펼쳐진 가지의 지름이 이십 미터 정도, 우듬지가 이 미터 전후로 가장 낮은 가지는 땅에 닿을 정도다. 잎도 꽃도 없이 하얀 가지뿐인 나무에는 군데군데 리본 같은 가는 끈이 묶여 있는데, 그곳에는 노란 열매 몇 개가 열려 있었다. 산에서 본 나무 열매는 작았지만 여기에 있는 열매는 한아름 정도나 되었다.

"라쿠슌, 이건……."

"이게 이목이야."

"이목? 난과가 열린다던 나무?"

"맞아. 저 노란 열매 속에 아이가 들어 있어."

"와……."

요코는 멍하니 나무를 지켜보았다. 고국에서는 보지 못한 게 당연했다.

"요코는 저렇게 열렸을 때 식이 일어나 왜로 흘러간 거구나."

"어쩐지 거짓말 같아……."

가지와 나무 열매에 금속 같은 광택이 있다.

"아이를 원하는 부부는 함께 사당으로 오지. 공물을 바치고 아이를 점지해 달라고 빌며 가지에 끈을 묶어. 천제에게 기도가 닿으면 끈을 묶은 가지에 열매가 열리는 거야. 열매는 열 달이면 익지. 부모가 따러 가면 떨어져. 딴 난과를 하룻밤 두면 열매가 깨지고 아이가 태어나."

"그럼 열매가 멋대로 열리는 게 아니네. 부모가 바라야 비로소 생기는 거구나."

"맞아. 아무리 바라도 생기지 않는 부모도 있고 금방 열매를 얻는 부모도 있어. 부모 자격이 있는지 하늘이 분명 확인하고 계신 거야."

"나도 그랬을까? 내 가지에 끈을 묶어준 부모가 있었겠구나."

"그렇지. 난과를 잃고 무척 낙심했겠지."

"그 사람을 찾을 방법은 있을까."

"글쎄. 달력을 보면 알 수 있을지도 모르지만. 요코가 흘러간 때를 역산해 딱 그 무렵 식이 일어난 곳을 찾아 흘러간 난과 수를 조사해서……. 그래도 어렵겠구나."

"그러네."

찾을 수 있다면 어떤 사람들인지 만나보고 싶었다. 자신이 태어나기를 기도한 사람이 이쪽에도 있었다는 사실에 요코는 그제야 자신의 태생을 받아들였다. 사실은 이쪽에서 태어났어야 했다. 허해가 품은 이 세계 어딘가에서.

"아이는 부모를 닮았나."

"아이가 부모를 닮아? 왜?"

진심으로 신기해하는 라쿠슌의 물음에 요코는 쓴웃음을 지었다. 사람 모습을 한 여자의 아이가 쥐 모습을 하고 있을 정도다. 자식과 부모 사이에는 어떤 유전적 연결고리도 없을 것이다.

"저쪽에서는 부모와 자식은 닮는 법이거든."

"와, 특이하네. 그거 좀 기분 나쁘지 않아?"

"기분 나쁜가? 글쎄."

"같은 집안에 닮은 사람이 있으면 기분 나쁠 것 같은데."

"생각해보니 그럴지도 모르겠다."

요코의 눈앞에서 젊은 남녀가 안뜰로 들어갔다. 무슨 의논을 하는지 가지를 가리키고는 귓속말을 하고 한참 망설이다 고른 가지에 가느다란 예쁜 끈을 묶었다.

"저 끈은 반드시 부부가 직접 수를 놔. 태어날 아이를 생각하면서 경사스러운 무늬를 골라 도안을 궁리해서 자수를 놓지."

"……그렇구나."

따뜻한 풍습처럼 여겨졌다.

"나, 산속에서도 이 나무를 보았어……."

라쿠슌이 요코를 쳐다보았다.

"야목野木인가."

"그걸 야목이라고 하는구나. 그 나무에도 열매가 열려 있었어."

"야목에는 두 종류가 있어. 풀이나 나무가 나는 야목과 짐승이 나는 나무."

요코는 눈을 동그랗게 뜨고 라쿠슌을 보았다.

"풀이나 나무, 동물도 열려?"

라쿠슌은 고개를 끄덕였다.

"당연하지. 나무에 열리지 않고 어떻게 생겨나."

"……으음."

아이가 나무에 열린다면, 과연 동물이나 식물도 나무에 열려야 이야기가 맞을지도 모른다.

"가축은 이목에 열려. 주인이 이리로 기원하러 오지. 가축의 경우에는 기원하는 특별한 날과 방법이 있지만. 풀이나 나무나 산짐승은 멋대로 열려. 멋대로 익어서 풀이나 나무라면 씨앗이, 새라면 새끼 새가, 짐승이라면 어린 짐승이 태어나지."

"씨앗은 그렇다 치고, 병아리나 어린 짐승이 멋대로 열리면 위험하지 않아? 새끼 새는 금세 다른 동물에게 먹힐 것 같은데."

"부모가 데리러 오는 동물이 있기도 해. 그 밖에는 스스로 살 수 있을 때까지 나무 아래에서 지내지. 그러니까 나무에는 다른 짐승이 다가오지 않게 되어 있어. 천적인 짐승은 같은 시기에 태어나지 않고, 어떤 사나운 짐승도 나무 아래에 있는 동안은 서로 싸우지 않아. 그래서 저녁에 마을로 들어오지 못한 사람들은 산에 들어가 야목을 찾지. 야목 아래는 안전하니까."

"……그렇구나."

"반대로 아무리 위험한 짐승 새끼도 나무가 보이는 곳에서 잡거나 죽여서는 안 돼. 그것이 절대적인 법칙이야."

"그렇구나……. 그럼 달걀에서 병아리가 부화하지 않겠네."

라쿠슌은 끔찍한 표정을 지었다.

"새끼가 들어 있으면 먹을 수 없잖아."

요코는 살짝 웃는다.

"……응. 듣고 보니 그것도 그러네."

"어째 요코의 이야기를 들으니 저쪽은 기분 나쁜 곳 같아."

"그럴지도 모르지. 그럼 요마는? 역시 요마도 열리는 나무가 있어?"

"요마가 열리는 나무를 본 사람은 없지만 당연히 있겠지. 어딘가에 요마의 소굴이 있다고 하니 그곳에 있지 않을까."

"흐음……."

요코는 고개를 끄덕이고 문득 의문이 들었지만, 너무 상스러운 질문이라 묻지 않았다. 유곽도 있으니까 뭐, 그런 거겠지.

"왜 그래?"

"아무것도 아니야. 데려와줘서 고마워. 왠지 기뻤어."

요코가 웃자 라쿠슌도 환하게 웃는다.

"그거 다행이네."

안뜰에 있는 젊은 부부는 아직 가지를 향해 합장하고 있었다.

003

이사里祠를 나와 거리를 조금 걷다 숙소로 돌아왔다. 어디서나 볼 수 있는 평범하고 조촐한 숙소다. 숙소를 고를 때 라쿠슌은 조금 더 번듯한 곳을 골라야 한다고 주장했지만, 요코는 그렇게 낭비할 필요는 없다고 주장했다.

"아무리 그래도 경왕을 이런 싸구려 여관에 묵게 할 수 있겠어."

"내가 경왕이라는 건 라쿠슌 혼자 하는 말이잖아. 라쿠슌은 친구니까 말을 믿기는 하지만 사실로 확인된 건 아니야."

"사실로 확인됐어."

"그렇다 하더라도 상관없어."

"……있지, 요코."

"내 주머니 사정으로는 이 정도 숙소가 분수에 맞아. 관청에서 호출이 올 때까지 얼마나 걸릴지도 모르는데, 비싼 숙소로 옮겼다가 일정이 길어지면 숙박비를 낼 수 없잖아."

"경왕인데 왜 못 내. 무엇보다 왕에게 숙박비를 받는 주인이 있겠어?"

"그렇다면 더욱 여기가 좋아. 묵고 요금을 내지 않는다니 공평하지 않아. 게다가 처음부터 거기에 기대기는 싫어."

옥신각신한 끝에 고른 숙소는 격으로 따지면 저렴한 숙소치고는 좋은 편이었다. 두 평쯤 되는 작은 방이지만 침대가 두 개 있다. 창문이 안뜰에 면해 있고 창 아래에는 작은 탁자까지 갖추었다. 자신의 돈으로 그런 방에 묵을 수 있으니 요코에게 이 이상 사치스러운 것이 없다.

사당에서 돌아오니 이미 저녁이라 일단 목욕을 하고, 옷을 갈아입고 그때까지 입은 옷가지를 빨았다. 날마다 씻고 옷도 갈아입을 수 있으니까 정말로 이 이상 사치는 없다.

식당으로 내려가 그곳에서 요코를 기다리던 라쿠슌과 밥을 먹었다. 포장마차에서 서서 먹는 게 아니라 제대로 된 식당에서 먹을 수 있으니 이 역시 상당한 사치다. 느긋하게 차를 마시고 슬슬 방으로 돌아가려던 참이었다.

숙소 바깥에서 비명이 들렸다.

심상치 않은 비명에 요코는 반사적으로 검을 쥐었다. 검을 한

시도 곁에서 떼지 않는 버릇만은 몸에 배어서 아무래도 사라지지 않았다. 검자루를 쥐고 바깥으로 뛰쳐나오니 거리 저편이 술렁였다. 길 가던 사람들이 멀리 있는 모퉁이로 허겁지겁 도망치는 모습이 보였다.

"요코."

"설마 여기까지."

이유도 없이 요마는 안국까지 쫓아오지는 않을 것이라 믿었다. 곰곰이 생각해보면 확실한 근거는 없었다.

애초에 안국에는 요마가 적다. 밤에는 숙소를 잡고 낮에만 걷는 여행이라 요마를 만나지 않는 것은 당연하지만, 요코의 적은 밤에 산속에서 맞닥뜨리는 요마만이 아니었다. 어쩌면 오늘까지 습격을 받지 않고 끝난 것이 엄청나게 운이 좋았는지도 모른다.

"라쿠슌은 여관 안에 있어."

"하지만 요코."

도망치는 사람들이 지르는 비명의 종류를 요코는 잘 알고 있다. 온 힘을 다해 지르는 비명. 목숨이 경각에 달린 사람이 지르는 소리다. 비명에 뒤섞여 갓난아이가 울부짖는 듯한 소리가 들렸다. 이 소리는 틀림없는 요마의 소리다. 요코는 그렇게 익혔다.

검을 뽑고 검집을 라쿠슌에게 떠맡겼다.

"라쿠슌, 물러나. 부탁이야."

대답 없이 곁에 있던 라쿠슌의 기척이 멀어지는 것을 느꼈다.

우르르 몰려든 사람들 너머로 요코는 작은 산 같은 검은 그림자를 보았다. 엄청나게 큰 호랑이를 닮았다. 누군가 마복이라고 외치는 소리가 들렸다.

요코는 쥐고 있는 검 끝을 내린 채 가볍게 자세를 잡았다. 검신이 양옆에 있는 가게의 불빛을 받고 번뜩였다. 달려온 사람들이 흠칫 놀라 좌우로 갈라졌다.

사람들을 차례로 쓰러뜨리면서 달려오는 거대한 호랑이. 그 뒤에 커다란 소를 닮은 짐승이 보인다.

"두 마리……."

몸이 살짝 긴장한다. 오랜만의 감촉에 공포보다 기이한 고양감을 느꼈다.

골목에서 갈팡질팡 도망치던 사람들이 양옆 가게로 뛰쳐 들어간 덕에 적과의 사이가 비었다. 가볍게 달려 기세를 모아 검을 겨누었다.

처음에는 호랑이였다. 펄쩍 뛰어 달려드는 거구를 아슬아슬하게 피해 검 끝을 커다란 머리 뒤에 꽂는다. 검을 뽑자마자 다시 자세를 잡고 뒤이어 달려드는 푸른 소에게 휘둘렀다.

몸집이 커서 숨통을 끊을 때는 수고스럽지만 숫자가 적어서 어렵지 않다. 여유롭게 두 마리를 상대하고 있는데 느닷없이 라쿠슌의 목소리가 들렸다.

"요코, 흠원이야!"

급하게 고개를 들자 닭보다 조금 큰 새가 무리 지어 날아오는 참이었다. 열 마리, 스무 마리인가, 실제 숫자는 모르겠다.

"찔리면 안 돼, 독이 있어!"

라쿠슌의 말에 요코는 살짝 혀를 찼다. 작고, 빠르고, 숫자가 많다. 귀찮아졌다.

예리한 창칼 형태의 꼬리다. 두 마리를 베어서 떨어뜨리고 호랑이의 숨통을 끊었다.

다리에 걸리지 않도록 사체 옆을 빠져나가 여관을 등지고 발 디딜 곳을 찾았다. 두 번 공격당한 푸른 소는 미친듯이 날뛰었다. 돌을 깐 길은 요마의 피로 미끄러웠다.

좁고 불빛이 적은 골목인데다 새들은 여전히 무리 지어 덮쳐든다. 양쪽 가게에서 새어 나오는 불빛에만 의지해야 한다. 어설픈 불빛 탓에 으슥한 어둠이 오히려 짙었다. 알아차렸을 때는 새가 바로 옆에 있었다. 암흑에서 느닷없이 나타난 것 같았다.

머리를 치받으러 오는 푸른 소를 피하고 새 한 마리를 더 떨어뜨리자 녹슨 금속이 삐걱거리는 듯한 기이한 소리가 수없이 뒤섞여 몰려들었다.

"아직도 남았나……."

등줄기에 땀이 배어났다.

새에 정신이 팔려 그 자리에서 숨을 끊어놓지 못한 푸른 소가 번거로운 상대로 바뀌어 있었다. 골목 어귀에서 이리로 몰려오는 원숭이 무리가 보인다.

원숭이 떼에 한순간 정신이 팔렸다. 정신을 차렸을 때에는 눈앞에 새의 예리한 꼬리가 있었다. 피하는 것밖에 도리가 없어 몸을 비키다 자세가 흐트러졌는데, 또 다른 새 한 마리가 날아왔다. 꼬리가 곧장 요코의 눈을 노렸다.

피할 수 없노라고 확신했다.

—독. 어느 정도의 독일까.

—그보다 눈이.

—보이지 않으면 싸울 수 없다.

—팔로 가려도 늦는다.

찰나의 생각들. 정말로 눈 깜빡할 새조차 없었다.

—틀렸어. 찔린다.

눈을 감으려 했을 때 갑자기 날아오던 새가 사라졌다.

누가 옆에서 새를 떨어뜨렸다.

누구인지 확인할 틈도 없었다.

또다시 덮쳐온 새를 베어버리고 돌진하는 푸른 소를 피한다. 돌진하는 소의 뒤통수를 누군가 시원스러운 손놀림으로 꿰뚫었다. 훌륭한 솜씨에 넋이 나가 있던 요코에게 돌진해 오는 새를 남자가 검으로 쳐서 넘겼다.

요코보다 머리 하나는 훌쩍 큰 남자였다.

"다른 데 정신 팔지 마."

남자는 말하고서 마지막 새를 간단히 베어버렸다.

고개를 끄덕이자마자 덮쳐 온 원숭이를 내리치듯 베어버리고 그 뒤에서 뛰어나온 한 마리를 찌르며 요코도 재빨리 전투에 몰두했다.

남자의 솜씨는 요코보다 월등한데다 완력은 차원이 달랐다. 무리의 숫자는 많았지만 사체로 가득한 골목이 조용해지기까지는 시간이 얼마 걸리지 않은 것처럼 느껴졌다.

004

"괜찮은 솜씨를 지녔군."

피를 털어낸 검을 검집에 집어넣은 후 남자가 말했다. 숨이 조금도 흐트러지지 않았다. 체구는 크지만 거한이라는 인상은 들지 않았다. 대장부란 이런 사람을 말하리라. 요코는 숨을 헐떡이면서 잠자코 남자를 쳐다보았다. 남자는 웃기만 했다.

"이런 질문은 무례한지도 모르겠다만, 무사한가."

말없이 고개를 끄덕이자 한쪽 눈썹을 살짝 치켜세웠다.

"말할 힘도 다했나?"

"……정말, 감사합니다."

"인사받을 이유가 없다만."

"도와주셨으니까."

"요마가 어슬렁거리면 민폐야. 너를 도울 작정이었던 것만은 아니야."

대답을 못 하고 있자 뒤에서 누가 웃옷을 잡았다.

"요코, 괜찮아?"

라쿠슌이었다. 라쿠슌은 물으면서 발치의 사체를 끔찍한 듯 흘끔 보았다. 라쿠슌에게 검집을 받아들고 피를 털어낸 검을 집어넣었다.

"괜찮아. 라쿠슌이야말로 다친 데는 없어?"

"나는 괜찮아. 저 사람은?"

"글쎄."

요코가 어깨를 으쓱했다. 남자는 웃기만 하고 요코 뒤쪽 건물로 시선을 돌렸다.

"저 여관에 묵고 있나."

"네."

"그래."

남자는 혼잣말처럼 중얼거리고서 주위를 둘러보았다.

"사람이 모여드는군. 너, 술은 할 줄 아나?"

"아뇨……."

"너는?"

남자는 라쿠슌을 보았다. 라쿠슌은 난처한 듯이 수염을 움직이며 고개를 끄덕였다.

"그럼 따라와. 관리랑 이야기하기 귀찮으니까."

말하자마자 등을 돌려 걷기 시작한다. 요코는 라쿠슌과 얼굴을 마주하고 누가 먼저랄 것도 없이 고개를 끄덕이고 나서 뒤따랐다.

남자는 모여든 군중 사이를 헤치고 길을 걸어갔다. 딱히 정한 곳이 있는 눈치는 아니었다. 이따금 주위로 시선을 돌리며 붐비는 거리를 걷다가 마음이 동했는지 한 여관으로 들어갔다. 화려한 구조의 큰 여관이었다. 남자는 뒤따라오는 요코와 라쿠슌에게 눈길 한번 주지 않고 여관 입구로 들어간다. 그 모습을 보면서 요코는 라쿠슌을 돌아보았다.

"……어쩔래?"

"어쩌냐니, 여기까지 왔잖아."

"그게 아니라. 나는 저 사람이랑 이야기해보고 싶어. 라쿠슌은 숙소로 돌아갈래? 조심하는 게 좋을지도 몰라."

"신경쓸 거 뭐 있어. 가자."

돌계단을 올라가 문을 열고 들어가는 라쿠슌의 뒤를 요코도 따라갔다. 가게 안으로 들어가자 남자가 점원과 계단 아래에서 기다리고 있었다. 요코와 라쿠슌을 보더니 가볍게 웃고는 계단을 올라간다.

점원이 남자를 안내한 곳은 3층 방이었다. 두 방이 이어져 있고 안뜰 쪽으로 베란다가 있다. 방은 넓고 사치스러운 구조인데다 실내 장식도 화려했다. 놓여 있는 가구까지 화려함의 극치라 요코는 살짝 주눅이 드는 것을 감출 수 없었다. 일찍이 요코가 들어가 본 어떤 여관보다 훨씬 고급스러운 가게였다.

남자는 점원에게 술과 안주를 주문하자마자 소파처럼 생긴 의자에 앉았다. 이런 격식 있는 가게에 익숙한 모양새였다. 무수히 밝힌 양초 덕에 밝은 방안에서 보니 입은 옷도 상당히 고가로 보였다.

"저……."

입구에 우두커니 서 있는 요코를 보고 남자가 웃는다.

"앉지그래?"

"……실례합니다."

요코는 라쿠슌과 얼굴을 마주보고 서로 고개를 끄덕인 뒤 앉았다. 아무래도 마음이 편치 않다. 남자는 그런 모습을 씩 웃으며 보았을 뿐 딱히 아무 말도 하지 않았다. 어떻게 대응해야 할지 곤란해 방안을 둘러보는데 점원이 술과 안주를 날라 왔다.

"나리, 또 필요한 건 없으십니까."

묻는 점원을 손짓으로 물린다. 남자는 점원이 방을 나갈 때 문을 닫으라고 명령했다.

"마셔보겠어?"

그 질문에 요코는 고개를 가로저었다. 라쿠슌 역시 고개를 젓는다.

"저기……."

무슨 이야기를 해야 할지 막막했지만 어떻게든 이야기를 꺼내려는 요코를 남자가 가로막았다.

"훌륭한 검을 가지고 있군."

요코의 오른손에 시선을 던지며 남자가 손을 뻗었다. 어쩐지 저항하기 어려워서 요코는 검을 건넸다. 남자는 검자루를 가볍게 쥐고 잡아당겼다. 쉽사리 뽑혔다.

"어떻게 그런……."

소리치는 요코를 내버려두고 남자는 검집과 검을 살폈다.

"검집이 죽었어."

"검집이 죽었다고요?"

"묘한 환영을 보지 않았나."

요코는 눈썹을 찡그렸다.

"……뭐요?"

남자는 긴장한 요코를 보고 웃으며 검을 검집에 넣었다. 정중한 손놀림으로 요코에게 검을 내밀었다. 요코는 검을 받아들고 검자루를 살짝 쥐었다.

"무슨 소리죠."

"말한 그대로의 의미인데. 그 검이 어떤 물건인지 모르나."

"어떤 물건이냐니."

남자는 내키는 대로 물병 같은 유리병을 들고 잔에 가득 액체를 채웠다. 조금도 어색한 구석이 없는 동작이었다.

"그 검은 수우도水禺刀라는 물건이야. 물水로 검을 이루고 원숭이禺로 검집을 이루고 있기 때문에 수우도라고 한다더군. 검으로서도 명품이지만 또 다른 힘도 지녔지. 날에서 빛이 나며 수면을 들여다보듯이 환영을 보여준다고 한다. 조절하는 법을 잘 익히면 과거, 미래, 천리 너머 일도 비춘다지. 그러나 긴장을 늦추면 끊임없이 환영을 보여주지. 그래서 검집으로 봉인한다던가."

잔을 살짝 기울이고 요코를 본다.

"검집은 원숭이로 모습을 바꾸어 나타나지. 원숭이는 사람 마음속을 읽는데, 이것 또한 긴장을 늦추면 주인의 마음을 읽어 어지럽히지. 따라서 검으로 봉인한다고 들었어. 경국 비장의 보물이지."

요코는 저도 모르게 자리에서 일어났다.

"하지만 그 검집은 죽었군. 검집의 봉인을 잃고 환영이 마구 날뛰었겠지."

"……당신은."

"당에 서장을 제출했잖아. 용건을 듣지."

"설마 연 태보십니까?"

남자는 짓궂은 미소를 지었다.

"태보는 자리를 비웠어. 용건이라면 내가 듣지."

요코는 낙담을 억누를 수 없었다. 역시 태보는 아닌 듯하다.

"용건이라면 서장에 썼습니다."

"씌어 있더군. 경왕이라든가."

"저는 해객입니다. 이쪽 일은 잘 모릅니다. 다만……."

요코가 라쿠슌을 보았다.

"여기 라쿠슌이 저를 경왕이라고."

"아무래도 그런 것 같군."

남자는 시원스레 긍정했다.

"믿으세요?"

"믿고 자시고. 수우도는 경국의 보물. 애초에 대단한 마력을 지닌 요마를 없애는 대신 봉인해 검과 검집으로 바꾸어 지배하에 두고 보물로 만든 물건이야. 따라서 정당한 소유자밖에 쓸 수 없지. 다시 말해 경왕이어야만 한다. 봉인한 사람이 몇 대 전 경왕이니까 그렇게 되지."

"하지만……."

"서로 봉인하고 있는 까닭에 본디 주인밖에 뽑을 수 없어. 지금은 검집이 죽어서 나도 뽑을 수 있었지만. 설령 민날의 검을 쥐어도 지푸라기 하나 벨 수 없어. 하물며 환영을 끌어내는 것은 절대로 못 하지."

요코는 남자를 똑바로 보았다.

"당신은 뭐 하는 사람이죠."

경국의 사정에 이렇게 밝은 것을 보아서는 보통내기가 아니다.

"먼저 이름을 말할 생각은 없나?"

"나카지마 요코예요."

남자는 시선을 라쿠슌 쪽으로 돌렸다.

"그럼 서장을 제출한 조 세이張清라는 자는 너인가."

"네."

라쿠슌이 허둥지둥 자세를 바로 했다.

"자는?"

"라쿠슌입니다."

"그래서 당신은?"

요코는 노려보았지만 남자를 압박할 수는 없었다.

"고마쓰 나오타카小松尙隆라고 하지."

너무나 자연스럽게 대답하는 남자를 요코는 빤히 쳐다보았다.

"……해객?"

"태과지. 음으로 쇼류라고 읽는 사람이 많아. 많다고 해도 손에 꼽히지만."

"……그래서요?"

"그래서?"

"당신은 누구죠? 태보를 호위하는 사람인가요?"

"아."

남자가 웃었다.

"칭호로 말하면 나는 연왕이다. 안주국왕, 연."

005

요코는 한동안 꼼짝하지 못했고, 라쿠슌에 이르러서는 수염과

꼬리까지 세운 채 굳어버렸다.

따가운 시선을 받은 쪽은 웃는다. 그가 이 상황을 즐기고 있는 것은 자명했다.

"……연왕?"

"그렇다만. 태보가 자리를 비워서 미안하지만 나라도 도움이 될까 싶어 왔는데, 꼭 태보여야만 하나."

아뇨, 요코는 그 뒷말을 잇지 못했다. 그는 슬쩍 웃고서 술잔 속에 손가락을 담갔다.

"시발점이 된 이야기부터 시작하지. 일 년 전, 경국의 여왕女王이 붕어했다. 여왕予王이라고 하지. 이건 알고 있나."

"아뇨."

요코의 대답에 연은 고개를 끄덕였다.

"진짜 이름은 조 가쿠舒覺. 조 가쿠의 여동생 중에 조 에이舒榮라는 여자가 있어. 이자가 무슨 생각인지 멋대로 경왕이라 선언했어."

"멋대로……?"

"왕에게는 기린이 있지. 왕은 기린이 골라. 들었나?"

"네."

"여왕은 기린을 남겼어. 이것이 게이키지. 게이키에 대해서는 알고 있나?"

"한 번 만났습니다. 그가 저를 이쪽으로 데려왔어요."

연은 다시 고개를 끄덕인다.

"여왕이 돌아가시고 경국의 옥좌는 비었어. 게이키는 바로 왕 선정에 들어갔지. 여왕이 붕어하고 두 달 뒤, 경국에서 경왕이 즉위했다는 소식이 들어왔다. ……그런데 이자가 아무리 봐도 위왕이야."

"위왕."

연은 고개를 끄덕이고 술에 담갔던 손가락으로 테이블 위에 '僞王'이라 썼다.

"왕은 기린이 고르지. 기린의 선정 없이 왕이라 칭하면 위왕(가짜 왕)이라 부른다. 왕의 즉위에 맞춰 갖가지 길조가 있어. 그런데 새로운 왕에게는 그것이 없어. 길조는커녕 요마가 우글거리고, 해충이 날뛰는 것이 아무리 생각해도 정당한 왕 같지가 않아."

"잘……."

모르겠다고 말하려는 요코를 연은 손을 들어 막았다.

"이는 위왕일 것이라는 이야기가 나왔지. 조사해보니 경왕이라 칭한 자는 여왕의 동생으로 조 에이라는 여자였어. 여왕의 여동생이지만 평범한 여자야. 왕궁에 들어가지 못하기 때문에 나라를 움직일 수도 없지. 큰일은 없으리라 생각했다만."

좀처럼 그림이 그려지지 않았지만, 어떻게든 요코는 귀를 기울였다.

"그런데 이자가 정주征州 주후의 성에 진을 치고, 그곳에서 경왕이 즉위했다는 소식을 흘렸어. 백성은 진위를 가늠할 길이 없어. 그렇다고 하면 의심할 이유가 없으니 간단히 믿었지. 그래 놓고 제후가 공모해 성을 봉쇄하고 왕인 자신을 안으로 들어가지 못하게 한다고 주장했어. 백성들은 그 말을 믿고 제후를 비난하지. 조 에이가 감히 일어서 간신과 싸우겠다고 선언하고, 새로운 관리를 모으고 병사를 모집하자 지원자가 몰려들었어."

연은 말하고서 얼굴을 살짝 찌푸렸다.

"애당초 여왕이 즉위할 때까지 오래 걸렸고, 재위는 짧았어. 나라가 혼란에서 벗어나지 못한 상태라 제후에 대한 백성의 원망은 깊지. 아홉 주 중 이미 두 주가 위왕의 세력권이고 세 주가 위왕군에 함락했어."

"반론하는 사람은 없었나요?"

"있었지. 하지만 기린이 없는 것에 대해 의문을 제기하면 제후가 게이키를 숨겼다고 주장하지. 그러다 정말로 게이키를 내놓았으니 무슨 도리가 있나. 적중에 붙잡혀 있던 게이키를 구출했다면서 짐승 모습을 한 기린을 내놓으면 의심하기가 더 어렵지. 이걸로 남은 네 개의 주 중 절반인 두 주가 위왕 쪽으로 돌아섰어."

"게이키를 내놓았다……. 그럼 게이키는……."

"사로잡힌 모양이야."

그러니 요코를 찾으러 오지 못할 수밖에. 최악의 사태는 아니지만 최악에 가까운 사태가 일어났음을 알았다.

"그럼 조 에이라는 여자가 요코에게 자객을 보낸 거군요."

라쿠슌이 말했다.

"그게 그리 단순한 이야기도 아니야. 요마가 사람을 덮친다. 흔히 있는 일이지. 그러나 특정한 누군가를 쫓아다니며 덮친다는 것은 있을 수 없어. 사령이라면 별개지만."

"사령?"

"왕은 보물에 깃든 주술의 힘을 쓰고 기린은 사령을 부리지. 요마로 누군가를 덮치게 할 수 있는 자가 있다면 기린밖에 없어."

요코는 그렇다면 게이키 주위에 있던 요마가 게이키의 사령이었으리라 이해했을 뿐이지만, 라쿠슌은 눈에 띄게 당황했다.

"설마!"

연은 무거운 동작으로 고개를 끄덕였다.

"있을 수 없는 일이지만 달리 생각할 길이 없어. 경왕을 공격한 적은 기린의 사령과 사령이 소집한 산야山野의 요마겠지."

"말도 안 돼……. 그럼."

"따져보면 조 에이가 군을 유지할 만한 연줄이나 돈이 있을 리가 없지. 배후에서 누군가 대량의 군자금을 흘리고 있다고 생각해야만 해. 그런 상황에서 사령이 나왔다면 뒤에 있는 자는 어딘가의 왕."

요코는 연과 라쿠슌을 번갈아 보았다.

"무슨……?"

이 물음에는 연이 대답했다.

"기린이 어떤 생물인지 알고 있나."

"상서로운 짐승이고 왕을 고른다고……."

"맞아. 기린은 요족이면서 요족이 아니야. 오히려 신에 가깝지. 본성은 짐승이나 평소에는 사람 형태를 하고 있어. 성향은 인仁으로 자애로운 생물이지. 고고하고 고분고분하지 않지만 다툼을 싫어하지. 특히 피를 두려워하고 피의 더러움으로 병까지 드는 생물이야. 절대로 검을 들고 싸울 수 없기 때문에 몸을 지키기 위해서 사령을 부리지. 사령은 요마지만 기린과 계약해 종복으로 삼은 존재를 이른다. 어떤 상황에서든 제 의지로 사람을 덮칠 수 있는 생물이 아니야. 기린의 본성에 어긋나니까."

"그런데 사람을 덮친 건가요?"

"그런데도 그런 거다. 왕은 기린의 주인이다. 기린은 왕에게는 절대로 거스르지 못해. 기린은 결단코 사람을 해치려는 마음을 품지 못하는 생물이지만 왕이 명령하면 이야기는 다르지. 사령이 너를 공격했다면 왕이 기린에게 내린 명령이 틀림없어. 그것 말고는 절대로 불가능해."

"그…… 조 에이라는 사람이 기린을 길렀다고 볼 수는 없을까요?"

"없군. 기린은 한 나라에 하나로 정해져 있어. 왕을 주인으로 섬기고 있든, 왕을 찾고 있든, 그 외에는 없어."

그렇다면 정말로 어느 나라 왕이 요코의 목숨을 노린 것이다.

요코는 떠올렸다.

산길에서 만난 여자.

요마의 죽음을 안타까워하는 것처럼 보였다. 요마가 그녀의 사령이었기 때문이었나. 앵무새가 요코를 죽이라고 명령하자 울면서도 거스르지 못하고 칼을 휘둘렀다. 만약 앵무새가 왕이고 그 여자가 기린이라면 모든 것의 앞뒤가 맞지 않는가.

"하지만 어디의……."

대체 어느 나라의 왕이.

연은 시선을 피했다.

"곧 대답이 나올 거야."

"하지만……."

"경왕이 우리 손안에 있는 이상, 더는 손가락 하나 건드리지 못해. 문제는 게이키인데, 아무리 그래도 기린이니 그리 쉽게 죽일 수야 없겠지. 그렇다면 조만간 경왕을 죽이라고 명령한 왕이 누군지 드러날 거야. 하늘이 그냥 지나칠 리가 없으니까."

"잘 모르겠어요."

"내버려두면 돼. 나라가 기울면 누가 명령했는지 알 수 있겠지."

다만, 하고 연은 말하고서 크게 웃었다.

"경국에 게이키가 붙잡혀 있어. 게이키만은 어떻게든 구출해내야 해. 그 때문이라도 옥체를 지키기 위해서라도 경왕을 안전한 곳으로 모실 필요가 있지. 출발할 수 있겠나."

"지금 바로요?"

"가능하다면 바로. 여관에 짐이 있다면 들고 나올 여유 정도는 있어. 내가 사는 곳까지 와주면 좋겠는데."

요코는 라쿠슌을 보았다. 라쿠슌은 고개를 끄덕였다.

"요코, 가는 게 좋아. 그게 가장 안전하니까."

"하지만……."

"나는 신경쓰지 마. 가."

라쿠슌의 말에 연은 큰 소리로 웃었다.

"손님이 한 사람 는다고 해서 곤란할 거 없어. 낡기는 했지만 방은 썩어나갈 정도로 많거든."

"다, 당치도 않습니다."

"부족한 놈들만 모인 곳이지만 그래도 상관없다면 와. 경왕도 그편이 마음이 놓이겠지."

사는 곳이라면 관궁에 있는 현영궁을 말하리라. 궁을 어딘가의 허름한 집처럼 말하는 연을 내심 어이없어하며 요코는 라쿠슌을 보았다.

"가자. 남겨두고 가기는 불안해."

라쿠슌은 어색하게 고개를 끄덕였다.

006

연은 마을 외곽으로 가더니 손 휘파람을 높이 불었다.

관궁까지 걸어서 앞으로 이십 일은 걸린다. 그리고 밤에는 도시를 드나들 수 없다. 대체 어떻게 도시를 나가 관궁으로 갈 작정일까 생각하고 있는데 휘파람에 대답한 것처럼 격벽 위에 그림자가 나타났다. 희미하게 빛나는 것처럼 보이는 호랑이 두 마리, 털은 검은 줄무늬가 불빛에 따라 빛깔이 바뀌는 하얀색, 진주에 비유할 정도로 옅지 않고 기름 막에 비유할 정도로 짙지도 않다. 블랙 오팔 같은 눈이 인상적이고, 꼬리가 근사하게 길었다.

요코는 맨 처음 허해를 건넌 밤처럼 호랑이에 올라타, 반달이 떠오른 밤하늘을 달려서 관궁으로 향했다.

그리웠다. 돌이켜 생각해보면 얼마나 오랜 시간이 흘렀나. 효키라 불린 게이키의 사령을 타고 바다로 향했을 때는 아직 추운 시기였다. 그 무렵 요코는 무엇 하나 알지 못했다. 게이키에 대해서도 자신에 대해서도 몰랐다.

그리고 지금, 세상은 여름이다. 밤공기에 열기가 실리고 호랑이 주위에 바람이 없는 것이 쓸쓸하다.

하늘을 달리는 짐승의 발치에는 허해를 건넌 밤과 마찬가지로 야경이 펼쳐졌다. 안국의 밤은 밝다. 이里와 여廬가 작은 별 무리를 이루어 허해 같았다.

"요코, 저게 관궁이야."

올라탄 지 두 시간쯤 지났을 무렵일까, 등에 매달린 라쿠슌이 작은 앞다리로 앞쪽을 가리켰다.

라쿠슌이 가리킨 방향에는 아무것도 보이지 않았다. 도시 불빛은 보이지 않고 그저 깊은 어둠만이 존재했다. 어디에 있느냐고 되물으려던 요코는 자신이 보아야 할 것을 오해하고 있었음을 깨달았다. 라쿠슌은 어둠 속의 무언가를 가리킨 것이 아니라 어둠 그 자체를 가리키고 있었다.

"……거짓말……."

반달의 빛이 내리쬔 하계는 짙은 바닷빛, 숲이 윤곽이 희끗하다. 꼭 파도 같았다. 그리고 여기저기 흩어진 무수한 등불. 그 야경을 시커멓게 도려낸 깊은 구멍.

아니, 구멍이 아니다. 반달을 등진 그것은 검은 실루엣이었다. 야경을 도려내 구멍처럼 보이지만 구멍이 아니다. 오히려 그것은 높이 돌출되어—.

"……산."

이런 산이 있을 수 있나.

마을이 점으로밖에 보이지 않을 정도로 높은 곳에 있는데 그 산은 올려다볼 정도로 높다.

예전에 라쿠슌이 하늘에 닿는 산이라고 말했다.

정말로 하늘에 닿는 산이 있을 줄이야.

순간 자신이 엄청나게 작은 생물이 된 것만 같았다.

기립해 천지를 꿰뚫는 기둥 같은 산. 완만한 산지 사이로 하늘을 향해 뻗은 자태는 길이가 다른 붓을 한데 모아 세워 놓은 것처럼 보이기도 했다. 가늘고 험준한 산은 대부분 구름을 두르고 있어 산꼭대기의 모습을 감추고 있었다.

그림자 진 암벽은 마치 거대한 성벽 같았다.

"……저게 관궁? 저 산이?"

발아래와 산을 번갈아 보면 아직 믿기지 않을 정도로 멀다는 사실을 알 수 있다. 그런데도 저렇게 거대하다니.

"맞아. 저게 관궁산이야. 왕궁이 있는 산은 어느 나라든 저래. 저 산 정상에 현영궁이 있어."

희미한 달빛을 받은 절벽의 선이 하얗다. 절벽은 수직에 가까울 정도로 날카로웠다. 성 모습을 찾았지만 정상은 구름에 가려져 분명치 않다. 기슭에 하나둘 빛이 보였다.

"저 불빛이 관궁의 도시야."

수도라면 오호보다 큰 도시일 것이다. 그런 도시가 빛 한 점으로 보일 정도로 멀다.

한동안 요코는 넋을 놓고 있었다.

이렇게 가깝게 보이는데 하늘을 나는 짐승의 다리로도 관궁은 도망치듯 가까워지지 않는다. 마침내 하늘로 길게 뻗은 산이 다가와 목을 움직이지 않으면 산 전체를 시야에 담을 수 없어지고, 끝내는 고개를 완전히 젖혀도 정상이 보이지 않을 때에야 수도의 도시 윤곽이 보였다.

관궁은 터무니없이 높은 산기슭에 솟은 완만한 구릉지에 호를 그리며 펼쳐졌다. 이만큼 거대한 산이 등뒤에 서 있으면 밤이 아주 길 것이다.

라쿠슌에게 묻자 그렇다고 대답했다.

"교국의 오상에 간 적이 있는데 그런 느낌이었어. 오상은 산 동쪽에 있어서 땅거미가 아주 길어."

"……그렇구나."

상공에서 보면 관궁은 거대한 도시였다. 발아래 한가득 빛의 바다가 펼쳐진다. 눈앞은 온통 절벽이다. 높은 산이 수직으로 몇 겹이나 겹쳐서 이루어진 암석 표면에는 나무 한 그루 보이지 않고 밤눈으로 보기에도 흉측스러울 따름이다.

앞서 가는 연이 산의 높은 곳, 절벽에 돌출된 암석에 내려앉았다.

작은 체육관만 한 넓은 암석은 커다란 바윗덩어리를 평탄하게 깎은 것 같았다. 연을 뒤따라 요코와 라쿠슌을 태운 호랑이가 암석에 내려섰다. 먼저 내려선 연이 돌아보고 웃었다.

"그래도 떨어지지 않고 따라왔군."

흔들림도 없거니와 바람을 가르는 감촉도 없는 짐승 등에서 어떻게 하면 떨어질 수 있나 생각하고 있는데, 사고를 읽은 듯이 연이 웃는다.

"높이에 까무러치는 놈이며 너무 편해서 자는 놈이 있거든."

"그렇군요."

요코가 쓴웃음을 지었다.

평평하게 깎은 하얀 암석에서 미끄러지는 것을 막기 위해서인지, 깊고 가는 모양이 새겨져 있다. 암석 주위에 난간이 없어서 가장자리로 다가가 내다볼 마음은 들지 않았다. 지상에서 여기까지 얼마나 높을지 요코는 상상도 가지 않았다.

암석이 이어지는 절벽에는 양쪽으로 열리는 커다란 문이 있다. 연은 발길을 돌려 그 문으로 향했다. 문까지 가기 전에 안쪽에서 먼저 문이 열렸다.

키의 두 배는 될 한 장의 하얀 돌로 만든, 묵직해 보이는 문을 병사 두 사람이 열었다. 정말로 병사인지 아닌지는 모르겠다. 두꺼운 가죽 흉갑을 입어서 병사라고 생각했을 뿐이다.

그들에게 고개를 끄덕이고 나서 연은 요코와 라쿠슌을 돌아보았다. 자신도 안으로 들어서면서 들어오라고 눈짓으로 재촉한다. 요코와 라쿠슌이 문을 지나자 두 병사는 고개를 살짝 숙이고 그대로 바깥으로 나간다. 그들은 암석 위에서 쉬는 두 마리 호랑이에게 달려갔다. 어쩌면 말을 대하듯 이제 물과 먹이를 주고 빗질까지 해주는지도 모르겠다.

"왜 그러지? 이쪽이야."

연이 요코를 본다. 허둥지둥 연을 뒤쫓자 안에는 넓은 복도가 펼쳐졌다.

위에 샹들리에 같은 등불이 있어 대낮처럼 환하다. 놀라서 수염을 흔들며 천장을 올려다보는 라쿠슌을 보니 역시 드문 광경인 모양이다.

길지 않은 복도를 지나면 조금 넓은 방이 나오고, 터널 같은 아치 안쪽에 위로 올라가는 하얀 돌계단이 있다. 라쿠슌이 계단을 올려다보고 맥없이 수염을 실룩거린다. 먼저 걸음을 뗀 연이 돌아보았다.

"왜 그러지? 어려워하지 마."

"아뇨."

라쿠슌의 얼굴이 살짝 경련을 일으킨다. 요코도 그 심정을 잘 알고 있었다.

"있지, 요코."

목소리를 낮추고 라쿠슌이 물었다.

"역시 이 계단을 오르는 걸까."

"그렇지 않을까."

대답하면서 요코도 살짝 넌더리를 냈다. 내려선 암석은 산의 제법 높은 곳이었지만, 그래도 산꼭대기까지는 초고층 빌딩에 필적하는 높이가 남아 있었다. 그 높이를 오르려면 대단한 고행일지도 모른다.

그래도 불평할 수가 없어 요코는 잠자코 계단을 디뎠다. 자연스레 라쿠슌의 손을 끌었다. 계단 하나하나의 높이는 낮지만 층계 자체가 길다. 연을 뒤쫓아 계단을 끝까지 올라간 곳에 있는 커다란 층계참에서 구십 도 방향을 바꾸어 다시 계단을 오르자 작은 응접실이 나왔다. 응접실 안쪽에는 훌륭한 조각을 새긴 목제 문이 있다.

두꺼운 나무에 멋지게 돋을새김을 한 문을 나온 순간 잔잔한 바람이 불었다. 짙은 바다 냄새가 났다.

"……아."

요코는 저도 모르게 탄식했다. 문 너머에는 넓은 테라스가 있었는데, 구름이 아래로 보였다.

어떤 불가사의인지는 모르겠지만 고작 계단 그거 올랐을 뿐인데 벌써 그만큼 높이 올라온 모양이다. 하얀 돌로 바닥을 깔고, 마찬가지로 하얀 돌로 난간을 설치한 테라스 아래에 하얀 구름 파도가 밀려왔다.

아니, 정말로 하얀 파도가 밀려와 요코는 눈을 부릅떴다.

"라쿠슌, 바다가 있어……!"

저도 모르게 소리를 지르며 난간으로 달려갔다. 벼랑에 내달은 테라스 발치에 파도가 높이 친다. 둘러보니 여기는 바다 위다. 바다 내음이 날 수밖에 없다.

"있지, 하늘 위잖아."

라쿠슌의 말에 요코가 돌아보았다.

"하늘 위에 바다가 있어?"

"바다가 없으면 운해라고 하겠어?"

해상에는 짙은 바다 내음을 머금은 바람이 불었다. 끝없이 어두운 바다, 테라스 아래까지 밀려오는 파도. 난간에 몸을 내밀고 들여다본 바다 밑바닥에는 빛이 보인다. 허해 같지만 그 빛이 아득히 먼 아래쪽에 있는 관궁의 불빛임을 알 수 있었다.

"신기해……. 어째서 물이 쏟아지지 않지."

"운해의 물이 쏟아지면 다들 곤란하잖아."

연이 킥킥거리며 웃었다.

"마음에 든다면 경왕에게는 노대가 있는 방을 준비해주지."

"저어……."

뭐라 불러야 좋을지 몰라 요코는 그렇게 말을 걸었다.

"경왕이라는 호칭은 그만두시면 안 될까요."

연은 재미있다는 듯이 한쪽 눈썹을 치켜세웠다.

"왜 그러지?"

"어쩐지…… 남 얘기 하는 것 같아서."

그렇게 말하자 연은 가볍게 웃었다. 무슨 말을 하려다 갑자기 하늘을 올려다본다. 시선을 좇아가자 흘러가는 하얗고 가는 빛이 보였다.

"태보가 돌아왔군. 그럼 요코."

연이 등을 돌렸다. 테라스 왼편 안쪽에 위로 올라가는 짧은 돌계단이 있다. 앞서 가는 남자를 따라 발을 디뎠다가 요코는 넋을 놓고 앞을 올려다보았다.

중앙에 험준한 산이 자리잡은 섬 같은 지형, 달빛을 받아 하얀 절벽에 수없이 많은 건물이 배치되어 있었다. 수묵화를 보는 듯한 산에는 기암이 줄짓고, 바위 표면에는 나무가 가지를 뻗고 있고, 가는 폭포가 여럿 보인다.

산 절벽에 어떤 것은 탑 같은 모양을 이루고, 어떤 것은 누각을 이루고, 그 모든 건물을 회랑이 종횡으로 이어 하나의 건축물을 형성하고 있다.

마치 산을 둘러싼 거대한 성 같은 그것이 안국의 중심이자 연왕이 사는 현영궁이었다.

007

건물로 들어가 남녀 하인인 듯한 사람들에게 둘러싸인 요코와 라쿠슌은 연과 떨어져 구석진 방으로 끌려갔다.

"저기……."

"저어."

당황하는 요코와 라쿠슌에게 여관이 목석같은 얼굴을 했다.

"이쪽에 갈아입으실 옷이 있습니다. 비로 더운물을 준비하겠습니다."

아무래도 지저분한 차림으로 궁내를 어슬렁거리지 말라는 소리 같다. 당혹스럽지만 고개를 끄덕이고 날라 온 나무 욕조에서 몸을 씻었다. 라쿠슌과 번갈아 칸막이 뒤에서 몸을 씻고, 널찍한 방으로 가자 커다란 탁자 위에 새 옷이 준비되어 있었다.

"이걸 입는 건가……?"

라쿠슌이 내키지 않는 얼굴을 하고 집어 올린 화사한 천으로 지은 옷을 살폈다.

"남자 옷이야. 요코를 남자라고 착각했나? 여자인 줄 알면서 연왕이 명했다면 꽤 재치 있는 분이네."

"라쿠슌 옷도 있는 것 같아."

요코가 말하자 라쿠슌의 어깨가 축 늘어진다.

"새삼스럽지만 귀인을 만나는데 이 꼴은 실례겠지."

그야 말하자면 알몸이니까, 하고 생각하면서 요코는 갈아입을 옷을 건넸다. 길에서 만난 짐승 모습이 눈앞에 되살아났다. 옷을 입은 짐승은 적지 않았다. 라쿠슌은 싫어했지만 상상만으로도 웃음이 났다.

어깨가 처지고 꼬리를 끌며 칸막이 뒤로 들어간 라쿠슌을 지켜보다가 요코도 준비된 옷으로 갈아입었다. 낙낙하고 부드러운 얇은 천의 바지, 얇은 블라우스와 마찬가지로 얇은 의복, 아름다운 무늬를 넣은 긴 웃옷이 한 벌이었다.

소재는 전부 비단이리라. 허술한 옷에 익숙한 피부에는 매끄러운 감촉이 간지러웠다. 자수를 놓은 띠를 묶자 노인이 문을 열고 모습을 드러냈다.

"옷은 다 갈아입으셨습니까."

"저는요. 일행은……."

조금 더, 라고 말하려던 참에 칸막이가 움직였다.

"됐어. 끝났어."

목소리가 낮다. 요코는 어리둥절했다. 칸막이 뒤에서 나타난 모습을 보고 한동안 목소리가 나오지 않았다.

"왜 그래?"

"……라쿠슌…… 맞지?"

"맞아."

그는 고개를 끄덕이고 환하게 웃는다.

"아, 이 모습은 처음인가. 나는 틀림없이 라쿠슌이야."

요코는 머리를 감싸쥐었다. 전에 라쿠슌을 끌어안았을 때, 조심성이 없다는 말을 한 이유를 이제야 알았다.

"여기가 상식을 뛰어넘는 곳이라는 걸 깜빡했어."

"그런 것 같네."

그는 웃었다. 스무 살 남짓한 어엿한 인간 청년이었다. 중간 키에 강마르기는 했어도 더없이 건장한 체격의 남자다. 그러고 보니 예전에 들었던 '정정正丁'은 성인 남성을 뜻했다.

"평범한 짐승이라면 어떻게 말을 하겠어. 반수라고 했잖아."

"……맞아."

얼굴에서 불이 난다는 게 바로 이런 상황이겠지. 반수다, 정정이다, 몇 번이나 말했는데 끌어안기만 한 것이 아니라 여관에서도 같은 방을 썼다. 아주 오래전에 잠옷으로 갈아입혀준 적도 있는 것 같다.

"요코는 똑 부러지는 것 같으면서도 얼빠져 있다니까."

"스스로도 그렇게 생각해. ……왜 평소에는 인간 모습이 아닌 거야?"

저도 모르게 원망을 담아 말하자 라쿠슌은 한숨을 쉬었다.

"이 모습보다 그 모습이 편하단 말이야."

라쿠슌은 붉은 옷을 입은 어깨를 축 늘어뜨렸다.

"한껏 차려입은 것 같아서 어깨가 뻐근해. 게다가 정말 제대로 차려입은 날에는……."

투덜거리는 목소리가 정말로 한심해 보여서 요코는 가볍게 웃었다.

요코와 라쿠슌은 노인에게 이끌려 긴 복도를 걸어간 끝에 넓은 방으로 안내받았다. 바다 냄새가 나는 까닭은 테라스 창이 열려 있기 때문이다. 바다를 향해 난 테라스에 있던 연이 돌아보았다. 그 또한 복장을 새로 갖추었지만 요코와 라쿠슌이 입은 포와 별 차이 없었다. 요코의 옷이 지나치게 좋은 옷일 리 없을 테니, 연의 복장이 수수한 것이리라. 퍽이나 체면 차리지 않는 성격인 모양이다.

연은 방으로 들어오면서 쓴웃음을 지었다.

"다 갈아입었나. 우리 가신들은 격식 차리기 좋아해서 말이야. 귀찮지만 얌전히 하라는 대로 하지 않으면 성가셔지지. 미안하군."

연이야말로 너무 격식이 없는 것 아닌가 생각했지만, 말투가 마음에 들어서 요코는 웃고 말았다.

"라쿠슌, 그런 거 벗어도 상관없어."

그런 말을 듣고 라쿠슌인 청년은 굳은 미소를 지었다.

"신경쓰지 마세요. 태보는 어디에 계십니까?"

"곧 오겠지."

말한 그때 문이 열렸다. 바람이 불고 바다 냄새가 방안에 가득 찼다.

"돌아왔군."

문 안쪽에는 반드시 칸막이가 있다. 그 뒤에서 모습을 드러낸 사람은 금발의 열두세 살 먹은 소년이었다.

"어땠지?"

"역시 왕궁까지 오르지는 못한 것 같아. ……웬일이야, 손님?"

"내 손님이 아니야. 네 손님이지."

"나? 모르는 얼굴이군."

소년은 얼굴을 찡그리고 요코와 라쿠슌에게 시선을 돌렸다.

"그래서? 댁은 누구?"

"그 품위 없는 말투 좀 고쳐."

"쓸데없는 참견이라는 말 알아?"

"네가 후회할 거야."

"호오. 너도 드디어 마누라를 들일 작정이구나."

"농담하지 마."

"……아니면 네 엄마야?"

"너는 내 부인이나 어머니가 아니면 예의가 떠오르지 않나."

한숨 섞인 말을 하고는 연은 어안이 벙벙해진 요코를 돌아보았다.

"예의를 모르는 놈이라 미안하군. 이 녀석이 엔키延麒다. 로쿠타六太, 이분은 경왕이시다."

"엑."

한마디 외치자마자 그 자리에서 펄쩍 뒷걸음질친 소년이 요코를 올려다보았다. 요코는 참지 못하고 웃음을 터뜨렸다. 소리 높여 웃기는 허해를 건너고 처음인지도 모른다.

"빨리 말해. 정말이지 심보가 못돼먹었어."

"너한테 그런 말 듣고 싶지 않아. 그 옆이 라쿠슌 공."

가볍게 웃고 나서 연은 표정을 다잡았다.

"그래서 경국의 상태는 어때?"

질문을 받은 소년 쪽도 얼굴이 굳었다.

"기주가 추가로 함락한 것 같아."

라쿠슌이 '紀州'라고 글자를 써주었다. 멋대로 통역되므로 아무래도 필담은 그만둘 수 없다. 말할 때는 통역에 맡겨도 문제없지만 그래서는 글자를 읽지 못하게 된다.

"이제 남은 곳은 북쪽의 맥주麥州뿐이야. 조 에이는 여전히 정주에 있어. 군의 규모가 커져서 왕의 군대로는 맞겨룰 수 없어."

라쿠슌이 '왕사王師'라고 썼다. '왕의 군대'를 말하는 것이리라.

"이미 위왕군이 맥주로 향하고 있어. 맥후의 군은 삼천, 도저히 대항할 수 없겠지. 시간문제일 거야."

그렇게 말하고서 탁자 위에 앉아 거기에 있던 과일을 베어 물었다.

"그래서 어디에서 경왕을 찾아왔어?"

연이 간단히 사정을 이야기했다. 엔키는 잠자코 귀를 기울이고 얼굴을 찌푸렸다.

"그 천치가. 기린에게 사람을 덮치게 했겠다."

"흑막 쪽은 내버려두어도 문제없어. 다만, 게이키만은 되찾아야 해."

엔키가 그 말에 수긍했다.

"서두르는 게 좋아. 경왕이 이쪽에 있다는 걸 들키면 살해당하기 십상이야."

"저기."

요코가 이야기에 끼어들었다.

"저는 잘 이해가 안 돼요."

연은 그저 한쪽 눈썹만 치떴다.

"저는 아무것도 모른 채 이쪽으로 끌려왔어요. 연왕이 저를 경왕이라고 한다면 그럴 테고, 어느 나라 왕이 저를 노리고 있다면 역시 그렇겠죠. 다만, 저는 경왕이 되고 싶은 마음이 없습니다. 경왕이라고 인정해달라고 연락한 것이 아니에요. 요마에게 쫓기기 싫어서, 교국의 병사에게 쫓기기 싫어서, 왜로 돌아갈 방법을 알고 싶어서 연왕께 힘을 빌려달라고 청하고 싶었을 뿐이에요."

연과 엔키는 얼굴을 마주보았다. 잠시 침묵이 내렸다. 입을 연 사람은 연이었다.

"요코, 앉아."

"저는……."

"앉아. 긴 이야기를 들어야 해."

008

무슨 이야기부터 해야 하나, 연은 그렇게 말하고 한참 엉뚱한 곳을 바라보았다.

"사람이 있고 나라가 있다. 나라를 결속할 사람이 필요하지. 안 그래?"

"네."

"이쪽에서는 왕을 둔다. 국주國主는 정사를 돌보지. 정사를 돌보는 것은 국주니까 그 시정이 반드시 백성의 바람과 일치하지는 않아. 오히려 권력은 사람을 오만하게 하지. 때때로 국주는 백성을 학대하기도 해. 국주만이 나쁘다고 할 수는 없지. 국주는 권력을 쥐면서부터 백성이 아니야. 백성의 마음을 알 수 없게 되지.”

“연왕은 희대의 명군이라고 들었습니다.”

연은 쓴웃음을 지었다.

“그런 말을 하고 싶은 게 아니야. 서두르지 마. 국주는 백성을 괴롭힌다. 그럼 백성은 어떻게 하면 구제받지?”

“형태 중 하나가 민주주의인가 하는 거지.”

엔키가 말했다.

“백성이 자신들 입맛대로 왕을 고르고 입맛에 맞지 않으면 그만두게 하는 거야.”

“그렇죠.”

연이 다시 말한다.

“여기서는 좀더 다른 방법이 시행되고 있어. 국주가 백성을 학대한다면 백성을 괴롭히지 않는 인간을 국주로 앉히면 돼. 그래서 기린이 존재한다.”

“기린이 백성을 대변해 왕을 고른다……?”

“그렇게 생각해도 틀리지 않아. 여기에는 천의라는 것이 있지. 어딘가 천제가 계셔서, 땅을 만들고 나라를 만들고 세상의 이치를 정했다고 한다. 기린은 하늘의 뜻으로 왕을 골라. 천명이 내린 존재가 왕이다.”

“천명…….”

"왕은 나라를 지키고 백성을 구제하고 안녕을 도모해야 한다. 그럴 수 있는 인간을 기린이 고르지. 선택받은 자가 옥좌에 오른다. 하늘이 기린을 통해 명군을 옥좌에 앉히는 거야. 나를 명군이라 부르는 놈들도 있지만 그건 거짓말이야. 왕은 모두 명군의 자질이 있어."

요코에게는 맞장구를 칠 길이 없었다. 그래서 잠자코 있었다.

"왜에도 한에도 명군은 얼마든지 있었지. 하지만 언제나 나라가 평온하지 않았던 까닭은 어째서일 것 같아?"

요코는 고개를 살짝 갸웃했다.

"명군이라 불린 사람이라도 어떤 계기로 길을 잘못 들 때가 있죠. 설령 그렇지 않더라도 어떤 명군이든 언젠가는 죽어요. 사후에 뒤를 이은 사람이 명군이라 할 수만은 없고요. 그래서가 아닐까요."

"그래, 맞아. 그럼 명군이 죽지 않도록 신의 자리에 앉히면 돼. 그러면 문제의 절반이 해결되지. 설령 죽더라도 자식에게 옥좌를 잇게 하지 않고 반드시 기린이 고르면 된다. 길을 잘못 들지 않도록 감시하면 돼. 그렇지 않나."

"그건…… 그렇지만."

무엇에 대해서인지 연은 고개를 끄덕인다.

"나는 지금 안주국을 일임받았어. 엔키가 나를 왕으로 골랐지. 누가 어떻게 바라든 얼마나 노력하든 기린에게 선택받지 못하면 왕이 될 수는 없어. 기린은 왕을 직감으로 고르지. 남자가 여자를 고르는 거랑 비슷해. 아니면 여자가 남자를 고를 때 같지. 나는 태과다. 이쪽에서 자란 인간이 아니야. 그런 나나 너처럼 왕이 무엇인지 모르더라도 기린에게 선택받으면 그자가 왕이다. 천명은 내렸어. 이것을 바꿀 수는 없어."

"나도……? 돌아가면 안 됩니까?"

"돌아가고 싶다면 돌아가. 그래도 네가 경동국의 왕이다. 그것만은 부정할 수 없어."

요코는 고개를 떨구고만 있었다.

"기린은 스스로 고른 왕과 맹약을 주고받지. 결코 곁을 떠나지 않고 명령에 거스르지 않겠다는 서약이야. 왕이 옥좌에 오른 뒤에는 왕의 곁에서 재상을 맡아."

"엔키도? 재상이야?"

요코가 탁자 위에 책상다리하고 앉은 엔키를 보자 연은 슬쩍 웃었다.

"이래 보여도 말이지. 엔키를 본 뒤라 이해가 가지 않겠지만 기린은 본디 자비의 생물이야. 기린은 정의와 자비로 이루어져 있지."

엔키는 얼굴을 찡그렸다. 그 모습에 주인은 쓴웃음을 지었다.

"태보는 정의와 자비의 말만을 진언하지. 하지만 정의와 자비만으로는 나라를 다스릴 수는 없어. 엔키가 그만두라고 하는 것을 무시하고 무자비한 짓을 할 때도 있지. 나라의 정의를 위해서는 하는 수 없어. 엔키가 말하는 대로 하면 나라가 망하니까."

"……그런……가요."

"예를 들어 여기에 죄인이 있어. 돈을 노리고 사람을 죽인 죄인이다. 죄인에게는 굶주린 처자식이 있다고 쳐. 그러면 엔키는 살리라고 해. 하지만 죄인을 눈감아주면 나라가 바로 서지 않지. 딱하지만 죄인은 단죄해야만 해."

"……네."

"만약 내가 죄인을 죽이라고 엔키에게 명령했다고 쳐. 기린은 그러지 못하는 생물이지만, 결국 놈은 투덜거리면서도 죄인을 죽이고 오겠지. 기린은 왕의 말에는 절대로 복종한다. 절대로. 기린은 왕의 말을 거스를 수 없어. 설령 죽으라는 명령이라 할지라도 진심으로 명령하면 거스를 수 없어."

"그럼 기린에게 선택받은 뒤에는 마음대로 해도 되는 건가요?"

"그 점이 어려워. 정의와 자비는 하늘의 의지다. 하늘은 정의와 자비로 나라를 다스리기를 바라지. 그 뜻을 대변하는 존재가 기린일 거야. 한데, 정의와 자비만으로는 나라를 다스리지 못해.

옳지 못하다, 무자비하다고 생각하면서도 해야만 하는 일이 있지. 다만, 그것이 도를 넘으면 천명을 잃는다."

요코는 연을 바라볼 뿐이었다.

"나라를 위해 무자비한 짓도 하지만 무자비가 지나치면 왕의 자격을 잃지. 어차피 왕은 하늘에서 옥좌를 빌렸을 뿐이야. 왕이 길을 잘못 들어 천명을 잃으면 기린이 병들어. 이 병을 실도失道라 한다."

연이 허공에 쓴 글자를 요코는 눈 속에 담았다.

"왕이 도를 잃은 탓에 기린이 걸리는 병이지. 왕이 마음가짐을 고쳐먹으면 해결되고, 그러지 않으면 기린의 병은 낫지 않아. 하지만 마음이 문제라서 말이지, 고치려 한다고 고칠 수 있는 것도 아니야. 실도에 걸린 기린을 왕이 고쳐준 예는 적어."

"낫지 않으면 어떻게 되나요……?"

"그대로 있으면 죽지. 그리고 기린이 죽으면 왕도 죽어."

"……죽는다."

"사람의 목숨은 짧지. 왕이 늙거나 죽지 않는 까닭은 신에 속하기 때문이야. 왕은 신이다. 그러니까 죽지 않아. 왕을 신으로 만든 것은 기린이다. 그러므로 기린이 죽으면 왕도 죽지."

요코는 고개를 끄덕였다.

"기린을 고칠 방법은 마음을 고쳐먹는 것 말고 또 한 가지 있어."

"그건?"

"기린을 놓아주는 것이다. 가장 간단한 방법은 왕이 스스로 죽어주면 돼. 왕이 죽어도 기린은 죽지 않으니까."

"그러면 기린은 사나요?"

"살지. ……게이키가 그런 경우다."

연은 가볍게 한숨을 쉬었다.

"경국의 선왕은 여왕이라는 여성이었어. 왕이라지만 본성은 인간이니 자질은 고사하고 절대로 길을 잘못 들지 않는, 그런 존재가 아니야. 여왕은 게이키에게 집착했다. 게이키 곁에 여자를 가까이 두지 않았지. 마누라인 척하며 투기했지. 끝내 도를 넘어 궁에서 여자를 추방하고 나라에서 여자를 내쫓으려 했지. 게이키가 감싸니까 더욱 도를 넘었어. 나라에 남은 여자를 죽이려다 게이키가 병들었지."

"그래서……?"

"여왕이 길을 잃은 까닭은 게이키를 너무 아꼈기 때문이야. 게이키가 죽는다는데 반길 리가 없지. 적어도 그 정도까지 도를 잃지 않았다는 소리로군. 여왕은 봉산에 올랐어. 올라가 퇴위를 자청했지. 하늘은 이를 윤허해 게이키는 여왕에게 해방되었다. 그렇게 된 거야."

"그 사람은……?"

"왕이 된다는 것은 죽어서 신으로 다시 태어난다는 소리야. 왕이 아니면 계속 살 수가 없지."

그렇다면 경국의 선왕은 그 때문에 죽었다는 이야기다.

"게이키는 너를 왕으로 선택했다. 옥좌에 오르려면 봉산을 올라가 천칙을 받아야 하지만, 계약을 주고받은 이상 옥좌에 오른 것이나 별 차이 없어. 천명은 내렸다. 네가 경왕이다. 이것만은 아무래도 바꿀 수 없어. ……이해하겠나."

요코는 고개를 끄덕였다.

"왕에게는 나라를 다스릴 의무가 있다. 네가 나라를 버리고 왜로 돌아가는 거야 네 마음이지만 왕을 잃은 나라는 황폐해지지. 나라가 어지러우면 틀림없이 하늘은 너를 버리겠지."

"그러면 게이키가 실도에 걸리고 저도 죽겠군요."

"아마도. 형식적인 이야기를 하자면 그뿐이 아니야. 문제는 경국의 백성이다. 왕은 통치만 하는 것이 아니야. 재난을 가라앉히고 요마를 진정시키는 역할을 담당하니까. 요마가 출몰하겠지. 태풍이 오고 가뭄과 수해가 난다. 돌림병이 돌고, 민심은 방향을 잃지. 국토는 황폐해지고 백성은 고초를 겪게 될 거야."

"나라가 망하나요……?"

"그렇지. 게이키는 좀처럼 여왕을 찾지 못해 옥좌를 너무 오래

비워두었어. 그사이에 국토는 황폐해지고 인민은 피폐해졌지. 간신히 왕을 찾아 옥좌에 올렸는데, 이 치세가 육 년밖에 이어지지 않았지. 게다가 말년의 한두 해는 실도해서 나라의 안녕을 잃었어. 그런데 다시 이 소동이다. 안국이나 교국에 가까이 사는 자들은 나라를 버리고 도망쳤지만 경국에는 아직도 대다수의 백성이 남아 있어. 이러는 사이에도 요마와 재난으로 고통받고 있겠지. 구할 방법은 하나밖에 없어."

"한시라도 빨리 정당한 왕이 옥좌에 오르는 것……?"

"그렇지."

요코는 고개를 저었다.

"도저히 무리예요."

"왜지? 너는 분명히 왕기를 갖추었다고 보이는데."

"설마……."

"스스로를 다스릴 줄 알며 자신이라는 존재에 책임감을 느끼고 있어. 그것을 모르는 자에게 제왕의 책임을 설명해보았자 헛짓일 뿐이고, 자신을 다스릴 수 없는 자가 국토를 통치할 수 있을 리가 없지."

"저는…… 무리예요."

"그러나……."

"쇼류."

엔키가 나무랐다.

"강요하지 마. 경왕이 경국을 어떻게 할지는 왕에게 달렸어. 자신이 한 일의 책임을 질 각오만 있다면 마음대로 해도 돼."

연은 한숨을 쉬었다.

"그래. 하지만 이것만은 경왕에게 부탁하지. 경국의 백성을 가능하면 구제하려고 마음먹었지만 안의 국고도 무한하지 않아. 왕의 나라를 돕고 싶다."

"……생각하게 해주세요."

요코는 고개를 떨어뜨렸다. 지금은 도저히 얼굴을 들 수가 없었다.

"실례지만."

대화에 끼어든 사람은 라쿠슌이었다.

"요코를 노린 왕이 누구인지 아십니까?"

연은 엔키를 보고 엔키는 시선을 피했다.

"……누구라고 생각하지?"

"아무래도…… 저는 각왕이 아닐까 합니다."

"어째서?"

요코는 라쿠슌을 보며 물었다. 심각한 얼굴을 한 청년은 잠깐 뜸을 들여 생각하지 않으면 성격 좋은 쥐와 이어지지 않는다.

"확증은 없지만. 요코는 산을 돌아다니며 엉망이 되었지. 습격해온 요마가 전부 기린의 사령은 아닐 거야. 그렇다고 산에 사는 요마가 그렇게 있어서야 살 수가 없지. 절반을 사령이라고 생각해도 너무 많아. 교국이 기울고 있다는 느낌을 지울 수 없어."

라쿠슌이 말하자 연은 고개를 끄덕였다.

"그렇겠지. 사실은 각왕이 교국에서 안으로 도망친 해객을 넘기라고 강력히 요청했어. 교국은 저런 나라니까 도망쳐 온 해객이 과거에도 없지 않지. 하지만 이런 일은 처음이야. 이거 이상하다 싶어 엔키에게 조사하게 했더니 아무래도 조 에이에게 돈을 대는 사람이 교국의 누군가인데다 교국 정세 또한 어지럽다고 하지. 확실히 각왕이 수상하다 의심하던 차에 어제 고린塙麒이 실도했다는 소식이 들어왔다."

"고린, 실도."

라쿠슌이 중얼거렸다. 젊고 활달한 얼굴에 씁쓸한 기색이 스쳤다.

"……그러면 교국은 끝장이다……."

"어떻게 할 수는 없나요?"

요코의 말에 세 사람은 어두운 표정을 지었다. 대답은 역시 연이 했다.

"각왕에게 지인으로 충고하기는 간단하지만 당사자인 각왕이 면회에 응하지 않아. 설령 만나더라도 각왕이 자신의 잘못을 자각하지 않는다면 어쩔 수 없겠지. 유일하게 방법이 있다면 정당한 경왕이 천명을 받아 하늘의 옥좌를 채우는 것이다. 무슨 생각으로 각왕이 경국에 간섭하기 시작했는지는 모르겠다만, 꼭두각시 왕을 세우고 경국을 주무르는 것이 목적이라면 그것으로 야망이 무너져 어리석은 짓을 그만둘지도 모르지."

말로 하지 않은 진의가 담긴 시선을 느끼고 요코는 고개를 숙였다.

"……시간을 주세요."

8
장

001

요코가 받은 방은 천장이 높고 호사스러웠다. 실내 장식은 물론이고 가구에서 탁자 위에 갖추어진 물병과 잔에 이르기까지 호화로운 멋이 있다. 방은 넓고 유리를 끼운 창문은 크다. 꽃꽂이로 장식되어 있고, 향이 피워져 있고. 교국 변경에 사는 농부라면 놀라 자빠질 것 같다.

가난한 여행에 익숙한 요코도 마찬가지라 아무리 노력해도 진정이 안 된다. 방으로 물러가 혼자서 생각을 해보고 싶었건만, 비단을 씌운 푹신푹신한 의자는 앉기 불편하고 옻칠해서 자개를 붙인 탁자는 만지면 지문이 또렷하게 묻어 턱을 괴기도 꺼려졌다.

방을 둘러보자 한쪽에 두 평 남짓한 작은 방이 보였다. 그곳이라면 안정이 될까 싶어 가까이 가보고는 가볍게 한숨을 내쉬었다.

섬세하게 섭새김을 넣은 좁은 칸막이 문은 접혀 있다. 안쪽으로 한 걸음 들어간 곳이 높직하게 되어 있고, 비단 커튼이 늘어져 있다. 반쯤 열려 있는 비단 커튼 사이로 평상 위에 깔려 있는 비단 이불이 보였다. 두 평 남짓한 이 커다란 평상이 침대라면, 이건 질 나쁜 농담이라고 생각할 수밖에 없다. 여기 누운들 무슨 생각을 할 수 있을 것 같지 않고, 잠도 오지 않을 것 같았다.

갈 곳을 잃은 요코는 커다란 창문을 열었다. 베란다 창은 바닥에서 천장까지 닿는 높이였다. 기하학무늬의 살에 색유리를 끼운 창 바깥은 넓은 테라스다.

연은 약속한 대로 요코에게 운해 쪽으로 테라스가 내달린 방을 내주었다.

창문을 열자 바다 내음이 들어왔다. 향내보다 훨씬 낫다. 요코는 바깥으로 나갔다. 흰 돌을 깐 테라스는 건물 주위를 둘러싸고 있는데, 작은 정원만큼 넓다.

요코는 테라스로 걸어가 난간에 기대 멍하니 운해를 보았다. 달은 크게 기울어 천상의 바닷속으로 가라앉고 있었다.

발아래 암석에 밀려오는 파도를 가만히 보고 있는데 뒤에서 자박자박 발소리가 들렸다. 돌아보자 회갈색 털을 지닌 생물이

다가온다.

"산책하는 거야?"

말을 걸자 라쿠슌이 쓴웃음을 지었다.

"그렇지, 뭐. 잠이 안 와?"

"응. 라쿠슌도?"

"저런 방에서 어떻게 자겠어. 여관에 남을걸 하고 심히 후회하고 있어."

"동감."

요코가 대답하자 쥐는 소리 높여 웃었다.

"네가 그런 소리 하면 어떡해. 요코한테도 이런 왕궁이 있는데."

라쿠슌의 말에 요코의 얼굴에서 미소가 사라졌다.

"……역시 있겠지."

라쿠슌은 옆에 와서 나란히 섰다. 요코와 마찬가지로 바다를 내려다보았다.

"경국의 왕궁은 영주瑛州, 요천에 있어. 금파궁金波宮이라고 하지."

그다지 흥미를 끄는 이야기가 아니라서 요코는 건성으로 맞장구를 쳤다. 라쿠슌은 잠시 입을 다물었다.

"있지, 요코."

"응……."

"게이키는 조 에이인가 하는 위왕에게 잡혀 있겠지."

"그런 것 같네."

"만약 각왕이 절대로 요코를 옥좌에 올리지 않겠다고 생각한다면 한 가지 확실한 방법이 있어."

"게이키를 죽이는 거 말이지?"

"맞아. 게이키가 죽으면 너도 죽어. 봉산에 올라 천칙을 받지 않았으니까 실제로 어떻게 될지는 모르겠지만 굳이 따져보면 그렇게 될 것 같아."

요코는 고개를 끄덕였다.

"그렇겠지. 게이키와 계약을 맺어버린 탓에 나는 사람이 아니니까. 어지간해서 다치지 않는 체질도 그 덕일 테고, 말이 통하고 검을 쓸 수 있는 능력도, 애당초 허해를 함께 건널 수 있었던 이유도 전부 그 때문이겠지."

"아마도. 게이키는 적의 수중에 있어. 몸을 지키려면……."

"듣고 싶지 않아."

요코가 가로막았다.

"요코."

"아니야. 떼를 쓰려는 게 아냐. 왕이 무엇이고 기린이 무엇인지 잘 모르니까. 그러니까 내 목숨을 지키기 위해서라느니, 그런

말로 결단을 내리고 싶지 않아."

"그래도 말이야."

"자포자기로 하는 소리라고 생각하지 않았으면 좋겠어."

요코가 미소 지었다.

"나는 이쪽에 와서 언제 죽어도 이상하지 않은 상황이었어. 간신히 살았지만 운이 좋았을 뿐이겠지. 이쪽으로 왔을 때에 잃은 것이나 다름없는 목숨이니까 그렇게 아까운 마음은 들지 않아. 적어도 그런 식으로 아까워하고 싶지 않아."

라쿠슌은 뀨우우 하고 목에서 소리를 냈다.

"그러니까 목숨이 아깝다는 이유로 경솔하게 선택하고 싶지 않아. 다들 내게 기대하는 마음은 알아. 하지만 여기서 모두의 기대에 휩쓸려 내 삶을 결정한다면 나는 책임을 질 수 없어. 그러니까 제대로 판단하고 싶어. 그렇게 생각해."

라쿠슌은 새카만 눈으로 쳐다보았다.

"나는 왜 요코가 그렇게 망설이는지 잘 모르겠어."

"나한테는 역부족이야."

"어째서지?"

"나는 자신이 얼마나 추악한 인간인지 알아. 왕을 할 만한 그릇이 못 돼. 그런 대단한 인간이 아니야."

"그런 건."

"라쿠슌이 반수라면 나도 반수야. 얼핏 인간 같지만 사실은 짐승에 지나지 않아."

"요코……."

요코는 테라스 난간을 잡았다. 고급스러운 돌의 감촉이 더없이 섬세하고 아름답다. 눈 아래 투명한 물에 비쳐 보이는 관궁의 불빛은 야광충 같다. 파도가 잔잔하게 밀려오며 조용히 소리가 났다. 멋지고 아름다운 경관이지만 자신은 그에 어울리지 않는다. 요천에 있다는 금파궁도 마찬가지로 아름다운 성이리라. 그곳에 있는 자신을 생각하면 주눅이 드는 게 아니라 소름이 끼쳤다.

그렇게 말하자 라쿠슌은 한숨을 쉬었다.

"왕은 기린에게 선택받을 때까지 평범한 인간이야."

"나는 기린에게 선택받았어도 그런 인간밖에 되지 않았어. 훔치려 하고, 협박하려 하고, 실제로 살기 위해 사람을 위협했지. 사람을 의심하고, 목숨이 아까워 라쿠슌을 버리고, 죽이려고 했어."

"연왕은 너라면 할 수 있다고 했잖아."

"연왕은 내가 얼마나 천박하게 살아왔는지 몰라."

"너라면 할 수 있어. 네 손에 죽을 뻔한 내가 하는 말이니까 틀림없어."

요코는 라쿠슌을 내려다보았다. 요코의 명치 부근까지밖에 오지 않는 쥐는 난간 사이로 고개를 내밀고 하늘 위에 있는 바다를 지그시 응시했다.

"나는 못 해……."

운해를 보면서 중얼거린 말에 대답이 돌아오지 않는다. 작은 손이 요코의 팔을 가볍게 두드려서 돌아보자 회갈색 털은 벌써 등을 돌리고 있었다.

"라쿠슌."

"내가 요코 입장이었더라도 망설였을 테니까 망설이는 게 잘못이라고는 안 할게. 잘 생각해봐."

쥐는 등을 보이고 멀어지면서 손을 들었다. 그대로 돌아보지도 않는 그림자를 요코는 지켜보았다.

"……라쿠슌도 전부 알지는 못해……."

나직하게 중얼거렸을 때였다.

—저는 압니다.

요코의 독백이 아니다. 깜짝 놀라 고개를 들고 주위를 둘러보았지만 귀로 들려오는 목소리가 아니었다.

—당신은 줄곧 혼자가 아니었습니다. 저는 전부 알고 있습니다.

"……조유……?"

—옥좌에 오르십시오. 당신이라면 할 수 있습니다.

요코는 대답할 수가 없었다. 조유가 말을 건 데에 놀란 탓도 있고, 말한 내용 탓도 있다.

—감히 주명을 거슬렀습니다. 부디 용서를.

주명이라는 말에 예전에 게이키가 '없는 것처럼 움직'이라고 한 말을 떠올렸다. 그래서 오늘까지 한 번도 대화에 응해주지 않았던 것인가.

괴물이라고 부르고, 떼어달라고 떼를 썼다. 그 탓이니까 요코의 잘못이다.

"나는 정말로 어리석어……."

중얼거린 목소리에는 더이상 대답이 없었다.

002

다음날, 여관이 깨워서 조식 자리에 간 요코는 묻는 듯한 시선에 고개를 가로저어 대답했다. 오늘은 쥐 모습인 라쿠슌은 고개를 숙이고 수염만 실룩거렸다. 연도 엔키도 살짝 낙담한 표정을 지었다.

"네 나라와 백성의 일이다. 내키는 대로 하면 된다만……."

연은 쓴웃음을 머금으며 말했다.

"어쨌거나 게이키만은 맞으러 갔으면 좋겠군. 왕이 옥좌를 버린다면 더욱. 재보만이라도 나라를 위해 남겨줘. 어때?"

연의 말에 요코는 고개를 끄덕였다.

"아직 결론을 내린 것이 아니고, 게이키를 되찾는 데에 이의는 없어요. 하지만 어떻게 하죠?"

"힘으로 빼앗는 수밖에 없겠지. 게이키는 정주에 있는 것 같더군. 위왕군 한복판이니까."

"게이키를 되찾으면 저는 돌아갈 수 있나요? 이건 단순한 궁금증이에요."

연은 고개를 끄덕인다.

"기린은 식을 일으킬 수 있어. 너는 허해를 건널 수 있는 몸이 되었으니 어렵지 않지. 만약 네가 꼭 돌아가고 싶다면 게이키가 싫다고 해도 엔키를 통해 보내준다 약속하마."

왕이 되지 않으면 돌려보내지 않겠다고 협박할 수도 있을 텐데, 공정한 사람이다.

"나는 싫어. 그때는 게이키를 단단히 설득해줘."

엔키가 언성을 높이고 연은 소년을 노려보았다.

"로쿠타."

"모르는 것 같으니 알려주지. 식이 일어나면 재해가 닥쳐. 기린 혼자라면 바람이 좀 부는 정도지만 왕이 함께라면 큰 재해가 일어나. 저쪽에도 피해가 나온다고."

"왜에도?"

"그래. 저쪽과 이쪽은 원래 섞여서는 안 되는 세계니까. 네가 이쪽으로 오면서 일어난 식 때문에 교국의 피해가 상당히 컸던 모양인데, 왕이 허해를 건넌 것치고는 대단치 않은 축이야. 이번에는 그 정도로 끝나지 않겠지. 나는 그런 일을 돕기는 싫어."

"만에 하나 돌아가게 되더라도 엔키에게 폐 끼치지 않도록 할게."

"아무쪼록 부탁해."

쓴웃음을 지으며 고개를 끄덕이자 이번에는 연이 굳은 목소리로 말했다.

"하지만 요코, 저쪽으로 돌아간다고 안전하지는 않아."

"알아요."

각왕이 포기하지 않는 한 저쪽으로도 요마가 찾아오리라. 돌아갈 때에는 재해를 일으키고, 돌아가면 요마의 습격에 휘말리는 사람이 분명히 나온다. 요코는 역귀다. 이쪽에서든 저쪽에서든 요코가 봉래로 돌아가는 것은 폐가 되는 이야기지만, 그런 줄 알면서도 결심은 서지 않았다.

"내가 저쪽으로 돌아가기 전에 각왕을 치는 건요?"

"그건 못 해. 적어도 나는 협력하지 않을 거다."

"할 수 없나요?"

연은 고개를 끄덕였다.

"이것만은 기억해둬. 왕에게는 절대로 저질러서는 안 되는 죄가 세 가지 있다. 하나는 천명에 거슬러 인도에 어긋나는 것, 또 한 가지는 천명을 받아들이지 않고 스스로 죽음을 선택하는 것. 그리고 마지막 한 가지가 설령 내란을 다스리기 위해서라도 타국에 침입하는 것."

요코는 끄덕였다.

"그러면 이번 일은요? 경국에 게이키를 탈취하러 가는 건 괜찮나요?"

"경 여왕이 선두에 선다면 친정親征이지. 우리는 경왕의 청원에 힘을 빌려줄 뿐이야."

"그렇군요."

연은 호탕하게 웃었다.

"게이키를 되찾기 위해 우리 안국의 왕사王師를 빌려주어도 괜찮은데, 어찌하시겠나."

요코는 쓴웃음을 짓고 고개를 숙였다.

"부탁드립니다. 실망스러운 말만 해서 죄송합니다."

엔키는 얼굴을 찡그리며 웃었다.

"쇼류는 태과 왕이 늘었으면 하는 거야. 마음써줄 것 없어. 아무튼 지금까지 혼자였으니까."

"현재, 한 사람?"

"현재, 한 사람. 과거에 몇 사람인가 있었나 본데 숫자가 그렇게 많지 않아."

"엔키도 태과지?"

"맞아. 나랑 쇼류랑 다이키泰麒. 요코가 네 명째군."

"다이키라면 대국의 기린?"

"응. 대극국의 병아리지."

"병아리라니."

"성수成獸가 아니었어."

"엔키는?"

"나는 성수야. 기린은 성수가 되면 겉모습의 성장이 멈춰."

"그렇다는 얘기는 엔키가 게이키보다 빨리 성장한 거구나."

"그런 거지."

어쩐지 우쭐거리며 말하는 게 우스웠다. 연은 그저 쓴웃음만 짓고 있다.

"다이키는 성수가 아니었어?"

"그래."

"과거형?"

요코가 물으니 엔키는 못마땅한 표정으로 연과 얼굴을 마주보았다.

"다이키는 죽었어. 아니, 죽었다고 전해지고 있어. 지금 대국은 전란의 소용돌이 속에 있어. 다이키도 태왕도 행방을 알 수 없어."

요코는 한숨을 쉬었다.

"이쪽도 만만치 않구나."

"인간이 존재하면 번잡해지게 마련이지. 이름이 다카사토…… 뭐라고 했었지. 나이는 네 또래일 거야."

"남자아이?"

"기麒는 수컷이야. 멋진 흑기린이었지."

"흑기린?"

"기린을 본 적 있어?"

"사람 형태라면."

"털은 자황색, 등이 오색, 갈기는 금빛이 일반적이지."

"엔키의 머리카락처럼?"

"맞아. 근데 이건 머리카락이 아니야. 갈기지."

그렇구나 하고 요코는 생각했다.

"다이키는 검은색이야. 닦은 것처럼 광이 나는 강철 빛깔이었지. 털은 칠흑, 등이 은빛……이라고 할지, 조금 특이한 느낌의 오색이었지."

"드물어?"

"드물지. 역사 속에서도 흑기린은 좀처럼 없어. 적기린이나 백기린도 있나 본데 나는 보지 못했어."

"흐음……."

"다이키가 죽었다면 태왕도 살아 있을 리가 없지. 그렇다면 봉산에 대국 기린이 들어 있는 과실, 태과泰果가 열려야 하는데 그런 낌새가 없단 말이지."

"태과?"

"기린이 열리는 나무는 봉산에 있어. 기린이 죽으면 동시에 다음 기린이 든 난과가 열리지. 다이키가 죽으면 후대 다이키겠군. 암컷이라면 다이린. 그 난과에 국씨를 붙여 태과라 하지. 하지만 아직 봉산에는 태과가 없어. 그렇다면 살아 있을 텐데."

"기린에게 부모는 없어?"

"없어. 저쪽에서 태어났다면 모를까. 그러니까 기린에게는 이름이 없어. 호뿐이야."

"게이키도?"

엔키는 고개를 끄덕였다. 서글픈 이야기다. 요코의 사고를 읽은 듯이 엔키는 짐짓 찡그린 얼굴을 보인다.

"기린은 가여운 생물이야. 왕을 위해 태어나 부모도 없거니와 형제도 없지. 이름마저 없어. 왕을 고르면 실컷 부려먹히다 왕 때문에 죽지. 종국에는 무덤조차 없다니."

엔키가 연을 흘끔 보자 그의 주인은 딴청을 부렸다. 엔키는 얼굴을 찌푸리고 한숨을 쉰다.

"무덤이 없어?"

요코가 되묻자 엔키는 아차 하는 표정으로 시선을 피했다.

"무덤을 만들어주지 않는 거야?"

연이 쓴웃음을 짓고 대답했다.

"무덤이 없지는 않아. 왕과 합장하지. 단, 시신이 없어."

"……어째서."

신비로운 생물이라 사체를 남기지 않는 것일까.

"그만둬."

"감출 것도 없잖아. 기린은 요마를 종복으로 부리지. 요마에게 계약을 제안해. 계약을 맺은 요마는 기린에게 복종해 그를 위해 일하지. 그 대신 기린이 죽은 뒤에 시신을 먹을 수 있어."

요코는 시선을 들고 연을 보고 나서 엔키를 보았다. 엔키는 어깨를 으쓱했다.

"그런 거야. 기린은 맛있대. 뭐, 죽고 나서 일이니까 아무래도 상관없지만. ……가엾다는 생각이 든다면 게이키에게 잘해줘. 놈이 실도하게 하지 말아줘."

요코는 대답할 수 없었다. 대신에 다른 말이 튀어나왔다.

“각왕은 고린을 실망시키는 것이 무섭지 않았을까…….”

“글쎄.”

연은 쓴웃음을 지었다.

“각왕이 무슨 생각인지 모르겠군.”

엔키 역시 어깨를 으쓱했다.

“타국에 간섭하면 천명을 잃는 것은 확실해. 그 사실을 알면서도 각왕은 어리석은 짓을 할 수밖에 없었어. 그만한 이유가 있었겠지.”

“그런가.”

“바보짓을 해봤자 자신에게 손해일 뿐임을 알아도 사람은 구태여 죄를 저지를 때가 있어. 사람은 어리석어. 괴로우면 더욱 어리석어지지.”

요코는 흠칫 놀라 고개를 끄덕였다.

“……무섭군.”

“무서운가?”

“응. 나는 도저히 할 수 없을 것 같아.”

연이 살짝 웃었다.

“기린은 왕에게 거스르지 못한다. 그렇다고 무슨 명령이든 싫은 내색 하나 비치지 않는 것은 아니야. 자신이 어리석은 인간임을 잊지 마. 그러면 네 반신이 도와주겠지."

"……반신?"

"네 기린 말이야."

요코는 고개만 끄덕이고 나서 자신의 오른쪽 옆자리를 보았다.

거기에는 한 자루 검이 놓여 있다.

—수우도는 과거, 미래, 천리 너머 일도 비춘다.

연은 그렇게 말하지 않았던가. 그럼 수우도를 지배할 수 있다면 각왕이 무슨 생각을 하는지 알 수 있지 않을까?

003

나라에는 이군二軍이 있다. 하나는 주후에게 위임해 각지에 배치된 주후사州侯師, 또 다른 하나가 왕이 직접 장악하는 왕사王師.

경국 정주 주도州都인 유룡維龍까지 기병이 도달하는 데 한 달이 걸린다. 게이키의 목숨을 구할 생각을 하면 한 달은 불안하다. 그래서 특별히 천마天馬 등을 써서 하늘을 달릴 수 있는 자를 그러모아, 백이십 기의 정예부대를 꾸려 유룡을 급습하기로 했다.

연과 엔키도 준비를 위해 나가서는 점심에도 저녁에도 돌아오지 않았다.

요코는 무료해하는 라쿠슌을 남기고 방으로 돌아왔다. 검을 탁자에 두고 그 앞에 앉았다.

요코는 검의 주인이다. 이론상으로는 검으로 원하는 사실을 볼 수 있겠지만 자신을 왕이라고 인정하기가 망설여진다. 망설여지는 만큼 이 일은 어려워도 해볼 가치가 있다.

의식적으로 환영을 끌어내는 방법은 모른다. 아마도 단순히 환영을 끌어내기만 하는 것은 어렵지 않으리라.

이쪽으로 오기 전에 오랫동안 꾸었던 물소리가 들리는 꿈 이야기를 연에게 하니 검이 보여준 환영이 틀림없다고 했다. 아마도 검이 적의 습격을 예견하고 주인인 요코에게 경고를 보내고 있었을 거라고.

그러나 당시 요코는 아직 게이키를 만나지 않았고, 계약도 맺지 않았다. 그래도 검은 요코가 주인인 줄 알고 있었다.

—천명이 먼저인가, 선정이 먼저인가.

요코는 연에게 그리 물었다.

요코는 천명을 떠안고 태어난 것일까. 아니면 게이키가 고른 탓에 옥좌를 짊어지게 된 것일까.

모르겠다고 말한 사람은 엔키 자신이었다.

“나도 왜 이런 놈을 골랐는지 이유를 전혀 모르겠어. 다만, 왠지 모르게 이 녀석일 거라고 생각했어."

엔키는 왕을 고르는 것이 기린의 본능일 거라고 말했다.

어쨌거나 검과 의사가 통하는 것은 요코에게 그리 어려운 일일 리가 없다.

요코는 불을 끈 방안에서 검을 뽑아 검신을 응시했다.

—각왕을.

검이 이제까지 줄곧 고국의 환영만을 보여왔던 것은 요코가 돌아갈 일만을 생각했기 때문이 아닐까, 그런 생각이 들었다.

—각왕의 진의를 알고 싶다.

아직 결심이 서지 않았기 때문에 어리석은 왕에 대해 알아두고 싶다.

검신이 희미하게 빛을 내기 시작했다. 빛 속에 희미한 그림자가 떠오른다. 물방울이 떨어지는 소리가 들렸다. 가만히 그림자를 응시하며 형태를 이루기를 기다렸다.

하얀 벽이 보인다. 유리를 끼운 창문과 창문으로 보이는 마당. 낯이 익다. 요코네 집 마당이다.

—아니야. 이게 아니야.

강하게 생각하자 환영이 사라진다. 눈앞에 빛을 잃은 검신이 보이자 요코는 실패했다는 사실을 깨달았다.

"한 번에 될 리가 없지."

소리 내어 자신을 타이르고 다시 한번 검신을 바라봤다. 하룻밤에 몇 번이나 환영을 본 적은 없지만, 생각보다 간단히 검신이 다시 빛을 내기 시작했다.

그러나 다음에 보인 것 또한 요코의 집 마당이라 가벼운 실망감을 지울 수 없었다. 의식이 환영에서 멀어지지 않도록 주의하면서 아니라고 생각하자 수면을 어지럽힌 것처럼 환영이 흔들렸다.

다음에 보인 것은 요코의 방이었다.

—아니야.

그다음은 학교.

—아니야.

몇 번을 시험해도 저쪽 세계만 보였다. 집을, 학교를, 친구의 집 풍경까지 보여주면서 검은 이쪽 세계를 비추지 않는다.

요코는 검집 같다고 생각했다. 검집의 푸른 원숭이처럼 다루기 사납다.

동시에 이것은 고국을 향한 집착을 잘라내지 못하는 요코 탓이다. 그 사실을 알고 있으니 포기할 수 없다.

끈질기게 되풀이하다 드디어 환영 속에서 이쪽 풍경을 찾았다.

해냈다고 기뻐할 새도 없이 어느 도시의 성문 앞에 쓰러져 있는 많은 사람을 발견했다.

문 앞으로 난 가도는 피를 먹어 질퍽거렸다. 쓰러진 사람들과 괴로워하는 신음, 그 가운데 서 있는 어두운 눈빛의 소년.

—아니, 요코 자신.

"……치워!"

허겁지겁 환영을 떼어냈다.

오료다. 저곳에서 요코는 라쿠슌을 버렸다.

자신의 일인데도 경악했다. 저렇게 음산한 얼굴을 하고 있었던가.

요코는 검을 내팽개쳤다. 검을 두려워하는 듯한 자신의 동작을 깨닫고 자조의 미소가 새어 나왔다.

—사실이잖아.

푸른 원숭이가 살아 있다면 분명히 그렇게 말했으리라.

그것은 분명한 사실이다. 눈을 돌릴 자격은 없다. 오히려 제대로 직시해야만 한다. 어리석은 자신에게서 눈을 피한다면 분명히 언제까지고 어리석은 채일 것이다.

다시 검자루를 쥐었다. 숨을 가다듬고 검신을 들여다봤다. 이내 눈앞에 오료의 성문 앞이 보였다.

환영 속 요코는 정말로 어두운 눈을 하고 있었다. 거친 느낌을 한눈에 알 수 있다. 요코는 그 눈으로 라쿠슌을 보고 있다.

'돌아가서 숨통을 끊어놓을지 말지 망설였다…….'

오료에서 사람이 달려오자 환영 속 요코는 허둥지둥 그 자리에서 도망쳤다. 도망치는 뒷모습이 흔들리고 이번에는 산길이 나타난다. 요코는 자신이 친절한 모녀에게서 등을 돌리는 모습을 지그시 보았다.

닷키가 있고, 해객 노인이 있었다. 요코를 호송하려다 목숨을 잃은 남자들의 가족이 우는 모습도 보였다. 해객 때문에. 원망 어린 목소리를 요코는 가만히 듣고 있었다.

하서, 요마에게 습격당한 뒤의 참상이 비쳤다. 오료에서 광장에 누인 시신 행렬을 보았다. 어느 도시 외벽 아래에 웅크린 경국의 난민들도 보인다.

요코는 환영들을 그저 바라보았다. 환영을 거부하면 오히려 날뛴다는 사실을 바라보면서 깨달았다. 순순히 받아들이고 응시하고 있으면 환영은 요코가 보고 싶은 것에 가까워진다.

왕궁이 보였다. 그곳에는 앙상한 여자가 있다.

"요천에 여자는 필요 없어요."

"하오나……."

이론을 주창하려 한 사람은 게이키다. 그 여자가 죽은 선왕인 여왕이리라.

"칙명을 어기고 남은 자는 죄인, 죄인을 심판하는 데 주저할 필요가 있습니까?"

단언하는 여왕은 두 눈에만 생기가 깃들어 있었다. 피부는 죽은 사람 같고, 야윈 볼이나 힘줄이 드러난 목덜미에도 병적인 빛깔이 드러났다. 그녀의 고통이 보인 것 같다. 저렇게 야위어버릴 정도로 그녀는 괴로웠다. 괴롭고 또 괴로워서 어리석은 짓인 줄 알면서도 죄를 저지를 수밖에 없었다.

황폐한 경국이 보였다. 교국도 가난했지만 경국의 가난함은 교국보다 더욱 심각했다. 요마의 습격을 받은 도시가 보이고, 전란에 불탄 마을이 보인다. 메뚜기와 쥐가 휩쓸어 황무지가 된 논, 범람한 강에서 밀려온 물로 인해 진창이 되어버린 논에는 시신 여러 구가 떠 있다.

—왕을 잃은 것만으로 이리도 나라가 황폐해진단 말인가.

몇 번이고 들은 '나라가 망한다'는 말이 실감과 함께 되살아났다. 고국에서 살았다면 현실감 없을 말이지만, 여기서 자주 들은 이유를 알 것 같았다.

다음에 보인 것은 어딘가의 산길이었다.

004

길가에 선 두 사람 중 한쪽은 사신처럼 어두운색 천을 뒤집어썼다. 다른 한쪽은 금발이었다. 주위에 짐승 몇 마리가 보인다.

"용서해주세요."

그렇게 말하며 얼굴을 덮은 사람은 금발 쪽으로, 예전에 산길에서 만난 여자였다.

'역시 저 사람이 고린…….'

"그건 물론 나한테 하는 말이겠지."

사신 같은 인물이 머리에 뒤집어쓴 천을 벗었다. 나이든 남자 얼굴이 드러났다. 주름은 깊지만 체격이 커서 노인이라는 말은 어울리지 않는다. 어깨에는 화려한 빛깔의 앵무새가 앉아 있다.

"무력해 보이는 계집애다. 죽이지 못한 건 아깝지만 산을 헤매다 보면 그리 오래 버티지 못할 테지. 하나, 이미 계약을 맺은 것을 몰랐다니 오산이었어."

남자는 담담하게 말했다. 감정이 메마른 목소리였다.

"그래, 됐다. 조만간 산에서 쓰러져 죽든 마을에 들어갔다 붙잡히겠지. 아무튼 태보."

"예."

"다음에는 이러면 곤란해. 나를 위해 무슨 일이 있든 저 계집애 숨통을 끊어놔."

남자가 말한 '저 계집애'는 아마도 요코이리라. 그렇다면 이 남자는.

'……각왕…….'

"소심해 보이는 꼬마 계집애군. 기량이 대단치 않아 보여. 구태여 봉래까지 갔는데 저런 주인밖에 찾지 못했나."

남자가 그렇게 말하고 무표정하게 한 마리 짐승을 돌아보았다.

겉모습은 사슴을 닮았지만, 뿔은 이마에 하나뿐이라 굳이 말하면 일각수에 가까울지도 모른다. 갈기는 짙은 금빛, 털은 차분한 노란빛, 등에 사슴처럼 무늬가 있고 무늬가 신비한 색으로 희미하게 반짝였다.

"참으로 주인 운이 없어 뵈는군. 안 그런가, 경 태보."

'경 태보……라는 소리는 저 짐승이 게이키…….'

저것이 기린이라는 생물인가.

배랑에서 호송되던 길의 산속 풍경이리라. 그러면 요코가 게이키라고 생각한 사람은 고린이고, 조유는 게이키인 이 짐승을 보고 '태보'라고 부른 것이다.

"꼬마 계집애라 하신다면 내버려두면 되지 않습니까."

말한 사람은 고린이었다.

"교의 백성이 두 사람 죽었습니다. 부디 이런 짓은 그만두세요."

눈물을 흘리며 각왕을 올려다보는 얼굴은 예전에 산길에서 본 표정과 똑같았다.

"사람은 죽게 마련이다."

고린을 향한 주인의 말에는 끝까지 감정이 엿보이지 않았다.

"하늘은 용서하지 않으실 겁니다. 틀림없이 교는 보복을 받겠죠. 주상 역시 예외는 아닙니다."

"이미 보복을 받을 만한 짓은 했다. 새삼스레 말해도 소용없어. 내 운명은 다했다. 교는 침몰한다. 그렇다면 경도 침몰해야지. 반드시 경왕은 길동무로 삼겠다."

"그렇게나 태과가 미우십니까."

각왕은 가볍게 웃었다.

"밉지는 않다만 싫구나. 저쪽에서는 아이가 여자 배에서 태어난다지. 알고 있는가."

"압니다. 그게 어쨌다는 건가요."

"더럽다고 생각지 않는가."

"생각지 않습니다."

"나는 생각해. 여자의 배에서 태어난 이상 태과는 이미 이쪽 인간이 아니야. 이쪽에 있어야 할 존재가 아닌 게야."

"하늘은 그렇게 생각지 않으십니다. 그러니까 태과 왕이 있지 않겠습니까. 하늘의 의지를 거스르는 일이야말로 더러운 일입니다."

각왕은 소리 죽여 웃었다.

"나와 너는 마음이 맞지 않는 모양이군."

"그런 것 같군요."

"하지만 네 주인은 나다. 내 명령에 따라야 해. 꼬마 계집애를 쫓아서 반드시 숨통을 끊어라. 살아서 교에서 도망치게 해서는 아니 돼. 그렇지, 경과 맞닿아 있는 국경에 왕사를 두어야겠군. 꼬마 계집애는 분명히 경으로 돌아가려 할 게야."

"더러운 꼬마 계집애라면 내버려두어도 되지 않습니까. 꼬마 계집애라고, 대단한 기량이 아니라고 하시면서 어째서 죽여서까지 옥좌에서 멀어지게 하십니까."

"태과 출신 왕은 교 주위에 필요 없다."

무뚝뚝한 말에 고린은 깊이 한숨을 내쉬었다.

"……그래서 경 태보를 어쩌실 작정이십니까."

"게이키는 조 에이에게 줘야지. 기린이 있으면 제후도 이의를 제기하지 못할 게야."

"당분간은 그것으로 속인다 해도 반드시 곧 수상히 여길 겁니다. 뿔을 봉인한 경 태보는 사람으로 전변하지 못합니다. 말조차

하지 못합니다. 그런 재보가 어디에 있나요. 이제 그만두세요. 하늘이 이 같은 과오를 눈감아줄 리가 없습니다."

"눈감아달라고 하지는 않겠다."

"각오는 훌륭하십니다만, 주상은 백성을 잊고 계십니다."

"교의 백성은 운이 나빴다. 내가 죽으면 다음에 현제가 설지도 모르지. 긴 안목으로 보면 그러는 편이 백성을 위한 일인지도 몰라."

"무슨 말씀을 하십니까……."

고린은 다시 얼굴을 덮었다.

"나는 왕의 기량을 갖고 있지 못했어."

각왕은 담담히 말했다. 정감이 결여된 목소리는 어쩌면 모든 것을 포기한 탓인지도 모른다.

"너도 하늘도 왕을 잘못 골랐어."

"그런 일은 없습니다."

"그런 거야. 내 재위는 오십 년으로 끝난다. 안이 오백 년, 주가 육백 년 가까이 되었지. 안과 주에 비하면 정말 짧은 치세다만 내게는 이게 한계야."

"이제부터라도 마음을 바꾸시면 더 길어질 거예요."

"이미 늦었어, 태보."

고린은 깊이 고개를 떨구었다.

"나는 크나큰 소임에 실패한 게야. 지방의 일개 병사로 끝났어야 할 내가 터무니없는 행운을 만났지만, 그것을 받아들일 만한 기량이 없었다. 고작 오십 년밖에 유지하지 못했어."

"고작이라고 말씀하지 마세요. 단명하는 왕은 얼마든지 있습니다."

"있지. 이를테면 여왕予王. 여왕뿐 아니라 경은 늘 파란의 국가였어. 교보다 나라도 훨씬 가난하지. 어리석은 백성은 안이나 주와 비교해 교더러 가난하다고 하지만 사리를 아는 자는 경에 비하면 낫다고 하지."

"안국이나 주국도 처음부터 풍요로웠던 것은 아닙니다."

"안다. 그렇게 생각하고 나도 할 수 있는 일은 했지. 하지만 내가 나아가는 만큼 연도 종도 앞으로 나아가지. 그래서 다들 언제까지고 말하는 게야. 교는 안보다도 주보다도 가난하다고. 이 말을 바꿔 하면 내가 연이나 종에 미치지 못한다는 소리다."

"결단코 그렇지 않습니다."

"이제 와 연이나 종과 경쟁할 생각은 없다. 그러나 경은 별개야. 경은 교보다도 가난하다. 그런데 새로운 왕이 즉위해 교보다도 풍요로운 나라가 되면 어찌하누. 교만이 계속 가난하고, 나 혼자 어리석은 왕이라 불리게 된다면."

"그래서 천명을 잃을 정도로 어리석은 일을 하십니까."

각왕은 고린의 물음에 대답하지 않았다.

"왜는 풍요로운 나라지. 해객의 이야기를 들으면 알 수 있어. 왜에서 귀환한 연의 나라 또한 풍요롭다. 태과는 이쪽에서 태어난 우리와 달라. 태과인 연의 나라가 저리 풍요로운데 어찌 경왕을 두려워하지 않을 수 있겠는가. 태과는 나라를 다스리는 비결을 아는지도 몰라. 그렇다면 끝내 나만이……."

"무슨 어리석은 말씀을 하십니까."

각왕은 살며시 쓴웃음을 지었다.

"그렇구나. 어리석어. 하나, 이제 와 물릴 수는 없지. 이제 와 물린다고 교의 운명은 바뀌지 않아. 어차피 교는 망하고 나는 죽는다. 그렇다면 경의 태과도 길동무로 삼아주마."

—말도 안 돼.

"바보 같기는."

저도 모르게 소리를 높이자 환영이 휙 사라졌다.

요코는 힘없이 검을 내렸다.

"……이런 어리석은 짓을."

자신만 남겨지고 싶지 않으니까, 하지만 자신이 주위에 맞추기보다 주위를 붙드는 것이 편하니까. 흔히 있는 일이다. 정말로 흔히 있다. 하지만.

"아무리 그래도 일국의 주인이 백성의 고생을 돌보지 않고 그런 어리석은 짓을 위해 범해서는 안 되는 죄를 저지른 건가."

얼마나 많은 사람이 말려들어 목숨을 잃었나. 이 일로 교국이 망하면 피해는 그에 비할 바가 아니리라.

—사람은 어리석어. 괴로우면 더욱 어리석어지지.

엔키의 목소리가 되살아났다.

안국과 주국 사이에서. 연왕과 종왕을 의식해서. 그는 고작 오십 년이라 했지만, 그에게는 얼마나 긴 세월이었을까.

그리고 이것은 요코가 언제 전철을 밟아도 이상하지 않은 길이다. 안국과 주국 사이에 있기는 경국도 마찬가지. 각왕과 똑같은 짓을 요코가 생각하지 않으리라 장담할 수 있는가.

"……무서워."

요코는 중얼거렸다.

"정말로 무서워……."

005

밤바람을 쐬러 테라스로 나가자 먼저 온 손님이 있었다.

"라쿠슌."

말을 걸자 운해를 보고 있던 쥐가 돌아본다. 꼬리를 살짝 올렸다.

“또 잠이 안 와?”

“생각할 게 많아서.”

“생각할 거?”

라쿠슌은 고개를 크게 끄덕였다.

“어떻게 요코의 마음을 돌릴지에 대해서라든가.”

요코는 그저 쓴웃음을 지었다.

어젯밤과 마찬가지로 라쿠슌은 옆에 나란히 섰다. 난간에 기대 운해를 내려다본다.

“한 가지 물어도 될까?”

“뭔데?”

“어째서 나를 왕으로 만들고 싶어?”

“왕으로 만들고 싶은 게 아니야. 요코는 왕이야. 이미 기린에게 선택받았으니까. 그런데 옥좌를 버리려 하고 있지. 그래서 막고 싶을 뿐이야. 왕이 나라를 버리면 백성도 왕도 불행해져.”

“내가 왕이 되면 더 불행해질지도 몰라.”

“그렇지 않아.”

“어째서?”

“요코라면 할 수 있다고 생각하니까.”

“……못 해.”

"할 수 있어."

짤막하게 대답하고 나서 라쿠슌은 한숨을 쉬었다.

"어째서 이제 와 그렇게 비굴해진 거야."

"나 한 사람의 일이 아니니까."

요코는 밀려오는 파도만 내려다본다.

"개인적인 일이라면 해보겠어. 내가 결과를 책임질 수 있다면. 실패해도 나만 죽으면 되니까. 하지만 그렇지 않잖아."

"경국 사람들은 나라로 돌아갈 날을 기다리고 있어."

"그래. 풍요롭고 평화로운 나라로 말이지. 내가 그런 나라를 줄 수 있을 것 같지 않아."

"연왕이 기린에게 선택받은 이상 누구든 명군의 자질이 있다고 했잖아."

"정말로 그렇다면 어째서 경국은 황폐해졌지? 어째서 교국은 황폐해지는 거야? 설령 자질이 있더라도 살리기 어렵기 때문 아니야?"

"요코라면 괜찮아."

"근거 없는 자신감을 교만이라고 하는 거야."

뀨우우, 하고 라쿠슌은 고개를 떨어뜨렸다.

"비굴해진 게 아니야. 근거 없이 나를 불신한다면 비굴하다고 해도 다르지 않겠지만, 내 불신에는 근거가 있으니까. 나는 이쪽에서 많은 것을 배웠어. 그중 가장 큰 것이, 알기 쉽게 말하자면 내가 멍청이라는 사실이야."

"요코."

"나를 비하하며 만족하려는 것이 아니야. 나는 정말로 어리석었어. 그런 자신을 알고 이제야 어리석지 않은 자신을 찾으려 하고 있어. 이제부터야, 라쿠슌. 이제부터 조금씩 노력해서 조금이라도 더 나은 인간이 될 수 있으면 좋겠어. 더 나은 인간이라는 증거가 기린에게 선택받아 왕이 되는 것이라면, 왕을 목표로 삼는 것 또한 좋을지 몰라. 하지만 그건 지금 할 일이 아니야. 훨씬 나중에, 최소한 조금 덜 어리석은 인간이 되고 나서 할 일이야."

그렇구나. 라쿠슌은 이렇게 중얼거리고서 난간에서 떨어졌다. 자박자박 넓은 테라스를 돌아다닌다.

"요코는 무서운 거구나."

"무서워."

"큰 책임이 어깨에 놓여서 움츠러들었어."

"……맞아."

"빨리 게이키를 되찾으러 가, 요코."

요코가 돌아보자 라쿠슌은 홀로 자신의 그림자를 밟고 있다.

"너 혼자서 하는 게 아니야. 무엇을 위해 기린이 있겠어. 하늘이 기린을 왕으로 세우지 않은 까닭이 뭐야. 너는 자신을 추악하다고 하지. 천박하다고 하지. 스스로 하는 말이니 그렇겠지. 하지만 게이키가 너를 고른 이상 게이키에게는 네 추악함이나 천박함이 필요한 거야."

"그런 건."

"더하면 딱 알맞을 거야. 너 혼자서는 부족해. 게이키만으로도 부족해. 그러니까 왕과 기린, 둘이서 살도록 만들어진 거 아니야? 기린도 말하자면 반수지. 반수인 요코와 반수인 기린, 그걸로 딱 맞는 거야. 연왕과 엔키 역시 그렇겠지."

요코는 고개만 떨구고 있었다.

"왕이 된다고 기고만장하는 인간도 있겠지. 백성을 생각하고 겁을 먹을 만큼 분별력이 있는 것만으로도 너는 옥좌에 앉을 자격이 있어."

"그렇지 않아."

"게이키를 믿어."

"하지만……."

"조금 더 자신감을 가져. 오 년 뒤에 왕의 그릇이 될 수 있다면 지금부터 왕이어도 되잖아. 여기서 움츠러들 필요가 어디에 있어?"

"하지만……."

"게이키는 이미 너를 왕으로 골랐어. 지금 이 지상에 요코보다 더 경왕에 어울리는 사람은 없어. 천의는 민의야. 지금 이 지상에 요코보다 경국의 백성을 행복하게 할 수 있는 왕은 없다는 소리지. 확 받아들여보면 어때? 경국의 백성은 네 거야. 네가 경국의 소유인 것과 마찬가지로."

"그래도……."

"더 나은 인간이 되고 싶다면 옥좌에 올라 좋은 왕이 돼. 그것이 결국 더 나은 인간이 되는 것 아닐까. 왕의 책임은 분명히 무거워. 괜찮지 않아? 무거운 책임으로 압박당하다 보면 금방 더 괜찮은 인간이 될 수 있을 거야."

"될 수 없다면?"

"나아지려는 마음이 있다면 싫어도 그렇게 될 거야. 기린과 백성이 네 선생이니까. 그만큼 많은 선생이 있는데 멍청하게 있을 수가 없겠지."

요코는 오랫동안 묵묵히 바다를 내다보았다.

"……왕이 되면 돌아갈 수 없겠지."

"돌아가고 싶어?"

"모르겠어."

"모르겠어?"

요코는 고개를 끄덕였다.

"솔직히 말하면 저쪽이 그렇게 좋은 곳도 아니었어. 이쪽도 이

전만큼 싫지 않고."

"응."

"하지만 이쪽에 와서 줄곧 돌아가는 것만 생각해왔어."

"……그건 알아."

"부모님이 있어. 집이 있고 친구가 있어. 객관적으로 좋은 부모고 좋은 친구였는지 물으면 답하기 난처하지만, 그건 그 사람들만의 책임이 아니야. 나는 가난한 인간이라 가난한 인간관계밖에 만들어오지 못했어. 하지만 여기서 돌아간다면 조금 더 제대로 해낼 수 있어. 처음부터 다시 시작하면 내가 태어난 세계에 있을 곳을 만들 수 있을 거야. 어리석었던 내가 정말로 후회스러우니까 저쪽에서 제대로 다시 시작하고 싶어."

난간을 쥔 손에 물방울이 떨어졌다.

"설령 다시 시작할 수 없더라도, 그곳은 이제 내가 있어야 할 세계가 아니더라도, 그래도 역시 그리워. 나, 작별 인사도 하지 못했어. 미리 마음의 준비를 할 여유가 있어서 제대로 작별을 고했다면 이렇게 괴롭지 않았을지도 몰라. 하지만 아무런 준비도 없이 모든 것을 내팽개친 채로……."

"……그렇구나."

"그렇지 않아도 지금까지 줄곧 돌아가고 싶다고, 무슨 일이 있어도 돌아가겠다고, 애써온 유일한 이유를 포기하기는 정말 어려워…….”

“응.”

“여기서 돌아가면 분명히 후회하겠지만, 돌아가지 않아도 틀림없이 후회하겠지. 어느 쪽이든 어쩔 수 없이 다른 쪽이 그립겠지. 어느 쪽이고 붙잡고 싶은데 한쪽밖에 고를 수 없어.”

볼에 따뜻한 체온이 살며시 닿았다. 그것이 볼을 타고 흐르는 것을 닦아주었다.

“……라쿠슌.”

“돌아보지 마. 지금 살짝 곤란하니까.”

미소가 새어 나오고 그와 함께 눈물이 흘렀다.

“웃지 마. 하는 수 없잖아. 쥐 모습으로는 손이 닿지 않는걸.”

“……응.”

“저기 말이야, 요코. 어느 쪽을 골라야 할지 모르겠을 때는 자신이 해야만 하는 쪽을 골라. 어느 쪽을 골라도 반드시 나중에 후회할 거야. 똑같이 후회할 거라면 조금이라도 가벼운 쪽이 좋잖아.”

“응.”

“해야 할 일을 골라두면 해야 할 일을 포기하지 않았던 만큼 후회가 가벼워져.”

“응…….”

볼을 살짝 두드려주는 손바닥이 따뜻하다.

"나는 요코가 어떤 나라를 만들지 보고 싶어."

"……응. 고마워……."

006

유룡 습격 당일, 요코가 기마로 빌린 짐승은 길량吉量이라는 생물이었다. 길량은 하얀 줄무늬가 있는 붉은 갈기의 말로 금빛 눈이 아름답다. 타는 법은 조유가 알고 있다.

"요코는 관궁에 있어도 괜찮아."

연은 말했지만 요코는 받아들이지 않았다. 유룡을 지키는 병사는 육천 남짓, 한 기라도 많은 편이 좋다는 것을 안다. 하물며 게이키의 일이고 나아가서는 경국의 일인데 요코가 숨어 있어도 괜찮을 리가 없다.

오백 년이란 오랜 시간 동안 일국을 유지해온 연과 엔키에게 해보겠다고 말하는 데에는 엄청난 용기가 필요했다. 이쪽 세계 모든 것을 아는 것은 아니다. 나라의 구조도 정치 체계도 모른다. 왕이라 내세울 기량도 없음을 알고 있다.

그러니까 지금 할 수 있는 일을 열심히 해보는 수밖에 없었다.

지금 싸울 필요가 있으니까 싸운다. 그것부터 시작하는 길밖에 없으니 현영궁에 숨어 있을 수 없었다.

요코 말고도 숨어 있기를 거부한 사람이 또 한 명 있다. 라쿠슌이다. 관궁에 남으라고 강력하게 말했지만 라쿠슌은 승복하지 않았다. 그렇다면 도우라고 말한 엔키를 따라 나갔다. 기린은 피를 싫어하므로 전쟁터에는 나갈 수 없다. 엔키는 라쿠슌과 함께 경국 각지에서 위왕군에 굴복한 주후를 설득하기 위해 경국으로 향했다.

백 하고 스물의 짐승이 운해 위를 달린다. 위왕군은 이만 남짓. 그중 오천이 정주에 결집해 있다. 처음부터 백이십 기로 싸울 수 있는 상대가 아니라고 연은 말한다.

"목적은 게이키뿐이다. 게이키만 탈환할 수 있다면 일단 시간을 벌 수 있지. 더욱이 위왕군 놈들에게 자신들이 애지중지 지키고 있는 존재가 위왕이 아닌가 의심하게 할 수 있다면 더할 나위 없어. 주후 중에 세 명만 깨달으면 형세는 단숨에 뒤집힌다."

게이키를 되찾는 것은 첫걸음에 지나지 않는다.

"백이십으로 승산은 있나?"

요코가 묻자 연은 웃는다.

"일기당천까지는 아니더라도 한 사람당 열은 상대할 수 있는 자를 모은다고 모았어. 운해 위는 수비가 약하지. 하늘 위에 오를 자는 한정되어 있으니까. 놈들은 아직 경왕이 우리에게 있다는 사실을 몰라. 들키지 않도록 내가 일부러 마중을 나갔잖아."

그래서 홀로 용창까지 데리러 왔던 것인가.

"뭐, 경왕이 어떤 인물인지 흥미도 있었지만—그러니까 조 에이도 설마 안이 나설 줄 생각지 못하겠지. 겨우 백이십 기라 해도 운해에서 올 줄은 꿈도 꾸지 못할 거야—뒷일은 경왕 하기 나름인가."

"나?"

"네가 위왕군을 압박할 수 있다면 이야기는 더 빠르지. 위왕을 위해 싸울 백성은 없으니까. 네가 틀림없는 왕이라는 사실을 알게 되면 병사들이 나서서 게이키를 내줄 거야."

그럴 수 있다면야, 하고 요코는 한숨을 쉬었다.

"망설이지 마. 네가 왕이다. 그 사실을 잊지 마. 왕 따위 허울 좋은 머슴 같은 존재지만, 그 사실을 백성에게 들키지 마. 내가 가장 잘났다는 얼굴을 해."

"어떻게 하면 그런 마음을 먹을 수 있지."

요코는 다시 한숨을 쉬었다.

"자신감이 있으면 가능하겠지만 그럴 길이 없어."

"그만 것."

연이 웃는다.

“기린이 골랐으니 불만이 있으면 기린한테 말하라고 해.”

요코는 어이없는 심정으로 연을 보았다.

“그게 명군이 되는 비결?”

“그렇겠지. 적어도 나는 이걸로 버텨왔어. 불만은 엔키에게 말해. 그래도 못마땅하면 직접 해봐.”

“……그렇군. 기억해두지.”

실제로 자신의 눈으로 본 경국은 검이 환영으로 보여준 모습 이상으로 황폐했다. 운해를 통해 보아도 얼마나 황폐한지 알 수 있었다. 이제 논에서는 이삭이 보여야 할 시기인데, 경작을 포기한 듯 방치된 논이 많았다. 여도 이도 모두가 절멸한 것처럼 괴괴하고 길을 걷는 사람의 모습도 보이지 않는다. 불에 타서 시커멓게 탄 흔적만이 남아 있는 곳도 있었다.

교국을 가난하다고 생각했으나 경국의 가난함에 비할 바가 못 된다. 성벽 아래에 몸을 기댄 난민의 모습과 겹쳐 가슴이 아팠다. 다들 집으로 돌아가고 싶겠지. 요코는 잠들 집이 없는 괴로움을 뼈저리게 알고 있다.

운해 너머 눈 아래 지상을 보며 비행하기를 한나절, 요코 일행은 정주도 유룡에 도착했다. 유룡 역시 산꼭대기가 운해 위로 치

솟은 높은 산이었다. 산꼭대기에 있는 건물이 주후의 성, 이 성 어딘가에 게이키가 있다.

멀리 주성을 보았을 때 새가 날아오르듯 성에서 날아오르는 검은 그림자가 보였다. 성을 지키는 비행 기병 집단이리라.

전투는 사람을 죽이는 행위다. 여태껏 사람만은 베지 않았던 것은 사람의 죽음을 마음에 짊어질 용기가 없었기 때문이었다. 함께 간다고 했을 때 각오를 굳혔다. 대의보다 사람 목숨을 가벼이 여기는 것은 아니다. 벤 상대와 숫자는 반드시 잊지 않고 기억해두겠다. 그것이 요코가 할 수 있는 최대한의 일이라고, 그렇게 납득했다.

"괜찮나?"

연이 물어서 요코는 고개를 끄덕였다.

"머뭇거리지 마. 모처럼 마음을 먹어준 경왕을 여기서 잃으면 그런 참담한 일은 또 없을 테니까."

"그리 간단히 죽지는 않겠지. 나는 미련을 버리지 못하는 인간이거든."

요코가 대답하자 연은 의아해하는 표정을 지었다. 그런 연에게 눈짓으로 웃어 보였다.

요코는 달려오는 기병을 향해 검집에서 검을 뽑았다. 길량은 거침없이 하늘을 달린다. 요코는 성에서 날아오르는 기병 무리에 돌진했다.

007

성 깊숙한 곳, 두꺼운 포위망 안쪽에 있던 방에 한 마리 짐승이 사로잡혀 있었다.

"……기린."

이것이 기린인가.

자황색 털의 일각수. 사슴처럼 호리호리한 다리에는 쇠사슬이 감겨 있다. 기린은 짙은 빛깔 눈으로 요코를 보았다. 곁에 다가가자 둥그런 코끝을 요코의 팔에 댔다.

"……게이키?"

그렇게 묻자 요코를 똑바로 올려다본다. 사지를 굽혀 요코의 발치에 몸을 엎드렸다.

몸을 구부려 손을 뻗어도 도망치지 않는다. 금빛 갈기를 쓰다듬자 눈을 감았다.

—이것이 나의 반신인가.

저쪽에서는 전설 속에서만 사는 짐승이 요코를 이 운명 안으로 내던졌다.

"찾았다."

요코가 말하자 기린은 요코의 무릎에 턱을 댄다. 인사라도 하듯이 몇 번이나 비빈다.

다시 한번 갈기를 쓰다듬자 발치에서 둔탁한 소리가 났다. 짐승을 포박한 쇠사슬이 울리는 소리였다.

"기다려. 지금 풀어줄게."

요코는 일어나서 사슬로 향했다. 검 끝을 사슬에 대고 바로 찔러 끊었다. 기린이 일어났다. 체중이 느껴지지 않는 움직임이었다. 그러고서 몇 번이나 요코의 팔에 머리를 비볐다. 정확하게는 뿔을.

"……왜 그러지?"

요코는 뿔을 들여다보고는 묘한 무늬를 발견했다. 손바닥만 한 길이의 뿔에 적갈색 문자. 마른 핏빛과 비슷한 색이었다.

"이게 어쨌다는 거야?"

기린은 그저 뿔만 비빈다. 그 애달픈 동작에 요코는 이상함을 깨달았다. 반수인 라쿠슌이 말을 한다. 요마마저 사람 말을 구사하는 이 땅에서 최고위 영수라 불리는 기린이 말하지 못할 수가 있을까?

그러고 보니 검의 환영 속에서 뿔을 봉인당해서 사람 모습이 되지 못하고 말도 할 수 없다고 하지 않았던가.

뿔을 살짝 문지르자 기린은 얌전히 하는 대로 따랐다. 옷자락으로 강하게 닦자 살짝 긁혔지만 더이상 변화가 없다. 이상해서 자세히 들여다보니 뿔에 가느다란 글자가 새겨져 있었다.

상처라면 도움이 될지도 모른다는 생각에 요코는 품에서 구슬을 꺼냈다. 살며시 구슬을 대면서 닦자 글씨가 눈에 띄게 희미해졌다. 몇 번을 되풀이해 아주 희미해졌을 때 갑자기 품속에서 목소리가 들렸다.

"감사합니다."

목소리는 그리운 음색을 띠고 있었다.

"……게이키?"

기린은 눈을 살짝 가늘게 뜨고 요코를 올려다본다.

"그렇습니다. 수고를 끼쳐드린 듯하여 면목이 없습니다."

요코는 미소 지었다. 조금도 기죽지 않는 말투가 반가울 따름이었다.

"혼자십니까?"

"연왕이 힘을 빌려주셨다. 안국의 왕사가 바깥에서 위왕군을 묶어두고 있어."

"그렇군요."

기린은 고개를 끄덕이고 단호하게 목소리를 높였다.

"효키, 주사쿠."

벽에서 미끄러져 나오듯 두 마리 짐승이 모습을 드러냈다.

"여기 있습니다."

"가서 연왕을 도와드려."

두 마리 짐승은 깊이 고개를 숙이고는 지취를 감추었다.

"무사했구나."

"물론."

기린은 고개를 끄덕였다. 정말로 기죽지 않는 목소리에 웃음이 났다.

"뿔을 봉인당하면 사령도 봉인당해?"

기린이 거북한 듯 작게 신음했다.

"많이 배우셨군요. ……그렇습니다. 폐를 끼쳐 죄송합니다."

"조유는 봉인당하지 않고 끝났으니 나한테는 영향이 없어. 가이코와 한쿄는?"

"여기에 있습니다. 부를까요?"

"아니. 다들 무사하다면 됐어. 나중에 천천히 만날 테니까."

"네."

"아, 그렇지. 부탁이 있는데."

"뭐든 말씀하십시오."

"조유에게 한 명령을 철회해줘. 아직 몸에서 떨어지면 곤란하지만."

기린은 요코를 응시하며 두세 번 눈을 깜빡였다.

"많이 변하셨습니다."

"응. 게이키에게도 감사 인사를 하지. 빈만을 빌려줘서 고마워. 조유에게는 정말로 도움을 많이 받았어. 감사 인사도 하고 싶고, 묻고 싶은 것도 있어."

"묻고 싶은 것?"

"그래. 조유는 어떤 글자를 쓰지?"

짐승은 눈을 동그랗게 떴다.

"이상한 말씀을 하시는군요."

"그런가. 하지만 줄곧 진짜 이름을 듣지 못한 것 같아서 신경 쓰였어."

요코가 그렇게 말했을 때 갑자기 스멀거리는 감촉이 손으로 전해졌다.

손가락이 작게 움직여 허공에 글자를 그렸다.

'冗祐'.

요코는 살짝 미소 지었다.

"고마워, 조유."

—사령은 기린을 섬기고, 나아가서는 왕을 섬깁니다. 인사를 하실 것까지 없습니다.

요코는 그냥 웃었다. 그런 요코를 지켜보던 기린은 실눈을 지었다.

"정말로 변하셨군요."

"응. 많이 배웠어."

"솔직히 말씀드려서 다시 뵐 수 있으리라 생각지 않았습니다."

요코는 고개를 끄덕였다.

"나도 그래. 사람 모습으로 변하지 못하나?"

"맨몸으로 어전에 나설 수 없습니다."

당황한 목소리가 우스워서 요코는 작게 웃었다.

"그럼 입을 것을 조달하러 일단 돌아가자. 금파궁에 돌아갈 수 있을 때까지는 한동안 현영궁에서 신세를 지겠지만."

요코가 웃자 기린은 다시 한번 눈을 깜빡이고 그 자리에 엎드렸다. 움직임에 따라 등이 신비한 빛을 뿜었다.

"천명으로 주상을 맞이합니다."

고개를 숙여 뿔을 요코의 발에 댄다.

"어전에서 떠나지 않고, 소명을 거스르지 않으며, 충성을 맹세할 것을 서약드립니다."

요코는 살며시 미소 지었다.

"허락한다."

•

이것으로 요코의 이야기가 시작되었다.

여청予青 6년 봄에 재보 게이키 실도, 병세가 매우 깊다. 요천에 큰불과 역병이 끊이지 않는다. 정치에 절조가 없고, 뇌물과 험언이 횡행한다. 백성은 탄식하며 틀림없이 경이 멸망할 것이라 떠든다.

5월에 왕이 봉산에 올라 재가를 얻고 제위에서 물러난다. 왕, 봉산에서 붕어해 천릉泉陵에 장사를 지낸다. 경왕으로 육 년, 시호를 여왕予王이라 한다.

여왕 붕어하고 조 에이가 일어선다. 거짓으로 자신을 경왕景王이라 칭하며 요천에 입성한다. 나라가 크게 어지러워진다.

7년 7월에 경주慶州 경왕慶王 요시陽子가 일어선다.

경왕 요시, 성은 나카지마, 자는 세키시赤子, 태과로 태어났다.

7년 3월에 봉래국에서 돌아와 7월 말에 난을 구하고 안국 연왕 쇼류에게 청해 위왕 조 에이를 토벌한다.

8월에 봉산에서 천칙을 받는다. 신적에 들어가 경왕景王의 칭호를 얻는다. 요천에 여왕을 모시고, 육관 제후를 새로 임명해 정사를 바로잡고 원호를 적락赤樂으로 바꾸어 적 왕조를 연다.

—『경사적서慶史赤書』